文学森林
Lf

山楂樹之戀

艾米

新經典文化
ThinKingDom

目次

緣起

我不能等你一年零一個月，

我也不能等你到二十五歲，

但是我會等你一輩子…

《山楂樹之戀》以本書主人公靜秋在一九七七年寫的一個類回憶錄為基礎，敘事由艾米增添，對話大多是靜秋的原文。

一九七七年正是中國在經歷文革後開始恢復高考制度的第一年，老三的鼓勵讓靜秋重新再回學校，為了紀念老三，她將過往的故事寫成三萬字的小說，卻未被當時的文藝雜誌錄用刊載。靜秋沒有更改文字再投稿，保留完整的故事當成紀念。

多年後靜秋到加拿大生活，這篇原稿已扔，只留下日記裡的回憶錄。最後作者艾米說服靜秋讓她寫成小說刊登在網路。艾米樸實無華的文字、靜秋青澀真摯的性情、老三真實純潔的情意，深深打動了網路上的讀者，二〇〇七年簡體版上市，引起數百萬讀者爭相搶閱，成為亞洲週刊票選當年十大華文小說第一名，接著更引起文化界名人感動共鳴，爭相競標影視改編，形成「山楂樹現象」。

我們在這個故事裡看到閱讀最原始強大的力量，相信它不只是一本最純淨的愛情故事，它所飽含的時代意義已經讓這本書「註定要成為華人世紀愛情小說」，我們選擇《山楂樹之戀》成為第一本書，並以此書獻給不再相信真愛或者正在等待真愛的你。

新經典文化編輯部

山楂樹之戀

01

一九七四年的初春，還在上高中的靜秋被學校選中，參與編輯新教材，要到一個叫西村坪的地方去，住在貧下中農家裡，採訪當地村民，然後將西村坪的村史寫成教材，供她所在的K市八中學生使用。學校領導的野心當然還不止這些，如果教材編得好，說不定整個K市教育系統都會使用，又說不定一炮打響，整個L省，甚至全國的初高中都會使用。到那時，K市八中的這一「偉大創舉」就會因為具有歷史意義而被寫進中國教育史了。

這個在今日看來匪夷所思的舉動，在當時算是「創新」了，因為「教育要改革」嘛。文化大革命前使用的那些教材，都是「封、資、修」的一套，正如偉大領袖毛主席英明指出的那樣：「長期以來，被才子佳人、帝王將相們統治著。」文化大革命開始後，雖然教材一再改寫，但還是趕不上形勢的飛速變化。你今天才寫了「林彪大戰平行關」，歌頌林副主席英勇善戰，過幾天就傳來林彪叛逃、座機墜毀溫都爾汗的消息，你那教材就又得變了。至於讓學生去編教材，正是教育革命的標誌。從群眾中來，到群眾中去；高貴者最愚蠢，卑賤者最聰明。總而言之，就是貴在創新嘛。

跟靜秋一起被選中的還有另外兩個女孩和一個男孩，都是平時作文成績比較好的學生。這行人被稱為「K市八中教改小組」，帶隊的是工宣隊的李師傅，三十多歲，人比較活躍，會唱點歌，拉點二胡，據說是因為身體不大好，在工廠也幹不了什麼活，就被派到學校來當工宣隊員了。學校的陳副校長算是隊副，再加上一位教高中語文的羅老師，這一行七人就在一個春寒料峭的日子，向著西村坪出發了。

從K市到西村坪，要先乘長途汽車到K縣縣城，雖說只有三十多里地，但汽車往往要開個把小時，繞來繞去接人。K縣縣城離西村坪還有八九里地，這段路就靠腳走了。

靜秋他們一行人到了K縣，就遇到了在那裡迎接他們的西村坪張村長。說來他也是個威威赫赫的人物，在K縣K市都頗有名氣，因為他的村子是「農業學大寨」的先進村，又有輝煌的抗日歷史，所以張村長的名字也比較響亮。不過在靜秋看來，張村長也就是個個子不高的中年男人，很瘦，頭髮掉得差不多了，背也有點弓了，長相也很一般，不符合當時對英雄人物的臉譜化描寫：身材魁梧，臉龐黑紅，濃眉大眼。靜秋馬上開始擔心，這樣一個人物，怎樣才能把他塑造成一個「高、大、全」的英雄形象呢？看來這教材真得靠「編」了。

話說這一行七人，個個把自己的行李打成個軍人背包一樣的東西，背包繩的捆法是標準的「三橫壓兩豎」，每人手裡還提著臉盆牙刷之類的小件日用品。

張村長說：「我們翻山走吧，只有五里地，如果從河溝走，就多一倍路程。我看你們幾個，身體也不怎的，還有幾個女的，恐怕……」

這七位「好漢」異口同聲地說：「不怕，不怕，就是下來鍛鍊的，怎麼樣艱苦就怎麼樣走。」

張村長說：「翻山路也是鍛鍊哪，走河溝還得幾道水，我怕你們這幾個女的……」

幾個「女的」一聽到別人叫她們「女的」，就渾身不自在，因為「女的」在當地話裡就是指結了婚的女人。不過貧下中農這樣稱呼，幾個「女的」也不好發作，反而在心裡檢討自己對貧下中農淳樸的語言沒有深刻認識，說明自己跟貧下中農在感情上還有一定距離，要努力改造自己身上的小資產階級思想，跟貧下中農打成一片。

張村長要幫幾個「女的」背東西，幾個「女的」一概拒絕：誰那麼嬌貴？不都是來鍛鍊的嗎？怎麼能一開始就要人照顧？張村長也不勉強，只說：「待會兒背不動了，就吭一聲。」

走出縣城，就開始翻山了。應該說山也不算高，但因為背著背包，提著網兜，幾個人都走得汗流浹背，於是張村長手裡的東西越來越多，最後背上也不空了。三個「女的」有兩個的背包都不見了，光提著臉盆等小件，還走得氣喘吁吁的。

靜秋是個好強的人，雖然也累得要死要活，但還是堅持要自己背。對她來說，吃苦耐勞基本上成了她做人的標準，因為靜秋的父母在文化大革命中都被揪出來批鬥了，爸爸是「地主階級的孝子賢孫」，媽媽是「歷史反革命的子女」。靜秋能被當作「可以教育好的子女」，享受「有成分論，不唯成分論」的待遇，完全是因為她平時表現好，一不怕苦，二不怕死，時時處處不落人後。

張村長見大家有點「苟延殘喘」的樣子，就一直許諾：「不遠了，不遠了，等走到山楂樹那裡，我們就歇一會兒。」這個「山楂樹」，此時就成了「望梅止渴」故事裡的那個「梅」，激勵著大家堅持走下去。

靜秋聽到「山楂樹」，腦子裡首先想到的不是一棵樹，而是一首歌，就叫《山楂樹》，是首蘇聯歌曲，她最早是從一個L師大俄語系到K市八中來實習的老師那裡聽到的。

分在靜秋那個班實習的是個二十六七歲的女生，叫安黎，人長得高大結實，皮膚很白，五官端正，鼻梁又高又直，如果眼睛再凹一點的話，簡直就像個外國人了。儘管安黎的眼睛不凹，但大大的，最引人注目的就是她的眼皮不是雙層，而是三四層，這讓班上的單眼皮女生羨慕得要死。據說安黎的父親是炮二司的什麼頭頭，因為「九一三」事件受了牽連，所以安黎的日子曾經過得很慘。再後來她父親又走運了，於是就把她從農村招回來，塞進了L師大。至於她為什麼進了俄語系，就只有天知道了，因為那時俄語早已不吃香了。

聽說解放初期，曾經有過一個學俄語的高峰，很多英語老師都改教俄語去了。後來中蘇交惡，蘇聯被稱為「修正主義」，因為他們居然想「修正」馬列主義。先前教俄語的那些老師又有不少改教英語了。靜秋就讀的K市八中跟整個市區隔著一道小河，交通不太方便。不知道市教委是怎麼想的，把碩果僅存的幾個俄語老師全調到K市八中來，所以K市八中差不多就成了K市唯一開俄語的中學，幾乎年年都有L師大俄語系的學生來實習，因為除了K市八中，就只有下面幾個縣裡有開俄語的中學。

安黎因為先生的關係，所以沒分到下面縣裡的中學去。安黎挺喜歡靜秋，沒事的時候總找她玩，教她唱那些俄語歌曲，《山楂樹》就是其中一首。這樣的事情，在當時是只能偷偷地做，因為蘇聯的東西在中國早就成了禁忌，更何況文化大革命中，把凡是沾一點「愛情」的東西，都當作資產階級腐朽沒落的東西給禁了。

按當時的觀點，《山楂樹》不僅是「黃色歌曲」，甚至算得上「腐朽沒落」、「作風不正」，因為歌詞大意是說兩個青年同時愛上了一個姑娘，這個姑娘也覺得他們倆都很好，不知道該選擇誰，於是去問山楂樹。歌曲最後唱道：

可愛的山楂樹啊，白花開滿枝頭，
親愛的山楂樹啊，你為何發愁？

最勇敢最可愛的，到底是哪一個，
親愛的山楂樹啊，請你告訴我。

安黎嗓子很好，是所謂的「洋嗓子」，自稱「義大利美聲唱法」，比較適合唱這類歌曲。每到星期天休息的時候，安黎就跑到靜秋家，讓靜秋用手風琴為她伴奏，盡情高歌一陣。安黎最喜歡的歌就是《山楂樹》，至於她喜愛這首歌到底是因為覺得這歌好聽，還是因為她也同時愛著兩個人不知如何取捨，就不得而知了。所以靜秋聽張村長提到「山楂樹」，還真吃了一驚，以為他也知道這首歌。不過她很快就明白過來，是真有這麼一棵樹，而且現在已經成了他們幾個人的「奮鬥目標」了。

背包壓在背上，又重又熱，靜秋覺得自己背上早就讓汗濕透了，手裡提的那個裝滿了小東西的網兜那些細細的繩子也似乎早就勒進手心裡去了，只好不停地從左手換到右手，又從右手換到左手。

正在她覺得快要堅持不下去了的時候，忽聽張村長說：「到山楂樹了，我們歇一腳吧。」

幾個人一聽，如同死囚們聽到了大赦令一樣，出一口長氣，連背包也來不及取下就歪倒在了地上。歇了好一陣，幾個人才緩過氣來。李師傅問：「山楂樹在哪裡？」

張村長指指不遠處的一棵大樹：「那就是。」

靜秋順著張村長的手望過去，看見一棵六、七米高的樹，沒覺得有什麼特殊之處，可能因為天還挺冷的，不光沒有滿樹白花，連樹葉也還沒泛青。靜秋有點失望，她從《山楂樹》歌曲裡提煉出來的山楂樹形象比這詩情畫意多了。她每次聽到《山楂樹》這首歌，眼前就浮現出一個畫面：兩個年輕英俊的小夥子，正站在樹下等待他們心愛的姑娘。而那位姑娘則穿著蘇聯姑娘們愛穿的連衣裙，姍姍地從暮色中走來。不過當她走到一定距離的時候，她就站住了，躲在一個小夥子們看不見的地方，憂傷地詢問山楂樹，到底她應該愛哪一個。

靜秋好奇地問張村長：「這樹是開白花嗎？」

這個問題彷彿觸動了張村長，他滔滔不絕地講起來：「這棵樹呀，本來是開白花的，但在抗日戰爭期間，有無數抗日志士被日本鬼子槍殺在這棵樹下，他們的鮮血灌溉了樹下的土地。從第一個抗日英雄被殺害在這裡開始，這棵樹的花色就慢慢變了，越變越紅，到最後，這棵樹就開紅花了。」

幾個人聽得目瞪口呆，還是李師傅提醒幾個學生：「還不快記下？」

幾個人恍然大悟，看來採訪現在就開始了，於是紛紛找出筆記本，刷刷地記了起來。看來張村長是見過大世面的，對這四五桿筆刷刷記錄他講話的場面好像早已司空見慣，繼續著他的演說。等他講完這棵見證西村坪人民抗日歷史的英雄樹故事，半個小時已經過去，一行人又啟程了。

走出老遠了，靜秋還回過頭看了看那棵山楂樹，隱隱約約的，她覺得那棵樹下站著個人，但不是張村長描繪過的那些被日本鬼子五花大綁的抗日志士，而是一個英俊的小夥子。她在內心裡狠狠批判了一把自己的小資產階級思想，決心要好好向貧下中農學習，把教材編好。這棵樹的故事是肯定要寫進教材的了，用個什麼題目呢？也許就叫《血染的山楂樹》？好像太血腥了一點，改成《開紅花的山楂樹》？或者《紅色山楂花》？

歇過一陣之後再背上背包，提上網兜，靜秋的感覺不是更輕鬆，而是更吃力了。可能背與不背形成了鮮明的對比，先甜後苦，總是讓後面的苦顯得更苦。不過誰也不敢叫一聲苦。怕苦怕累，是資產階級的一套，靜秋是唯恐別人會把她往資產階級那裡劃的。本來出身就不好，再不巴巴地靠著無產階級，那真的是自絕於人民了。黨的政策向來是「出身不由己，道路可選擇」，那就是說，你要比出身好的人更加注意，絕對不要有一絲一毫非無產階級的言行。

但是苦和累並不是你不說就不存在的，此時的靜秋恨不得自己全身的痛感神經都死掉，那就不會感到背上的沉重和手上的疼痛了。她只能拿出多年練就的絕招來幫助自己忘記身體的苦痛：胡思亂想。想得太入神的時候，她往往能產生一種身在彼處的感覺，好像靈魂飛離了自己的軀殼，變成了那些想像中的人物，過著一種完全不同的生活。不知道為什麼，她老是想到那棵山楂樹，被敵人五花大綁的抗日志士和身穿潔白襯衣的英俊蘇聯小夥子交替出現在她的腦海裡。而她自己，時而是即將被處決的抗日志士，時而是那個因為不知道愛誰而苦惱的蘇聯女孩，搞得她分不清自己究竟是更接近共產主義，還是更接近修正主義。

山路終於走完了，張村長站了下來，指著山下說：「那就是西村坪。」

幾個人都搶著跑到山崖邊去觀賞西村坪，只見一條小河像條綠色的玉帶，蜿蜒著從山腳下流過，環繞著西村坪。沐浴在初春陽光下的西村坪，比靜秋以前下去鍛鍊過的幾個山村都美麗，真算得上山清水秀。站在山頂鳥瞰西村坪，整個村莊盡收眼底。田地像一個個綠色的、褐色的小塊塊一樣，遍佈整個山村，一幢幢民房散落在各處。中間有一處，似乎有不少房子，還有一個大場壩，張村長介紹說那就是大隊部所在地。隊裡開大會的時候村民就到那裡去，有時聯歡晚會，也是在那裡舉行。

張村長解釋說，按K縣的編制，一個村就是一個大隊，所謂村長，實際上就是大隊黨支部書記，不過村裡人都愛叫他「村長」。

一行人下了山，首先來到張村長的家，他家就在河邊，從山上就能望見。家中只有他妻子在家，她讓大家叫她「大媽」。家裡其他人下地的下地，上學的上學。

休息了一會兒，吃過了飯，張村長就開始安排幾個人的住處。李師傅、陳副校長和那個叫李健康的男生住在了一戶村民家裡，羅老師只是暫時住幾天，在寫作方面作些指導，過一兩天還得回去教課，所以隨便在哪裡擠擠就行了。可惜的是，三個女生不能住在一起。雖然有戶村民同意把他家的一間房給學生住，但只能住兩個人，張村長只好說：「你們當中剩的那個就住我家吧，可我家沒有多餘的房間，只能跟我二閨女睡一床。」

02

三個女生面面相覷，都不願意一個人「掉單」住在張村長家，跟他女兒擠一床。靜秋看看問題不好解決，主動說：「那你們兩個住一起吧，我住張村長家。」那兩個女生歡天喜地地答應了。

當天就沒什麼活動安排了，大家自己安頓下來，休息一下，晚上再上張村長家吃飯，說好明天正式開始工作。大多數時間會用來採訪村民，編寫教材，但也會安排跟貧下中農一起下地，幹點農活。晚上，張村長帶其他人到他們的住處去了，家裡就只剩下靜秋跟大媽兩個人。大媽把靜秋帶到她二閨女的房間，讓她把行李放在那裡。那個房間像靜秋去過的其他農村住房一樣，黑糊糊的，只在一面牆上有一個很小的窗子，沒安玻璃，只用玻璃紙糊著。

大媽開了燈，燈光很暗，勉強看得見屋子裡的擺設。靜秋看見這是一間十五平米左右的房間，收拾得乾乾淨淨，一張床還比較大，比單人床大，比雙人床小，睡兩個人雖然擠點，也還湊合。床上鋪著剛漿洗過的床單，硬硬的，摸上去像紙板不像布料。被子摺成一個三角形，白色的被裡在兩角翻出來，包裹著紅花被面。靜秋琢磨了半天，都沒琢磨出這究竟是怎麼摺出來的，不免有點心慌，決定今天用自己的被子，以免明天摺不回原樣了。按那時的要求，學生下鄉住在貧下中農家，就得像當年的八路軍一樣，用了老鄉家的東西後，得回歸到原封原樣。靠窗的桌子上有一塊大大的玻璃板，是專門用來放照片的那種，這在當時算得上奢侈用品了。玻璃板下面有深綠色的布底，照片放在上面，再用玻璃板壓住。靜秋忍不住湊過去看了起來。

大媽想必也是經常接待來訪者的，很健談，也很和藹可親。她一張張指著那些照片，告訴靜秋那些人都是誰。靜秋從照片上看到了大媽的大兒子張長森，很高大，簡直想像不出他是張村長和大媽的兒子，可能是家庭中的變異。大兒子在嚴家河郵局工作，一個星期才回來一次。大兒媳叫余敏，在村裡的小學教書，長得眉清目秀，個子瘦高，跟大兒子很相配。

大女兒叫張長芬，也長得眉清目秀，中學畢業後在村裡勞動。二女兒叫張長芳，長相跟她姐完全不一樣，嘴有點突出，眼睛也比姐姐的小。長芳還在嚴家河中學讀書，一星期才回來一兩次。正談著，張村長的二兒子回來了，說爹叫他回來挑水，好早點做飯，聽說今天從城裡來了客人，晚上要叫城裡來的客人上家裡來吃飯。

靜秋走出去跟張村長的這位二公子打招呼，發現他長得一點不像他哥哥，倒是很像張村長，個子矮矮的，五官也像是沒長開一樣。靜秋有點吃驚，怎麼一家兩兄弟、兩姐妹之間的長相會相差這麼遠呢？好像父母生第一個兒子和女兒的時候，都竭盡全力造出最好的品種，到了第二個就懈怠了，完全隨造物主亂捏一個了事。

大媽說話總是讓人感到很親切，一兩個稱呼過後，就讓你覺得已經和他們親如一家了。大媽指著二兒子，對靜秋說：「這是你二哥，叫張長林。」

靜秋不知道叫他什麼好，只說：「你要去挑水呀？我幫你挑吧。」

長林似乎很害羞，小聲說：「你挑得動水？」

「我怎麼挑不動？我也經常下鄉學農的。」

大媽說：「你要幫忙？那我到後院去砍兩棵菜，你拿到河裡去洗。」說著就提起一個竹籃上後院去了。

屋中只剩下靜秋跟長林兩個人在那裡，長林似乎更手足無措了，一轉身，跑到屋後拿水桶去了。過了一會兒，大媽提著兩棵菜回來了，交給靜秋，讓她跟長林一起到河邊去。長林也不看靜秋，招呼一聲「走吧！」就率先往河邊走去。靜秋提了菜籃跟在後面，兩人沿著窄窄的小路往河邊走。走了一半，碰見村裡幾個小夥子，個個都拿長林打趣：「長林，你爹跟你說下媳婦了？」「耶，還是城裡的呢。」「長林鳥槍換炮了。」

長林急得放下水桶就去追那些人，靜秋在後面喊道：「走吧，別管他們了。」長林返回來，挑起水桶，飛一般地向河邊跑。靜秋很納悶，這些人是什麼意思？怎麼開這種玩笑？

到了河邊，長林堅決不讓靜秋洗菜，說水冷，看把你的手凍裂了。靜秋搶不過他，只好站在河邊看他洗菜。長林洗完菜，又把兩隻桶都裝上水，靜秋急忙搶著要挑水：「你剛才不讓我洗菜，那現在水該我挑了。」長林不肯，挑起水桶就箭步如飛地往回走了。

回到家，長林又出去了，靜秋想幫大媽做飯，但插不上手。剛好長林的小侄子歡歡醒了，大媽就吩咐說：「歡歡，你帶靜姑姑去叫三爹回來吃飯。」

靜秋這才知道張家還有一個兒子，她問歡歡：「你知道三爹在哪裡呀？」

「知道，在貪貪隊。」

「貪貪隊？」

大媽解釋說：「是在勘探隊，小孩子說不清楚。」

歡歡拉著靜秋的手：「走呀，走呀，到貪貪隊去呀，三爹有糖吃。」

靜秋跟著歡歡往外走，剛走了一小段，歡歡就不肯走了，伸開兩手要人抱：「腿腿暈了，走不動了。」

靜秋忍不住笑起來，一把抱起歡歡。別看歡歡人兒不大，還挺沉的呢，靜秋走了大半天路，現在再抱歡歡，覺得特別沉。但歡歡不肯走路，只好抱一段歇一陣，她不停地問：「到了沒有？到了沒有？你是不是忘記路了？」

走了好一陣兒，還沒到，靜秋正要再歇息一會兒，突然聽到遠遠的什麼地方傳來一陣手風琴聲，她沒想到這個小山村裡還有人會拉手風琴，不由得站在那裡聆聽起來。這聲音的確是手風琴聲，拉的是《騎兵進行曲》。這是一首節奏很快的手風琴曲，靜秋也練過，不過練得還不到家，右手比較熟練，但左手不行。她感覺這個拉琴的人不僅右手很熟，左手和弦也很熟，拉到激昂之處，真的有如萬馬奔騰，風起雲湧。

琴聲是從一排工棚樣的房子裡傳出來的，那些房子不像村民們住的房子，單家獨戶，而是一長條好幾間房子連在一起，想必是「貪貪隊」的房子了。

靜秋問歡歡：「你三爹是不是住在裡面？」

「嗯。」歡歡見已經到了，英雄起來了，腿也不暈了，就想掙脫靜秋自己跑過去。

靜秋牽著歡歡，向那排房子走去。現在她能清楚地聽見手風琴聲了，琴聲已經變成了《山楂樹》，有幾個男聲加入進來，用中文唱著這首歌，似乎都是手裡忙著別的事，嘴裡漫不經心地唱著。但就是這樣的漫不經心，時斷時續，低聲哼唱，使得那歌聲特別動聽。

靜秋聽得入了迷，彷彿置身在一個童話的世界。暮色四起，炊煙嫋嫋，空氣中飄蕩著山村特有的那種清新氣味。耳邊是手風琴聲和男生們的低聲合唱，這個陌生的山村突然變得親切起來，有了一種只可意會、不可言傳的感人氣息，似乎各種感官都浸潤在一種只能被稱為小資產階級情調的氣氛中。

歡歡掙脫靜秋的手，向那排房子跑去，進了第三個門，手風琴聲也隨之停了下來。她猜那個拉琴的人很可能就是歡歡的三爹，也就是張村長的三兒子。她有點好奇，到底這位三兒子是會更像大兒子長森呢，還是更像二兒子長林？不知道為什麼，她很希望他像長森，因為這樣優美的琴聲好像沒道理是從長林那樣的男人手下傾瀉出來的。她知道這樣想對長林很不公平，但她仍然忍不住要這樣想。

03

靜秋像等著玩魔術的人揭寶一樣，等待歡歡的三爹從那房子裡出來，她想如果他不是那個拉手風琴的，就是那幾個唱歌的當中的一個。她沒想到在世界的這個角落，居然有這麼一群會唱《山楂樹》的人，也許這裡的村民都不知道這首歌是蘇聯歌曲，所以這些勘探隊員可以自由自在地唱。

過了一會兒，靜秋看見一個人抱著歡歡出來了。他穿著深藍色及膝棉大衣，大概是勘探隊發的，因為靜秋已經看見好幾個穿這樣衣服的人在房子周圍走動了。歡歡擋住了他臉的一部分，直到他快走到她跟前，放下了歡歡，靜秋才看見了他臉的全部。

靜秋看一個人的時候，總像是腦子裡有一雙眼睛，心裡有另一雙眼睛一樣。腦子裡的那雙眼睛告訴她，這個人不符合無產階級的審美觀，因為他的臉龐不是黑紅的，而是白皙的；他的身材不是壯得「像座黑鐵塔」，而是偏瘦的；他的眉毛倒是比較濃，但一點不劍拔弩張。不像宣傳畫上那樣，像兩把劍，從眉心向兩邊朝上飛去。一句話，他不符合無產階級對「英俊」的定義。

記得有部文化大革命前夕拍攝的電影，叫《年輕的一代》，裡面有個叫林育生的，算是個思想落後的青年，怕下農村，怕到艱苦的地方去鍛鍊。林育生是達式常演的，那時的達式常還很年輕，瘦瘦的，輪廓分明，有點白面書生的味道，長相很符合角色。如果靜秋是導演，如果要她來給歡歡的三爹分配一個角色，她就要分派他演林育生，因為他的長相不革命，不武裝，很小資。

但她心裡那雙眼睛卻在盡情欣賞他的這些不革命的地方，只不過還沒有形成鮮明的觀點，只是一些潛藏在意識裡的暗流。她只知道她的心好像悸動了一陣，人變得無比慌亂，突然很在乎自己的穿著打扮起來。

她當時穿的是一件她哥哥穿過的舊棉衣，像中山裝，但不是中山裝，上面只有一個衣袋，被稱作「學生裝」。「學生裝」的小站領很矮，而靜秋脖子很長，她覺得自己現在看上去一定像個長頸鹿，難看死了。

靜秋的父親很早就被遣送到鄉下勞動改造去了，家裡三兄妹就靠母親一個人做小學老師的工資維持，一直都很困難，所以靜秋總是穿哥哥的舊衣服。好在那是個不講究穿著的年代，雖然穿男孩衣服仍然被人笑話，但習慣了也就不當回事了。這好像還是她第一次對自己的穿著這樣上心，好像生怕留給他一個不好的印象一樣，她簡直不記得自己在誰的面前這樣關心過自己的長相和穿著，也不記得自己在誰的面前曾經這樣局促不安。她班上的男生好像都很怕她，小學、初中時還有人欺負她，可到了高中，他們一個個連正眼望她一下都不敢，一說話就臉紅，所以她也從來沒關心過他們對她的穿著、長相滿意還是不滿意，都是一群小毛孩。

但眼前這個人，卻能使她緊張到心痛的地步。她覺得他穿得很好，他潔白的襯衣領從沒扣扣子的藍色大衣裡露出來，那樣潔白、那樣挺括，一定是用那種靜秋買不起的「滌良」布料做的。襯衣外面米灰色的毛背心看上去是手織的，連很會織毛衣的靜秋也覺得那花色很好看很難織。他還穿著一雙皮鞋。靜秋不由得看了看自己腳上褪了色的解放鞋，覺得這一貧一富形成的對比太鮮明了。

他在對她微笑，看著她，卻彷彿是在問歡歡：「這是你靜姑姑？」然後他才跟她打個招呼，「今天剛來的？」

他說的是普通話，而不是K縣的話，也不是K市的話。靜秋不知道是不是該跟他講普通話。她的普通話也講得很好，是學校廣播站的播音員，經常被選去聯歡會上報節目、運動會上播稿件，但她平時不好意思講普通話，因為在K市，除了外地人，大家都不會在日常生活中講普通話的。靜秋不明白他為什麼會講普通話，也許是因為跟她這個外來人才講的吧。她「嗯」了一聲，算是答過了。

他問：「作家同志是從縣城過來的還是從嚴家河過來的？」他的普通話很好聽。

「我不是作家，」靜秋不好意思地說，「你別亂叫。我們從縣城過來的。」

「那肯定累壞了，因為從縣城過來只能走路，連手扶拖拉機都沒辦法開的。」他說著，向她伸過手來，「吃糖。」

靜秋看見他手中是兩粒花紙包著的糖，好像不是K市市面上買得到的。她羞澀地搖搖頭：「我不吃，謝謝了，給小孩子吃吧。」

「你不是小孩子？」他看著她，像看個小孩子一樣。

「我……你沒聽見歡歡叫我『姑姑』？」

他笑了起來，靜秋很喜歡看他笑。

有些人笑起來時，只是動員了臉部的肌肉而已，他們的嘴在笑，但他們的眼睛沒笑，眼神仍然是冷漠的，甚至是仇恨的。但他笑的時候，鼻子兩邊現出兩道笑紋，眼睛也會微微眯縫起來，給人的感覺是他的笑完全是發自內心的，不是裝出來的，也不是嘲諷的，而是全心全意的笑。

「不是小孩子也可以吃糖的，」他說著，又把糖遞過來，「拿著吧，別不好意思。」

靜秋只好接過糖，自我安慰說：「我替歡歡拿著。」歡歡搶上來要靜秋抱，靜秋也不知道自己怎麼一下就籠絡住了歡歡的心，她有點受寵若驚，抱起歡歡，對他說：「大媽叫你回家吃飯的，我們走吧。」

他伸出手，讓歡歡到他那裡去：「歡歡，還是讓三爹抱吧，姑姑今天走了好多路，肯定累了。」歡歡沒反對，於是他走上來從靜秋手裡把歡歡抱過去了，示意靜秋走前面。靜秋不肯，怕他走在她後面看見她走路姿勢不好看，或者她衣服有什麼不對頭，就固執地說：「你走前面，我——不知道路。」他沒再堅持，抱著歡歡走在前面，靜秋走在他後面，看見他像受過訓練的軍人，兩條長腿筆直地向前邁動。她覺得他既不像他大哥長森，又不像他二哥長林，他好像來自另一個家庭一樣。

她問：「剛才是你——在拉手風琴？」

「嗯，你聽見了？是不是聽出很多破綻？」

靜秋看不見他的臉，但她感覺就是從他的背影都能感覺到他在微笑。她不好意思地說：「我——哪裡聽得出破綻？我又不會拉琴。」

「謙虛使人進步，你這麼謙虛，進步肯定很快。」他站住，微微轉過身，「但撒謊不是好孩子，你肯定會拉。你帶琴來了沒有？」他見她搖頭，就提議說，「那我們轉回我那裡，你拉兩曲我聽聽？」

靜秋嚇得亂擺手：「不行，不行，我拉得太糟糕了！你拉得——太好了，我不敢拉。」

「那改日吧。」說完，他繼續往前走。

靜秋不置可否，好奇地問：「怎麼你們那裡的人都會唱《山楂樹》？」

「這歌挺有名，五〇年代很流行，很多人都會唱。你也會唱？」

靜秋想了想，沒說自己會唱還是不會唱。她的思緒一下子從《山楂樹》這首歌，跳到今天路上看見的那棵山楂樹去了：「歌裡邊說山楂樹是開白花的，但是今天張村長說山上那棵山楂樹是開……紅花的。」

「嗯，有的山楂樹是開紅花的。」

「那樹……真的是因為烈士的鮮血澆灌了樹下的土地，花才變成紅色的嗎？」她問完了，覺得這個問題有點傻。她感覺他在笑，就問：「你是不是覺得我這個問題問得很傻？我只是想弄清楚，才好寫在教材裡，我不想撒謊。」

「你不用撒謊，你是那樣聽來的，就那樣寫，是不是真的，就不是你的問題了。」

「那你相信那花是……烈士鮮血染紅的嗎？」

「我不相信，從科學的角度講，那是不可能的，應該原來就是紅的。不過這裡人都這樣說，就當是一個美麗的傳說好了。」

「那你的意思是說這裡的人都……在撒謊？」

他笑了笑說：「不是撒謊，而是有詩意。世界是客觀存在的，但每個人感受到的世界是不同的，用詩人的眼光去看世界，就會看見一個不同的世界。」

靜秋覺得他有時說話很「文學」，用她班上一個錯別字大王的話說，就是有點「文妥妥」（文縐縐）的。她問：「你——看見過那棵山楂樹開花嗎？」

「嗯，每年五、六月份就會開花。」

「可惜我們四月底就要走了，那就看不見了。」

「走了也可以回來玩的。」他許諾說，「今年等那樹開花的時候，我告訴你，你回來看。」

「你怎麼告訴我？」

他又笑了一下：「想告訴你，總歸是有辦法的。」

她覺得他只是隨口許個諾，因為那時電話還很不普遍，K市八中整個學校才一部電話，打長途電話要到很遠的電信局去。估計在西村坪這樣的地方，可能連電話都沒有。

他似乎也在想著同一個問題：「這裡沒電話，不過我可以寫信告訴你。」

靜秋嚇壞了，她們一家住在媽媽學校的宿舍裡，如果他寫信到學校，肯定被媽媽先拿到了，那還不把媽媽嚇死？從小到大，媽媽都在囑咐她「一失足成千古恨」，但從來沒告訴過她怎樣才算失足了，所以在她看來，只要是跟一個男生有來往了，就是失足了。她緊張地說：「不要寫信、不要寫信，讓我媽媽看見，還以為……」

他回過頭，安慰她：「不要怕，不要怕，你說了不寫，我不會寫的。山楂花不是曇花，不會開一下就謝掉，會開好些天的。到五、六月份的時候，你隨便抽個星期天來一趟就能看見了。」

到了張村長家，他放下歡歡，跟她一起走進屋子。家裡人大多都回來了，長芬先自我介紹說她是大姐，然後就很熱情地為靜秋介紹每一個人，「這是二哥」「這是大嫂」，靜秋便跟著她一樣叫「二哥」「大嫂」，叫得每個人都很開心。

長芬最後指著「三爹」說：「這是三哥，快叫。」

靜秋乖乖地叫聲「三哥」，結果屋子裡的人都笑起來。

靜秋不知道說錯了什麼，紅著臉站在那裡。「三哥」解釋說：「我不是他們家的，我跟你一樣，只是在這裡住過，他們隨便叫的，你不用叫。我叫孫建新，你叫我名字好了，或者跟大家一樣，叫我老三吧。」

04

從第二天開始，「K市八中教改小組」就忙起來了，每天都要採訪一些村民，聽他們講抗日的故事，講農業學大寨的故事，講怎麼樣跟走資本主義路線的當權派作鬥爭的故事。有時還到一些具有歷史意義的地方去參觀。

一天的採訪完畢後，小組的人就在一起討論一下，該寫些什麼，每部分由誰來寫，然後大家就分頭去寫，過幾天把寫的東西拿到組裡彙報，大家提些意見，做些修改。除此之外，他們每個星期要跟生產隊的社員們下地勞動一天。社員們星期天是不休息的，所以靜秋他們也不休息。小組的成員輪換著回K市，向學校彙報教材編寫情況，順便也休息兩天。

每個星期三和週末，張家的二閨女長芳就從嚴家河中學回來，她跟靜秋年齡相仿，又睡一個床，一下就成了好朋友。長芳教靜秋怎麼把被子摺成三角形，靜秋幫長芳寫作文，晚上兩個人要聊到很晚才睡覺，多半都是聊老二和老三。按西村坪的風俗，家裡兒子的小名就是他們的排行，大兒子就叫「老大」，二兒子就叫「老二」。但對女兒就不這樣叫了，只在她們名字的最後一個字後面加個「丫頭」，排行也沒把她們算在內，因為女兒都是要出嫁的，一出嫁，就去了婆家，「嫁出去的女，潑出去的水」，就不再是家裡人了。

長芳對靜秋說：「我媽說你來了之後，老二變得好勤快了，一天跑回來幾趟看要不要挑水，因為你們城裡的女孩講衛生，用水多。他怕你不習慣用冷水，每天燒好多瓶開水，好讓你有喝的有洗的。我媽好高興，看樣子是想讓你做我二嫂呢。」

靜秋聽了，總是有點局促不安，怕這番恩情日後沒法報答。

長芳又說：「老三也對你很好呢，聽我媽說，你一來，他就拿來一個大燈泡給你換上，說你住的這屋燈光太暗了，在那樣的燈光下看書寫字會把你眼睛搞壞的。他還給我媽一些錢，叫她用來付電費。」

靜秋聽了，心裡很高興，嘴裡卻說：「他那是怕把你的眼睛搞壞了，這不是你的屋嗎？」「我在這屋住這麼久了，以前怎麼沒給我換個大燈泡？」

後來靜秋碰見老三，就要把錢還給他，但他不肯要，兩個人讓來讓去，搞得像打架一樣，靜秋只好算了。她準備走的時候，像八路軍一樣，在老鄉的桌子上留一點錢，寫個條子，說是還他的。這些年來，靜秋都是活在「出身不好」這個重壓之下，還從來沒有人這樣明目張膽地向她獻過殷勤。在她看來，現在這種生活有點像是偷來的，因為大媽他們不知道她的出身，等他們知道了，肯定就不會拿正眼看她了。

有天早上，靜秋起床之後，正想疊被子，卻發現床上有雞蛋大一塊血跡。她發現是自己「老朋友」來了，把床單弄髒了。她的「老朋友」總是這樣，一遇到什麼重大事情就衝鋒在前。以前但凡出去學工、學農、學軍，「老朋友」總是提前到來。靜秋連忙把床單換下來，用一個大木盆裝了些水，偷偷摸摸洗掉了那塊血跡。鄉下沒自來水，靜秋不好意思在家裡清床單，估計也清不乾淨。那天剛好是個雨天，好不容易等到中午雨停了，她連忙用臉盆裝著床單，下河去清。

她知道自己現在不應該沾冷水，她媽媽很注意這點，總是把經期沾冷水的壞處強調了又強調：說不能喝冷水，不能吃冷東西，不能洗冷水，不然以後要牙疼、頭疼、筋骨疼。但今天沒辦法了，希望沾一次冷水不會出什麼大問題。

靜秋來到河邊，站在兩塊大石頭上，把床單放進水裡。但她搆得著的地方水很淺，床單一放下去就把河底的泥土也帶上來了，好像越清越髒。她想：豁出去了，脫了鞋站到水裡去清吧。正在脫鞋，就聽見有人在說話：「你在這裡呀？幸好看見了，不然我站在上游洗膠鞋，泥巴水肯定把你的床單搞髒了。」

她抬起頭，看見是老三。自從那次叫他「三哥」被人笑了之後，她就不知道叫他什麼了。不管叫他什麼，她都好像叫不出口一樣，她也不知道是為什麼。一切有關他的東西，對她的嘴來說，都成了禁忌，而對她的眼睛她的耳朵她的心來說，則成了「紅寶書」——要天天看，天天讀，天天想。他仍然穿著那件半長棉大衣，但腳上穿了雙長統膠鞋，沾了很多泥巴。她有點心虛，今天這麼個雨天，她在這裡洗床單，恐怕誰都能猜到是怎麼回事了吧。她生怕他問她這一點，急急地在心中草擬一個謊言。

但他沒問什麼，只說：「我來吧，我穿著膠鞋，可以走到深水地方去。」

靜秋推託了一陣，但他已經把他的棉大衣脫了，放到她手中，把床單拿過去了。她抱著他的大衣，站在岸上，看他把袖子挽得高高的，站在深水的地方，先用一隻手把膠鞋上的泥巴洗掉了，然後開始很靈巧地抖動床單。

洗了一會兒，他把床單拿在手裡，像撒漁網一樣撒出去，床單就鋪開了，漂在水面上，上面的紅花在水波蕩漾下歡快地跳動。他等床單快被河流帶走、她也嚇得大叫起來了，才伸出手去把床單抓回來。這樣玩了幾次，靜秋不怕了，所以他再讓床單漂走的時候，她就不叫了。她不叫，他就不去抓床單，這次真的漂走了。漂出幾米遠了，他還沒伸手抓回來，她終於忍不住大叫起來，他才呵呵笑著，在水裡深一腳淺一腳地跑著，把床單抓了回來。

他站在水裡，回過頭望她，大聲問：「你冷不冷？冷就把大衣披上。」

「我不冷。」

他跑上岸來，把大衣披在她身上，打量她一會兒，笑得前仰後合。

「怎麼啦？」她好奇地問，「是不是……很難看？」

「不是，是衣服太大，你披著，像個蘑菇一樣。」

她見他的雙手凍得通紅，擔心地問：「你……冷不冷？」

「說不冷就是撒謊了，」他呵呵笑著說，「不過快好了。」

他又跑回河裡去清床單，清了一會兒，他擰乾了床單，走回岸邊來。她趕快把大衣遞給他，他穿回去，拿起裝著床單的臉盆。

靜秋去奪臉盆，說：「你去上班吧，我自己拿回去，太謝謝你了。」

他不給她臉盆：「現在是中午休息時間。我上班的地點移到這邊來了，正好去大媽家休息一下。」

回到家，他告訴她後面屋簷下有晾衣服的竹竿，他找了塊抹布幫她擦乾淨竹竿，又幫她把床單晾了上去，然後找了兩個夾子夾住。他做這一切的時候，彷彿是手到擒來，很熟練，也很自然。靜秋不禁好奇地問：「你怎麼這麼會做家務？」

「常年在外，都是自己做。」

大媽聽見了，打趣他：「誇嘴呢，你的被子、床單都是我家長芬拿過來洗的。」

他吐了吐舌頭，不敢再吹了。靜秋想長芬一定是很喜歡他，不然為什麼替他洗被子床單？

那段時間，老三幾乎每個中午都到大媽家來，有時睡個午覺，有時就跟靜秋聊兩句。有時他會帶些雞蛋和肉過來，讓大媽做了大家吃。不知道他在哪裡搞來的，因為那些東西都是憑計畫供應的。有時他會帶些水果來，那也算是稀有的。所以他每次到來，都能讓全家人大開其心。

有時，他叫靜秋把她寫的東西給他看，他說：「作家同志，我知道你們大將不示人以璞，不過你寫的可不是璞，是村史，可不可以給我看看？」

靜秋拗不過他了，就給他看。他很認真地看了，還給她，說：「文筆是沒得說了，不過讓你寫這些東西，真是……浪費你的才華了。」

「為什麼？」

「這都是些應景的文章，一套一套的，沒什麼意思。」

這些話總是把靜秋嚇一跳，覺得他真的近乎反動了。不過她也實在不喜歡寫這些東西，但不寫又沒辦法。他一見她為寫東西犯愁，就安慰她：「隨便寫寫就行了，他們要你怎麼寫你就怎麼寫。寫這些東西不用費那麼大腦筋。」

她見沒人的時候，就問他：「你總說『寫這些東西不用費太多腦筋』，那寫什麼東西才值得費腦筋？」

「寫你想寫的東西的時候，就費點心思。你寫過小說、詩歌沒有？」

「沒有。我這樣的人怎麼能寫小說？」

他饒有興趣地問她：「你覺得要什麼樣的人才能寫小說？我覺得你是個當作家的料，你有很好的文筆，而且更重要的是，你有一雙詩意的眼睛，你能看到生活中的詩意……」

靜秋覺得他又開始「文妥妥」了，就追問：「你總說『詩意』『詩意』，到底什麼是『詩意』？」

「按以前的說法，就是『詩意』；按現在的說法，就是『革命的浪漫主義』。」

「你懂這麼多，為什麼不寫小說呢？」

「我想寫的東西，肯定是沒人敢發表的，能發表的東西，肯定是我不願意寫的。」他笑了笑說，「你可能一進學校就是文化大革命，但我是讀到高中才遇到文化大革命的，我受資產階級的影響肯定比你深。我讀書的時候，一直想考大學，進清華北大，不過生晚了點……」

「那你為什麼不去當工農兵大學生？」

他搖搖頭：「那有什麼意思？現在大學裡什麼都學不到。你高中畢業了準備幹什麼？」

「下農村。」

「然後呢？」

靜秋很難受，因為她看不見自己會有什麼「然後」。她哥哥下農村好幾年了，總是招不回來。她哥哥小提琴拉得很好，縣文工團和海政文工團都有心招他去，但一到了政審就給刷下來了。她有點傷感地說：「沒有什麼『然後』，我下了農村，肯定招不回來了，因為我家——成分不好。」

他很肯定地說：「不會的，你一定能招回來，只是遲早的問題。別想那麼多，別想那麼遠，這世界每天都在變化。說不定到你下農村的時候，政策就改變了，就不用下農村了。」

靜秋覺得這簡直是天方夜譚，會有這種事情？他一定是在安慰她，反正她下不下農村、能不能招回來跟他無關，他這樣說說也不用負責。說到這些，靜秋就覺得跟他沒什麼可說的了，他說過他父親是當官的，雖然也挨了些整，但現在似乎已經沒事了，所以他沒下農村，直接進了勘探隊。她覺得他這樣的人，跟她完全是兩種不同的人，他不可能理解她的那些擔心。

「我要寫東西了。」她懶懶地說，然後就裝模作樣地寫起來。他也不再說什麼，有時坐在那裡打個盹，有時跟歡歡玩一玩，到時間了，就回去上班。

有一天，他給她拿來一本厚厚的書：「《約翰・克里斯朵夫》，你看過這本書沒有？」

「沒有。」

他把書留給她看，說這只是其中的一集，你看完了這本就告訴我，我再拿其他的給你。

後來靜秋問他：「你怎麼有這些書？」

「都是我媽買的。我爸是當官的，但我媽不是。你可能聽說過：解放初期，頒佈了新婚姻法，很多幹部都把他們鄉下的老婆離掉了，在城裡找了年輕漂亮、知書識禮的女學生做老婆。我媽媽就是這樣一個女學生，資本家的小姐，可能為了改變自己的政治地位，就嫁給了我爸爸。

「但她覺得我爸爸根本不能理解她，所以她內心永遠都是苦悶的，大多數時間都生活在書本之中。她愛買書，她有很多書，不過文化大革命的時候，她膽小，就把很多書燒掉了。我跟我弟弟兩個人藏了一些。這書好不好看？」

靜秋說：「這是資產階級的東西，但我們可以批判地吸收……」

他又像看小孩子那樣看著她：「這些書都是世界名著，只不過——現在在中國遭到這種厄運，但是名著終歸是名著，是不會因為暫時的遭遇就變成垃圾的。你還想看嗎？我還有一些，不過你不能看太多，不然你的教材寫不出來了。要不，我幫你寫？」

他信手幫她寫了幾段，說：「西村坪的村史我熟得很，先寫幾段，你看看你老師、同學看不看得出來，看不出來，我再幫你寫。」

後來小組討論的時候，靜秋把她那幾天寫的東西拿給大家看了，似乎沒人看得出那幾段不是她寫的。於是他就成了她的「御用寫手」，他每天中午幫她寫教材，她每天中午就看他帶來的小說。

05

這一天，靜秋跟教改小組的人到村東頭去參觀黑屋崖，這裡是個大山洞，聽說抗戰期間曾經是抗日救國人員的藏身之地。但後來被漢奸告了密，日本鬼子包圍了黑屋崖，二十多個藏在那裡的傷患和村民被堵在裡面。日本鬼子放火燒了那個山洞，跑出來的被亂槍打死了，沒跑出來的就被燒死了。到現在還看得見被煙熏黑的洞壁。

這是西村坪村史上最沉重的一頁，教改小組的成員都聽得熱淚盈眶。參觀完後，本來是吃飯時間，但大家說革命先烈為了我們今天的幸福生活拋頭顱，灑熱血，犧牲了自己的生命，難道我們晚點吃飯都不行嗎？於是大家顧不上吃飯，就開會討論編寫這一課的事情，一直到下午兩點才散會。

靜秋回到大媽家，沒看見老三，心想他肯定來過了，現在又回去上班了。她匆匆吃了點剩飯，就趕著寫今天聽到的東西。但是到了第二天中午，老三沒有過來，靜秋有點惶惑了，難道他昨天來了，發現我不在，就生氣了，再也不來了？她覺得這是不可能的，她哪裡有那麼大的本事，能讓老三為她生氣？

跟著有好幾天，老三都沒有再出現。靜秋開始失魂落魄了，總覺得什麼地方不對頭，寫東西也寫不出來，吃飯也吃不好，老想著老三到底為什麼不過來了。她想問問大媽他們，老三到哪裡去了，但她不敢，唯恐別人誤會她跟老三有什麼。

傍晚的時候，她帶著歡歡做幌子，去工棚那裡找老三。到了勘探隊的工棚附近，沒有聽見手風琴聲。她在那裡流連了好一陣，但不敢到工棚裡去打聽老三的下落，只好怏怏地回來。後來，她實在忍不下去了，就旁敲側擊地問大媽：「歡歡剛才在問三爹這幾天怎麼沒來……」

大媽也很迷惑，說：「我也正在說老三怎麼好幾天沒來了呢，怕是回去探親去了吧。」

靜秋心裡涼了半截，他探親去了？他是不是已經結婚了？她從來沒問過他結婚了沒有，他也從來沒提過他結婚了沒有，長芳從來沒說過他已經結婚了，但長芳也沒說過他沒結婚。他說他上高中了才遇到文化大革命，那他應該比她大六七歲，因為文化大革命開始的時候她才上小學二年級。如果不響應晚婚的號召，他恐怕也可以結婚了。想到他已經結婚了，她的心好難受，總覺得他騙了她一樣。但她把這段時間的點點滴滴都拿出來想了一遍，又覺得他沒騙她什麼，兩個人就是在一起聊聊寫東西的事，沒說什麼別的，也沒做什麼別的。

那個玻璃板下面有他一張照片，很小、一寸的，像是為辦什麼證件照的那種。沒人的時候，靜秋常常盯著那張照片出神。她覺得自從遇見他，她的無產階級審美觀已經完全徹底地被他改變了，她只愛看他那種臉型，他那種身材，他那種言談舉止，他那種微笑。什麼黑紅臉膛，什麼鐵塔一樣的身材，統統都見鬼去了。但是他卻不再露面了，難道他看出什麼，所以躲起來了？她想到過段時間，她就會離開西村坪，就再也見不到他了。他只不過是幾天不露面，她就這麼難受，那以後永遠見不到他了，她該怎麼辦？

很多時候，一個人發現自己愛上了一個人，都是在跟他分別的時候：突然一下見不到那個人了，才知道自己已經不知不覺地對那個人產生了很強的依戀。

靜秋只覺得害怕，這種依戀的心情，她還從來沒有體驗過，好像她在不知不覺之中就把自己的心放到了他的手上，現在就隨他怎麼處置了。他想讓她的心發痛，只要捏一捏就成；他想讓她的心快樂，只要一個微笑就行。她不知道自己怎麼會這麼不小心，明知道兩個人是不同世界的，怎麼還會這樣粗心大意地戀上了他。

也許所有的女孩，特別是家裡貧窮的女孩，都做過灰姑娘的夢，夢想有一天，一位英俊善良的王子愛上了自己，不嫌棄自己的貧窮，使自己脫離苦海，生活在幸福的天堂。但靜秋不敢做這樣的夢，她知道自己不是灰姑娘。灰姑娘窮雖窮，但她長得多美呀！而且灰姑娘的父母也不是地主分子或者歷史反革命的子女。

她想不出自己有什麼地方值得老三喜歡，他一定是中午閒著沒事，才到大媽家來玩一玩的。也許他就是書中說的那種花花公子，使點小手腕，把女孩子騙到手了，就在自己的「獵人日記」裡記上一筆，算作自己的輝煌戰績，然後就出發到別處去騙別的女孩了。

靜秋覺得自己已經被老三騙了，因為她已經放不下他了，他肯定看出來了。也許這就是媽媽經常說的「一失足成千古恨」？她想起《簡愛》裡的一個情節。簡愛為了讓自己放棄對羅切斯特的愛，每天對著鏡子說：「你是個相貌平平的姑娘，你不值得他愛，你永遠不要忘記這一點。」靜秋也想把鏡子找出來，對自己說這句話，但她覺得那樣就是承認自己愛上他了，但她連對自己也不敢承認這一點。她還是個高中生，人家那些畢業了的、工作了的，都還要提倡晚戀，更不用說還在讀書的人了。她對自己說：我一定要學會忘記他，即使以後他回來了，我也不能再跟他接觸了。

她在自己村史本的最後一頁寫了個決心書：「堅決同一切小資產階級思想劃清界限，全心全意學習、工作，編好教材，用實際行動感謝學校領導對我的信任。」她只能寫得含混一些，因為沒有地方可以藏匿任何個人隱私。但她自己知道「小資產階級思想」指的是什麼。

但過了幾天，「小資產階級思想」又出現了。那是一個下午，快五點了，靜秋正在自己房間寫東西，突然聽見大媽欣喜的聲音：「你回來了？是回去探親了吧？」

然後她聽見那個令她心頭發顫的聲音說：「沒有啊，我去二隊那邊了。」

「歡歡問了你好多趟，我們都在念你呢。」

靜秋慌亂地想：還好，大媽沒說我也問了好多次，都算在歡歡身上了。她聽見那個小「替罪羊」在堂屋裡歡快地跑來跑去，過了一會兒還拿來幾顆糖給她，說是三爹給她吃的。她接過來，又全都還給小「替罪羊」，微笑著看他一下剝開兩顆，塞到嘴裡去，把兩邊的腮幫子脹得鼓鼓的。

她克制著自己，坐在自己房間裡不出去見老三。她聽見他在跟大媽講話，好像是說二隊那邊出了技術故障，他被叫過去解決什麼問題去了，二隊是在嚴家河下面的一個什麼村子裡。她舒了一口氣，一下就忘記了自己的決心，只想看見他，跟他說幾句話。她不得不把自己寫的決心書翻出來，一遍遍地看，對自己說：靜秋，考驗你的時候到了，你說話要算數啊！於是她死死地坐在桌前不出去。

過了一會兒，她聽不見他的聲音了，知道他已經走了，又後悔得不行，如果他又去別的什麼地方，幾天不過來，那她不是錯過了今天這個難得的機會？她慌慌張張地站起來，想出去看看他往哪裡走了，即使看見一個背影也可以讓自己安心一下。她剛站起來，轉過身，就看見他正斜靠在她房間的門框上看著她。

「你，要到哪裡去？」他問。

「我去——後面一下。」

屋後有個簡陋的廁所，所以「去後面」就是上廁所的意思。他笑了一下，說：「去吧，不耽擱你，我在這兒等你。」

她站在那裡，呆呆地看著他，覺得幾天不見，他好像瘦了一樣，兩邊臉頰陷了下去，下巴上的鬍子冒了出來。她從來沒看見過他這個樣子，他的下巴總是刮得乾乾淨淨的。她擔心地問：「你在那邊——好累呀？」

「不累呀，技術方面的事情，不用什麼體力的。」他摸摸自己的臉，說，「瘦了吧？睡不好……」

他一直盯著她看，盯得她心裡發毛，心想我的臉頰是不是也陷下去了？她小聲說：「怎麼你去二隊那邊……也不告訴大媽一聲呢？歡歡老問起你呢。」

他仍然盯著她，也小聲說：「那天走得很急，我沒時間過來告訴你——們，後來在嚴家河等車的時候，我到郵局去告訴了老大，以為他回來時會告訴你們的，可能他忘了。以後不能指望別人，還是我自己過來告訴你一下。」

靜秋嚇了一跳，他這是什麼意思？他好像看穿了她的心思，知道她這些天在找他一樣。她聲明說：「你告訴我幹什麼？我管你到哪裡去？」

「你不管我到哪裡去，但我想告訴你我到哪裡去了，不行嗎？」他歪著頭，有點不講理地說。

她窘得不知道說什麼，趕快跑到後面去了。在屋外站了一會兒，才又跑回來，看見他坐在她桌子跟前，正在翻看她寫作用的本子。她搶上去，把本子闔起來，嗔怪他：「怎麼不經人家許可就看人家東西？」

他微笑著，學她的口氣問：「怎麼不經人家許可就寫人家？」

她急了，分辯說：「我哪裡寫你了？我提了你的名，道了你的姓？我寫的是……決心書。」

他好奇地說：「我沒說你寫我呀，我是說你不經那些抗日英雄許可就寫人家。你寫我了？在哪裡？這不是你寫的村史嗎？」

靜秋不知道他剛才看見她的決心書沒有，很後悔說錯了話，也許他剛才看見的是本子前面的村史。還好他沒再追問，而是拿出一枝新鋼筆，說：「用這枝筆寫吧，老早就想給你買一枝的，沒機會出去。你那枝漏水，你看你中指那裡老是有塊墨水印。」

她想起他的確說過要買枝筆給她。因為他老愛在衣服上面口袋那裡插好幾枝筆，有一次她笑他：「你真是大知識份子，掛這麼多鋼筆。」

他笑著說：「你沒聽說過？掛一枝筆的是大學生，掛兩枝筆的是教授，掛三枝筆的是——」他賣個關子，不說下去了。

「是什麼？掛三枝筆的是什麼？是作家？」

「掛三枝筆的是修鋼筆的。」

她聽了，忍不住笑起來，問：「那你是個修鋼筆的？」

「嗯，喜歡鼓搗鼓搗小機件，修修鋼筆手錶鬧鐘什麼的，手風琴也敢拆開了瞎鼓搗。不過你那枝筆我拆開看過，沒法修了，要換東西，不如再買一枝，等我有空出去給你買。你用這枝筆，不怕把墨水弄到臉上？你們女孩最怕丟這種人了。」

她沒說什麼，因為她家窮，買不起新筆，這枝舊筆還是別人給的。

現在他把新筆遞給她，問：「喜歡不喜歡這枝？」

靜秋拿起筆，是枝很漂亮的金星鋼筆，太漂亮了，簡直叫人捨不得往裡面灌墨水。她想收下，再付錢給他，但她沒錢，這次下鄉預付的伙食費還是她媽媽問人借的，所以她把筆還給他：「我不要，我的筆還能寫。」

「為什麼不要？你不喜歡？」他好像有點著急，「我買的時候就在想，也許你不喜歡黑色的，但是這種樣子的沒別的顏色。我覺得這種好，筆尖細細的，你寫的字秀氣，用細筆尖的好。」他解釋了一會兒，說：「先用這枝，我下次再給你買好看一點的。」

「別……別，我不是嫌筆不好，是太……好了，很貴吧？」

他彷彿舒了口氣：「不貴，你喜歡就好。灌點墨水試一下？」他說著，就拿過墨水瓶，灌了墨水。他寫字的時候，總愛在落筆前握著筆輕輕晃動一會兒，好像在想問題一樣，然後就開始刷刷地寫。他在她本子上寫了一首詩，大意是說：從我遇見你的那一天起，我就在心裡懇求你，如果生活是一條單行道，就請你從此走在我的前面，讓我時時可以看見你；如果生活是一條雙行道，就請你讓我牽著你的手，穿行在茫茫人海裡，永遠不會走丟。

她很喜歡這首詩，就問他：「這是誰的詩？」

「我亂寫的，算不上詩，想到什麼就寫下了。」

那天，他一定要她收下那枝筆，說如果她不肯收，他只好送到她組裡去，告訴他們這是他為教改作的貢獻，專門送給靜秋寫村史的。靜秋怕他真的跑到組裡去，搞得人人都知道，只好收下了，許諾說等以後掙了錢，就還錢給他。

他說：「好，我等著。」

06

又過了幾天，輪到靜秋回K市休息，她的輪休排在星期三、星期四兩天。前兩次輪休，靜秋把機會讓給了那個叫李健康的男生，因為他其實不那麼健康，臉上老有包塊長出來，需要經常去醫院檢查。靜秋把輪休機會讓給他的另一個原因是她沒路費錢。那時她媽媽每月的工資才四十來塊錢，要養活她跟妹妹兩個人，還要給下農村的哥哥一些零用錢，又要周濟在鄉下勞動改造的父親，每個月都是入不敷出，所以她能省就省了。

但這次不行了，她的班主任託回去休假的人帶信來，說學校匯演，他們班還等著她回去排節目，一定讓她回去一趟，把班上的舞蹈編好，教給同學們才能走。班主任說已經發動全班同學為她募集了來去的路費，這次一定要回去了。

靜秋的媽媽在八中附小教書，跟靜秋的班主任算是一個學校的同事。班主任知道靜秋家窮，每次開學報名時都主動讓她打緩期，就是推遲交學雜費。雖然每學期學雜費只三、四塊錢，在當時也算一筆很大的開銷了。

班主任還常常拿張表格讓靜秋填，說填了學校可以給她每學期十五塊錢補助，叫助學金。但靜秋不肯填，因為助學金還要在班上評的，靜秋不想讓人知道她家窮，要靠助學金讀書。

她自己每年暑假都到外面去做零工，在一些建築工地做小工：師傅砌牆，她就幫忙搬磚，攪和水泥，用木桶子裝了，挑給師傅。很多時候，她得站在很高的腳手架上，接別人從地上扔來的磚；有時還要跟幾個人合抬很重的水泥預製板，都是很重很冒險的活，但每天可以掙到一塊二毛錢，所以她一到暑假就出去打零工。

「這次要回去輪休了，讓她又喜又愁」，喜的是可以回去看看媽媽和妹妹了，她媽媽身體不好，妹妹還小，她老是擔著心。現在回去看看，可以幫家裡買煤買米，幹點重活。但是她又很捨不得西村坪，尤其是老三，回去兩天就意味著兩天見不到他，而剩下的時間已經不多了。

大媽聽說靜秋要回K市，就竭力主張讓長林去送她，但靜秋不肯，一是她不想耽誤長林出工，二是怕受了這個情，以後沒法還。聽長芳講，幾年前，長林曾經喜歡過一個來插隊的女知青，那個女知青可能是看他爸爸面子，跟他好過一段。後來有了招工指標，那個女知青向長林賭咒發誓，說只要你為我搞到這個回城的指標，我一定跟你結婚。

但等到長林幫她說情，讓他爸爸為她弄到指標後，她就一去不復返了。她後來還對人說，只怪長林太傻，沒早把生米煮成熟飯，不然她成了他的人，自然是插翅難飛。

這事讓長林成了村裡的笑柄，連小孩子都會唱那個順口溜：「長林傻，長林傻，雞也飛，蛋也打；放著個婆娘不會插，送到城裡敬菩薩。」

有很長一段時間，長林都像是霜打了的茄子，萎靡不振。給他說媳婦他也不要，叫他找對象他也不找。這回家裡住了靜秋這個女學生，好像他精神又好起來了，所以大媽就總是讓長芳在靜秋耳邊吹風。但長芳覺得二哥配不上靜秋，不光沒作上媒，還把大媽的話、二哥的話全透露給靜秋了。靜秋讓長芳告訴大媽，說自己出身不好，配不上長林。

大媽知道了，親自跑來跟她說這事：「姑娘家，成分不好怕什麼？你跟我家長林結了婚，成分不就好了？以後生的娃都是好成分。你不為自己著想，也要為娃們著想吧？」

靜秋羞得滿臉通紅，恨不得在地下挖個洞鑽進去，連聲說：「我還小，我還小，我沒想過這麼早就找對象，我還在讀書，現在提倡晚戀晚婚，我不到二十五歲以後，是不會考慮這個問題的。」

「二十五歲結婚？骨頭都老得能敲鼓了。我們鄉下女娃結婚早，隊裡扯個證明，什麼時候都能結婚。」大媽安慰靜秋，「我也不是要你現在就結婚，是把這話先過給你，你心裡有我們長林就行了。」

靜秋不知道怎麼辦才好，只好央求長芳去解釋，說我跟你二哥是不可能的，我不知道說什麼好，就知道是不可能的。

長芳總是嘻嘻笑：「我也知道是不可能的，但我不去做惡人，要說你自己去說。」

靜秋臨走前一天，長林自己找她來了，紅著臉說：「我媽叫我明天送你一程，山上人少，不安全，山下路遠，還怕漲水……」

靜秋趕快推託：「不用送，不用送，我不怕。」然後又擔心地問，「這山上有……老虎什麼的嗎？」

長林老實相告：「沒有，這山不大，沒聽說有野物，我媽說怕有……壞人。」

靜秋竭力推辭了，大媽也出面說了一通，靜秋也推辭了。她其實還是很想有個人送她的，一個人走山路，實在是有點膽戰心驚。但一想到接受了長林這個情，以後拿什麼來報答？她又寧可冒險一個人走了。她決定走山下那條路，雖然遠一倍，而且要蹚水，但人來人往，不會遇到壞人。

到了晚上，老三過來了，跟大家一起坐在堂屋裡說話。靜秋幾次想告訴他明天回去的事，都沒有機會開口。她希望別的人會提起這事，那樣他就知道她要回K市兩天了，但沒有一個人提起這事。她嘆了口氣，心想可能也不用告訴他，也許他這兩天根本不會到大媽家來，就算來了，難道他還會因為看不見她難受？

靜秋不好意思老待在堂屋，怕別人覺得她是因為他在才待在那裡的，就起身回到自己房間去寫彙報，但她一直支著耳朵在聽堂屋的動靜，想等他告辭回家的時候悄悄跑出去告訴他，她明天要回K市去。但她又怕他拿她說過的話搶白她，說：「你告訴我這個幹什麼？我管你到哪裡去？」

她待在自己房間，卻一個字也沒寫。快十點了，她聽見他在告辭了，她正想找個機會溜出去告訴他。他走進她房間來了，從她手裡拿過筆，找了張紙，很快地寫了幾句話，然後把那張紙推到她面前。她看見他寫著：

「明天走山路，我在山上等你。八點。」

她吃了一驚，幾乎看不懂他寫的是什麼意思了。她抬頭望著他，見他在微笑，盯著她，彷彿在等她回答。她愣了片刻，還沒等她回答，大媽已經走進來了。他提高聲音說：「謝謝你，我走了。」就走了出去。

大媽狐疑地問：「他謝你什麼？」

「喔，他請我幫他在K市買東西。」

大媽說：「我也正想要你幫忙買點東西。」大媽拿出一些錢，「你回去了，幫我們長林買些毛線，幫他織件毛衣，顏色、式樣都由你定。我聽你大嫂說你蠻會織毛衣，你這身上穿的是自己織的吧？」

靜秋不好推託，只好收下了錢，心想：不能做大媽的兒媳，幫她兒子織件毛衣也算是補償吧。

那一晚，靜秋怎麼都睡不著，她把那張紙拿出來看了又看，他的確是那樣寫的。但他是怎麼知道她明天要回去的呢？他明天不上班嗎？他會對她說什麼？做什麼？有他做伴，她心裡很高興，但是女孩防範的是男人，他不也是個男人嗎？兩個人在山上，如果他要對她做什麼，難道她還打得過他？

說實話，靜秋就只知道男人對女人構成威脅，但並不知道這個威脅具體是怎麼回事。「強姦」也聽說過，外面經常可以看到佈告，有些人的名字上打著大紅叉，就知道又槍斃了幾個。那些人當中，有些就是「強姦犯」，有時還有犯罪經過的描寫，但都比較含糊，看不出究竟是怎麼回事。

靜秋記得曾經看見過一個槍斃殘害女性的強姦犯的佈告，其中有句說強姦犯「將螺絲刀插入女性的下體，手段極其殘忍」。記得那時她還跟幾個女伴議論過，說到底哪裡算下體？幾個人都覺得腰部以下都算下體了，那麼這個強姦犯到底把螺絲刀插到受害人腰部以下哪一塊去了？這事她一直沒搞清楚。

還有個女伴曾經講過，說她姐姐跟男朋友吹了，因為那個男朋友「不是人」，有一天晚上，那個男朋友送她姐姐回家的時候，把她姐姐壓到地上去了。這又把幾個人搞得糊裡糊塗，是不是那個男的太兇惡，要打他女朋友？

靜秋的女伴大都是八中或八中附小老師的小孩，都住在學校教工宿舍裡，一起長大的。那幾個大點的，似乎知道得多一些，但講起來也是藏頭露尾，叫幾個小點的摸頭不是腦，如墮雲裡霧中。記得有個女孩曾經很鄙夷地講過，說某某的姐姐像等不急了一樣，還沒舉行婚禮就結婚了。在靜秋聽來，這個說法簡直狗屁不通，不合邏輯，結婚不就是舉行婚禮嗎？怎麼可能沒舉行婚禮就結婚了呢？

還有就是總聽人說誰誰被誰誰「搞大了肚子」，但從來沒人告訴靜秋，一個人的肚子是如何被搞大的。自己悟來悟去，也就基本上悟出跟男的睡覺就會被搞大肚子，因為她媽媽一個同事的兒子被女朋友甩了，那個同事很生氣，總是對人說那個女孩「跟我兒子瞌睡都睡了，肚子都被搞大過了，現在不要我兒子了，看誰敢要她」。

那件事給靜秋很深的印象，因為她媽媽告誡過她，說你看看，我同事還是人民教師，遇到這樣的事，都會在外面敗壞那女孩的名聲，如果是那些沒知識的人，更不知道說出什麼難聽的話來了。一個女孩子，最要緊的就是自己的名聲。名聲壞了，這一輩子就完了。

把這麼多前人的經驗教訓，再加上道聽塗說以及自己的邏輯推理全綜合起來，靜秋得出了一個結論：明天可以跟老三一起走那段山路，只要自己時時注意就行了。在山上是不會睡覺的，所以不存在搞大肚子的問題，最好讓他走前面，他就不可能突然襲擊，把她按到地上去。另外，注意不讓他碰她身體的任何地方，想必不會出什麼問題了吧？唯一的擔心就是被人看見了，傳到教改小組耳朵裡去，那就糟糕了。但她想那段山路好像沒什麼人，應該不會被人看見吧？要不，明天跟他一前一後離遠點，裝作不認識一樣，只不知道他肯不肯。

第二天，才七點鐘，靜秋就起來了，梳洗了一下，跟大媽告個別，就一個人出發了。她先走到河的上游，乘渡船過了那條小河，然後就開始爬山。今天幾乎是空手，沒背行李，比上次輕鬆多了。

她剛爬上山頂，就看見了老三。他沒穿他那件藍色棉大衣，只穿了件她沒見過的茄克，顯得他的腿特別長，她就喜歡看腿長的人。她一看見他，就忘記了昨天晚上為自己立下的那些軍令狀，只知道望著他，無聲地笑。

他也一個勁地望著她笑：「看見你出門了。開始還以為你不會來呢。」

「你，今天不上班？」

「換休了，」他從隨身背的包裡拿出一個蘋果，遞給她，「早上吃東西了沒有？」

她老實回答：「沒有，你呢？」
「我也沒有，我們可以走到K縣城去吃早點。」他把她背的包都拿了過去，「你膽子好大，準備一個人走山路的？不怕豺狼虎豹？」
「長林說這山上沒野物，他說，只需要防壞人……」
他笑起來：「你看我是不是壞人？」
「我不知道。」
他安慰她說：「我不是壞人，你慢慢就知道了。」
「你昨天……好大膽，差點讓大媽看見那個紙條。」她說了這句，就覺得兩個人像在搞什麼鬼一樣，有點狼狽為奸的感覺，好像做了什麼見不得人的勾當，她的臉一下子紅起來。
不過他沒注意，只笑著說：「她看見了也不要緊，她不識字，我寫得又草，還擔心連你也看不清呢。」
山頂的路還有點寬，兩個人並排走著，他一直側著臉望她，問：「大媽昨天找你幹什麼？」
「她叫我在K市幫長林買毛線，幫他織件毛衣。」
「大媽想讓你做他兒媳婦，你知不知道？」
「她……說過一下。」
「你，答應了？」
靜秋差點跳起來：「你亂說些什麼呀？我還在讀書。」
「那你的意思是——如果你沒讀書，就答應做她兒媳婦了？」他見她臉龐漲得紅通通的，好像要發惱一樣，不敢再問了，只說，「你答應給長林織毛衣了？」

「嗯。」

他像吃了大虧一樣叫起來：「你要給他織毛衣？那你也要給我織件毛衣！」

07

靜秋笑道：「你怎麼像小孩爭嘴一樣？別人要織一件，你也要織一件？」說到這裡，又有心試探一下，「你還要我幫你織毛衣？你不會叫你……愛人幫你織？」

他急了：「我哪裡有愛人？你聽誰說我有愛人？」

她見他沒愛人，心裡很高興，但嘴裡卻繼續冤枉他：「大媽說你……有愛人，說你上次就是回家探親去了。」

他大喊冤枉：「我還沒結婚，哪來的愛人？她肯定是想把你跟長林撮攏，才會這樣說。你到我們隊上去問問，看我結婚了沒有。你不相信我，總要相信組織吧？」

靜秋說：「我幹嘛去你隊上問？你……結婚不結婚……跟我有什麼關係？」

他好像也覺察到自己有點失態，笑了笑說：「怕你誤會。」

靜秋心裡覺得很溫暖，他一定是喜歡她的，不然他為什麼怕她誤會？但她不敢再往下問，感覺好像已經走到了一個危險的漩渦附近，再問，就要一頭栽進去了。他也沒再提這個話題，開始問她的情況，她很坦率地講了自己家的事，覺得對他沒什麼要隱瞞的，也許早點讓他知道，還可以考驗他一下。她就把父母怎麼挨批鬥，父親怎麼被趕回鄉下去，哥哥怎麼招不回來都講給他聽了。他默默地聽著，沒怎麼插嘴，只在她每次快停下的時候，又提點問題，好讓她繼續講下去。

靜秋說：「我記得『文革』剛開始的時候，我媽媽還沒被揪出來。那時候，一到晚上，我就跟小夥伴們一起，跑到媽媽學校的會議室去看熱鬧，那裡經常開批鬥會。我們都把批鬥會當件好玩的事，總是學那個工宣隊隊長的福建普通話，因為他總是把『某某』說成『秒秒』。

「那時挨批鬥的是一個姓朱的老師，聽說是跟《紅巖》中的許雲峰、江姐、成崗等人共過事的，後來被捕，就變節自首，保全了一條性命。雖然她自己一直辯解說她只是『變節』，就是脫離了共產黨，但沒有『叛變』，也就是沒出賣同志，但『文革』一開始就被揪出來了，當叛徒來鬥爭。她那時是白天勞動，晚上挨批。白天的時候，她在外面勞動，我們那幫小孩就經常圍著她，學那個工宣隊隊長的話：朱佳靜，又名朱芳道，系秒秒省秒秒市人，於秒秒年秒秒月在秒秒集中營叛變革命。她總是泰然自若，昂著頭，不理睬我們這些小孩子。挨批鬥的時候，她也是昂著頭，不肯低下，經常冷冷地說：『你們不講道理，我懶得跟你們說。』

「但是有一天，我又跟那群小孩到會議室去看熱鬧，卻看見是我媽媽坐在圈子中間，低著頭，在接受批判。小夥伴都開始笑我，學我媽媽的樣子，我嚇得跑回家去，躲在家裡哭。後來我媽媽回來了，沒提那件事，因為她不知道我看見了。

「一直到了公開批判她的那一天，她知道瞞不過我們了，中午的時候就給了我一點錢，叫我把妹妹帶到河對岸的市裡去玩，不到下午吃飯的時候不要回來。我跟妹妹兩人一直待到下午五點才回來。一進校門，就看見鋪天蓋地的標語，都是打倒我媽媽的，她的名字被倒過來掛在那裡，還打上了紅叉，說她是歷史反革命……

「回到家裡，我看見媽媽的眼哭紅了，她的一邊臉有點腫，嘴唇也腫了，她的頭髮被剃得亂七八糟，她正在對著鏡子自己剪整齊。她是個很驕傲的人，自尊心很強，受到這種公開批鬥，簡直無法忍受。她摟著我們哭，說如果不是為了三個孩子，她就活不下去了……」

他輕聲說：「你媽媽是個偉大的母親，她為了孩子，可以忍受一切痛苦和羞辱。你不要太難過，很多人都經歷過這樣的厄運，但是只要熬出來了，就會像你說的那個朱老師一樣，昂首做人，不再為這些痛苦了。」

靜秋覺得他有點階級陣線不清，那個姓朱的是叛徒，我的媽媽怎麼能像她那樣呢？她趕快解釋說：「我媽媽不是歷史反革命，她後來就被『解放』出來了，她又可以教書了，是那些人搞錯了。我外祖父曾經參加過共產黨，後來搬去另一個地方，找不到組織了，就被當成自動脫黨了。解放初期，把他抓起來關進監獄，還沒等到事情弄清楚，他就病死在監獄裡了。但那不是我媽媽的問題……」

「重要的是你自己要相信你的媽媽，即使她真是歷史反革命，她仍然是個偉大的母親。政治上的事，說不清楚……你不要用政治的標準來衡量你的親人。」

靜秋說：「你跟那個叛徒朱佳靜的論調一模一樣，她的兒女責問她那時為什麼要自首，說你不自首的話，現在也跟江姐一樣，是個人人歌頌的革命烈士了。別人能忍受敵人的拷打，為什麼你忍受不了？她說：『我不怕拷打，也不怕死，但那時你爸爸也關在監獄裡，我不變節，你們早就餓死了。我只是個一般黨員，不認識任何別的黨員，我沒出賣任何人，我跟他們說以後不參加黨的活動了。』她這話被她的兒女揭發出來，革命群眾畫了很多漫畫，都是她從狗洞裡爬出來的醜惡面目……」

他嘆了口氣：「一邊是兒女，一邊是事業，她也是太難選擇了。不過既然她沒出賣別人，其實也不用這麼整她的。黨那時似乎有過政策，為了保存實力，是允許黨員在被捕後採取靈活手段的，可以登報聲明脫黨，只要不出賣同志就行。有些擔任一定領導職務的人，被捕後也採用過這樣的辦法。」

他說出幾個響噹噹的名字，說他們都被捕過，都是這樣才被放出來的。

靜秋聽得目瞪口呆，不由自主地說：「你……好反動啊。」

他笑著望她：「你要去揭發我？其實這些事在上面的圈子裡是公開的秘密，就連下面的人也知道一些。不過你很天真純潔罷了。」

她擔心地說：「我不會去揭發你，但你這樣亂說，不怕別人揭發你？」

「哪個別人？我對誰都不會說的，只對你說說。」他開玩笑說，「你如果要揭發我，我也認了，死在你手裡，心甘情願。只求你在我死後，在我墳上插一束山楂花，立個墓碑，上書：這裡埋葬著我愛過的人。」

她揚起手，做個要打他的樣子，威脅說：「你再亂說，我不理你了。」

他把頭伸給她，等她來打，見她不敢碰他，才縮回去，說：「我媽媽可能比你媽媽還慘。她年輕的時候，可以說是很進步很革命的，她親自帶領護廠隊到處去搜她那資本家父親暗藏的財產，親眼看著別人拷問她的父親，她不同情他，她覺得她做的一切都是為了革命。雖然她後來跟我父親結了婚，但她一直很低調，只在市群藝館當個小幹部。她嫁給我父親那麼多年，也一直跟她的資本家父親劃清界限，但她骨子裡還是個小資產階級知識份子，喜歡文學，喜歡浪漫，喜歡一切美的東西。她看了很多書，很愛詩歌，自己也經常寫一點，但她不拿去發表，因為她知道她寫的東西，只能算得上小資產階級的東西。『文革』當中，我父親被打成『走資本主義道路的當權派』，遭到批鬥，被隔離了。我們被趕出軍區大院，我媽媽也被揪了出來，說她是資本家的小姐，腐蝕拉攏革命幹部，用極其卑劣的手段引誘我父親，把革命幹部拉下了水。那時候，整個群藝館貼滿了各種低級下流的大字報和漫畫，把我媽媽描繪成一個骯髒無恥的女人。

「她像你媽媽一樣，是個高傲自尊的女人，從來沒有被人這樣潑過汙水，所以沒法忍受。她跟那些人吵，替自己辯護，但越辯護越糟糕。那些人用各種方法羞辱她，逼她交代所謂勾引我父親的細節，連新婚之夜的一點一滴都要她交代出來，還借批鬥的機會在她身上亂摸，她就痛罵他們，而他們就打她，罵她，說她挨批的時候還不忘勾引男人。那時她每天回來都要洗很長時間的澡，因為她覺得自己被玷汙了。他們出手很重，一直到她被打得站不起來了，他們才讓她回家養傷。

「那時，我父親在省裡被批鬥，省報、市報上都印滿了批判揭發他的東西，後來就越來越往低級下流方面滑，很多是關於他生活腐化墮落的，說他引誘姦汙了身邊很多女護士、女秘書、女辦事員。我們把這些都藏著，不讓我母親看見，但她仍然看見了，因為實在太多，藏不勝藏。她的身體承受了外界的打擊，她還堅持活著，但這個來自她丈夫的『背叛』把她打垮了，她用一條長長的白圍巾結束了她的生命。她的遺書只有幾句話：質本潔，命不潔，生不逢時，死而後憾。」

靜秋小聲問：「那你父親真的……有那些事嗎？」

「我也不知道。我覺得我父親是很愛我母親的，雖然他不知道怎樣愛她才是她喜歡的方式，但他還是愛她的。我母親走了這些年，父親也早就官復原職，有很多人為他張羅續弦，但他一直沒有再娶。我父親總是感嘆，說毛澤東的那句話有道理：『勝利往往來自於再堅持一下之後。』有時候，好像已經走到了絕境，以為再也沒有希望了，但是如果再堅持一下，再堅持一下，往往就看到了勝利的曙光。」

靜秋沒想到他有比她更慘痛的經歷，很想安慰他，但又不知道說什麼好，只說：「你這些年過得也很難……」

他沒再談父母的事，兩個默默走了一會兒，他突然問：「我……可不可以跟你到K市去？」

她嚇了一跳：「你跟我到K市去幹什麼？如果我媽媽看見，或者老師同學看見，還以為……」

「以為什麼？」

「以為……以為……反正……反正影響不好。」

他笑起來：「看把你嚇得，話都說不清了。你放心，你叫我不跟你去，我就不會跟你去的。你說的話就是最高指示，我肯定照辦的。」他小心地問，「那我可不可以在縣城等你回來呢？縣城沒人認識我們，你要是怕的話，我可以只遠遠地跟著你。你回來的時候，不是還要走這麼遠的路嗎？你一個人走我怎麼能放心呢？」

她看他這麼乖，說不準跟她去K市就不敢跟她去，她一感動，膽子就大起來：「如果不耽擱你工作的話，你……就在縣城等我吧。我坐明天下午四點的車，五點到縣城。」

「我在車站等你。」

又默不做聲地走了一段，靜秋說：「你講故事我聽吧，你看過那麼多書，肚子裡肯定有不少故事，講一個給我聽吧。」

他就講了幾個故事，每講完一個，靜秋就問：「還有呢？還有呢？」他就又講一個。最後，他講了一個沒題目的故事。大意是說有一個青年，為了挽救他父親的事業和前程，答應娶他父親上司的女兒為妻，但他心裡是不願意的，這事情就一直拖著。後來他遇到了一個他自己喜歡的姑娘，他想娶那個姑娘為妻，但那個姑娘知道了他跟另一個姑娘有過婚約，就不信任他，躲了起來。

講到這裡，他就停下了。

她問：「後來呢？把故事的結局告訴我吧。」

「我真的不知道結局，如果你是……那個姑娘，我的意思是，如果你是那個青年後來遇到的姑娘，你會怎麼辦？」

靜秋想了想，說：「我想，如果那個青年可以對一個姑娘出爾反爾，他也會對別的姑娘出爾反爾的，所以……如果我是那個他後來遇到的姑娘，我肯定也會躲起來。」說到這裡，她似乎恍然大悟，「這是不是你的故事？你在講你自己？」

他搖搖頭：「不是我的故事，是從很多書裡看來的，幾乎所有的愛情故事都大同小異。你看過《羅密歐與茱麗葉》嗎？羅密歐不是很愛茱麗葉嗎？但是不要忘記，羅密歐在遇到茱麗葉之前也喜歡過另一個女孩的。」

「是嗎？」

「你忘記了？羅密歐遇見茱麗葉的那天，他是為了另一個女孩去那個聚會的，但他看見了茱麗葉，就愛上了她，你能說羅密歐既然能對第一個女孩出爾反爾，就一定會對茱麗葉出爾反爾嗎？」

靜秋想了一會兒，說：「他沒有對茱麗葉出爾反爾，是因為他很快就死了。」

「喔，想起來了，我剛才那個故事的結局是這樣的：後來那個青年瘋了一樣到處找那個女孩，可是老是找不到，他沒法忍受沒有她的生活，就……自殺了。」

「這肯定是你亂編的。」

08

星期四下午，靜秋匆匆趕到長途車站，擠上了開往K縣城的最後一班車。沒想到車剛開出K市就拋錨了，停在一個前不靠村、後不靠店的地方，足足等了一個多小時，才重新聽見汽車發動機聲。

靜秋急得要命，等趕到K縣城，肯定七點都過了，車站都關門了，不知道老三還會不會等她。如果他走了，她今天是沒法趕回西村坪了，只好在K縣城找個地方住一晚上。但她身上的錢買了車票之後就沒剩下什麼了。她想：萬不得已的話，只好把大媽請她買毛線剩下的錢用來住旅館了，只不知道住一夜旅館要多少錢。

當她的車開近K縣汽車站的時候，她看見老三正站在昏黃的路燈下等她。車一停，他就跑到車門口向裡張望，看見她了，就跳上車來，擠到她跟前：「以為你不來了，又以為你的車……翻了。肚子餓了吧？我們找個地方吃東西吧。」

他接過她的那些包：「背了這麼多東西？跟別人帶的？」然後就不由分說地抓起她的手，帶著她下了車，去找餐館。她試著掙脫他的手，但他抓得好緊，而且又是晚上，想必也沒人會看見，她就由著他抓了。K縣城不大，連公共汽車都沒有，幾家餐館早就關門了，沒地吃飯了。

靜秋問：「你吃了沒有？如果你吃過了，我們就不用找餐館了，回到西村坪再吃吧。」

「我也沒吃，開始準備等你來了一起吃的，後來就怕離開了會跟你錯過，所以就守在那裡。你肯定餓了，還是先吃點東西吧，待會兒要走很遠的路。」他拉著她的手，說，「跟我來，我有辦法。」

他帶著她到縣城附近的那些農民家去找吃的，說只要給錢，總歸能找到飯吃。走了一會兒，他看見一戶人家，說：「就是這家了，房子大，豬圈也大，肯定家裡殺了豬的肉還有剩的，讓我們去開開葷。」

他們倆去敲那戶人家的門，開門的是個中年婦女，聽說他們是來找飯吃的，又看見老三手裡的鈔票晃來晃去的，就把他們讓進屋去。老三跟她談了一會兒，給了錢，那個婦女就張羅做飯了。

老三幫忙燒火，他坐在灶跟前，很老練地架柴燒火，還拉靜秋坐在旁邊看。灶跟前堆著一些茅草樣的東西，算是坐的地方。靜秋跟老三坐在茅草堆裡燒火，只有那麼一點地方，兩個人擠在那裡，她的人幾乎靠在他身上了，但她不怎麼怕，因為這戶人家肯定不認識他們倆。

爐灶裡的火映在老三臉上，他的臉變得紅紅的，好像特別英俊。靜秋不時偷偷地看他，他也不時地側過頭望她一眼，跟她的視線相遇，就會心地一笑，問她：「這種生活好不好玩？」

「好玩。」

那頓飯對靜秋來說，真是太豐盛了，新米煮出來的飯特別好吃，幾個菜也是色香味俱全，有一碗煎得兩面黃的豆腐，一個炒得綠油油的青菜，一碗鹹菜，還有兩根自家做的香腸。他把兩根香腸都夾給她，說：「知道你喜歡吃香腸，剛才專門問了，如果主人說沒香腸，我就要換一家了。」

「你怎麼知道我愛吃香腸？」她不肯要兩根，一定要留一根給他。

他說：「我不愛吃香腸，真的，我愛吃鹹菜，隊上食堂吃不到的。」

她知道他是在讓給她吃，哪裡會有不愛吃香腸的人？她一定要他吃，說你不吃，我也不吃了。兩個人在那裡讓來讓去，主人看見了，樂呵呵地說：「你們這兩口子怪有趣的，蠻恩愛呢，要不我再給你們煮兩根？」

老三趕快掏錢，連聲說：「那就多煮幾根吧，我們可以帶在路上吃。」

吃完飯，他問靜秋：「今天還回去不回去？」

「當然回去，不回去在哪裡住？」

「想不回去當然能找到住的地方，」他笑了一下，「還是回去吧，不然你又怕別人說這說那。」

一路上，他都牽著她的手，說天太黑，怕她摔跤。兩個人的手一直抓在一起，有點汗涔涔的。他問：「我牽著你的手，你是不是……好怕？」

「嗯。」

「以前沒人牽過你的手？」

「沒有。」她好奇地問，「你牽過別人的手？」

他有好一會兒沒回答，最後才說：「如果我牽過，你是不是就覺得我是壞人？」

「那你肯定是牽過的。」

「牽和牽是不一樣的。有的時候，是因為責任，有的時候，是因為沒別的辦法，還有的時候是因為……愛情。」

她還從來沒有聽過別的人直截了當對她說「愛情」這個詞，那時說到愛情，都是用別的詞代替的。

她聽他用這個詞，感覺很尷尬。她不敢順著這個話題往下說，不知道他還會說些什麼令她尷尬的話來。

路過那棵山楂樹的時候，他問：「那邊就是那棵山楂樹，想不想過去看一下，坐一會兒？」

靜秋覺得有點毛骨悚然：「不了，聽說那裡槍殺過很多抗日英雄的，晚上去那裡好怕⋯⋯」

「那以後有機會再來吧。」他開玩笑說，「你信仰共產主義，還怕鬼？」

靜秋不好意思地說：「我也不是怕鬼，其實那些抗日英雄就是變了鬼，應該也是好鬼，也不會害人，對吧？所以我不是怕鬼，只是怕那種陰森森的氣氛。」她突然想起了什麼，問他，「我到西村坪那天，你是不是剛好也從什麼地方回西村坪，在那棵樹下站過？」

「沒有啊，」他驚訝地問，「我怎麼會跑那裡站著？」

「喔，那可能是我看花眼了。那天我一回頭，總覺得樹下站著個人一樣，穿著潔白的襯衣⋯⋯」

他呵呵笑起來：「你真是看花眼了，那麼冷的天，我穿著件潔白的襯衣站在那裡？不凍死了？」

靜秋想想也是：「可能是我平常聽《山楂樹》時，老想起那樹下站著的兩個青年，所以看走眼了。」

他一本正經地說：「也許是那些冤魂當中有誰長得像我吧？可能那天他現了形，剛好被你看見，你就以為是我了。快看，他又出來了！」

靜秋哪裡敢看，嚇得撒腳就跑，被他一把拉住，扯到自己懷裡，摟緊了，安慰說：「騙你的，哪裡有什麼冤魂，都是編出來嚇唬你的。」他摟了她一會兒，又開玩笑說，「本來是想把你嚇得撲進我懷裡來的，哪裡知道你反而向別處跑，可見你很不信任我啊。」

靜秋躲在他懷裡，覺得這樣有點不大好，但又很捨不得他的懷抱，而且也的確是很怕，就厚著臉皮賴在他懷裡。他在雙臂上加了一點力，她的臉就靠在他胸膛上了。她從來不知道男人的身體會有這樣一股令人醉醺醺的氣息，不知道怎麼形容那氣息，就覺得有了個人可以信任依賴一樣，心裡很踏實，黑也不怕了，鬼也不怕了，只怕被人看見。

她能聽見他的心跳，好快，好大聲。「其實你也很怕，」她抬頭望著他，「你心跳得好快。」

他鬆了一下手，讓身上背的包都滑到地上去，好更自由地摟著她：「我真的好怕，你聽我的心跳這麼快，再跳，就要從嘴裡跳出去了。」

「心可以從嘴裡跳出去？」她好奇地問。

「怎麼不能？你沒見書上都是那麼寫的：他的心狂野地跳動著，彷彿要從嘴裡跳出去一樣。」

「書裡這樣寫了？」

「當然了，你的心也跳得很快，快到嘴邊了。」

靜秋感受了一下自己的心跳，狐疑地說：「不快呀，還沒你的快，怎麼就說快到嘴邊了？」

「你自己感覺不到，你不相信的話，張開嘴，看是不是到嘴邊了。」不等靜秋反應過來，他已經吻住了她的嘴。她覺得大事不妙，拚命推開他。但他不理，一味地吻著，還用他的舌頭頂開她的嘴唇。

如果他只吻她的嘴唇，她可能還不會這麼緊張，現在他連舌頭都伸進她嘴裡來了，使她覺得很難堪，感覺他很下流一樣，怎麼可以這樣？從來沒聽說過接吻是這樣的。她緊緊咬著牙，他的舌頭只能在她嘴唇和牙齒之間滑來滑去。他攻了又攻，她都緊咬著牙，連她自己也不知道為什麼要這樣，只覺得既然他是想進入她的口腔，那肯定就是不好的事，就得把他堵在外面。

他放棄了，只在她唇上吻了一會兒，氣喘吁吁地問她：「你……不喜歡？」

「不喜歡。」其實她沒什麼不喜歡的，只是很害怕，覺得這樣好像是在做壞事一樣。但她很喜歡他的臉貼著她的臉的感覺，她從來沒想到男人的臉居然是暖暖的，軟軟的，她一直以為男人的臉是冰冷繃硬的呢。

他笑了一下，改為輕輕摟住她：「喜歡不喜歡這樣呢？」

她心裡很喜歡，但硬著嘴說：「也不喜歡。」

他放開她，解嘲地說：「你真是叫人琢磨不透。」他背起那些包，說，「我們走吧。」然後他沒牽她的手，只跟她並排走著。

走了一會兒，靜秋見他不說話，小心地問：「你……生氣了？你不怕我摔跤了？」

「沒生氣，怕你連牽手也不喜歡。」

「我沒有說我不喜歡……牽手……」

他又抓住她的手：「那你喜歡我牽著你？」

她不肯說話。他偏要問：「說呀，喜歡不喜歡？」

「你知道還問？」

「我不知道，你讓我琢磨不透，我要聽你說出來才知道。」

她還是不肯說，他沒再逼她，只緊緊握著她的手，跟她一起走下山去。擺渡的已經收工了，他說：「我們別喊擺渡吧，我們那裡有句話：形容一個人難得叫應，就說『像喊渡船一樣』，說明渡船最難喊了。我背你過河吧！」

說著，他就脫了鞋襪，把襪子塞進鞋裡，把鞋用帶子連起來，掛在自己頸子上，然後把幾個包都掛到自己頸子上。他在她前面半蹲下，讓她上去。她不肯，說：「還是我自己來吧。」

「別不好意思了，上來吧，你們女孩子走了冷水不好。現在天黑，沒人看見。快上來吧。」

她只好讓他背她，但她用兩手撐在他肩上，盡力不讓自己的胸接觸他的背。他警告說：「趴好了啊，用手圈著我的頸子，不然掉水裡我不負責的啊。」說完，他彷彿腳下一滑，人向一邊歪去，她趕緊伏在他背上，用手圈住他的脖子。她感到自己的胸擠在他背上，給她一種奇怪的感覺，好像擠在那裡很舒服一樣。但他渾身一震，人像篩糠一樣發起抖來。

她擔心地問：「是不是我好重？還是水好冷？」

他不回答，哆嗦了一陣才平復下來。他背著她，慢慢涉水過河。走了一會兒，他扭過臉說：「我們那裡有句話，說『老公老公，老了要人供；老婆老婆，老了要人馱』。不管你老不老，我都馱你，好不好？」

她臉紅了，嗔他：「你怎麼盡說這樣的話？再這樣，我跳水裡去了。」

他突然不吭聲了，靜秋好奇地問：「你怎麼啦？又生氣了？」

他用頭向下游方向點了一下：「你二哥在那邊等你。」

靜秋順著他頭指的方向看了一下，真的，長林坐在河邊，身邊放著一對水桶。老三走到岸上，放下靜秋，邊穿鞋襪邊說：「你等在這裡，我過去跟他說點事。」說完，他就走過去跟老二打個招呼。

「老二，挑水呀？」

「嗯，你們回來了？」

然後他壓低嗓音跟長林講了幾句，就回到靜秋身邊，說：「你到家了，我從這邊走了。」然後就消失在黑夜裡了。

長林打了水，挑上肩，默不做聲地往家走。靜秋跟在後面，膽戰心驚，她怕長林把剛才看到的事講出去，讓教改小組的人聽見，那她就算完蛋了。她想趁到家之前的那點工夫給長林囑咐一下：

「二……二哥，你別誤會，他只是接了我一下，我們……」

「他剛才說過了。」

「你不要對外人講，免得別人誤會。」

「他剛才說過了。」

回到家，個個都顯得很驚訝，大媽一迭聲地說：「你一個人跑回來的？走的山路？哎呀，你膽子真大，那條路，我白天都不敢一個人走的。」

09

那天晚上，靜秋很久都睡不著，一直都在擔心長林會把看見的事說出去。剛才他是沒對其他人說，但那不是因為她在那裡嗎？等到背著她了，他會不會對大媽講？如果他今晚真的是在河邊等她回來，那他多半會講出去，因為他肯定見不得她跟老三在一起。

靜秋已經習慣於做最壞的思想準備了，因為生活中好些她不希望發生的壞事都發生了，往往是措手不及，令她痛苦萬分。那種痛苦太可怕，來得太早，所以她從小就學會了凡事做最壞的思想準備。現在最壞的可能就是長林把這事說出去了，然後傳到了教改小組的人耳朵裡，他們又傳回學校裡。如果學校知道了，會怎麼樣？K市八中學生當中，因為讀書期間談朋友被處分的大有人在，但那多多少少都是有點證據的。現在就憑長林一個人說說，學校就能處分她。

但是她也知道自己的身份，媽媽雖然是早就被「解放」出來了，又做回人民教師，但爸爸還是戴著「地主分子」的帽子的。而「地富反壞右」五類分子當中，「地主」是首當其衝的，是無產階級最大的敵人。像她這樣的地主子女，如果有了「作風不好」這麼一個把柄，學校還不狠狠整她？整她還是小事，肯定連家裡人都牽連進去了。

靜秋覺得爸爸被打成「地主分子」真的是很冤枉。爸爸很早就離開地主家庭，出去讀書去了，像這樣的地主子女，因為沒在鄉下收佃戶的租，是不應該被劃成地主的。她覺得爸爸甚至還算得上一個進步青年，因為他在解放前一兩年就從敵佔區跑到解放區去了，用自己的音樂才能為解放區的人民服務，組織合唱團，宣傳共產黨、毛主席，在那裡教大家唱《解放區的天是明朗的天》。不知道怎麼的，「文革」一開始就把他揪出來了，說他跑到解放區是去替國民黨當特務的，還說他教歌的時候，把「解放區的人民好喜歡」教成「解放區的人民喝稀飯」，往解放區臉上抹黑。最後她爸爸被戴上「地主分子」帽子，趕回鄉下去了。戴「地主分子」的帽子，主要是因為不能重複戴好幾頂帽子，只好給他戴最重的帽子，不然的話，還要給他戴上「美蔣特務」、「現行反革命」等好幾頂帽子的。

想到這些，靜秋真是萬分後悔，像自己這樣的出身，在各方面都得比一般人更加注意，千萬不能有半點閃失，不然就會闖出大禍。這次不知是怎麼了，好像吃錯了藥一樣，老三叫她走山路，她就走山路；老三說在縣城等她，就讓他在縣城等她；後來又讓他拉了手，還被他抱了，親了；最可怕的是讓長林看見他背著她了。這可怎麼辦？這個擔心太沉重了，沉重得使她一門心思都在想著怎樣不讓長林說出去，萬一他說出去了，又該怎麼應付，而對老三，反而沒什麼時間去多想了。

接下來的幾天，她每天都是提心吊膽的，對大媽和長林察言觀色，看有沒有跡象表明長林已經告訴他媽了。對長林，她擔心還少一點，長林像個悶葫蘆，應該不會跑到教改組去傳這些話。但如果讓大媽知道了，那就肯定會傳出去了。

可看來看去的結果，是把自己完全看糊塗了。有時大媽的表情好像是什麼都知道了一樣，有時又好像是沒聽到風聲。靜秋的心情完全是隨著自己的猜測變化：以為大媽知道了，就膽戰心驚，寢食不安；覺得大媽還不知道，就暗自慶幸一番，嘲笑自己杯弓蛇影。

老三仍然跑大媽家來，不過他上班的地點移到村子的另一頭去了，所以他中午不能來了。但他晚上常常會跑過來，每次都帶些吃的東西來，有兩次還帶了香腸過來，說是在一戶村民家買的。大媽煮好後，切成片，給大家做菜，但靜秋吃飯的時候，發現自己碗裡的飯下面埋著一小段香腸。她知道這一定是老三搞的，知道她愛吃香腸，想讓她多吃一點。

她緊張萬分，不知道怎麼處理這段香腸。記得她媽媽講過，說以前鄉下丈夫疼媳婦，就會像這樣在媳婦的飯裡埋塊肉，因為鄉下媳婦在夫家沒地位，什麼都得讓著別人，有了好吃的要先讓公婆吃，然後讓丈夫吃，再讓小叔子們、小姑子們、還有自己的孩子們吃。輪到媳婦的，只有殘菜剩飯了。做丈夫的不敢當著父母的面疼媳婦，想給一人一塊肉，又沒那麼多，就只好做這個手腳。她媽媽還學過鄉下小媳婦怎麼吃掉這塊肉：要偷偷摸摸的，先把嘴擱在碗沿上，然後像挖地道一樣，從飯下面掏出那塊肉，裝作往嘴裡扒飯的樣子，就悄悄咬一口肉，又趕快把肉塞回「地道」裡去。碗裡的飯不能全吃完了再去盛，不然飯下的肉就露出來了。但不吃完碗裡的飯就去盛，如果被公婆看見，又要挨罵。

聽媽媽講，有個小媳婦就這樣被丈夫心疼死了，因為她丈夫在她碗裡埋了一個「石滾蛋」，就是煮的整顆的雞蛋，她怕人看見，就一口塞進嘴裡，正想嚼，就聽見婆婆在問話，她只好趕快吞了來答話。結果雞蛋哽在喉嚨裡，就哽死掉了。

靜秋看著自己的碗，心裡急得要死，這要是讓大媽她們看見，還不等於是拿到證據了？人家小媳婦如果被人發現，也就是挨頓罵，說小媳婦騷狐狸，把丈夫媚惑了。如果她現在讓人發現，那就比小媳婦還倒楣了，肯定要傳到教改組耳朵裡去了。

靜秋望了老三一眼，見他也在望她，那眼神彷彿在問：「好不好吃？」她覺得他好像在討功一樣，但她恨不得打他一筷頭子。他埋這麼一段香腸在她碗裡，像埋了個定時炸彈，她吃又不敢大大方方地吃，不吃，待會兒飯吃掉了，香腸就露出來了。她嚇得剛吃了半碗就跑到廚房去盛飯，趁人不注意，就把那段香腸丟到豬水桶去了。回到桌子上，她再不敢望他，只埋頭吃飯，夾了菜沒有也不知道，吃的什麼也不知道，只想著趕快吃完了逃掉。但他好像不識相一樣，居然夾了一筷子香腸片，堂而皇之地放到她碗裡了。她生氣地用筷子打他筷子一下，說：「你幹什麼呀？我又不是沒手。」

他訕訕地看著她，沒有答話。

不知道為什麼，自從那次跟他一起走山路後，她跟他說話就變得很衝，特別是當著外人的時候，總有點惡狠狠的樣子，好像這樣就能告訴大家她跟他沒什麼。而他正相反，以前他跟她說話，總是像個大人對小孩說話一樣，逗她，開解她。但現在他膽子好像變小了一樣，彷彿總在揣摩她的心思，要討她喜歡似的。她搶白他一句，他就那樣可憐巴巴地望著她，再不敢像以前那樣，帶點不講理的神情跟她狡辯了。他越這樣可憐巴巴，她越惱火，因為他這個樣子，別人一下就能看出破綻。

剛回來的那幾天，老三還像以前那樣，見她在房間寫村史，就走進去說要幫她寫。她小聲但很嚴厲地說：「你跑進來幹什麼？快出去吧，讓人看見。」

他不像以前那樣固執和厚顏無恥了，她叫他出去，他就一聲不吭地在門口站一會兒，然後就乖乖地出去了。她能聽見他在堂屋跟大媽她們說話。有時她要到後面去，得從堂屋穿過，他總是無聲地望著她從跟前走過，他不跟她說什麼，但他往往忘了答別人的話。

她聽見大嫂說：「老三，你說是不是？」而他就「喔」地答應一聲，然後尷尬地問：「什麼是不是？」

大嫂笑他：「你這段時間怎麼總是心不在焉的？跟你說幾遍你都不知道別人在說什麼，跟我那些調皮生一樣，上課不注意聽講。」

這話差點讓靜秋蹦起來，感覺大嫂已經把什麼都看出來了，只不做聲，好讓他們進一步暴露自己，等到證據確鑿了再一網打盡。她想警告老三一下，但又沒機會。

後來，在飯下面埋香腸、埋雞蛋的事又發生了幾次，每次都把靜秋搞得狼狽不堪。她決定要跟老三好好談一下，他再這麼搞，別人肯定看出來了。他當然不怕，因為他在工作了，談朋友也是天經地義的事，但她還是學生，他這樣搞，不是害了她嗎？正好有天老大長森從嚴家河回來了，還帶了一個叫老錢的人回來，說是個開車的，昨天晚上他的車撞死了一頭野鹿，他們幾個司機就把鹿抬回去剮了，把肉分了。長森也拿了一些回來，給大家開個葷。長森叫靜秋去叫老三來吃晚飯，說老錢的手錶壞了，要老三幫忙修修，老錢就是為這事過來的。

靜秋得了這個聖旨，就大大方方地去工棚找老三。走在路上的時候，連她自己也覺得好笑，有沒有聖旨，外人怎麼知道？你有聖旨，別人也可以認為你是藉機去找他的。但人就是這麼怪，是大哥叫她去叫老三的，她去的時候心裡就是坦然的，就不怕別人誤會，真不知到底是在怕誰誤會。還沒到工棚，她就聽見手風琴聲，是她熟悉的《波爾卡舞曲》，她站在那裡，想起來西村坪的第一天，也是在這樣一個暮色蒼茫的時候，也是在這個地方，她第一次聽見他的手風琴聲。那時她只想能見到這個人，跟他說幾句話。後來她也一直盼望見到他，幾天不見，就難受得失魂落魄。

但自從那次跟他一起走山路，她的心情就好像變了一樣，總是害怕別人知道什麼了。她想，我的資產階級思想真的是很嚴重，而且虛偽，因為我並不是不想跟他在一起，我只是怕別人知道。如果那天不被長林看見，保不住我還會天天盼望跟他在一起，真可以說是長林挽救了我，不然我肯定滑到資產階級泥坑裡去了。

她傻乎乎地站了一會兒，胡思亂想了一陣，又下了幾個決心，才去敲老三的門。他開了門，見是她，好像很驚訝一樣，脫口說：「怎麼是你？」

「大哥讓我來叫你去吃飯的。」

「我說呢，你怎麼捨得上我這裡來。」他給她找來一把椅子，又給她倒杯水，「我已經吃過飯了，說說看，老大帶了什麼好東西回來，看我要不要過去吃一筷子。」

靜秋站在那裡不肯坐：「大哥叫你現在就過去，有個人錶壞了，叫你去修的。大哥帶了一些鹿肉回來，叫你去吃。」

老三同寢室的一個中年半截的人開玩笑說：「小孫哪，鹿肉可不要隨便吃喔，那玩意火大得很，你吃了又沒地方出火，那不活受罪？我勸你別去。」

靜秋怕老三聽了他的話真的不去了，連忙說：「不要緊的，鹿肉火大，叫大媽煮點綠豆湯敗火就行了。」

哪知屋裡的幾個男人都嘻嘻哈哈笑起來，有一個說：「好了好了，現在知道怎麼出火了，喝綠豆湯，哈哈哈……」

老三很尷尬地說：「你們別瞎開玩笑。」說完，就對靜秋說，「我們走吧。」來到外面，他對她抱個歉，說：「這些人長年在野外，跟自己的家屬不在一起，說話比較隨便，愛開這種玩笑，你不要介意。」

靜秋搞不懂他在抱什麼歉，別人就說了一個鹿肉火大，不至於要他來幫忙道歉吧？吃了上火的東西多著呢，她每次吃多了辣椒就上火，嘴上起泡，有時連牙都痛起來，所以她不敢多吃。而且愛開玩笑跟家屬在不在一起又有什麼關係？她覺得他們說話神神鬼鬼的，又有點前言不搭後語，不過她懶得多想，只想著怎麼樣告誡他不要在她飯裡面埋東西。

他們仍然走上次走過的小道，大多是在田埂上走。老三要靜秋走前面，她還是不肯。他笑著說：「怎麼？怕我從後面襲擊你？」見她沒搭腔，他也不好再說下去了。

走了一段，他問：「你……是不是在生我的氣？」

「我生你什麼氣？」

他解嘲地笑了一下：「沒有就好，可能是我想太多了，我怕你在怪我那天在山上……」他轉過身，看著她，慢慢退著走，「那天我是太衝動了一點，但是你不要往壞處想……」

她趕快說：「我不想提那天的事。你也忘了那事吧，只要以後我們不犯了就行。我現在就怕長林誤會了，如果傳出去……」

「他不會傳出去的，你放心，我跟他說過的。」

「你跟他說過，他就不會傳出去了？他這麼聽你的？」

他似乎很尷尬，過了一會兒才說：「我知道你很擔心，但是他也只看見我背你，那也沒什麼，這河裡經常有男人背女人的。聽說以前這河裡沒渡船，只有『背河』的人，都是男的，主要是背婦女、老人、小孩。如果那天是長林，他也會背你的。這真的不算什麼，你不要太擔心。」

「但是長林肯定猜出我們是一起從縣城回來的了，哪裡會那麼巧，正好在山上遇到你？」

「他猜出來也不要緊，他不會說的，他這個人很老實，說話算數的。我知道你一直都在擔心，我想跟你談談，叫你不用擔心，但是你總是躲著我。你放心，即使長林說出去，只要我們倆都說沒那事，別人也不會相信的。」

「那我們不成了撒謊了？」

他安慰說：「撒這樣的謊，也不會害了誰，應該不算什麼罪過。即使別人相信長林說的話了，我也會告訴他們那沒你的事，是我在追求你，攔在路上要背你的。」

一個「追求」把靜秋聽得一驚，從來沒聽人直接用這個詞，最多就說某某跟某某建立了深厚的無產階級感情。在他借給她的那些書上看到「追求」這個詞的時候，也沒覺得有這麼刺耳，怎麼被他當著面這麼一說，就聽得心驚肉跳的呢？

他懇求說：「你別為這事擔心了好不好？你看你，這些天來，人都瘦了，兩隻眼睛都陷下去了。」

她心裡一動，呆呆地看他，暮色之中，她覺得他好像也瘦了一樣。她看得發呆，差點掉到田埂下面去了。

他伸出手來，央求說：「這裡沒人，讓我牽著你吧……」

她四面望了一下，的確沒人，但她不知道會不會從什麼地方鑽出人來，她也不知道會不會有什麼人在一個她看不見的地方看著他們。她不肯把手給他：「算了吧，別又鬧出麻煩來。」

「你是怕別人看見，還是──不喜歡我牽著你的手？」

「這有什麼區別嗎？」她有點不客氣地說，「還有啊，你以後不要往我飯下面埋東西，讓大媽他們看見，不等於是給人一個證據嗎？」

他有點迷惑不解：「往你飯下面埋東西？我沒有啊！」

「你別不承認了，不是你還能是誰？每次都是你去的時候，我碗裡才會埋著香腸啦、雞蛋啦什麼的。搞得我跟那些小媳婦一樣，三魂嚇掉兩魂，每次都扔豬水缸裡了。」

他站住了，看著她，認真地說：「真的不是我，可能是長林吧。你說每次都是我去那裡的時候，可能剛好是我帶了菜過去，才有東西埋。但我確實沒有在你碗裡埋東西，我知道那會把你弄得很難堪的，所以我只能是多買一些，拿過去大家吃，你也就能吃到了。」

她驚訝極了：「不是你？那還能是誰？難道是長林？」她想到是長林，就舒了一口氣，「如果是他就不要緊了。」

他臉上的表情好像很難受一樣：「為什麼你不怕別人說你跟他呢？」

10

一連過了好些天，都風平浪靜，連靜秋也開始相信不會有什麼事了，大概長林真的是個老實人，答應了老三不說出去，就真的不會說出去，她多少放心了一些。心比較安定了，靜秋就開始幫長林織毛衣，她目測了一下長林的身高、胸圍，就起了針，挑選了一種比較粗獷但又好織的花，就開始織起來，她想趕在走之前織完，所以每天都織到很晚才睡覺。

大媽看見了，就說：「不急，不急，織不完，你帶回去織，織完了再叫我們長林去拿，或者你來玩的時候帶過來。」

靜秋一聽，越發想趕在走之前織完了，免得留下一個尾巴，以後就得再見長林。很奇怪的是，她不怕別人誤會她跟長林有什麼，她只怕長林自己有那個心思，到時候她不能答應他，就傷害他了。

有一天，大媽跟靜秋兩個人拉家常，靜秋說起媽媽身體不好，經常尿血，但查不出是什麼原因。醫生總是開證明，讓她媽媽買核桃和冰糖吃，說可以治血尿，媽媽吃了很有效。不過核桃、冰糖都是緊俏物資，即使有醫生證明也不容易買到。

大媽說：「你大嫂娘家就有核桃樹，以後叫你大嫂回娘家的時候帶些過來，你拿回去給你媽媽治病。」

靜秋聽大媽這樣說，高興死了。她媽媽尿血的毛病已經很久了，什麼方子都試過了，打雞血針、擺手療法等等，只要是不花很多錢的方法都試了，但就是沒用。嚴重的時候，送去檢驗的尿像血一樣紅。

她立即跑去問大嫂。大嫂說：「我娘家那邊的確有核桃樹，但離這裡太遠，誰知道什麼時候才會回娘家去？不過我會給娘家寫封信，叫他們把核桃存在那裡，我回去的時候就給你帶些過來。」

「那……你們家核桃賣多少錢一斤？」

大嫂說：「都是自家的樹，要什麼錢？我們那裡交通不方便，也不能拿到山外去賣，再說現在『割資本主義尾巴』，連自留山、自留地都恨不得收回去，哪裡還讓賣核桃？秋丫頭，我們一家都拿你當自家人的，只要能治好你媽媽的病，你就是把一棵樹放倒了都沒關係。」

靜秋感激不盡，但不好意思催著大嫂寫信，只說：「謝謝你了，你有空了幫我寫封信去你家，我找個時間自己去拿。我媽媽這病不治好，我真怕她有一天血流盡了……」

過了幾天，長林把一個籃子提到靜秋房間來，說：「你看夠不夠。」說完就走了。靜秋一看，是滿滿一籃子核桃，她愣住了，難道是大嫂叫他跑到她娘家去拿回來的？她狠狠地忍了半天才把眼淚忍回去。她早就發了誓的，說今生再不流一滴淚，因為她小時候流了太多的淚，深知流淚於事無補。她立志要做一個堅強的人，因為哥哥和爸爸在鄉下，媽媽身體不好，妹妹比她小五歲，她就是家裡的中流砥柱了，所以她的口號是：流血流汗不流淚。

她跑去找長林，想問問這究竟是怎麼回事。她找了一會兒，看見長林坐在屋山頭（側面）吃飯。她走過去，站在那裡，看他大口大口地吃飯，像是餓極了一樣。

她問：「你去大嫂娘家了？」

「嗯。」

「遠不遠？」

「不遠。」

靜秋望了一眼他的腳，發現一雙鞋都走破了，腳趾頭露了出來。她說不出話來，只呆呆地看那鞋。他看見了，趕快把鞋脫了，踩到腳下去，羞愧地說：「我腳重，費鞋，是想打赤腳的，但山裡冷……」

她有點哽咽，死命忍住了，問：「是大嫂叫你去的？」

「不是。想早點拿來，你媽吃了早點好。」他幾口扒完飯，「我出工去了，還可以算半個工。」說完就走掉了，過了一下，又扛著個鋤頭跑回來，「找張報紙蓋住籃子，別讓歡歡都吃了，你別看他人小，他會用門夾核桃吃的。」

靜秋看他把鞋塞到門外的柴火堆裡，回頭囑咐她：「莫告訴我媽，她回頭罵我嬌氣，又不是進城，穿什麼鞋。」

長林走了，靜秋從柴火堆裡翻出那雙鞋，想幫他洗洗補補，但發現有一隻的底子已經磨穿了，沒法補了，只好又塞了回去。她站在那裡發愣，如果受了長林這個情，以後拿什麼還？但是她最終還是決定收下這籃核桃，因為能治她媽媽的病。K市二醫院一個姓歐陽的中醫總是說靜秋媽媽的病主要是生活太差了，身體拖得太虛了，加上思想上負擔重，才會這樣沒病因地尿血。如果把生活過好點，思想上開朗些，病可能就慢慢好了，吃核桃冰糖主要是滋補一下。

她相信歐陽醫生的話，因為她媽媽心情好的時候就不怎麼發病。每次一為什麼事操心著急，或者工作太累了，就出現血尿，吃了核桃冰糖，血尿就停了。

她走回房間，蹲在那一大籃核桃前，一粒一粒地摸，可能有二十多斤吧，如果憑醫生證明，可能要十多個證明才能買這麼多，而且要不少錢。那些核桃可能因為是新的，比城裡買到的要新鮮很多。城裡買的那些核桃，常常是砸開之後才發現完全空掉了，裡面的仁變得像一張發皺的黑紙。而這些核桃每一粒看上去都那麼新鮮，拿在手裡重重的，肯定不會是乾枯了的。她恨不得現在就把這籃核桃送回去給媽媽吃，但她想起還要冰糖才行，沒有醫生證明是買不到冰糖的，而醫生只在血尿達到幾個加號的時候才肯開冰糖證明，開了證明還不一定有貨。

她想：這一籃子夠媽媽吃一陣了，妹妹一定開心死了，因為妹妹最喜歡砸核桃。妹妹很會砸核桃，她把核桃豎起來，用個小釘錘在頂上輕輕砸，輕輕砸，核桃殼子就向四面破開了，核桃肉就完整地站在那裡。有時也有砸壞了的，妹妹就用個針小心地挑出來，再加上砸碎的冰糖，拿給媽媽吃。但媽媽每次都不肯吃，叫她們兩姐妹吃，說媽媽身體不要緊，不會有事的，你們兩個人還小，要長身體，你們吃吧。兩姐妹就說核桃好澀嘴，不愛吃。

靜秋蹲在那裡想了一陣，覺得長林對她太好了。曾經聽說過舊社會有孝女賣身救母的故事，她覺得很能理解。在那種時候，一個女孩子，除了賣自己，還能有什麼別的辦法救母親？其實就算是在新社會，像她這樣的女孩子，除了自己，又能拿什麼來救母親？每次她看到媽媽犯病，就在心裡想：如果誰能把我媽媽的病治好，我也願意把我自己賣給他。但現在眼前擺著這一籃子核桃，她不由得惴惴地想：如果這一籃子核桃把我媽媽的病治好了，我是不是就把自己嫁給長林呢？現在是新社會，不能買賣人口，所以說不上「賣」給他，只能是嫁給他。她想到要用自己來報答長林，又不可避免地想到老三。從內心來講，她更願意這一籃子核桃是老三送來的，那就什麼問題都解決了，她就興高采烈地把自己「賣」給老三。

她在心裡狠狠批判自己，長林到底是哪點不如老三？不就是個子矮點，人長得沒老三那麼「小資產階級」嗎？但是我們看一個人，不是應該注重他的心靈方面嗎？怎麼能只看外表呢？但她馬上又反駁自己：你怎麼能說老三的心靈方面就不如長林呢？他不也很關心照顧你嗎？還有，他總是義務幫別人修筆、修錶、修鐘，自己花錢買零件，從來不收人家一分錢，這不也是心靈美的表現嗎？聽說他還是他們勘探總隊樹的標兵，因為他是自己主動要求到野外作業隊來的，他本來是分在省城的總部工作的。人家放著大城市舒適的工作環境不要，到這山溝溝裡來勘探，不也是個心靈美的人嗎？

她胡思亂想了一陣，又嘲笑自己，別人這兩個人都沒說要跟你談朋友，你自己在那裡著個什麼急？也許別人就是像雷鋒一樣幫幫你，結果你卻把別人的好心當成別的什麼了，真是好心討不到好報，好泥巴打不出好灶。

她決定先為長林做雙鞋，免得他媽罵他，也免得他這麼冷的天要打赤腳。她知道大媽的針線籃子裡有很多鋪墊好了但還沒納的鞋底，還有糊好了沒包鞋口的鞋幫，等於是有了半成品的鞋，她花幾個晚上，就可以做出一雙鞋來。她跑去找大媽，說要幫長林做雙鞋，大媽歡喜得眼睛都眯成一條縫了，立馬把鞋幫、鞋底都找出來給她，又把線索、頂針、鞋錐什麼的找出來給她，然後站在旁邊，愛憐地看她納鞋底。

看了一會兒，大媽讚賞說：「真看不出來呀，你這個城裡姑娘還會做這一手好針線，納鞋底納得比我還快，又密實。到底你媽是教書的，養出來的閨女就是能幹。」

靜秋不好意思告訴大媽，說她會做鞋完全是因為家窮，買不起鞋，她媽媽就自己做鞋。買一尺黑布，可以做兩雙半鞋面。再找些舊布，糊成鞋襯，可以做鞋幫。鞋底就要自己納了，最難的是上鞋，就是把鞋幫和鞋底縫在一起，不過靜秋也都學會了。她大多數時候都是穿自己做的黑布鞋，只有下雨天、出遠門，或者學軍什麼的，才穿那雙舊解放鞋。她的腳很懂事，長到三十五碼就沒長了，好像怕她那雙舊解放鞋不能穿了一樣。

大媽說：「你長芬、長芳兩姐妹都不做這個了，看她們去了婆家怎麼辦。」

靜秋安慰說：「現在很多人都不穿做的鞋了，她們去了婆家買鞋穿就是了。」「買的鞋哪有自己做的鞋穿著舒服？我就穿不慣球鞋，上汗，脫出來臭烘烘的。」大媽看看靜秋的腳，又驚嘆道，「好小的腳，這在過去就是大戶人家小姐的腳了，種田人家的女孩哪有這樣乖巧的腳？」

靜秋聽了，羞慚不已，這腳肯定是自己的「地主」爸爸傳下來的，她爸爸的腳在男人中也算小的了，靜秋媽媽的腳並不算小，可見媽媽那邊還是勞動人民，爸爸那邊才是靠剝削農民生活的，不用下田，連腳都變小了。她很老實地坦白說：「可能這是我爸爸的遺傳，我爸爸家……是地主，我思想上是跟他劃清界限的，但是我的腳……」

大媽說：「地主有什麼？人家命好，又會當家，才積下那些田。我們這些沒田的，租人家田種，交租給人家，也是天經地義的。我就不待見那些眼紅人家地主有錢，就找岔子鬥人家的人。」

靜秋簡直覺得自己耳朵有了毛病，大媽這樣一個祖祖輩輩貧農的女兒，會說這種反動話？她想這肯定是大媽故意說了，來考驗她一下的，自己一定要禁得起考驗。她不敢接茬，只埋頭納鞋底。熬了兩個夜，靜秋把長林的鞋做好了，他收工回來，靜秋就叫他試試。長林打了盆水，仔仔細細把腳洗淨了，恭而敬之地把腳放進鞋裡，叫歡歡拿幾張報紙來墊在地上，才小心翼翼地在上面走了幾步。

「緊不緊？小不小？勒不勒腳？」靜秋擔心地問。

長林只嘿嘿地笑：「比媽做的爽腳。」

大媽笑著，故意嗔他：「人家說『有了媳婦忘了娘』，你這還在哪呀，就……」

靜秋趕快聲明：「這鞋是為了感謝長林幫我媽弄那些核桃才做的，沒有別的意思。」

隔了兩天，老三拿來一大袋冰糖交給靜秋，說：「你拿給你媽媽治病。」

靜秋愣住了：「你怎麼知道我媽媽需要冰糖？」

「你不告訴我，還不許別人告訴我？」他好像有點抱怨一樣，「為什麼你能告訴他們，不能告訴我？」

「哪個他們？」

「還有哪個他們？當然是你大媽，你大嫂，你二哥他們。早知道這樣，當初就不該告訴你我不是他們家的。」她愣在那裡，搞不清他是在真生氣還是在開玩笑。

他見她理屈詞窮的樣子，就笑了起來：「不是在怪你，是在跟你開玩笑。長林告訴我的，他說他只能弄到核桃，弄不到冰糖，但是沒有冰糖這藥就沒效。」

「這麼大一袋冰糖，得要多少錢？」

「這麼大一籃核桃，得要多少錢？」

「核桃是樹上摘的。」

「冰糖是樹上長的。」

她見他又敢跟她鬥嘴了，不由得笑了起來：「你瞎說，冰糖也是樹上長的？」

他見她笑了，也很高興：「等你賺錢了，一併還我，我都跟你記著，好不好？」

她想這下糟糕了，如果老二、老三兩個聯合起來治好了我媽媽的病，難道我能把自己嫁給他們兩個？她只好又把自己那套自嘲端出來：別人說了要你以身相許了？你這樣的出身，別人要不要你這個報答還是一個大大的問號。

11

人說「好了瘡疤忘了痛」，這話一點不假。靜秋擔了一段時間的心，發現沒事，膽子又大起來，又敢跟老三說幾句話了。剛好大媽和村長回大媽娘家去幾天，大嫂去嚴家河會丈夫，把歡歡也帶去了，白天家裡除了靜秋，再沒別人。

老三下了班，就早早跑過來幫忙做飯，自己也不在食堂吃，到這邊來吃。他跟靜秋兩個一個燒火，一個炒菜，配合得還挺默契。老三會做油鹽鍋巴：他煮了飯，先把飯用個盆盛出來，留下鍋巴在鍋裡，撒上鹽，抹上油，用文火炕一會兒，鏟起來就是又香又脆的鍋巴。靜秋吃得愛不釋口，晚飯乾脆就不吃飯，只吃鍋巴，吃得其他人莫名其妙：放著白白的飯不吃，去吃鍋巴，城裡人真怪啊！

長芬見大媽不在家，也把自己談的男朋友帶回家來吃飯。靜秋聽大媽說過，說那男的「光長了一張臉」，不踏實，不在村裡好好務農，總想跑外面做小生意，大媽和村長都不喜歡他，不讓長芬跟他來往。長芬平時都是偷偷跑出去跟他約會的，現在爹媽不在家了，長芬就大搖大擺地把那張「臉」帶回來了。

靜秋覺得那張「臉」還不錯，人高高大大的，說話也像見過世面的，對長芬也挺好的。「臉」還帶給靜秋幾根花花的橡皮筋紮辮子，說他就是走村串戶賣這些玩意的。長芬把手上的一只錶給靜秋看，得意地問：「好不好看？他給我買的，一百二十塊錢呢。」

靜秋嚇一跳，一百二十塊錢！差不多是她媽媽三個月的工資了。長芬戴了錶，菜也不肯洗了，碗也不肯洗了，說怕把水搞到錶裡去。

吃飯的時候，老三總給靜秋夾菜，「臉」就給長芬夾菜，只有長林一個人掉了單。長林總是盛一碗飯，夾些菜，就不見了。吃完了，碗一丟，就不知去向，到了睡覺的時候才回來。

晚上的時候，長芬跟「臉」關在隔壁她自己房裡，也不知道在幹什麼。長芬和長芳的屋只隔一堵一人多高的牆，頂上是通的，一點兒也不隔音。靜秋在自己房間寫東西，總是聽見長芬唧唧地笑，像有人在胳肢她一樣。老三就大大方方地坐在靜秋房間，幫她寫村史。有時她織毛衣，他就坐在對面，拿著線團幫她放線。但他放著放著就走神了，只盯著她看，忘了放線，她只好在毛線的另一端扯扯，提醒他。他像是被她扯醒了一樣，回過神來，趕快抱個歉，放出長長的線，讓她織。

靜秋小聲問：「你那天不是爭嘴，說要我給你也織一件毛衣的嗎？怎麼沒見你買毛線來？」

他笑了笑：「線買了，不敢拿過來。」

她想他大概見她這幾天手裡有活，不好再給她添麻煩，她心裡有點感動。她的毛病就是感動不得，一感動就亂許諾。她豪爽地說：「你把線拿過來吧，等我織完了這件，就織你的。」

第二天，他把毛線拿過來了，裝在一個大包裡，看上去不少。靜秋從包裡拿出毛線，見是紅色的，不是朱紅，不是玫瑰紅，也不是粉紅，是像映山紅花一樣的顏色。在紅色中，她最喜歡這一種紅，她就叫它「映山紅」。但男的還很少有人穿這種顏色的毛衣，她吃驚地問：「你——穿這種顏色？」

「山上那棵山楂樹開的花就是這個顏色。你不是說想看那樹開花的嗎？」

她笑他：「我想看那棵樹開花，你就穿了紅色的毛衣，讓我把你當山楂樹？」

他不回答，只望著她棉衣領那裡露出來的毛衣領。她有點明白了，他一定是為她買的，所以是紅色的。果然，她聽他說：「說了你不要生氣，是……給你買的……」

她剛好就很生氣，心想他一定是那天走山路的時候，偷偷看過她毛衣的真實面目了，不然他怎麼會想起買毛線給她？那天在山上走得很熱，他早就脫了外衣，只穿了件毛衣，但她一直捂著件棉衣不肯脫。他問：「你熱不熱？熱就把棉衣脫了吧。」

「我……不習慣穿毛衣走路，想把裡面的毛衣脫了，只穿棉衣。」

他很自覺地說：「那我到那邊去站一會兒，你換好了叫我。」

她不願穿毛衣走路，是因為她的毛衣又小又短，箍在身上。她的胸有點大，雖然用小背心一樣的胸罩狠狠勒住了，還是會從毛衣下面鼓一團出來，毛衣又遮不住屁股，真是前突後翹的，醜死了。

那時女孩之間有個說法，說一個女孩的身材好不好，就是看她貼在牆上時，身體能不能跟牆嚴絲合縫，如果能，就是身材好，生得端正筆直。靜秋從來就不能跟牆嚴絲合縫，面對牆貼，前邊有東西頂住牆；背靠牆貼，後面有東西頂住牆，所以一直被女伴們嘲笑，叫她「三里彎」。

靜秋知道自己身材不好，很少在外人面前穿毛衣，免得露醜。現在她見老三避到一邊去了，就趕快脫了棉衣和毛衣，再把棉衣穿了回去。她小心地把毛衣翻到正面，拿在手裡。開始她還怕他看見了毛衣的反面，不肯給他拿，後來跟他講話講糊塗了，就完全忘了這事，他要幫她拿毛衣，她就給他了，可能他就是在那時偷看了她毛衣的秘密。

她織毛衣的線還是她三四歲的時候媽媽買的。她媽媽不會織毛衣，買了毛線請人織，結果付了工錢，還被別人落了很多線，只給她和哥哥織了兩件很小的毛衣。後來她會織毛衣了，就把那兩件小毛衣拆了，合成一件。穿了幾年，再拆，加一股棉線進去再織。過兩年，再拆，再加一股棉線進去，再織，最後就變得五顏六色了。不過她織得很巧妙，別人看了以為是故意弄成那種錯綜複雜的花色。但因為時間太久了，毛線已經很容易脆斷，變成一小段一小段的。剛開始她還用心地把兩段線搓在一起，這樣就看不出接頭。後來見接頭實在是太多了，搓不勝搓，也就挽個疙瘩算了。所以她的毛衣，從正面看很抽象，很高深莫測。但如果翻過來看裡面，就佈滿了線疙瘩，就像偉大領袖毛主席在井崗山的時候穿的那種羊皮襖，還一定是綿羊的皮，因為那些毛都是曲裡拐彎的。

她想他一定是看見她毛衣的那些線疙瘩了，所以才同情她，買了山楂紅的毛線，讓她給她自己織件毛衣的。不知怎麼的，她一下想到了魯迅的小說《肥皂》，那裡面心地骯髒的男人，看見一個貧窮而身體骯髒的女人，就在心裡想，買塊肥皂，給她「咯吱咯吱」地一洗。

她惱羞成怒，責怪老三：「你這人怎麼這樣？你拿著毛衣就拿著毛衣，你……你看我毛衣反面幹什麼？」

他詫異地問：「你毛衣反面？你毛衣反面怎麼啦？」

她看他的表情很無辜，心想可能是冤枉他了，也許他沒看見。她那一路上都跟他在一起，他應該沒機會去看她毛衣反面。可能他只是覺得那毛線顏色好，跟山楂花一個顏色，所以就買了。

她連忙解釋說：「沒什麼，跟你開個玩笑。」

他如釋重負：「喔，是開玩笑，我還以為你生氣了呢。」

他這樣怕她生氣，使她有一種自豪的感覺，好像她能操縱他的情緒一樣。他是幹部子弟，又那麼聰明能幹，人也長得很小資。但他在她面前那麼老老實實，膽小如鼠，唯恐她生氣，讓她有一種飄飄然的感覺，自覺不自覺的就有點想逗弄他一下，看他誠惶誠恐，好證實她對他的支配能力。她知道這不好，很虛榮，所以盡力避免這樣做。

她把毛線包好，還給他：「我不會要你的毛線的，如果讓我媽媽看見，我怎麼交代？說我偷來的？」

他又那樣訕訕地站在那裡，手裡抱著毛線包，小聲說：「我沒想到你要過你媽媽那一關，你就說是你自己買的不行嗎？」

「我一分錢都沒有，怎麼會一下買這麼多毛線回來？」她帶點挑戰性地把自家經濟上的窘境說了一下，那神情彷彿在說：我家就是這麼窮，怎麼啦？你瞧不起？瞧不起趁早拉倒！

他站在那裡，臉上是一種痛苦的表情，喃喃地說：「我沒想到……我沒想到……」

她覺得他在後悔上了當一樣，於是嘲弄地說：「沒想到吧？你沒想到的事還多著呢，只怪你眼光不敏銳。不過你放心，我說話算數的，冰糖錢、鋼筆錢我都會還你的。我暑假出去做零工，如果一個月一天也不休息，每個月能掙三十六塊錢，我一個月就把你的錢還清了。」

他茫然地問：「做……做什麼零工？」

「做零工都不懂？就是在建築工地做小工啊，在碼頭上拖煤啊，在教具廠刷油漆啊，在瓦楞廠糊紙盒啊，反正有什麼做什麼，不然怎麼叫零工呢？」她有點吹噓地說，「不是每個人都找得到零工做的。我找得到工，是因為我媽媽的一個學生家長是居委會主任，專門管這個的。」

她跟他講有關那個居委會主任的兒子的笑話，因為那個兒子是她的同學，長得瘦瘦小小，班上同學給他起個諢名叫「弟媳婦」，班上還有個男生叫「田姑娘」，另一個男生叫「杜嫂子」，反正幾個男生把女性名稱全占光了。她講到好笑之處，兀自笑了起來。笑了一陣兒，才發現他沒笑，直愣愣地望著她。她趕快解釋說：「你不要覺得我這個人無聊，不是我給他們起的這些諢名，我在班上從來沒這樣叫過他們，我只是講給你聽聽。」

他聲音有點沙啞地說：「在瓦楞廠糊糊紙盒可以，但是你不要到建築工地去做小工了，更不要到碼頭上去拖煤，那很危險的。你一個女孩子，力氣不夠，搞不好被砸傷了，被車壓了怎麼辦？」

原來他剛才根本沒聽她講那些笑話，還迂在做零工的事情上，她安慰他說：「你沒做過零工，所以把做零工想像得很可怕，但實際上……」

「我沒做過零工，但我看見過貨運碼頭上人家怎麼拖煤，很陡的坡，掌不住車把，就會連人帶車衝到江裡去。我也看見過建築工地上人家怎麼修房蓋瓦，從腳手架上摔下來……那都是很重很危險的活，不重不危險也不會交給零工幹了，正式工人就可以幹了。你去幹這麼危險的活，我怎麼放心呢？你媽媽也肯定不放心吧？」

她媽媽的確不放心，總是擔心她在外面做零工受傷，說做零工的受了傷，連勞保都沒有的，那你一生就算完了。幾個錢事小，一條命事大。但她知道幾個錢的事不小，你沒那幾個錢，就買不回米來，你就餓肚子。再說她家也不僅僅是缺「幾個錢」，是缺很多錢。她媽媽經常問別的老師借錢，常常是一發工資就全還帳了，發工資的第二天就要開始借錢。她家經常是把肉票、雞蛋票給人家了，因為沒錢買。她哥哥下鄉的那個隊，收成不好，知青們都要問父母拿錢去買穀打米才有飯吃，因為分值太低，一年做的工分還不夠口糧錢。

這些年，多虧她每年夏天出去做零工，很能幫貼家裡一下。她總是安慰她媽媽：「我做了這麼久零工，不還是好好的嗎？這麼多做零工的，你看見幾個傷殘了？人要出事，坐在家裡也可以出事。」

現在她見老三也這樣婆婆媽媽，就把這套理論拿出來對付他。

但他聽不進去，只急切地說：「你不要出去做零工了吧，真的，很危險的，把自己弄傷了，累壞了，是一輩子的事。你需要錢，我這裡有，我們搞野外的，工資比較高，還有野外津貼。我有存款，你先拿去還帳，以後我每個月都可以給你三十到五十塊錢，應該夠了吧？」

她很不喜歡他這個樣子，好像他工資高就很了不起一樣，就居高臨下地看她，要救濟她。她高傲地說：「你工資高是你的事，我不會要你的錢的。」

「你……就算我借給你的，不行嗎？以後你工作了再還？」

「我以後哪裡會有什麼工作？」她譏諷地說，「我爸爸又不是高幹，還能給我找個野外的工作不成？我下了農村就不準備招回來了。到時候，不用我媽給我口糧錢就不錯了，哪還有錢還你？」

「沒還的，就不還，反正我也用不著這幾個錢，你別固執了，你為了幾個錢，把自己弄傷了，一輩子躺在床上，不是更糟糕嗎？」

她聽他說「為了幾個錢」，覺得他很瞧不起她，把她當個愛錢如命的人。她沒好氣地說：「我就是為了幾個錢，我就是個庸俗的人。我寧可在外面做零工受傷、累死，也不會要你的錢的。」

他好像被她一刀刺中了心臟一樣，再說不出什麼，只低聲說：「你……我……」

他「你我」了半天，也沒說出什麼來，只可憐巴巴地望著她，使她想起以前養過的一隻小狗，被打狗隊的人抓住，綁了嘴，叫不出來，也是這樣可憐巴巴地望著她，好像知道被抓走就是死路一條，在祈求她救命一樣。

12

過了兩天，大嫂回來了，家裡又安靜了。長芬的「臉」也不來了，老三隊上那天也要開會，沒時間過來。晚上，大嫂帶了個同事葉老師來請教靜秋，問男人的毛褲怎麼織前面那個開口。靜秋知道那個開口怎麼織，但葉老師不僅問靜秋怎麼織出一個口，還問她那個口要織多高才方便她丈夫解手。靜秋是從別人那裡學織那個開口的，織的時候從來不去細想那開口是幹什麼的。現在葉老師一說「解手」，把她鬧個大紅臉，慌忙說：「乾脆我幫你把這點織了吧。」說完就快手快腳地幫忙織起來。

葉老師一邊等她織那個口子，一邊跟大嫂聊天：「余敏，秋丫頭實在是太能幹了，人又長得漂亮，難怪你婆婆這麼上心地要把她說給你家老二。秋丫頭，就嫁給老二吧。你嫁這裡來了，我們織毛衣就方便了，隨時可以來問你。」

大嫂說：「你別亂說了，人家秋丫頭臉嫩。」大嫂試探說，「秋丫頭是城裡人，吃商品糧的，哪裡瞧得起山溝溝裡的人？像秋丫頭這樣的，肯定要嫁個城裡人，你說是不是？秋丫頭？」

靜秋紅了臉，只說：「我還小，根本沒想這些事……」

葉老師說：「要嫁城裡人？那我有個主意，在勘探隊找一個，他們裡面有城裡人。到時候秋丫頭嫁的是城裡人，我們又有人幫忙織毛衣，兩全其美。」葉老師想了想說，「我看那個小孫就不錯，會拉手風琴，跟秋丫頭蠻般配的。余敏，小孫老往你家跑，一定是在打秋丫頭的主意。」

大嫂呵呵笑：「你眼睛還蠻尖呢。以前因為我跟他提過長芬的事，他就躲著不上我家來了。可現在跑得好勤，差不多天天來。」

靜秋聽得大氣都不敢出一口，只希望她們是開玩笑。

葉老師說：「那你媽不是急得要命？這麼好的一個丫頭，本來是要說給自己兒子的，搞不好卻被一個外人奪去了。」

大嫂笑笑說：「不會的，秋丫頭鐵定是我們家人，人家小孫家裡有未婚妻的。」

靜秋只覺得腦子嗡的一響，以為自己要暈倒了，哪知不僅沒暈倒，反而像飛到了半空，看戲不怕台高一樣地望著自己，幸災樂禍地想：「靜秋，你一天到晚說『要樂觀地對待一切』，現在考驗你的時候到了。」

大嫂跟葉老師兩個人唧唧咕咕地講，時而笑一陣，靜秋也適時地跟著她們笑，但她腦子裡只有一句話：「小孫在家裡有未婚妻的。」

她就一邊飛針織著毛褲，一邊聽大嫂和葉老師說話，最後的結果是那褲子的開口織了不知道有多長，而她們說的話卻一句沒聽懂。一直到葉老師想起要回去了，才拿過毛褲來看，發現那口子已經織了一尺來長了。

葉老師忍俊不禁：「呵呵，這下我丈夫解手方便了，跟開襠褲差不多！」

靜秋難堪得要命，當即要拆掉重織。大嫂對葉老師說：「我看不用拆了，你回去用針線把多出來的口子縫上就行了。」

葉老師說：「就是，織了這麼長了，拆了怪可惜的。」

等葉老師走了，靜秋趕快回到自己房間，好像再也扛不住了一樣。她爬上床，用被子蒙住頭裝睡。雖然蓋著很厚的被子，她仍然哆哆嗦嗦，不知道是冷還是怕，或者是什麼別的。她躲在被子裡，恨恨地罵老三：「騙子！騙子！你在家有未婚妻，為什麼要對我那樣？你做的那些，難道是一個有未婚妻的人對另一個女孩能做的事嗎？」

她痛心地認識到：罵騙子是沒有什麼用的，這世界上到處是騙子，罵也罵不死他們，罵也罵不疼他們。要怪只能怪自己，怪自己沒眼睛，不能識別騙子。

那天在山上發生的事又一幕幕出現在腦海裡。當時經過的時候，就像是看電影一樣，不能叫停，一大串鏡頭一下就閃過去了，大腦完全是糊塗的，不知道自己在想什麼，也不知道應該說什麼，做什麼。現在回想起來，卻好像是在看一堆照片，每一張都固定了一個瞬間，可能有很多鏡頭省掉了，但重點鏡頭都在，可以一張一張地看，邊看邊評價邊反省。老三抱住她之前的那些鏡頭，好像都沒拍成照片，即使拍了，她也一翻而過。反反覆覆出現在記憶裡的，就是老三嚇唬她，說有個長得像他的冤魂站在樹下，然後不知道怎麼的，他就抱住她了，他吻了她，還差點把舌頭伸她嘴裡去了。

現在知道他在家裡有個未婚妻，靜秋突然覺得像翻出了很多舊照片一樣，那上面清晰地記錄著一切，但當時就是看不見。她跟老三在一起的時候，總有一種暈暈乎乎的感覺，好像自己一向引以為驕傲的判斷力、自持力都不存在了一樣。他就像一陣強勁的風，刮得她腳不點地跟他走，思維變緩慢了，聽覺變遲鈍了，但笑神經卻特別發達——當然都是傻笑神經。

她又回想起回去的那天，走在山上的時候，他講過那個故事，還拿羅密歐茱麗葉做例子，替那個甩了前女友的青年辯護，其實那就是在說他自己。回來的那天晚上，走在山上的時候，他又變相地承認了他牽過別人的手。想到這點，她就悔之莫及。怎麼當時就沒聽懂呢？如果聽懂了，那他來抱她的時候，她就會對他大發脾氣。如果發了脾氣，就是表明了立場，說明她是討厭他那樣做的。

可惜她那時不僅沒發脾氣，還此地無銀三百兩地承認自己喜歡他牽著手。她真不知道自己為什麼會做這麼傻的事，那時見他不再牽她的手了，好像話也不多了，覺得他生氣了，不知怎麼一下，心裡就惶恐起來了，怕他再不理她了。

現在她讓他抱了她，親了她，結果他卻有未婚妻，這不是被他騙了嗎？靜秋從小就聽媽媽說女孩子「一失足成千古恨」，剛開始她連這句話怎麼斷句都搞不清楚，以為是「一時足成千古恨」，但居然把基本意思給撞對了，就是說一旦失足，就會悔恨一輩子，她不知道的是什麼叫「失足」。在她看來，讓一個男的知道自己愛他了，就是失足了，因為他就可以拿去對人吹噓，敗壞女孩的名聲。靜秋知道不少這樣的故事，也親眼見過認識的女孩遭到這種不幸，所以她一直很注意，不要「失足」，最保險的辦法就是不愛上什麼人，那就絕對不會「失足」。

她想到這裡，覺得哆嗦得不那麼厲害了。還好，她跟他的事沒人知道，她也沒留給他什麼黑字落在白紙上的把柄。迄今為止，最糟糕的就是她承認了她喜歡他牽她的手。但那天去叫他來吃飯的時候，她已經拒絕過他牽手的要求了，應該把局面挽回來了吧？

她決定再也不理他了，就當這事從來沒發生一樣。既然他有未婚妻，想必也不會對人說這事，希望這樣就能把這事從她生活中一筆勾銷。她想起不知道在哪裡看見過的一句話：「不為人知的醜事就不成其為醜事。」她希望這句話闡述的是一個真理。現在就是他那袋冰糖怎麼處理的問題了，她媽媽的確需要這些冰糖，她回了K市也沒本事買到冰糖，所以她決定收下，但她一定要付他錢，儘快付。她可以先問教改小組的人借一點錢，以後回去再還他們。

她爬起來，正想到教改組李師傅那裡去借錢，大嫂找來了，說想跟她說幾句話。

大嫂說：「我婆婆早就叫我來跟你說說長林的事，但是我都沒對你提起，主要是覺得沒什麼可能，你是城裡人，又是高中生，長林一個鄉下人，連初中都沒讀完，肯定是配不上你的。」

靜秋難受地說：「我真的沒有瞧不起他的意思，只是……」

大嫂說：「後來我聽說了你家裡的事，我又覺得應該跟你提提長林的事，還應該把我自己的經歷跟你講講，說不定對你有好處。」大嫂嘆口氣，「其實我看見你，就像看見了當年的我自己。我以前也是城市戶口，但我父母被打成右派之後，就丟了公職，成了無業人員，靠做零工為生。後來城市搞清理，把無業人員都趕到鄉下去，我們一家才去了那個窮山溝。」

「原來你也有這麼坎坷的經歷？」靜秋同情地說，「我一來就覺得你不像這裡的人，連你的名字都跟這裡的人不同。」

「現在還不是成了這裡人了？你以後也要下農村的，還不知道下哪個老山裡去了。其實這裡靠縣城，離K市也不遠，算是比較富庶的地區。你在這裡住了這幾個月，肯定也看出來了，我婆婆一家待人很好的。如果你嫁了長林，他家裡人肯定把你當仙女供著。」

靜秋盡力把話扯到別處去：「你從城裡到鄉下，一定也……憋屈得很……」

「這就是命，人強強不過命。」大嫂嘆口氣說，「不過我還算運氣好的了，嫁給長森，他爸大小是個官，把他弄出去吃商品糧了，也把我弄到小學教書。雖然我不是吃的商品糧，但教書比下田勞動好多了。你以後來了西村坪，只要長林他爸還在位，肯定能讓你去小學教書。」

靜秋從來沒想過通過嫁人來改變自己的命運，她知道自己是下農村的命，而且下去了就招不回來，就像她知道自己家窮，也很想改變窮的面貌，但她決不會靠嫁人去改變，她寧可搶銀行。對她來說，一切的一切都是自己不能掌握的：升學，找工作，入團等等，都不是自己說了算的。唯有自己的感情，可以自己掌握，這是她唯一可以自由支配的東西，所以她一定要按自己的意志去支配自己的感情。她可以因為感恩拿自己報答別人，可以因為同情去拯救一個人，但她絕不會用自己的感情去換金錢或地位。

大嫂說：「我知道你不肯跟長林一起，是因為你喜歡老三。說實話，老三這個人挺不錯的。」

「誰說我喜歡老三了？」靜秋立即把老三從自己身上扯開，「你說跟他提長芬的事——到底是什麼事？」

「喔，以前老三他們隊剛進村來的時候，工棚還沒修起來，就住在各家各戶，老三剛好住在我們家。長芬愛唱歌，老三會拉琴，長芬總是讓老三給她伴奏，一來二去的，就喜歡上他了。但她自己又不好意思去說，一直等到老三搬到工棚那邊去了，才叫我去幫她過個話。我跟老三提了，但他說他在家鄉有未婚妻。」

「那他是不是在找藉口呢？」

「不是，他還給了我一張他跟未婚妻的合影。人家那真叫長得漂亮，到底是幹部子弟，兩個人真般配。」大嫂說著，就走到桌子跟前，「那照片就壓在這塊玻璃板下，我來指給你看。」

大嫂找了一陣，詫異地說：「咦？找不到了，到哪兒去了？莫非是長芬收起來了？還是長芳收起來了？」

靜秋馬上就想到是老三自己藏起來了，免得她看見，這越發說明他是個騙子了。鬼鬼祟祟、偷偷摸摸，可恥！

大嫂說：「他打那以後就不怎麼上我家來了。大媽還是對他很好的，事沒成，人情在，有了什麼好吃的還是叫他過來吃。後來長芬自己對上象了，就沒事了。」

「你見過他——未婚妻嗎？」

「沒有，人家省城裡的姑娘，爹又是高官，哪會到這個山溝裡來。」

靜秋不好意思再問什麼，也不知道該說什麼，只呆呆地坐在那裡。

大嫂說：「我勸你別打老三的主意了，趁早忘了他。你聽聽我的教訓，就知道當官的人家不是我們這些人高攀得上的了。我家被趕到農村之前，我也有個男朋友的，爹也是個官，不過沒老三的爹官大，聽說老三的爹是軍區司令，我那男朋友的爹只是軍分區的一個官。但是幹部家子弟都是一樣的，他們見多識廣，接觸的人多，也不愁找不到對象。

「我那男朋友家裡一開始就不同意他跟我來往，幹部家庭是很講門當戶對的，但我男朋友那時堅持要跟我好，只不敢把我帶家裡去。後來聽說我家要下農村了，他就慌了，想開個後門把我一個人留下，但沒那麼大的身手，最後也就吹了。幸好我那時把握得住自己，一直沒讓他上身，所以後來還能嫁個好人家，如果那時依了他，跟他搞出事來了，那他甩我的那天，就是我的忌日。」

靜秋聽得一震：「為什麼就是你的——忌日？」

「一個女孩子，被人弄得失了身，又被人甩了，以後誰還敢要你？就算要了你，到了新婚之夜，發現你不是姑娘身了，也會下作你，不把你當人看。秋丫頭，我看你比我那時候還犯桃花，你生得漂亮，一生都註定會有人糾纏你的，你不拿穩的話，就有你罪受了。」

靜秋聽得心亂如麻，以前只知道跟男的「同房」、「睡覺」是危險的，現在又弄出一個「上身」，不知道被老三抱過是不是就算讓他「上身」了？

她冒死問道：「你說你那時沒……讓他上身，是什麼意思？」問完了，就很後悔，怕大嫂問她為什麼關心這個。

「沒讓他上身還不懂？就是沒跟他同房呀，沒跟他睡覺，沒跟他做夫妻的事。」

靜秋覺得自己三顆心放下兩顆了，因為她沒跟老三同房，沒跟他睡覺，就是不知道做過夫妻的事沒有。但她不敢再問了，再問，大嫂肯定要懷疑她了，一個女孩子，怎麼這麼關心這些事？

13

第二天，靜秋就厚著臉皮向教改組的幾個人借錢，說是為媽媽買冰糖急需的。已經到了快回去的時候了，大家身上都沒剩下什麼錢，李師傅和陳校長兩人湊了十八塊錢，借給靜秋了。

大媽他們那天也回來了，晚上的時候，靜秋聽見老三在堂屋跟歡歡玩耍，就趕緊拿了錢，走到堂屋去，見他坐在一個很矮的板凳上，歡歡趴在他背上跟他親熱。老三看見她，仰起臉跟她打招呼，但她板著臉不說話，把錢丟在他腿上，說：「謝謝你幫我買冰糖，你看看這些錢夠不夠。」

他的表情使她想起魯迅的《祥林嫂》裡面的一句話「像遭炮烙一樣」，她看見他那樣望著他腿上的錢，像那錢在燙他的腿，而他不敢伸出手去碰一樣。他無助地抬起頭望她，彷彿在詢問究竟發生了什麼事。她不知道為什麼，好像覺得自己有權生他氣似的，氣呼呼地說：「夠不夠？不夠就告訴我，我補齊你。」其實她已經把借來的錢全給他了，並沒有錢來「補齊」他，如果真的差的話，她只好再去借。

他問：「不是說好——以後再還的嗎？」

「說好了又變的事情多著呢，你能指望別人說好的話句句都兌現？」

他把這句話揣摩了一會兒，大概沒揣摩出什麼來，只說：「你不是說你身上沒錢的嗎？怎麼一下出來這麼多錢？」

「問組裡人借的。」

他似乎很受傷：「你橫豎是借錢，為什麼你偏要去問別人借呢？」

「我高興問誰借就問誰借。我代替我媽謝謝你了。」說完，她就走到自己房間去了，拿出寫村史的本子，想來寫東西。但她的手直發抖，也不知道是氣的還是冷的。

他跟了進來，站在她身後：「出了什麼事？你告訴我，你不要這樣，一定是出了什麼事，前天還好好的，怎麼一下就……」

「前天怎麼啦？我一直就說不要你的錢。」

他疑惑地問：「就因為我那天說了要給你錢，你就生這麼大氣？你那天說了不要，我就沒再勉強你了。我知道你自尊心強，不願接受別人的幫助，可是你……你不用把我當……別人的呀。」

她想：到底是騙子，說起話來嘴上像抹了蜜糖一樣，如果不是我知道你的底細，肯定又被你騙了。

你那時是不是就這樣把你未婚妻騙到手的呀？她知道不知道你又在外面騙別人呀？難怪別人說嘴巴皮子會嚼的人讓人信不過。他哄得住你，也就哄得住別人，像長林這樣的悶葫蘆就肯定不會騙人。

她頭也不回地說：「你別站這裡了，去忙吧，我要寫東西了。」

她感覺他還站在那裡，但她不回頭望他，只抖抖索索地在本子上寫字。過了一會兒，她覺得他不在那裡了，就轉過頭，他果然不在那裡了。她又很失落，滿以為他會在她身後多站一會兒，甚至一直站著的。她不知道自己是怎麼回事，本來想得好好的，要忘記他，忘記他，再不把他當回事了。事前也覺得這事做起來不難，碰見他了，她也真的能惡狠狠地跟他說話。他可憐巴巴地望著她的時候，她的心也很堅定，似乎不為所動。但等到他真的走了，她就慌了，只會怨恨地想：他怎麼能這樣，怎麼能這樣，我才說了這麼幾句，他就跑掉了？

她覺得自己這種行為簡直算得上醜惡。別人討好你，怕你生氣的時候，你就大大咧咧的，專門說些傷害別人的話；等到別人跑掉了，你又後悔。你這不是逼著人家冷淡你，下作你嗎？她把自己罵了一通，就裝作到後面去，看看他是不是真的走了。她穿過堂屋和廚房，往後面走，發現他不在堂屋，也不在廚房，她張著耳朵聽了一會兒，也沒聽見他說話的聲音。他真的走了，他生氣了，因為她對他那樣沒禮貌，那樣冷淡。她失魂落魄地到處找他，也不知道找到他了，她又能怎麼樣，但她什麼也顧不上了，一心希望他沒走。

最後她在磨房看見了他，他在推磨，大媽在餵磨。靜秋一看見他，知道他沒走，心裡又不慌張了，對他的恨意也上來了，在心裡惡狠狠地罵了一句「騙子」，轉身就走回自己房間去了。

連著幾天，她都不理他。他找機會跟她說話，問她到底出了什麼事，她都不說。有時問急了，就狠狠丟下一句：「你自己做的好事，你自己心裡明白。」

他懇求說：「我不明白，你告訴我，我到底做了什麼好事？」

她不理他，進自己房間去裝模作樣寫東西。她見他不會生氣走掉，就放肆起來，越發冷淡他，但又不給他解釋，讓他去冥思苦想。她搞不清她為什麼覺得自己有權折磨他，就因為她能讓他苦惱嗎？還是覺得他那天在山上占了她便宜，所以要用折磨他的方式來懲罰他？

教改小組就要回K市去了，靜秋還沒想到一個好辦法把那些核桃拿回去，她堅決不要長林去送，更不會要老三去送。但她也不能指望教改小組的人幫她背回去，因為組裡每個人都是背著行李的，能把自己的行李對付回去就不錯了，誰還能幫她提那一籃子核桃？她想把核桃砸開，只帶裡面的仁回去，那會輕很多，但大嫂說你砸開了，就不好保存了，你總不能讓你媽媽一下都吃了吧？總要留一些防止下次犯病吧？她想想也是，只好不砸開。

大嫂建議說：「就讓長林去送你吧，他很少去K市，也算是去那裡玩玩。你要覺得不方便，就讓我公公派長林一個差，算是送你們教改組回去的，隊裡還可以給他記工分。」

靜秋覺得那樣更糟糕，連張村長都扯出來了，不更像是他家兒媳了？

一直到臨走的前一天了，長芳從嚴家河回來了，才算解了個圍，說她可以去送，但她提不動那樣一大籃核桃，可以叫她二哥一起去，兩兄妹主要是去K市玩，順便幫忙把核桃送去。長芳說她老早就想去趟K市了，就是沒伴，現在正好藉這個機會去趟K市。大媽和大嫂都說她們也有好些東西要叫長芳在K市買，靜秋也想不出更好的辦法了，潛意識裡覺得這樣可以懲罰一下老三，就答應了。

長林激動得不得了，大媽也激動得不得了，為長林張羅出客的衣服鞋襪，又教他出門的禮貌，囑咐他見了靜秋的媽媽要叫「老師」，不要像根木頭；吃飯的時候要細嚼慢嚥，不要像餓牢裡放出來的一樣；走路要輕手輕腳，不要像打夯似的。總而言之，事無巨細，都交代了無數遍，看那樣子，恨不得自己替他去算了。

晚上，老三過來了。他來的時候，大媽一家正在熱烈而緊張地為長林的K市之行做最後的潤飾。大媽和大嫂忙著把核桃用袋子裝起來，又找些豆角乾、白菜乾、鹹菜乾什麼的包上，說送給靜秋家做菜吃的。靜秋很惶恐，覺得這事已經超出預算了，說好只是長林兩兄妹去K市玩，順便把核桃帶過去的，現在卻好像搞成長林初次登門拜訪丈母娘一樣了。她想阻止，但又說不出口，盛情難卻，伸手不打笑臉人，別人這麼歡天喜地的，自己怎麼好兜頭潑一盆冷水？再說，大媽也沒叫長林去了她家就叫她媽「丈母娘」，只說叫「老師」。難道在大媽家住了這麼久，別人的兒女要去你那裡玩一下，你都不肯？

老三站在一幫忙忙碌碌的人中間，顯得很迷茫，搞不清發生了什麼，等到他問出是在打點長林去靜秋家的行裝時，他的臉色明顯變了，愣愣地站在那裡，跟那群忙碌的人形成鮮明的對比。

靜秋看著他，有點幸災樂禍，心想：誰讓你有未婚妻的？與你有未婚妻，就不與我有人幫個忙？她剛才還在為自己讓長林帶核桃去K市後悔，怕惹出麻煩來，現在又覺得這個決定很好，可以狠狠地報復一下老三。

大嫂見老三寂寥地站在那裡，就問他：「你有沒有旅行袋？拿得出手的包就行，長林進城不背個包不像樣子。」

老三愣了一會兒，才說：「喔，我有個出門用的包，我去拿過來。」說完，他就走了。過了好一會兒，他才拿來幾個包，給了長林一個，問：「你一個人拿不拿得動？拿不動我明天可以去幫忙，我明天休息。」

長林連連說：「我拿得動，拿得動，那一籃子不都是我從大嫂娘家提回來的嗎？我不光提得動核桃，我還可以幫他們背包。你明天不用去了。」

老三望了靜秋一眼，好像在指望她邀請他明天去幫忙一樣，她連忙躲開他的眼神，回到房間去收拾自己的東西。老三跟了進來，問：「有沒有什麼需要我幫忙的？」

「沒有。」

「怎麼叫長林去送呢？他去要耽誤出工的。我明天不上班，不如……」

「算了，不麻煩你了。」

他很尷尬地站在那裡，看她東收西收，想把很多東西塞進一個軍用掛包裡去，就問：「我還拿了幾個包過來，你看需要不需要……」

「不需要。我背什麼包來，還背什麼包回去。」

他茫然地看著她憤憤地把東西往包裡硬塞，說：「你回去了，代我問你媽媽好，祝她早日康復。」

「嗯。我代我媽媽謝謝你為她買的冰糖了。」

他沉默了一下，補充說：「冰糖吃完了，就告訴我，我再買。」

「不用了。」

「把媽媽的病治好要緊……」

「我知道。」

他又沉默了一陣：「以後有空了過來玩，五六月份的時候，來看山楂花……」

她一下想起第一次見他的情景，他也是邀請她來看山楂花。那時她覺得一定會來看的，但現在她不知道說什麼了，好像山楂花對她來說已經沒有什麼意義了。她悵然若失地站在那裡，想到馬上就要走了，真的很捨不得這個地方，連眼前這個騙子都讓她那麼留戀。她看了看他，見他臉上也是悵然若失的神情，就別過臉，不去看他。

兩個人呆呆地站了一會兒，她說：「你站這裡，長芳都不敢進來睡覺了，快回去吧。」

「我就走，」說了走，他又沒動，還站在那裡，「你……就快走了，還不肯告訴我你到底在生我什麼氣？」

她不回答，覺得喉頭哽咽。他見她不肯說，換個問題：「你……答應大媽了？」

「答應什麼？」

「你跟長林的事？」

「這不干你的事。」

他被她搶白這一下，很長時間沒緩過氣來，好一陣，才說：「剛才我回去拿包的時候，寫了這封信，希望把我的意思說清楚了。我走了，你好好休息。明天一路順風。」他放下一封信在她桌上，看了她一會兒，就出去了。

靜秋看看那封信，摺疊得像只鴿子。她想這一定是絕交信，因為他說了，是他回去拿包的時候寫的，也就是在知道長林要去送她的時候寫的，他還能說什麼？她不敢打開，只盯著那封信，恨他，在心裡罵他：你倒是手腳利索啊，這麼快就把絕交信寫好了，好占個主動，說明是你甩了我的？你逞什麼能？我根本沒答應過你，有什麼甩不甩的？都是你這個騙子，自己有未婚妻，還在外面騙別人。

她也想寫封信給他，把他狠狠罵一頓，但她覺得那也挽不回臉面，因為畢竟是他騙了她。騙人的人，品質不好；被騙的人，腦筋不好。從來人們笑話的，都是被騙的人。想到這裡，她拿起那封信，要看看他到底說了些什麼，好針對他的信寫封批判信。她慢慢展開信，不長，只有幾段：

你明天就要走了，有長林送你，我就不送了。你做什麼決定，我都是贊成的，我只希望你的決定都是出自你的內心。

你很有才華，很有天分，但生不逢時，不能得到施展。你自己不能看低自己，要相信「天生我才必有用」，總有一天，你的才華會得到社會承認的。

你父母蒙受了一些不白之冤，那不是他們的過錯，你不要覺得自己出身在這樣的家庭就低人一等，他們沒做什麼見不得人的事。三十年河東，三十年河西，今天被人瞧不起的人，說不定明天就是最受歡迎的人，所以不必因為這些社會強加的東西自卑。

我知道你不喜歡我過問你做工的事，但是我還是想說，那些太重太危險的事，就不要去做了。萬一出了事，媽媽該多難過。體力勞動不要逞強，搬不動的東西，不要勉強去搬；拖不動的車，不要勉強去拖。身體是革命的本錢，把身體累壞了，就什麼也幹不成了。

你不理我，我也不怪你。你是個聰明有智慧的人，如果你不願意理我，肯定有你的道理。如果你不願意告訴我原因，也肯定有你的道理。我就不逼你告訴我了，什麼時候你願意告訴我，再告訴我。

認識你的這幾個月，我過得很愉快，很充實。你給我帶來很多我從未體驗過的快樂，我很珍惜。這幾個月裡，如果我有什麼做得不對的地方，或者你不喜歡的地方，希望你多包涵。

14

靜秋走的那天是個星期天，教改組的人七點半就出發了。靜秋開始還怕教改組的人會批評她帶著長芳和長林，結果幾個帶隊的都把靜秋好一通表揚，說你這次是真的跟貧下中農打成一片，結下了深厚的無產階級感情了。

長林背著一大袋核桃，還幫靜秋拿東西，長芳也幫那兩個女生拿東西。大家有說有笑，十分熱鬧。奇怪的是，來的時候，好像這段山路很長很長，望不到盡頭。回去的時候，不知道是路熟悉些了，還是快回家了，好像一下就走到那棵山楂樹了。已經是四月底了，那樹還沒開花。

靜秋走熱了，趁大家都在山楂樹下休息的時候，躲到一邊去脫毛衣。脫著脫著，就想起那天跟老三一起走這段路的情景了，她也是躲在一邊脫毛衣，而他就老老實實地站在不遠的地方，背對著她，一直到她說「好了」，才轉過身來。她朝他上次站過的地方望了半天，心裡不知道是什麼滋味。

回到家，靜秋發現媽媽又犯病了，躺在床上，臉色白得可怕。妹妹在學校食堂門前的一塊大石頭上劈柴，想把一根彎頭彎腦的樹棍劈開，截短了做生火柴。靜秋心疼不已，忙跑過去，從妹妹手裡拿過斧頭，自己來劈，叫妹妹去把核桃砸了給媽媽吃。

長芳對長林說：「老二，還不去幫著劈柴？」長林彷彿如夢初醒，從靜秋手裡奪過斧頭，劈了起來。

那時大家都是燒煤，生火的柴是計畫供應的，一個月十五斤，用完了就沒有了，所以很多人家的煤爐都不熄火，只用調得稀稀的煤封火，第二天打開接著燒。昨天可能是火沒封好，熄掉了，而靜秋上次回來劈好的柴又用完了，所以妹妹正在狼狽不堪地想辦法生火，幸好姐姐回來了，不然今天可能連飯都吃不上。

長林一口氣把靜秋家僅存的生火柴都劈了，截短了，放在那裡備用。長芳笑靜秋家燒的柴這麼短，只有三寸左右，如果是在她家，一整根棍子就塞進灶裡去了。長林聽靜秋說每個月就只有這麼三、五根棍子，要用一個月，就許諾說下次來的時候，把家裡的劈柴背些過來。

煤爐生好了，火一時上不來，靜秋只好拿個扇子猛扇，想快點把飯做好，長林他們吃了還可以到市裡逛逛，不然等吃完飯，他們也該坐車回去了。長芳想幫忙做飯，找來找去找不到靜秋家的碗櫃、砧板什麼的，好奇地問：「你們家沒碗櫃呀？」

靜秋說：「我們家什麼都沒有。」

靜秋家真的是什麼都沒有，家徒四壁，桌子是學校的舊課桌，凳子是學生用過的舊凳子，床是學校的長板凳上架著幾塊木板。床上的床單被子倒是洗得乾乾淨淨，但也都補過了。吃飯的碗就放在一個舊臉盆裡，砧板是一塊課桌面改的。

長林吭哧半天，說：「你家怎麼比我們山裡人家還窮？」長芳瞪了長林一眼，長林不敢多言語。

好不容易把一頓飯弄熟了，幾個人坐下來吃飯。靜秋家就一個套間，裡外兩間房，總共十四平米，是一間教室隔出來的。以前她哥哥住外間，她跟媽媽、妹妹三人住裡間。現在她哥哥下鄉了，就她住外間，她媽媽和妹妹住裡間，吃飯就在她住的那間。正吃著飯，一陣風刮來，靜秋家裡像下黑雪一樣落下一些髒東西來，靜秋說聲「糟糕」，連忙找報紙來遮桌上的飯菜，並叫大家把自己的碗遮住。大家發現自己碗裡已經落了一些黑灰，長芳問這些黑片片是什麼東西，靜秋告訴她說這是從對面學校食堂飄來的穀殼灰。

K市八中食堂燒穀殼，煙囪裡總往外冒那些燒過的穀殼，像黑色的雪片。靜秋家住的房子沒天花板，一起風，穀殼灰就從瓦縫飄進來了。以前她隔壁還住著兩家，因為這個原因都要求學校重新分房，搬到別處去了。但靜秋的媽媽因為有那些家庭問題，學校有點另眼相待，所以就沒分到別的房子，只好住在這裡。靜秋狼狽不堪，沒想到家裡的窘境全都讓長芳兩兄妹看見了。但她又有點慶幸，幸好今天來的不是老三。不然的話，老三見到這種狀況，他這個在幹部家庭過慣了的人，還不掉頭就跑？那還不如叫她死。

吃過飯，靜秋送長芳兩兄妹到市裡去，還來不及逛商店就快到下午四點了，三個人急急忙忙趕到長途車站，買了最後一班車的票，長芳兩兄妹就回家去了。靜秋很慚愧，人家兩兄妹花了車票錢，等於就是幫她把核桃送回來了。

回到家，靜秋來整理自己的東西，吃驚地發現她還給老三的錢不知被誰塞在那個軍用掛包裡。她努力回想她還錢之後的一切，想不出他怎麼有機會把錢放在那裡。難道他今天實際上是跟在她後面的？如果是，那他有可能是在她脫毛衣的時候把錢塞在掛包裡了，因為她當時把掛包掛在離她不遠的樹上。但他怎麼可以一直跟在後面而不弄出一點聲響呢？

現在長芳他們已經回去了，不然可以請她把錢帶給老三。她決定明天先把錢還給李師傅和陳校長，以後再想辦法還錢給老三。不知道為什麼，想到以後要還錢給老三，心裡又有點高興，好像這樣就埋下了一個重見老三的火種一樣。

她又想起老三的那封信，還有他寫在她本子裡的那首詩，這些都得作些處理，不然的話，讓媽媽看見又要擔心，讓別的人看見就更不得了，惹出殺身之禍都有可能。她把老三的信又看了幾遍，還是搞不太懂老三的信到底算個什麼信。有點像個總結，但又沒像一般總結那樣，「回顧過去，展望未來」，說以後我們倆要「再接再厲」，或者說「我們的友誼萬古長青」之類的話。這就有點像是對那幾個月劃了句號，中心思想就是「那幾個月是美好的，但已經成為過去了」。

靜秋的閱讀理解力是公認很強的，她是班上的筆桿子，老師總讓她做「宣傳委員」，就是專門負責辦刊的幹部。那時每個班要輪流辦那種用毛筆寫在很大的紙上的壁報，有時是批判一個什麼人或者思想，有時是報導班上學工、學農、學軍的情況。靜秋能寫能畫，毛筆、排筆、大字、小字都能寫，常常可以一個人就弄出一整牆的壁報來。

語文老師很欣賞靜秋的文筆，特別是那個羅老師，說靜秋「才華橫溢」，每次都把她的作文拿到班上唸，還把她的作文推薦到市教育局，編進《K市中小學生優秀作文選》。學校搞過兩次作文競賽，靜秋都是拿第一名，在K市八中很有名氣。羅老師教兩個班的作文，幾乎有一個半班的作文都是靜秋批閱的，因為羅老師懶得看那些「狗屁不通」的作文。每次學生把作文交上來了，羅老師就挑出十多本他看得來的，剩下的就給靜秋拿去改錯別字，疏通句子，叫她隨便給個分就行。

靜秋的同學，包括男同學，拿到看不大明白的東西了，哪怕是情信、拒絕信，都叫靜秋幫忙看看。一是因為他們知道靜秋嘴緊，不會說出去，另外也因為老師都說靜秋「理解能力強」，抓文章的中心思想一抓一個準，再曲裡拐彎的句子也能理解。靜秋搞不太懂為什麼那些人都把「情書」叫「情信」，可能是因為薄薄的幾張紙算不上「書」吧。

但靜秋這樣「閱讀能力強」的人，也沒看明白老三這篇「作文」的中心思想是什麼，有點拿不準到底是「情信」還是絕交信。她看過的絕交信，差不多都是以「風雨送春歸，飛雪迎春到」起頭的，也不知道是誰興出來的，反正寫絕交信的都愛用，大概是以季節的變換來隱喻情感的變換吧。

靜秋也看過一些「情信」。調皮搗蛋沒文化的男生寫的呢，差不多都是直統統地問：「你願意不願意跟我玩朋友？」「你肯不肯做我的馬子？」有一次因為班上要處分一個同學，把靜秋叫去整理材料。靜秋看到了一封據說很黃的「情信」，裡面有句「毛非女子千八日」，是暗語，聽說把這幾個字組合起來，就是一句很黃的話，意思是說女人的什麼什麼「好香」。不過靜秋組合了半天，又查字典，也沒弄懂「毛」跟「非」能組合成什麼很黃的字。

她見過的比較高水準的「情信」多半是引用毛主席語錄或詩詞的。那時最流行的就是「待到山花爛漫時，她在叢中笑」。據說男生喜歡這一句，是因為裡面有個「她」。靜秋記得有個男生沒搞清楚，寫情信的時候寫成了「她在蟲中叫」，幸好那男生寫好之後，請靜秋過個目，把個關。靜秋一看，肚子都笑痛了，幫他把這句改對了，又給他解釋了半天。那個男生恍然大悟，說：「我也是在想怎麼會寫一個女的在蟲子堆裡叫呢。」

靜秋看過的最高水準、最朦朧的「情信」，是一個已經下了鄉的女伴左紅拿給她看的。作者是左紅仰慕的一位同班男生，那男生送了個本子給左紅，扉頁上就寫著一句話：「美麗的鮮花為勇士而開放。」這個還真把靜秋難住了，拿不準到底算不算「情信」，好像有點放之四海而皆準的感覺，而不是特指左紅和那男生的。不過左紅很快發現那個男生有了一個女朋友，所以對這句話的詮釋也就沒必要繼續下去，這差不多是靜秋「破譯」史上唯一一個汙點。

老三這封信顯然不能算作「情信」，因為通篇沒有「她在叢中笑」，也沒問一句「願意不願意跟我玩朋友」，更沒有問「我倆的關係能不能比同志關係更進一步」。對她的稱呼就是「靜秋」，沒有省掉姓氏，也沒有加「親愛的」。落款倒是省掉了「孫」，只剩下「建新」，讀著有點肉麻麻的，但還不算太肉麻麻，因為三個字的名字省掉一個姓還是比較普遍的，大家平時也能這麼叫，但如果再省掉一個字，那就是「狼子野心，昭然若揭」了。所以靜秋認為這封信多半是一個總結報告，有點像每次開會結束時唱的那首《大海航行靠舵手》，只要聽到這歌聲響起，就知道會議接近尾聲了。

靜秋想起很小的時候，跟爸爸去一個茶館聽人說書，說書人最喜歡的就是把驚堂木一拍，琅琅吟道：「花開兩朵，各表一枝。」可能老三也是用的這種敘述法，他跟她的那段只是分出來的一枝，他現在已經把這一枝表完了，所以就收個尾，然後回去表另一枝去了。靜秋決定不回信，寫了回信，就讓黑字落在白紙上了，即便是批判他的信，他也可以拿去斬頭去尾、斷章取義、招搖撞騙。那個年代的人，誰都知道「文字獄」的可怕。

老三的信要是被別人看見，可能不會當作「情信」來追查，但完全可以當反動言論來批判。什麼「三十年河東，三十年河西」，這完全是階級敵人妄想變天的口氣。還有什麼「生不逢時」、「你父母蒙受了不白之冤」等等，都是不滿現實社會，反動之極的。如果被人看見，老三就完蛋了，她作為窩藏和傳播反動言論的幫兇肯定也跟著完蛋了。

這些年，抓「現行反革命」抓得很緊，對不滿現實的反動言論都是堅決打擊的。八中有時也會出現「反標」（反動標語），只要一出現，學校就籠罩在一片恐慌氣氛之中，人人自危。記得有一次，靜秋正在操場上打球，突然學校的高音喇叭響了起來，叫大家都到大操場集合，不許遲到。等大家都到了大操場，幾個穿公安制服的人出現在操場前的高臺上，從擴音器裡向大家宣佈剛才在學校發現了「反標」，然後把事情的嚴重性強調了一遍，把寫「反標」的嚴重後果宣講了一遍，就叫大家回到教室對筆跡。

這是靜秋最怕的事情，她總是拿著筆，呆呆地望著眼前剛發的一張白紙，膽戰心驚，不敢下筆。如果自己的筆跡剛好跟「反標」的筆跡一樣怎麼辦？像自己這樣的出身，那還講得清楚嗎？但你怎麼能擔保你的筆跡跟「反標」的筆跡不一樣呢？天下筆跡相同的人多的是。那麼換一種字體來寫？但是如果換的這種字體剛好跟「反標」的字體一樣呢？那不是弄巧成拙？

靜秋不知道「反標」的具體內容，但從公安局的人叫他們寫的東西可以推測出一些來。那時多半是叫他們寫「毛主席萬歲」、「打倒×××」等等，所以她推測「反標」內容就是這裡面的字組合成的。有一次，一個學生不小心把「打倒」後面的人名搞錯了，於是被公安抓了一個「現行」。真是太「現行」了，一邊在查「反標」，一邊就出現了一條「反標」。那個學生當場就被帶走了，只記得他臉色煞白，連冤枉都不會喊了。

靜秋打心眼裡恨那些寫「反標」的人，這樣寫一下到底起什麼作用？你寫得痛快，別人跟著你遭殃。每查一次「反標」，核對一次筆跡，靜秋就覺得自己的腦細胞肯定嚇死了不少。有一次，「反標」竟然就出在靜秋那個班的教室裡，而且她那天正好在教室外的小黑板上出班級的黑板報，還沒寫完，就聽到學校高音喇叭叫大家去大操場，然後就聽見宣佈出現了「反標」，還點明了出事地點，說是高一一班的黑板上。

靜秋一聽，差點嚇暈過去，難道自己剛才辦黑板報的時候不小心寫錯了什麼？後來他們班的人都被趕到另一間教室去了，又是每個人在一張白紙上寫規定的幾個句子。

那次很快就抓獲了那個「現行反革命」，是靜秋班上一個傻乎乎的男生，叫涂建設。他放學了沒事幹，拿著個粉筆在教室裡的黑板上寫寫畫畫，隨手寫了一條毛主席語錄：「千萬不要忘記階級鬥爭。」哪知他不夠仔細，把「忘記」兩字給忘記了，語錄就成了「千萬不要階級鬥爭」。更倒楣的是，他家庭成分不好，他爸爸是個富農，這一下，事情就複雜了。不管他怎麼聲明，說自己是寫掉了這兩個字，也沒人相信了。這句話不止兩個字，為什麼你沒忘記別的字，偏偏忘記了這關鍵性的兩個字？涂建設當場就被抓走了，後來怎麼樣了，靜秋就不知道了。

靜秋想了又想，還是捨不得撕掉老三的信。她只把信紙上印著的勘探隊抬頭撕掉，把自己的名字和老三的名字撕掉，扔進廁所裡了。然後，她找了一塊布，貼在棉衣裡面做成一個口袋樣的東西，把老三的信和詩放了進去，用線縫住口。她的針線活極好，用的是暗針，不仔細看，很難看出那裡貼了一塊布。

15

靜秋回到K市的第二天，就開始跟班上課了。不過那時候的學生，大多數時間是走出課堂，到社會上去，學工、學農、學軍、學醫，反正什麼都學，只不學書本知識就是了，所以靜秋回來後不久，她那個班就輪到學醫了。

班上大多數同學都在班主任帶領下到D縣的關林鎮去了，那裡有個軍醫院的分院，學生們就住在附近農民家裡，在軍醫院學醫。靜秋因為家裡沒錢，付不出路費和伙食費，就跟幾個家庭有特殊困難的同學留在K市，被塞到K市的幾個醫院裡去學醫。可學校覺得靜秋她們幾個留在K市的學生，沒有達到下農村去的那種艱苦程度，對她們的成長不利，於是派K市八中附小的教導主任鄭主任帶領他們幾個學中醫。鄭主任的家在嚴家河下面的一個叫付家衝的小山村裡。鄭主任的父親是生產隊的「赤腳醫生」，鄭主任也學了一些紮針灸、拔火罐之類的技術，教靜秋他們是綽綽有餘了。

這下靜秋他們幾個就很忙了，那時的週末只有星期天一天。週一到週六，靜秋要到醫院學醫，跟醫院的護士一樣上下班，星期天跟鄭主任學紮針灸、拔火罐。時不時的還要到附近郊縣去挖草藥，為貧下中農治病，忙得不亦樂乎。

到鄉下挖草藥的時候，走在那些鄉間小道上，特別是當暮色蒼茫、炊煙嫋嫋的時候，靜秋就會想起在西村坪度過的那些日子，想起第一次見到老三的情景，心裡就會湧起一種莫名其妙的感傷，常常會有一種想流淚的感覺。往往在這樣的日子，她就會趁晚上的時候，躲在被子裡，拆開棉衣裡子上的那個暗口袋，把縫在裡面的那封信拿出來讀一讀。大多數時候，只是為了看看老三的字，因為那信的內容她早就背熟了。她從一開始就很喜歡看他的字，他的字有他獨特的體，他的簽名尤其可愛，那個「新」字，只兩筆就寫成了，上面那一點是一筆，剩下的那麼多筆劃都是一筆寫成。她暗暗模仿他的字，把他幫她寫的村史抄來抄去，居然可以達到以假亂真的地步了。

那時有支歌，叫做《讀毛主席的書》，歌中唱道：「毛主席的書，我最愛讀，千遍那個萬遍呀下工夫；深刻的道理，我細心領會，只覺得心（兒）裡頭熱呼呼。嗨，好像那，旱地裡下了一場及時雨呀，小苗兒掛滿了露水珠啊（6161 22）。毛主席——的思想武裝了我呀哈，幹起了革命勁頭（兒）足。」

「6161 22」是個過門，但平時唱歌沒人伴奏，大家都是用口唱，久而久之，就一定要唱成「La Do La Do Re Re」，才能唱出那種感覺。

靜秋以前唱這歌，可以說是「小和尚念經——有口無心」，但現在讀老三的信，才真正體會到歌中描繪的那種感覺。當然她知道這等於是把老三比作領袖，自然是反動之極，但老三的信，她的確是越讀越愛讀。她慢慢地體會其中深刻的道理，覺得心裡熱呼呼的。

比如說他要她相信「天生我才必有用」，好像她很有才似的，而且好像有才是件好事似的。她以前聽到別人說她「有才」就很緊張，因為說你「有才」，很可能就是說你「走白專道路」，只專不紅。眾所周知，衛星上天，紅旗就要落地，所以「白專」的人是要打倒的。但這話從老三嘴裡說出來，靜秋聽著就很受用，也許有才不是壞事吧？也許真有一天，又興考大學了，而她一下子考上了，成了一個大學生，那該多好！

那封信裡，她最喜歡的一句話就是「等你願意告訴我的時候，再告訴我」。當時讀的時候沒怎麼在意，現在再讀，就覺得好像他還在等她一樣，因為他想她告訴他，他在等著她告訴他。想到這些，她就好想去西村坪看山楂花，說不定就能在大媽家碰見他，說不定他會陪她去看山楂花，她就告訴他生氣的原因，他就向她解釋，說他沒有未婚妻，是大嫂搞錯了。但那是個學徒工一個月工資才十八塊錢的年代，花五、六塊錢的路費去看山楂花，對她這樣的窮人來說，簡直是大逆不道。再說，也沒有時間；再說，他自己也說過他答應娶他爸爸上司的女兒為妻；再說，他還牽過那個女孩的手。

五月底的一個星期天，天氣很好，靜秋起得比較早，想把家裡的床單洗洗，下午還要跟鄭主任學紮針灸。她剛打開門，就發現幾個小男孩嗖地一下從她家門前跑掉了。她懶得去追，因為她家門前也沒什麼東西可偷可拿可破壞的，最多把她門前一張舊課桌裡放的幾雙舊鞋偷跑。如果那些鞋不是舊到了極點，她也捨不得放在門外。

她溜了一眼那張舊課桌，不由得大吃一驚，那桌上放著一個玻璃瓶子，裡面插著一束花，紅紅的，還有綠葉。瓶子已經倒在了課桌上，裡面的水正滴滴答答地往外流，有一枝花已經被人從瓶子裡抽了出來，扔在地上，估計就是剛才那幾個小孩幹的。可能他們看見了這束花，就想偷一枝，剛抽出來，她就出來了，所以他們扔了花跑掉了。

她愣了片刻，意識到這可能就是山楂花，她見過桃花、梅花、映山紅，但這都不是，那花的顏色跟老三買的毛線的顏色很相近，只能是山楂花了。那就是說老三今天來過了，給她送山楂花來了。也許這些天，老三等她去西村坪看山楂花，但她沒去，所以他自己摘了一些山楂花，送到她家來了。但是他怎麼會知道她家住哪裡呢？她想起她第一次見到他時，他說過的一句話：「想告訴你，總歸是有辦法的。」看來他以前是幹偵察兵的。

她的心怦怦亂跳，不知道是激動還是什麼。她把那玻璃瓶裝滿了水，把花插好，放到她床邊的小課桌上，盯著那花看了好一陣，覺得心裡甜甜的：他還記得我，還記得我想看山楂花，他跑這麼遠的路，就為了把山楂花給我送來。

她甜蜜了一小會兒，就想到了一個很嚴重的問題：他會不會同時還留了一封信在花旁邊？按說他應該放一點什麼表明他身份的東西吧？不會這樣不聲不響地放束花就走了。如果他是放了一封信的，那麼信到哪裡去了呢？

她家門前就像市裡的解放路一樣，是學校最熱鬧的地方。全校只有兩個自來水龍頭，都在靜秋那棟房子旁邊。她對面又是學校食堂的後門，到食堂打水打飯的人要從那裡過，到水管來洗衣服、洗菜、提冷水的人也一眼就能看見她家門口那張桌子。

她不寒而慄，想起了曾經發生過的一件事。那時她家隔壁住的就是她初中的班主任，叫嚴昶，L師大畢業的，聽說「文革」初期在L師大是個非常活躍的造反派，很會整人。後來造反派失寵，他就被分到比較邊遠的K市八中來了。但他造反的勁頭絲毫沒減，總是很積極地參與整人。

嚴昶是教數學的，對靜秋的數學才能很讚賞，但是他也很愛管閒事，尤其是男女關係方面的閒事，經常把班上的學生搞幾個出來，整了材料，送到學校，讓那幾個學生受處分。那個寫「毛非女子千八日」情信的學生，就是他查出來送交學校處分的。他的好管閒事差點把靜秋害慘。靜秋小學時有個同學，叫張克樹，人生得黑黑瘦瘦，但成績倒還不錯。張克樹的父母都是K市造船廠的，母親還是個小官。那時造船廠自己建了子弟小學，就把所有的船廠子弟轉到船廠學校去了。張克樹從初一起，就跟靜秋不在同一個學校了。不知從什麼時候開始，這位張克樹就開始給靜秋寫情信。他寫得一手好字，文字上也很通順，但靜秋就是很討厭他，也不知為什麼。她警告了他幾次，他仍然不聽，照寫不誤。

有一天，張克樹把信放在靜秋家門前的一隻舊鞋裡，因為他要趕在船廠中學上課前到這來，所以來得很早，靜秋家還沒人起來。隔壁的那位嚴老師起得早，看見了那封信，就擅自拿走了，而且當仁不讓地拆開來看了。

那封信首先就談當前國際國內形勢一片大好，然後談到我省我市形勢也是一片大好，再談到我校我班形勢還是一片大好。這樣好了一通，就用掉了兩三頁紙。不過那就是當時的寫法，沒誰能夠免俗。那封信只在最後寫了一下很敬佩靜秋的才華，有點惺惺相惜，英雄識英雄的意味。當然最後沒忘記問靜秋願意不願意跟他玩朋友。

大約連嚴老師這樣的人也看出這事靜秋沒責任，所以嚴老師把信交給了靜秋的媽媽，叫靜秋的媽媽找靜秋好好談談，一定要教育靜秋好好學習，思想上不要開小差。嚴老師還表了一通功，說幸好是我看見了，如果是別人看見了，還不知傳成什麼樣呢。靜秋後來看見了那封信，謝天謝地，張克樹還沒胡編亂造一點兩人的戀愛史，不然肯定要鬧出軒然大波。但靜秋的媽媽嚇了個半死，少不得又把「一失足成千古恨」的古訓搬出來，把靜秋狠狠叮囑了幾遍。

對張克樹那樣的人，靜秋討厭歸討厭，但還不是特別怕，因為他們說不出她什麼來，她問心無愧，從來沒有跟他們說過話，更談不上做下什麼事了。

但對老三，靜秋就沒有這個把握了。她越想越怕，老三肯定是寫了信的。他那樣「文妥妥」的人，回去拿個包那麼一點時間，他都要寫一封信，他這次會不寫信？可能他連信帶花都放在這桌子上，某個路過的人看見了信和花，就陰險地把信拿走了，把花留在了這裡。

靜秋心急如焚地跑去找那幾個小孩，但他們都說沒看見什麼信，他們就是想拿枝花玩玩，別的什麼都不知道。問他們看見是誰把花放在哪裡的，他們也說不知道；問他們去的時候有沒有看見別的人，他們說沒看見。

靜秋方才的甜蜜心情一下子煙消雲散，開始發瘋一樣地思考這事：如果老三寫了信，他會寫什麼呢？如果他只說他在追她，她還不那麼害怕，被人追應該不是什麼罪過。但是她敢肯定老三不會那樣寫，他一定會把他們之間的事寫出來，比如說：「你還記得不記得那天我們在山上，你讓我牽你的手，我把你抱在懷裡……」

如果這樣一封信讓嚴衵那樣的人拿到，她這輩子就算完蛋了，肯定要把她當作風不正派的人批判了，那就不僅葬送了自己的一生，連媽媽和妹妹也連累了。如果老三又寫了上次那樣的反動言論，那就更糟糕了。

這樣一想，她連那束花也不敢留，好像有了那束花，別人就能順藤摸瓜找到她頭上一樣。她趕快把那花剪碎，扔到廁所裡，連玻璃瓶也扔到很遠的一個垃圾堆裡去。那天晚上，她緊張得一夜沒睡好，接下來的幾天，還連續做噩夢，夢見嚴衵把她叫去了，手裡拿著一封信，叫她自己老實坦白交代，是不是在西村坪編教材期間犯下了作風問題。她辯解、聲明，但沒人相信她。最後他們把老三叫來了，讓他們兩人當面對證。

老三說：「你就承認了吧，你當時不是說了願意我拉你的手嗎？」

她沒想到老三這麼快就交代了，而且把責任推在她身上，她想罵他，卻發不出聲。然後老三把那天的事全寫出來了，學校對他從輕處理，而她則被拉到臺上去，讓大家批判她。不知道怎麼搞的，就成了她在遊街了。她頸子上掛著一串破鞋，左手拿著一面鑼，右手拿著一個鑼槌，走一下，就要敲一下，自己大聲喊：「我是破鞋！大家都來批鬥我！」「我是個不要臉的臭婆娘！我跟人通姦！」

她嚇得驚醒過來，滿身是汗，好半天才相信這只是一個噩夢。但夢中的那一幕卻是真實發生過的，是她上小學的時候看見過的遊街情景。記得別人說那個女的以前是個妓女，解放後改造好了，還結了婚，領養了一個男孩，那個男孩就跟靜秋一個班。遊街之後沒幾天，那個女的跳進附近的堰塘淹死了，肚子裡裝滿了水，浮在那個髒乎乎的堰塘裡，幾天都沒人願意去把她的屍首撈上來，怕髒了自己的手。靜秋不知道為什麼別人要叫那個女的「破鞋」，也不知道什麼是「通姦」，但自那以後，她再也不敢穿破了的鞋，寧可打赤腳，聽到一個「通」字，都覺得噁心，「姦」字就更不用說了。

她惶惶不可終日，看到那些住在學校的老師，就覺得他們的眼光有些異樣，好像他們已經傳閱了老三寫給她的信件一樣。她想給他們解釋一下，但不知道怎樣解釋，心裡是虛的。她也不知道究竟是誰拿走了那封信，但是她覺得那些人正在商量著怎麼樣拿到更多的證據，正在商量應該給她一個什麼樣的處分。

一個星期過去了，她覺得自己的神經已經快崩潰了。她決定寫一封信給老三，警告他懸崖勒馬。她把字體變了又變，也不敢寫自己的名字，因為她怕學校已經在監視她和老三了，那麼這封信又會成為一個把柄。她懇求他忘了她，再不要送花送信的了，不然兩個人的前途就葬送在他手裡了。可這樣寫了，她又覺得不妥，如果這信被別人看見，別人很容易就能推理出她一定是跟老三做下什麼了，不然怎麼談得上忘記她，又怎麼談得上葬送前途呢？

於是她又改寫，惡狠狠地說：我不認識你，不知道你為什麼要這樣糾纏我，請你自重一些。

但這樣寫，她還是覺得不妥。寫得這麼冷冰冰、兇巴巴的，如果把老三搞得惱羞成怒了，他把一切都揭發出來，甚至添油加醋地寫一些，交給她學校，那不是更慘嗎？一個是軍區司令的兒子，一個是地主的女兒，學校相信誰，還用問嗎？

她就這樣寫寫改改，改改寫寫，花了一整天，才寫了一封短短的信。她盡可能寫得冷淡、禮貌、陌生，想既不得罪他，又能起到威懾的作用，最後她決定就寫十六個字：

苦海無邊，回頭是岸，既往不咎，下不為例。

16

雖然靜秋連老三的確切通信地址都不知道，只在西村坪的地址後加了個「勘探隊」，但她估計老三收到了那封信，因為他沒再送什麼東西來。

令人振奮的是暑假快到了，靜秋又可以去做零工了。她準備把一個暑假做滿，一天也不休息，樂觀地估計，可以掙到八九十塊錢。錢還沒拿到手，她已經在制訂預算了。首先要還掉老三的錢，然後給媽媽買個熱水袋。媽媽犯病的時候，常常會腰疼，需要一個熱水袋焐在那裡。現在都是用個玻璃瓶子裝了熱水當熱水袋用，但瓶子有時會漏水，而且焐的面積有限。

她計畫開了工錢就去買半個豬頭回來吃，因為一斤肉票可以買兩斤豬頭。豬耳朵、豬舌頭滷了吃，豬臉肉做回鍋肉，剩下的七七八八的可以做湯。一想到蒜苗炒出來的回鍋肉，她就覺得口中生津，恨不得現在就去買來做了吃。她家裡經常是幾個月不知肉味，她在西村坪吃老三拿來的那些肉的時候，總有一種問心有愧的感覺，因為不能拿回去給媽媽和妹妹吃。這個暑假打了工，一定要給妹妹買布做件春裝。她自己老穿哥哥的舊衣服，被人笑話，所以她決心不讓妹妹嘗那種滋味。她還要給妹妹買雙半高統的膠鞋，這有點奢侈，但妹妹想膠鞋想了很久了，她從妹妹看人家膠鞋的眼光裡可以讀出妹妹的心思。

她哥哥還欠隊裡口糧錢，她希望用暑假做工的錢還上一部分。知青在農村沒吃的，有時就會出去偷雞摸狗，把貧下中農田裡的菜、籠裡的雞偷來做了吃。很多地方的知青已經跟當地的農民結下了仇，經常打起來。有時幾個村的農民聯合起來打知青，幾個隊的知青聯合起來打農民，搞得血雨腥風，人人自危。

前不久，她哥哥被農民打傷了，臉上身上都是一道道傷。她哥哥說自己真是命大福大造化大，因為那次一同被打的人差不多個個都傷筋動骨了，有幾個甚至被打得癱在床上，是別人抬回來的。只有他那個小隊的幾個知青，因為跑得快，只受了皮肉傷。

那次一同被打的知青和他們的家長在K市碰了個頭，商量怎麼辦。被打的知青都說這次完全是當地農民不對，他們什麼都沒偷，是農民認錯了人，問也不問，就圍住他們，用扁擔、鐵鍬什麼的把他們痛打一頓。那些農民就是恨知青，覺得知青來了，把他們本來就不多的工分奪走了一部分，還鬧得雞犬不寧，所以他們只要有機會就打知青。知青告到大隊和公社，但大隊和公社根本不處理。那次討論的結果是決定到地委去告那些農民。被打的知青和他們的家長找了無數路子，地委才答應派人接見他們一下，聽聽事情經過。

那天晚上，靜秋也跟去了，因為媽媽身體不太好，哥哥又受了傷。一行人到了地委大院，見大院門口是荷槍實彈站崗的衛兵，有些人先自膽怯起來，幾個傷得不重的就打退堂鼓了。靜秋一家跟著那些堅定不移分子進了地委大院，地委派個人出來接待他們，叫他們在一個會議室等候，說地委書記還在開會。等了好幾個鐘頭，還沒見到地委書記。不知道是誰探聽到了消息，說地委書記正在陪什麼人吃飯喝酒，有點喝醉了，不知道今天能不能來接見咱們。

靜秋聽到這個消息，無緣無故地想起老三的爸爸，聽說也是個大官。她心裡湧起一股恨意，原來當官的真的是這麼高高在上，草菅人命。會議室裡躺著幾個打得不能動的知青，還坐著一群被打得鼻青臉腫、斷胳膊斷腿的知青，加上他們心急如焚的父母，而這個地委書記居然還有心思喝酒吃飯。

她知道K地區只有一個軍分區，而老三的爸爸據說是軍區司令，那他爸爸管的地盤肯定比地區更大。她想像老三就是住在一個有背槍的衛兵站崗的大院內，他的未婚妻肯定也是那個大院的，他的父親肯定也是那種說話官腔官調的人，一開口就像作報告一樣：「啊，這個這個……」

她想起大嫂說過，當官的我們高攀不上。她懂大嫂的話，但只有親眼看到過地委大院了，才有了切身的體會。老三跟她根本就是一個天上，一個地下，兩個世界的人。現在她坐在那裡等地委書記，感覺就像是在等老三的爸爸一樣，滿心是憤懣和不平。為人不做官，做官是一般，老三的爸爸肯定也是這樣對待平民百姓的。又等了一會兒，好幾個家長害怕起來了，說這會不會是一個圈套？讓我們在這裡坐著，他們去搬兵，待會兒把我們全部都抓起來了，不用別的罪名，就加個「衝擊革命政權機構」，就可以把你扔進監獄了。

這一說，在場的人都緊張起來了，靜秋的媽媽也說：「我們回去吧，別人可能還當得起這個帽子，我們這種人家，是再也禁不起這頂帽子了。打了就打了，自認倒楣了，我們還能指望地委書記把那些農民抓起來？怎麼說知青也是到農村去接受農民再教育的，農民要用扁擔再教育你，怕是也沒辦法了。」

靜秋最恨媽媽的膽小怕事，她堅持要等下去，說如果你害怕，就讓我在這裡等。靜秋的媽媽無法，只好陪著等。最後終於等來了一個幹部，並不是地委書記，不知道是個什麼幹部，反正說是代表地委的。知青和家長把情況說了說，那人刷刷地記了一通，就叫大家回去了。

後來就再沒聽到任何消息。靜秋的媽媽自我安慰說：「算了，就這樣了吧，至少沒把挨打的知青抓去，沒受處罰。」然後含著眼淚把傷還沒好的哥哥送回鄉下去。可能哥哥隊上的人聽說了告狀的事，有點害怕，就照顧哥哥，讓他看穀場，比下田輕鬆，但一天只能掙半個勞動力的工分，估計年終需要更多的錢去還口糧錢了。

想到這種種必需的花銷，所以暑假的第一天，靜秋就叫媽媽帶她去找「弟媳婦」那當居委會主任的媽，想找零工做。母女倆一大早就去了「弟媳婦」家，等在那裡。「弟媳婦」叫李坤明，大家叫他媽李主任。靜秋實在有點愧見「弟媳婦」，因為兩人雖然是一個班的，可平時見了面，話都不說，現在卻要求上門來，請他媽媽幫忙。靜秋的媽媽教過李主任的大兒子，所以李主任對她媽媽很客氣，讓靜秋的媽媽先回去，說我會給你女兒找工的。靜秋也只是每年讓媽媽引見一下，所以也叫媽媽回去，媽媽回去後，靜秋就等在那裡。

當時，那些需要零工的工廠企業會派他們那邊管事的人到李主任家來要工，大家都把工廠那邊派來的專管零工的人叫「甲方」。

「甲方」一般在早上九點以前就來要人了，找零工的人，如果過了九點還沒找到工，那天就算廢了。大多數情況下，如果找到一個工，就可以做好幾天，等到那個工程告一段落了，零工們就又到李主任家來，等著找新的零工做。

那天跟靜秋一起等在那裡的還有一個老婆婆，不知道多大年紀，反正牙都掉光了。靜秋認識她，以前在一起打過零工，別人都叫她「銅婆婆」，大概是姓「童」，但因為她這麼大年紀了還在外面做零工，靜秋就覺得她應該是叫「銅婆婆」。聽說「銅婆婆」的兒子挨鬥的時候被打死了，媳婦跑了，留下一個剛上學的孫子，讓「銅婆婆」照看。靜秋想都不敢想，如果「銅婆婆」哪天死了，她那個孫子該怎麼活下去。

就這樣坐了好一會兒，才看見一個「甲方」來要人，說是需要壯勞力，因為是從停在江邊的貨船上把沙卸下來，挑到岸上去。靜秋自告奮勇地要去，但「甲方」看不上她，說他不要女的，女的挑不動沙。李主任叫靜秋莫慌，說等有了比較輕鬆的工再讓你去。

又坐了一陣兒，來了另一個「甲方」，這回是要打夯的，靜秋又自告奮勇，但那個「甲方」也不要她，說她太年輕，臉皮薄，打夯是要大聲唱歌的。靜秋說，我不怕，我敢唱。「甲方」就說你唱個我聽聽。靜秋覺得那人有點流裡流氣的，又礙著「弟媳婦」在旁邊，就不肯唱。

「甲方」說：「我說了吧？你根本不敢唱，這活只能找中年婦女幹，人家那嘴，什麼都唱得出來。」

「銅婆婆」說：「我敢唱，我也會唱。」當即就癟著嘴唱起來，「尼姑和尚翻了身，嗨，吆呀霍呀，日裡夜裡想愛人，也呀嗎也吆霍呀——」

靜秋一聽，那唱的什麼玩意啊，都是男男女女的事，雖聽不太懂，但是也知道是有關半夜裡女想男、男想女的事的。她想自己肯定幹不了這活，只好看著「銅婆婆」金榜高中，欣欣然地跟「甲方」去了。

那天一直等到十點都沒等到工，靜秋只好依依不捨地回去了。呆在家裡一天沒工做，真是如坐針氈，就像有人把一塊二毛錢從她口袋裡掏走了一樣，只盼望第二天快快到來，好再到李主任家去等工。

一直等到了第三天，靜秋才找到一份工，還是那個挑沙的工。「甲方」說前幾天找的人，好些人都挑不下來，逃掉了，所以他只好又到李主任家來招工。靜秋央求了半天，「甲方」才答應讓她試試，說如果你沒幹到一天就跑掉，我是不會付你半天工錢的。靜秋連忙答應了。

找到了工，她感到心裡無比快樂，好像已經有一隻腳踏進了共產主義一樣。她跟著「甲方」來到上工的地方，剛好趕上零工們在休息，全都是男的，沒一個女的。那些人見她也來挑沙，都很驚奇。有一個很不友好地說：「你挑得少，我們就吃了虧，等於要幫你挑，你還是找個計件的工去幹吧，幹多得多，幹少得少。」

另一個好心點的提醒說：「我們都是兩人一組，一個跳下船，一個挑上坡的，一個人又挑下船又挑上坡還不累癱了？誰願意跟你一組？跟你一組不是得多挑幾步路？」

靜秋淡淡地說：「你莫擔心，我自己跟自己一組，我不會挑得比你們少的。」

「甲方」說：「那你就在這幹著再說吧，不行就莫硬撐著，壓壞了沒勞保的。」

有個認識她的說：「你媽是老師，你還貪這點小錢？」

還有一個見「甲方」走了，就流裡流氣地開玩笑說：「大夏天的，有你一個女的在這裡真不方便。待會兒幹得熱起來了，我們都興把衣服脫了幹的，你到時不要怕醜啊。」

靜秋不理他們，心想：你脫的不怕醜，我看的還怕醜了？她只埋頭整理自己的籮筐、扁擔。開工時間到了，她跟著一群男人下河去。貨船跟河岸之間搭著長長的跳板，只有一尺來寬，踩上去晃晃悠悠的。下面就是滔滔的江水，正是夏天漲水季節，江水帶著泥沙，黃中帶紅，看上去尤其可怕，膽子小的人可能空手都不敢走那跳板，更莫說挑一擔沙了。

很久沒挑擔子了，剛一挑，覺得肩膀痛。幸好她的扁擔跟隨她多年，是根很好用的扁擔，不太長，而且很有韌勁，挑起擔子來忽閃忽閃的。會挑擔子的人都知道，如果一根扁擔不能忽閃，直槓槓的，挑著就很累；如果一根扁擔能忽閃忽閃的，就可以和著你走路的節奏，晃晃悠悠，使你覺得擔子輕了不少。

那一擔沙，少說也有一百來斤，靜秋挑著沙，從窄窄的跳板上走過，覺得跳板晃蕩得可怕，生怕一腳踩空掉到江裡去。她會游泳，但江邊的水下都是亂石頭，掉下去不會淹死，但肯定會被石頭撞傷撞死。她不敢望腳下，只平視前方，屏住呼吸，總算平安走下了跳板。下了船就是上坡，接近河岸的一段還比較平坦，但再往上，坡就很陡了，空手爬都會氣喘吁吁，挑著擔子就可想而知了。現在她比較明白為什麼其他人要結成兩人一組了，因為剛經過了跳板那一嚇，現在已經手腳發軟，如果有人接手挑上坡去，那挑下船的人就可以空手往貨船那邊走，暫時歇息一下。但如果是一個人挑這全段路程，就只能一口氣挑到目的地。

靜秋沒人搭夥，只好一個人挑。挑了兩趟下來，身上已經全汗濕了，太陽又大，又沒水喝，簡直覺得要中暑暈倒了。但一想到這一天挑下來就有一塊二毛錢，尤其是想到這兩天找不到工時的惶恐，就咬緊牙關堅持挑。

那一天不知道是怎麼熬過去的，等到收工的時候，靜秋已經是累癱了。但回到家裡，還要裝出一副很輕鬆的樣子，不然媽媽又要擔心。她那天實在是太累了，吃了晚飯洗個澡就睡了。

第二天，她一大早就起來了，那時才感到昨天的疼痛真不算什麼，現在才真的感到渾身酸痛了，兩個肩膀都磨破皮了，痛得不能碰衣服。後頸那塊，因為要不斷地換肩，也磨破皮了。兩條腿更是無比沉重，臉和手臂曬破了皮，洗臉的時候，沾了水就痛。

靜秋的媽媽見女兒起來了，連忙走過來勸她別去了，說：「你太累了，昨晚睡覺哼了一夜，今天就別去了吧。」

靜秋說：「我睡覺本來就哼哼。」

媽媽抓住靜秋手裡的扁擔，懇求說：「秋兒，別去了吧，女孩子，挑擔壓狠了不好，會得很多病的。我知道你的習慣，你不生病，睡覺是不會哼哼的，你昨天一定是太累了。」

靜秋安慰媽媽說：「你放心，我心裡有數，太重的活我不會去幹的。」

挑了兩天沙，那些一同挑沙的男的對靜秋態度好點了，因為靜秋雖然是個女孩，也並沒有比他們少挑一擔。有個叫王長生的就自告奮勇地來跟靜秋一組，說挑上坡累，我來挑上坡，你挑下船吧。王長生每次都爭取走快點，好多挑幾步路，這樣靜秋就可以少挑幾步路。有時靜秋剛挑下船，王長生就迎上來了，搞得靜秋很不好意思，別的人也開始笑他們是兩口子。

幾天挑下來，靜秋覺得肩膀比以前疼得好一點了，人也不像剛開始那樣喘不過氣來了，令她擔心的是這個活幹不了幾天了，那就又得到李主任那裡去等工，還不知道能不能等到工。現在對她來說，世界上最幸福的事就是有挑不完的沙，打不完的零工，放不完的暑假。

挑沙工就快結束的前一天，靜秋剛把一擔沙挑下船，王長生就迎了上來，說：「我來挑吧，有人找你，等在岸上，你快去吧。」

17

靜秋很納悶，不知道誰會找到工地來。她問王長生：「你知不知道是誰找我？」

「有一個像是你妹妹，還有一個我不認識。」

靜秋一聽說是她妹妹，就覺得手腳發軟，一定是媽媽出什麼事了，不然妹妹不會在大熱天中午跑到工地來找她。她本來想順便把一擔沙挑上岸去的，但聽了這話也挑不動了，只好讓王長生去挑。她抱歉地說：「那只好辛苦你了，我上去看一下就來。」

她慌忙爬上河坡，一眼就看見她妹妹站在樹陰下等她，身邊還站著一個女孩，她看了一下，是長芳，她暗自鬆了口氣。「長芳，怎麼是你？我還以為……」

長芳拿著個手絹扇風：「好熱呀，這麼熱的天，你怎麼還在這裡幹活？」

靜秋也走到樹陰下：「你是今天來的？今天還回去嗎？」她見長芳點點頭，就說，「那我請個假回去陪陪你吧。」

其實她有點為難，現在請了假回去，王長生就要一個人挑沙了，那不是把他害了嗎？可不請假，又不能老站在這裡說話，別人會有意見的。正在為難，她看見王長生挑著沙上岸來了，於是跑過去跟他商量。王長生很好說話：「你就請假了回去吧，我一個人挑沒事。」

靜秋於是請了假，跟妹妹和長芳一起回家。回到家，聽說長芳還沒吃飯，靜秋便忙忙碌碌地做飯招待長芳。沒什麼菜，就把上次長芳送她的鹹菜乾、白菜乾什麼的用熱水泡了，炒了兩碗，再加上一點泡菜，配著綠豆稀飯，也很爽口。

長芳吃了飯，就說不早了，要到市裡趕車去了，靜秋想留長芳多玩幾天，但長芳不肯。靜秋看看的確是不早了，不好再挽留，就送長芳到市裡去坐車。兩個人來到渡口，乘船過門前那條小河。靜秋抱歉說：「你每次來，都是匆匆忙忙，沒玩好。」

「今天怪我自己，我坐早上八點的車，九點就到了K市了，結果忘記路了，就一路問人，問來問去的，被人指到相反的方向去了，走了很多冤枉路。我這個人，記路太不行。」

靜秋連忙把長途車站到K市八中的線路給長芳講了一下，邀請她下次再來玩。

渡船划到河當中，長芳從衣袋裡拿出一個小紙包，遞給靜秋：「我是把你當姐看待的，你如果也把我當個妹的話，就把這收下，不然我生氣了。」

靜秋打開那個小紙包，發現是一百塊錢。她大吃一驚：「你……你怎麼想起給我錢來了？」

「免得你去外面打工。」

「你哪來這麼多錢？」

長芳說：「是我姐的錢，她把趙金海給她的錶賣了。」

靜秋知道趙金海就是長芬的那個「臉」，但她不明白長芬為什麼要把錶賣了把錢借給她，長芬愛那只錶像愛她的命一樣，怎麼說賣就賣了？靜秋想把錢塞回長芳手中：「你代替我謝謝你姐了，但我不會收她的錢的。我能打工，能掙錢，我不喜歡欠別人的帳。」

長芳堅決不肯把錢拿回去：「剛才還說了你是我姐了，怎麼拿我當外人呢？」

兩個人推來推去，划船的人大喝一聲：「你們想把船搞沉呀？」兩個人嚇得不敢動了。靜秋捏著錢，盤算等上岸了再找機會塞到長芳的包裡去。

長芳真心實意地說：「你看你這麼大熱的天，還要在外面打工，這挑沙的活，叫我幹都幹不下來，你怎麼幹得下來？更不要說拖車呀，搞建築呀，那都不是我們女的幹的活。」

靜秋覺得很奇怪，她從來沒跟長芳說過她打工的事，長芳怎麼會知道什麼「拖車」、「搞建築」之類的細節？她問長芳：「這錢真是你姐的嗎？你不告訴我實話，我肯定不會收的。」

「我告訴你實話了，你就肯收了？」

靜秋哄她：「你告訴我你這錢是怎麼來的了，我就收你的錢。」

長芳猶豫了一下，說：「你不要說話不算數啊，別等我告訴了你實話，你又不肯收了。」

靜秋聽她這樣說，益發相信這錢不是她姐的了。她想了一下，說：「你先告訴我是誰的錢，你說你當我是你姐，你連你姐都不信？」

長芳又猶豫了一會兒，終於說：「這錢是老三叫我拿來給你的，不過他不讓我說出來，他說他不知道怎麼就把你得罪下了，如果你知道是他的錢，就肯定不會收的。」

長芳見靜秋拿著錢，以為她把錢收下了，很高興，吹噓說：「我說這事我一定辦得成吧？老三還不相信，怕我說服不了你。」長芳從口袋裡摸出幾塊零錢，清了清，得意地說，「我來去的路費也是老三給的，他叫我一下長途車就坐市內一路公共汽車，一直坐到終點站，就到了河邊，再坐船過河，沿著河邊走就可以走到你家了。我沒坐過公共汽車，怕坐錯了車，不敢坐，所以走迷路了，但是我省下了公共汽車錢。」

靜秋原以為老三收到她的信了，真的會「下不為例」了，哪知他一點都沒收手，難道他根本沒收到她的信？她不敢對長芳提那封信，只問：「老三……他還好嗎？」

「他一個大活人，有什麼不好的？不過他說一到暑假，他就很擔心，估摸著你要出去打零工了。他怕你從腳手架上摔下來了，又怕你拖車的時候掉江裡去了，跟我念叨好多次了，像催命一樣催著我把這錢送過來，說送晚了怕你已經出事了。不是我不想早點來，實在是因為我們比你們放假晚，這不，我剛一放假就跑來了，再不來，耳朵都要被他說起繭來了。」

靜秋又覺得喉頭發哽，沉默了一會兒，裝作若無其事的樣子說：「他這人怎麼盡說這些不吉利的話？這麼多人打零工，有幾個摔死了，淹死了？」

船靠岸了，兩個人下了船，靜秋說：「我帶你坐回公共汽車吧，你坐熟了，下回來的時候好坐，免得又走迷路了。」

長芳第一次坐公共汽車，新奇得很，一路上都在望窗外，沒心思跟靜秋說話。但一會兒就該下車了，長芳跟著靜秋擠下車，連聲說：「這麼短？還沒坐夠呢。走路的時候覺得好遠，怎麼坐車一下就到了？」

兩個人來到長途車站，買了下午三點的票，靜秋很擔心，問：「你待會兒一個人走山路怕不怕？」

「我不走山路，走山下那條路，那條路人多。」

靜秋放了點兒心。離開車還有一會兒，兩個人就找個地方坐下說話。靜秋看看沒機會偷偷把錢塞到長芳包裡去，只好來硬的了。她抓過長芳的手，把錢放在她手裡，再把她的手握住了，說：「你幫我謝謝老三，但他的錢我不會收的。麻煩你跟他說，叫他再不要搞這些了。」

長芳被她握住手，沒法把錢塞回她手中，只好等待時機：「你怎麼就不肯收他的錢呢？他想幫你，你就讓他幫你嘛，難道你要他天天擔心才舒服？」

「我不是要他擔心，他其實根本不用擔心我什麼，」靜秋想了想說，「他有……未婚妻，好好擔心他未婚妻就行了。」

靜秋滿心希望聽到長芳說「他哪有什麼未婚妻」，但她聽到長芳說：「這跟他未婚妻有什麼關係？」

靜秋膽怯地問：「他真的有……未婚妻？」

「聽說是兩家父母定下的，好些年的事了。」

靜秋覺得心裡很難受，雖然知道這事也不是一天兩天了，但潛意識裡還總是希望這不是事實。她呆呆地問：「你怎麼知道他有……未婚妻？」

「他自己說的，還給了大嫂一張他們倆的合影。」

「聽大嫂說那照片就放在你屋裡的玻璃板下面，但我怎麼沒看見？肯定是他拿走藏起來了。」

「那你就冤枉他了，是我拿了，因為我聽人說如果你能把照片上的兩個人毛髮無損地剪開，就可以把他們兩人拆散，我就用剪子把他們兩個剪開了。」

靜秋覺得這好像很幼稚，很迷信，但又很迷人，如果真能這樣就好了。她很感興趣地問：「那你……有沒有毛髮無損地把他們剪開呢？」

「呃，差不多吧，但是他們倆的肩膀有一點重合了，老三的肩膀疊在那女的肩膀後面，所以……所以剪開之後，老三就少了一個肩膀。你不要告訴他呀，這不吉利的。」長芳看上去並不是很相信這些，仍舊笑嘻嘻地說，「要是哪天老三肩膀疼，那就是因為我剪了他一剪子。」

「他肩膀疼活該。他這人怎麼這樣？家裡有未婚妻，又在外面給別人錢……」

長芳驚訝地說：「家裡有了未婚妻就不能在外面給人錢了？他一片好心幫忙嘛，又沒什麼別的意思。你不要誤會他，以為他在打你主意，他不是這樣的人。他這人心軟，見不得別人受苦。我們村的那個曹大秀，還不是受過他的幫助？」

「哪個曹大秀？」

「就是那個……那個她爹是個酒鬼的，別人都叫他『曹三頓』的，你忘了？有一天老三在我們家吃飯的時候，『曹三頓』找來了，問老三要錢的那個……」

靜秋想起來了，是有那麼一個人。她當時以為是什麼人問老三借錢，就沒在意。她問：「老三幫過『曹三頓』的女兒？幫她什麼忙？」

「大秀她爹愛喝酒，她媽很早就死了，可能就是被她爹打死的。她爹是喝多了也打她媽，喝少了也打她媽，沒喝的更要打她媽。她爹是一日三頓都要喝酒，一日三頓都要打她媽，不然怎麼叫『曹三頓』呢？

「大秀她媽死了有些年了，她爹又不好好下田幹活，隊裡派他養牛，他也是經常喝醉了，讓牛跑出圈吃了莊稼，被隊裡扣工分。他最要不得的就是有幾個錢就要買酒喝掉。從大秀十四五歲起，她爹就在尋思把她嫁了好換幾個酒錢。

「大秀什麼陪嫁都沒有，又攤上這麼個爹，村裡人真的有點不敢要她。後來她爹就把她許給老孟家老二了，那男的有羊角風，發作起來嚇死人，口吐白沫，人事不省，見哪兒倒哪兒，遲早是個短命鬼。大秀不肯嫁，她爹就打她，往死裡打，說白養了她這麼多年，人家都說女兒是爹的酒葫蘆，我怎麼生下你這麼個屎葫蘆、尿葫蘆……」

靜秋猜測說：「那……老三就答應把她娶了，好救她一命？」

「哪裡是那樣，老三就給她爹錢買酒，叫他不要把女兒往火坑裡逼。大秀她爹只要有酒喝，女兒嫁誰他其實也不操心，後來就沒逼著大秀嫁那個羊角風了。但是老三就脫不了干係了，大秀她爹一沒酒錢了，就跑去找老三，說這都怪你，要是你那時不從中作梗，我家大秀早就嫁了好人家，給我把酒錢掙回來了。老三怕他又打大秀，每次就給他一點酒錢。後來大秀的爹就得寸進尺，逼著老三把大秀娶了算了，說你殺人殺到喉，幫人幫到頭，你娶了我家大秀了，我就不愁酒錢了。

「其實大秀對老三倒是有那個心思，誰不想嫁個吃商品糧、爹又是大官的？再說老三人又長得好，脾氣也好。大秀經常跑工棚去找老三，要幫他洗被子什麼的，但老三不肯，我姐也不讓，都是我姐搶著拿回來洗了。」

「你姐……喜歡老三哪？」

「嗯，我姐叫大嫂去給老三過過話，但老三不肯，說他在家裡有未婚妻，我姐哭了幾回，還發誓說一輩子不嫁人了。不過後來她跟趙金海對上象了，就不守她的誓言，成天慌著嫁人了。」

「那你剪那張照片是想幫你姐的忙？」

長芳不好意思地笑了一下：「我姐那是什麼時候的事？照片我是前不久才剪的。」

靜秋的心怦怦跳，心想可能長芳看出她的心思，幫她剪了那張照片。她問：「那你……幫誰剪？」

「幫人剪是沒用的，一定要自己剪的。」長芳坦率地說，「不過我剪他們的照片也沒用，只能把他們剪開，不能把我跟他剪攏。老三瞧不起我們這些人的，聽說他跟他未婚妻從小就認識，兩個人的爸爸都是大官，我們算老幾？所以說呀，他給你錢，只是幫你，不是在打你主意。我勸你有錢就拿著，因為你不拿他的錢，別人也會拿他的錢，何必讓『曹三頓』那樣的人拿去喝酒呢？」

18

靜秋覺得好難受，長芳越是替老三撇清，她就越難受。以前她還覺得老三幫她是因為喜歡她，雖然她礙於自尊心不願接受，但她心裡還是很感動的。現在聽了曹大秀的故事，心全都涼了。

她想老三一定抱過曹大秀了，既然他跟她認識這麼短時間就敢抱她，那他跟曹大秀認識的時間長多了，不是更會抱大秀嗎？看來老三就是書裡面說的那種「紈絝」公子，雖然她沒查字典，不知道這個「絝」讀什麼，但那意思她已經從上下文裡揣摩出來了，不就是仗著自己有幾個臭錢，就占女孩便宜的那種人嗎？

想到這些，她感到自己像被老三玷汙了一樣，特別是嘴裡。被他隔著衣服抱過，洗了這麼多次衣服這麼多次澡，應該洗掉了吧？但他的舌頭還伸到她牙齒和嘴唇間去過，想想就噁心。她狠狠吐口唾沫，鐵青著臉，一言不發地坐在那裡。

長芳想把錢塞回靜秋手中，說：「你拿著吧，你答應了的，不能說話不算數。」

靜秋像被火燙了一樣，一下跳開，那些錢全都掉地上了。她也不去撿，只站得遠遠地說：「我答應的是收你的錢，我沒答應收他的髒錢，你把他的錢帶回去吧！不要害得我明天專門為了這錢跑一趟西村坪，耽誤我出工。」

她說這話的口氣和臉色一定都是很不好的，她看見長芳有點害怕一樣地望著她，膽怯地問：「這錢怎麼就是……髒錢呢？」

靜秋不敢把老三抱她的事說出來，只說：「你搞不清楚就別問了。」

長芳一邊蹲在地上撿錢，一邊囁嚅地說：「這怎麼辦呢？我把他給的路費也用了，現在又沒辦成，你叫我怎麼向他交代？你就做個好人，把錢收了，算是幫我吧。」

靜秋不想讓長芳為難，就安慰說：「不要緊的，你回去就跟他說我在瓦楞廠糊紙盒，工錢高，工作很輕鬆，用不著他的錢，也用不著他操那些瞎心。你這樣說，他就不會怪你了。」

長芳想了想，答應了：「我幫你撒這個謊可以，但你要幫我把謊話編圓了，教給我，我才會說。我這個人不會撒謊，一撒謊就心慌，被你們七問八問的，就問出來了。這次老三教了我好多遍，結果被你一哄，我還是說出來了。」

靜秋就幫忙編了個謊，連瓦楞廠的地址、大門朝哪邊開都告訴長芳了，要她回去就說今天是在瓦楞廠見到靜秋的，靜秋這個暑假就是在瓦楞廠做工，再不用到別處去做了。

長芳囑咐說：「那你真的不要去做那些危險的事啊，你要是出了事，老三就知道我在撒謊了。」

送走長芳，靜秋捨不得再花錢坐公共汽車，就自己往回走，一路上腦筋裡都是那個曹大秀。她沒見過曹大秀，但眼前卻清晰地浮現出一個穿得破破爛爛，但長得眉清目秀的女孩形象，然後是老三的形象，再然後是他在山上抱大秀的畫面。大秀得了老三的恩惠，肯定是老三要怎麼樣就怎麼樣，估計就是老三要把舌頭伸大秀嘴裡去，大秀也不會有意見。

回到家，她覺得頭很疼，飯也沒吃就躺床上去了。媽媽嚇得要命，怕是天太熱中暑了。問了幾句，她很不耐煩，媽媽也不敢問了。睡了一會兒，王長生找來了，說「甲方」說了，今晚要加班，因為貨船在江邊多停一天廠裡就要多出一天的錢。今天從六點到九點加班，做三個小時，算半天工錢。

靜秋一聽，頭也顧不上疼了，氣也懶得生了，怎麼說老三也只能算個上層建築，還是先抓經濟基礎吧。她謝了王長生，就趕緊吃了兩碗飯，抓起籮筐扁擔上工去了。到了江邊一看，零工們都在那裡，有些還把家屬都叫來了。做三小時可以拿半天的錢，誰不願意幹？

那天晚上幹了不止三小時，一直把船上剩下的沙全部挑完了才收工。「甲方」說大家辛苦了，今晚算一整個工。不過這份工也就算幹完了，明天你們就不用來了，以後有了這種機會再找你們來幹。

賺了大錢的欣喜一下子就被失業的痛苦沖淡了，靜秋懊喪地想：明天又要去求「弟媳婦」的媽了，還不知道能不能找到工。她正拖著沉重的步伐往家走，「甲方」追了上來，問她願意不願意做油漆，說他手裡還有點油漆工的活，如果她願意幹的話，他可以讓她從明天起到廠維修隊上班。

靜秋簡直不敢相信自己的耳朵。「甲方」又問了一遍，靜秋才說：「你是在說真的？我還以為你在開玩笑呢。」

「甲方」說：「我開什麼玩笑？我是真的叫你去做油漆。我看你幹活不偷懶，相信你。而且做油漆是個細心活，女的幹比較好。」

靜秋真是欣喜若狂，這就叫「運氣來了門板都擋不住」，她第二天就去維修隊做油漆。雖然聽人說油漆有毒性，但工作輕鬆，每天還有一毛錢補助，她也就不管什麼毒性不毒性了。

那個暑假，真是走運，後來竟然讓她一謊撒中，還到瓦楞廠去工作了兩個星期，連她自己都搞糊塗了，都說撒了謊要遭雷打，結果她不僅沒遭雷打，還真的到瓦楞廠去了，也許那是因為她撒的那個謊是個「好謊」？

瓦楞廠的工不是李主任介紹的，瓦楞廠在河的對岸，已經不屬於李主任的管區了。那個工是K市八中一個姓王的教導主任介紹的，他兒子在瓦楞廠，是個小官，每年暑假都能介紹幾個人到廠裡做幾天工。

王主任很欣賞靜秋的巧手，經常買了膠絲請靜秋織個茶杯套，買了毛線請靜秋織個毛衣、毛褲什麼的。王主任家客廳裡的圓桌、茶几、方桌上，鋪的都是靜秋用鉤針鉤出來的桌布，用的就是一般的縫衣線。但靜秋的圖案設計總是與眾不同，鉤出來都像工藝品一樣，看見過的人都以為是王主任花大價錢在外地買的，讚不絕口。

有了做工的機會，王主任第一個就會通知靜秋。這回在瓦楞廠不是糊紙盒，而是像正式工人一樣上機操作，還發了一個白帽子，說車間有些皮帶機什麼的，怕女工的長頭髮絞進機器裡去了。正式工人們還發一個白圍裙，穿上像紡織工人一樣。不過零工沒有，所以一看就知道誰是正式工人，誰是零工。

靜秋好想混上一個白圍裙穿穿，當工人的感覺實在是太好了。工作也很簡單，就是把兩張平板紙和一張有楞子的紙塞進一個機器就行了，那個機器會給這幾張紙刷上膠水，幾張紙從機器裡通過，就被壓在一起，成了瓦楞紙，可以用來做盒子什麼的。唯一的技術就是塞紙的時候角度要對好，不然做出來的瓦楞紙就是歪歪斜斜的，成了廢品。

靜秋做什麼事都很上心，都力求做好，所以很快就成了熟手。同一個機器上的工人都很喜歡她，因為她手快，幹活又踏實，不偷懶，幾個工人就讓她在那裡頂著，她們自己從後門溜出去，到旁邊的百貨公司逛逛再回來。每天她們那台機器都提前完成工作量，等驗收的人檢查了，就可以坐在車間休息等下班。

廠裡還分了一次梨子，正式工人一個人三斤，零工一個人兩斤，零工分到的梨子也小很多，但靜秋非常激動，那是分的呀，是不花錢的呀，平時哪裡有這麼好的事？靜秋拿了梨子，開心之極，別的工人都在吃，她捨不得，還跑到機器上工作了一會兒，免得別人好奇，問她為什麼不吃。下班之後，她把梨子拿回家，像變魔術一樣變出來，叫妹妹吃。妹妹高興得不得了，連忙拿了三個到水龍頭那裡洗乾淨了，一人一個。靜秋不肯吃，說在廠裡一分就吃了好幾個了，其實梨子也就那麼回事，吃多了就不想吃了。

靜秋看妹妹一邊看書，一邊小口小口地吃梨子，吃了半個鐘頭還沒捨得把一個梨子吃掉，她心疼萬分，暗暗立個誓：等我發財了，一定要買一大筐梨子，讓我妹妹隨便吃，一直吃到她吃不下為止。

可惜瓦楞廠的工只打了兩個星期就沒了，被人通知她明天不用來上班了的那一刻，才明白自己只是個零工，不知怎麼的，就想起老三借給她看過的那本詩詞裡面的一句話「夢裡不知身是客，一晌貪歡」。

然後又是到「弟媳婦」家等工，又是等不到工的惶恐，又是等到了工的勞累。「紈絝」公子和他的一切，都在心的焦急和身體的勞累之中慢慢遙遠了。

開學之後的日子，她也是很忙碌的，讀書倒不忙，忙的都是雜七雜八的事。那學期，她除了繼續在校女排隊打排球以外，還在乒乓球隊訓練，準備打比賽。本來學校運動隊之間有約定，一個學生只能參加一個隊，免得分散精力，一個也搞不好。但靜秋的情況有點特殊，乒乓球隊的教練汪老師就跟排球隊的教練萬老師兩個人商量了，讓她兩邊都參加。汪老師這麼重視靜秋，除了八中實在找不出比靜秋乒乓球打得好的女生以外，還有一個很重要的原因，可以說是歷史的原因。

讀初中的時候，靜秋是校乒乓球隊的。有一年在全市中學生乒乓球賽上，靜秋打進了前四名。在準決賽的時候，遇上了本校的另一名隊員，叫劉十巧。劉十巧寫自己名字的時候，經常是把「巧」字的兩部分寫得開開的，看上去像「23」，有個愛開玩笑的體育老師點名的時候叫她「6+23」，結果就叫開了。

靜秋平常在學校練球的時候也經常跟「6+23」比賽。靜秋是直拍進攻型打法，「6+23」是刀拍防守型打法。教練知道「6+23」接球穩，但攻球不狠，沒有置人於死地的絕招，不像靜秋，抽球可以抽死人，發球可以發死人。所以教練給「6+23」制訂的戰術就是拖死對方，叫她慢慢削，慢慢削，不指望一板子打死對方，就等著對手失去耐心，自己失誤打死自己。

靜秋跟「6+23」是一個隊的，自然知道她的長處和短處，也知道教練給她出的這個惡招，所以摸出了一套對付她的辦法。平時在隊裡練球，都是靜秋獲勝。

那次單打比賽是單淘汰制，輸給一個人就被淘汰了。靜秋第二輪就輪到跟一個市體校乒乓球隊的隊員比賽，草台班子遇到了科班，汪老師對她已經沒做任何指望了，叫她「放開了打」，不輸「光頭」就行了，意思就是說不要讓別人連下三局就很光榮了。汪老師甚至都沒坐旁邊看，因為看了也白搭，還跟著死幾個細胞。

哪知道靜秋因為沒做指望，所以真個是放開了打，左右開攻胡打一通，連臺子旁邊的記分牌都懶得去看一眼。可能她這種不怕死的打法嚇壞了對手，也可能她的打法不科班，那個女孩不適應，三打兩打的，竟然把那個體校的女孩打下去了。這一下，喜壞了汪老師，嚇壞了一路人，後面跟她打的女孩先自在氣勢上輸了，靜秋就一路打上來了。剛好「6+23」那一路上也還比較順利，兩個同校的人就在準決賽的時候遭遇了。

剛「要邊要球」完了，決定了誰在臺子哪邊，汪老師就走到靜秋身邊，壓低嗓子對她說：「讓她贏，聽見了沒有？」

靜秋不知道為什麼要讓「6+23」贏，但覺得可能是教練的一種戰術，是為學校整個榮譽著想。那時打乒乓球的人都知道中國乒乓球有這個傳統，就是為了國家能得第一，有時是要讓自己的同伴贏的，比如徐寅生就讓莊則棟贏過。靜秋就忍痛讓「6+23」贏了一局。教練可能還不放心，打完一局又囑咐一遍，靜秋也就不多想了，胡亂打了幾下，就讓「6+23」贏了。

下來之後，她才追問汪老師，今天是個什麼戰術，為什麼要讓「6+23」贏。汪老師解釋說：「打進準決賽的人，省體校要招去培訓的，你家庭出身不好，到時候因為這個把你刷下來了，那多難堪？」

靜秋氣得眼淚都快掉下來了，心想，就算省體校把我刷下來了，我還可以拿個市裡的第一、第二名嘛，憑什麼叫我讓？這不比刷下來更糟糕？

後來這事讓靜秋的媽媽知道了，也很不愉快，找那個汪老師談了一次，把「出身不由己，道路可選擇」的最高指示搬出來說明他這樣做不對。

汪老師一再聲明，說他是一番好意，怕靜秋到時候被刷了心裡難過，還說他也很後悔，因為如果不叫靜秋讓，可能這回的K市冠軍就在八中了，「6+23」只拿了個亞軍。

靜秋叫媽媽算了，事情已經過去了，說也沒用了。後來她就退出了乒乓球隊，打排球去了。

但汪老師大概是想將功補過，彌補一下上次給靜秋造成的損失，而且也實在是找不出比靜秋打得好的人了，所以就跟排球隊教練商量，讓靜秋繼續打乒乓秋，參加下半年的全市比賽。剛好排球隊下半年也有一個全市比賽，這下靜秋就忙了，除了上課，其他時間都在打球。

有個星期四下午，靜秋正在練球，汪老師走進乒乓室，對她說：「我看見食堂附近有個人背著個大包在找『靜老師』，可能是找你媽，我把他帶到你家去，但你媽不在，你家沒人，今天下午是家訪時間，你媽可能走家訪去了。我讓他在食堂門口等著，你去看看吧。」

靜秋趕快跑到食堂附近，看見是長林像尊石頭獅子一樣蹲在食堂門口，進出食堂的人都好奇地望他幾眼。靜秋趕快上去叫了一聲。長林看見了她，立即站起身，指指身邊的一個大包，說：「這是給你媽弄的核桃。」又指指不遠處的一個籃子，「這是給你弄的生火柴，我走了。」

19

靜秋見長林拔腳就走，心裡很急，想留住他，又不敢拉他，只好叫道：「哎、哎，你別走呀！至少幫我把這些東西拿到我屋裡去吧？」

長林像被人點醒了一樣，轉回來：「喔，你拿不動呀？那我幫你拿。」說著就背起包，提起籃子，跟靜秋來到她家。

靜秋想掏爐子做飯，問長林：「你吃飯了沒有？」

「吃了，」長林驕傲地說，「在餐館吃的。」

靜秋覺得很奇怪，長林居然知道在K市下餐館，真看不出呢。她給他倒了杯開水，叫他歇一會兒，她好找個東西把核桃裝起來，讓他把包拿回去。她問：「你又跑大嫂娘家去了？她們家人還好嗎？」

「她們家人？」長林看上去很迷茫，給靜秋的感覺是他走到大嫂娘家的核桃樹前，摘了就跑，根本沒跟大嫂娘家人打照面一樣。

靜秋記得大媽說過，長林自小就有個毛病，一說謊就不停地眨眼皮，所以回回撒謊都被大媽戳穿了。靜秋看了他一眼，見他眼皮有點眨巴，不知道他是不是在說謊。她看見包裡還有一個小包，裡面裝著冰糖，就問：「這——冰糖是你買的？」

「是大哥買的。」

連大哥也調動了，靜秋感動得不知道說什麼好，問他：「冰糖要醫生證明才能買到，大哥他在哪裡搞到證明的？」她一邊說，一邊把暑假打工之後專門留出來的二十塊錢放進長林的包裡，再把包卷起來，找根繩子紮了，估計長林在路上不會發現裡面的錢。就怕他回家了還沒發現，如果大媽大嫂哪個洗了這個包，那就糟蹋這二十塊錢了。她準備等會兒送他到車站，等他車開動了再告訴他包裡有錢。

長林說：「大哥認識一個醫生，是那個醫生開的證明。」

靜秋覺得長林答得太天衣無縫了，簡直不像是長林在說話，而他的眼皮又一直在眨巴。她想了想，又問：「你今天一個人來的？你知道路？」

「鼻子下面就是路。」

靜秋詐他：「K縣到這裡的車票漲了百分之十，票價很貴了吧？」

長林好像傻了眼，掰著指頭算了半天，憋紅了臉問：「漲……漲到十二塊八了？狗日的，這不是剝人的皮嗎？」

靜秋現在完全可以肯定長林不是一個人來的了，他根本不知道車票多少錢，把「百分之十」當成了十塊。她想最大的可能就是長林是跟老三一起來的，不過老三躲著沒進來。她也不去拆穿長林的謊，只留他多坐一會兒，心想如果老三等久了，老不見長林，他會以為長林迷路了，就會跑來找長林。但長林打死也不肯坐，一定要回去，說怕趕不上車了，靜秋只好送他去車站。剛送到學校門口，長林就不讓她多送了，態度非常堅決，看樣子馬上就要用手來推她回去了。

靜秋只好不送了，囑咐了幾句，就返回校內。但她沒走開，而是站在學校傳達室的窗子後面看長林。她看見長林在河邊望了一下，就向河坡下面走去。過了一會兒，跟另一個人一起上來了。她認出那人是老三，穿了套洗褪了色的軍衣軍褲，很精幹的樣子。他們兩個站在河沿說話，長林不時指指校門方向，兩個人你杵我一拳、我杵你一拳地講笑，大概長林在講他的冒險記。

然後老三朝校門方向望過來，嚇得靜秋一躲，以為他看見了她。但他沒有，只站那裡看了一會兒，就跟長林往渡口方向走去了。

她也跟了出去，遠遠看他們兩個。她看見老三像小孩一樣，放著大路不走，走在河岸邊水泥砌出來擋水的「埂」上。那「埂」只有四寸來寬，老三走著走著，就失去了平衡，嚇得她幾乎叫出聲來，怕他順著河坡滾到水裡去了。但他伸開手，身體搖晃幾下，又找回平衡，繼續在「埂」上走，像在走平衡木一樣，而且走得飛快。

她很想把他們倆叫住說幾句話，但既然老三躲著不見她，她就不好意思那樣做了。看來他真的跟長芳說的那樣，是個心腸很軟的人，見不得別人受苦，所以他幫大秀，幫她，現在又幫長林。今天的車票肯定是他買的，他肯定知道長林找不到路，所以一直陪著長林到校門口。

她想老三肯定是把她讓給長林了，或者他本來就沒打她主意。但她不願意相信這一點，他那時不是很「爭嘴」的嗎？總在跟長林比來比去，怎麼一下就變成長林的「導演＋嚮導」了呢？書裡寫的「紈絝」公子都是要「佔有」了他的獵物才會收手的，難道他已經把她「佔有」了？她恨死了那些寫得模模糊糊的書，只說個「獸性大發，佔有了她」，但又不說到底怎麼樣才算「佔有」了。

但是她隱隱地覺得「佔有」之後，女的是會懷孕的，《白毛女》裡面的喜兒不就是那樣的嗎？樣板戲《白毛女》把這點刪掉了，但她看過娃娃書，知道是有這一段的。老三抱她還是上半年的事，她的「老朋友」已經來過好多回了，應該是沒懷孕吧？那就不算被他「佔有」了吧？

她想起放在長林包裡的錢，怕他傻乎乎地弄丟了，或者讓他媽洗掉了，就一直跟在他們後面走到渡口。當他們坐的渡船離了岸的時候，她才從岸上大聲喊長林：「長林，我放了二十塊錢在你包裡，別讓你媽洗掉了。」

她喊了兩遍，估計長林聽見了，因為長林在解捆包的繩子。她看見老三扭頭對划船的人說話，然後突然從座位上站起來，從長林手裡拿過包，就往船頭走，把船搞得亂晃。她怕老三要還錢給她，嚇得轉身就跑。跑了一會兒，她才想起他是在船上，能把她怎麼樣？她放慢腳步，想看個究竟，剛一轉身，就看見老三向她跑過來。他的軍褲一直到大腿那裡，全都濕漉漉的，貼在身上。她驚呆了，已經十月底了，他不冷嗎？

他幾步跑上來，把那二十塊錢塞到她手裡，說：「你把這錢拿著吧，冰糖是別人送的，不要錢的。

你用這錢買運動服吧，不是要打比賽嗎？」

她完全僵住了，不知道他怎麼知道她需要運動服打比賽。他匆匆說：「長林還在船上，現在肯定慌了神了，他不知道路——我走了，晚了趕不上車了。」說完，他就返身向渡口跑去了。

她想叫住他，但叫不出口，就像她每次在夢裡夢見他時一樣，說不出話，也不會動，就知道望著他，看他越走越遠。

那天回到學校，她根本沒心思打球了，老想著他穿著濕漉漉的褲子，要好幾個小時才能回到家換掉，他會不會凍病？他怎麼這麼傻，就從船上跳到水裡去了呢？他不會等船划到對岸，再坐船過來？

後來有好多天，她都忘不了他穿著濕褲子向她跑來的情景，她覺得他不應該叫「紈絝」公子，應該叫「濕褲」公子。她百思不得其解的是，他怎麼知道她打比賽需要運動服？

去年打比賽她們排球隊沒穿運動服，因為K市八中地處小河南面，相當於郊區，很多學生都是菜農的孩子，經濟上不寬裕。比賽前，教練竭力鼓吹過，說每個人都要買運動服，但隊員們都很抵制，就沒買成。她們那次就是穿平時的衣服去賽球。第一場比賽的時候，一上場，剛喊完了「友誼第一，比賽第二」，裁判就叫兩邊隊員背對裁判，記錄每個人的球衣號碼和站位。她們上場的六個隊員全都傻了眼，因為她們衣服上沒號碼。裁判把教育局主管比賽的人找來了，說：「這群丫頭既不穿球衣，又沒號碼，怎麼比賽？」

教育局的人把教練萬老師叫到一邊，語重心長地教導說：「你身為教練，難道不知道排球比賽站位很重要？六個隊員的位置是輪流轉的，後排不能在前排起跳扣球。有的隊只有一個主攻，如果都像你們這樣不穿帶號碼的球衣，那她們的主攻從後排跑到前排去起跳扣球，裁判怎麼看得出來？看不出來，怎麼判人家犯規？」

第一場還沒打，裁判就判她們輸了。萬老師低三下四地懇求，又做聲淚俱下狀，把隊員們的貧窮落後描述了一通，教育局的人才同意她們繼續比賽，但勒令她們用粉筆把號碼大大地寫在衣服上，不然不讓她們參加比賽。

後來的幾場比賽，都是一上場就被對方球隊和觀眾猛笑一通，說她們是「雜牌軍」、「鄉下妹子」。八中球隊被這樣奚落，士氣一蹶不振，打了個倒數第三回來了。

但萬老師死也不服輸，說如果不是因為球衣鬧這麼個不愉快，八中女隊肯定能進入前六名。所以萬老師就逼著隊員們買球衣，叫大家把錢交了，把尺碼說了，他統一去買，免得每個人自己去買又買得花花綠綠的不一致，還是被人笑話為「雜牌軍」。這回萬老師很強硬：「你們不買衣服，就不要打球了。」

隊員們一聽就慌了，都把錢帶來交了。可靜秋實在是沒這筆閒錢，而且乒乓球隊那邊也要買運動衣，她想把兩邊的教練說服了，讓他們決定買同一種顏色同一個式樣的，那她就可以只買一件。

但兩個隊要求是不一樣的。排球比賽是在室外，下次比賽時間比較冷，教練說要買長袖的，保暖，而且有長袖護著，接球的時候手臂不疼。乒乓球比賽是在室內，所以教練要買短袖的，說你們穿得「長落落」的，怎麼打比賽？不光要買短袖，還要配一條運動短褲。

排球隊萬老師催了一陣，錢收得差不多了，就拿去買了運動服，印了號碼。平時跟兄弟學校排球隊打友誼賽的時候就叫隊員們把運動衣穿上，氣壯如牛，先聲奪人。靜秋沒買運動服，萬老師知道她家比較困難，就安慰說：「不要緊，不要緊，上場的時候我叫替補隊員把衣服借給你穿。」

可替補隊員不能上場已經是憋了一肚子火了，現在還要把球衣借給別人穿，更是一百個不耐煩。靜秋也不好意思穿別人的衣服去賽球，就竭力推託，說我就坐旁邊看。但她是球隊的二傳，是主心骨，哪能不上場呢？所以教練每次都逼著一個替補隊員把衣服借給靜秋，搞得那人不舒服，靜秋也很難堪，有時碰到打比賽就乾脆請假不去。

她不知道老三怎麼知道這些事的，難道他認識球隊的教練或者球隊的某個隊員？或者他經常在什麼地方看她打比賽？但她從來沒在比賽時看見過他，難道他真是偵察兵出身？可以暗中觀察她而不被她發現？她決定從這二十塊錢中抽出一些去買運動服，因為老三冒著寒冷跳到水裡把錢送給她，不就是為了她能買運動服嗎？她買了，就遂了他的意，如果他能在什麼地方看見她穿運動服打球，那他一定很高興。

萬幸萬幸，兩個隊的隊服除了袖子長度不一樣，顏色和式樣都是一樣的，可能那年月也就那麼幾個樣子。她買了一件長袖的運動服和一條短的運動褲，準備賽排球的時候就穿長袖的，賽乒乓球的時候就把袖子剪下來變成個短袖，等到賽排球的時候再縫上去變成長袖，反正她針線活好，縫上去也沒多少人看得出來，只要沒人扯她的衣袖，想必不會露餡。

球衣號碼可以自己選，只要是別人沒選的都行，她看了一下，三號還沒被人選掉，她馬上選了三號。印號碼要好幾毛錢，她捨不得，就自己用白布剪了個號碼縫在球衣上了，還照別人球衣剪了「K市八中」字樣，縫在球衣胸前，看上去跟別的隊員的球衣沒有兩樣。

十二月份打比賽的時候，靜秋老指望老三會出其不意地出現在賽場，那樣他就能看見她穿著運動服了。但她沒看見老三，後來她也很慶幸老三沒去，因為那次K市八中女排只打進了前六名。大家都說我們輸球完全是因為我們窮，平時用橡皮球練習，可到了比賽的時候用的是規範球，是皮子做的，重多了，大家不習慣，連球都發不過，教練你要逼著學校去買些規範球給我們練。

萬老師說：「我保證讓學校去買規範球，不過你們也要好好練習，不然有了規範球也是白搭。」

於是球隊加了很多練球時間。靜秋很喜歡打球，但她也很擔心，因為每次打完球就很餓，就要吃很多飯，高中生每月只有三十一斤糧，她妹妹也在吃長飯，哥哥有時從鄉下回來也要吃飯，家裡的糧越來越不夠了。

轉眼到了一九七五年，一個春寒料峭的早晨，靜秋跟排球隊的人在操場上練球。排球場離學校後門很近，不遠處就是學校的院牆，只一人多高，排球經常會被打出去。院牆外面就是農業社的蔬菜田，球一打出去就要趕快去撿回來，因為現在球隊用的是規範球，皮子做的，要是被田裡的水打濕了就會斷線裂縫，搞不好還被路過的人撿跑了。

但是校門離排球場還有一點路程，如果從校門跑出去就太遠太慢了。排球隊怕丟球，所以每次球被打出去，隊裡就會有人翻牆出去撿球。不過不是每個人都能徒手翻牆的，只有靜秋和另外兩個女孩可以不要人頂就爬上牆頭，跳到院牆外，撿了球又翻回來。所以一有球打出去，就有人叫這幾個人的名字，催她們快去翻牆撿球。

這天早上，靜秋正在練球，不知是誰把一個排球打到院牆外去了，剛好她離院牆近，就聽好幾個人在叫：「靜秋，靜秋，球打出去了！」

靜秋就「噌噌噌」跑到院牆邊，單腳一蹬、兩手一抓就上了牆。她邁過一條腿，騎在院牆上，正要把另一條腿也邁過牆頂跳下去，就見一位活雷鋒幫忙把球撿了，拿在手裡，準備向院牆內扔去。

那人一抬頭看見了她，叫道：「小心，別跳！」

20

靜秋也看清了那人，是老三，穿著一件軍大衣，不是草綠色的，而是帶黃色的那種，是她最喜歡的軍色，以前只看見地區歌舞團的人穿過。老三黑黑的頭髮襯在棕色的大衣毛領上，頸子那裡是潔白耀眼的襯衣領。靜秋覺得頭發暈，眼發花，不知道是打球打餓了還是被老三的英俊照昏了，她差點從牆上掉下去。

他手裡拿著那個排球，球已經被田裡的露水搞濕了一些，他腳上的皮鞋也沾了田裡的泥土。他走到她跟前，把球遞給她，說：「跳下去的時候當心。」

靜秋接了球，一揚手扔進校內，自己仍坐在院牆上，問：「你，怎麼跑這裡來了？」

他仰臉看著她，帶點歉意地笑著：「路過這裡，我這就走。」

院牆內那些人在急不可耐地叫：「靜秋，坐那裡乘涼啊？等著你發球呢！」

她急急地對他說聲「那我打球去了！」就跳進校園內，跑回自己的位置上去打球。但她越打越心不在焉，老在想他這麼早路過這裡要到哪裡去？她突然想起，去年的今天，是她到西村坪去的日子，也就是說，是她和老三第一次見面的日子。難道他也記得這個日子，今天專門來看她的？她被自己這個離奇的想法纏繞住了，老想證實一下。

她只想現在誰又把球打出去，她就可以翻過牆去，看看他走了沒有，或者問問他到哪裡去。但這時好像大家都約好了一樣，誰也沒把球打出去。她又等了一會兒，眼看練球就快結束了，她再不能等了，就藉發球的機會把一個排球打到院牆外去，引來隊友一陣不滿和驚訝。

她不管別人怎麼想，飛快地沖到院牆邊，「嗖」地爬上去，二話不說就跳到對面去了。她撿了球，但沒看見老三。她把球扔進校內，沒有翻牆回去，而是順著院牆往校門那裡走，想看看老三有沒有躲在哪個牆垛子後面。但那些牆垛子都很小，肯定藏不住老三。她一路找過去，一直找到校門了，還沒看見老三，她知道他真的只是路過這裡了。

那一天，她總是心不在焉，下午上體育課的時候她又把球打出去了幾次，還幫別人翻了幾次牆，但都沒看見老三。

放學後，她回家吃了飯，到班上的包乾區去看看幾堆燒在那裡的枯樹葉燒完了沒有。今天該她們組打掃包乾區，地上有太多的落葉，一般遇到這種情況，大家就把落葉掃成堆，點火燒掉，待會兒只把灰燼扔到垃圾堆就行了，不用一大筐一大筐地把落葉運到垃圾堆去。組裡的人懶得在那裡等著燒落葉，就叫靜秋吃完飯了再來做最後打掃。靜秋看看火已滅了，就把灰燼裝到一個畚箕裡，準備拿到垃圾堆去倒掉。她剛直起腰，就認出籃球場上幾個打籃球的人當中有一個是老三。他脫了軍大衣，只穿著他那著名的白襯衫和一件毛背心，正跟幾個學生打得熱火朝天。

她一驚，手裡的垃圾都差點潑出去了，他沒走？還是辦完事又回來了？她傻乎乎地站在那裡看他打球，覺得他的姿勢真是太漂亮了。他跳投的時候，黑黑的頭髮跟著向上一拋，球落進球網了，頭髮也乖乖地落回原位了。她怕他發現她在看他，就連忙拿著垃圾跑掉了。她倒了垃圾，把畚箕放回教室，鎖了教室門，也不回家，就坐在操場另一端的高低槓上，遠遠地看他打球。總共才四個人，在打半場。

老三已經把毛背心也脫了，只穿了件白襯衣，袖子挽得高高的，很精神、很瀟灑的樣子。她幫他們計數，看誰投進的球多，最後發現老三投進的最多。考慮到他是穿著皮鞋的，她對他的仰慕之情真是猶如滔滔江水再加上滾滾河水了，真恨不得他就住在籃球場，從早到晚打球給她看。

天漸漸黑了，打球的人散了，有人收了球，邊拍邊往體育組辦公室走去，大概是去還球。靜秋緊張地看著老三，不知道他要去哪裡，她好想叫他一聲，跟他說幾句話，但她不敢，她想他可能是在附近什麼地方出差，下班了沒事幹，就像學校附近廠礦的那些工人一樣，到學校找人打打球混時間。

然後她看見他向她住的那邊走去了，她知道他一定是去水管那裡洗手去的。她跟在後面，離得遠遠的。果然，他跟那幾個打球的都走到水管那裡，他等別人把手洗了，離開了，才把大衣什麼的搭在水管旁邊的一棵Y字型的老桃樹上，走到水管邊去洗手。她差點叫出了聲，那桃樹上經常有一些黏黏糊糊的桃膠，當心弄在他衣服上。

她看見他洗了手，從掛包裡摸出一個毛巾，洗了一把臉，甚至拉起襯衣擦了擦上身，看得她直抖，替他冷。他洗完了，穿回毛背心，走到靠食堂那一面，她知道站在那裡可以看見她的家門。他站了一會兒，就拿起大衣披在肩上，提了掛包，向她家後面那個方向走去。

她家後面不遠處就是個廁所。說實話，她從來沒想過他也上廁所的，剛開始她連他吃飯都不敢看，就覺得他應該是張畫，不食人間煙火。後來好了一點，覺得他吃飯是件正常事了，但她也就進步到那個程度，覺得他就應該是只進不出的。現在看到他往廁所走，想到他居然也上廁所，她覺得太尷尬了，不敢再跟蹤他，飛快地逃回家去了。

回到家，她又忍不住走到視窗，想看看他從廁所出來後會到哪裡去。她家的地勢比窗後的路高，差不多要高出一個人那麼多。她站在窗子邊，悄悄往外望，沒看見他從廁所出來。但她往下一望，就一眼看見老三站在不遠處，臉對著她家的窗子，她嚇得蹲了下去，頭碰在窗前的課桌上，撞得「咚」的一響。

她媽媽問：「怎麼回事？」

她連連擺手叫媽媽別說話，然後她就那樣半蹲著，走到屋子前面她住的那邊去了，才敢站起身。她知道他眼力再好也不可能看到隔牆後面的她，自己也不知道自己在怕什麼。過了好一會兒，她才又悄悄走到視窗，往外看了一眼，他已經不在那裡了。她不知道他剛才看見她沒有，如果看見了，那他就知道她其實在偷偷看他了。她站在窗邊看著窗外那條路，看了好一會兒，也沒看見他，她想他可能走了。天都黑了，他會去哪裡呢？

她回到自己住的那半間房，邊織毛衣邊胡思亂想。過了一會兒，有人在敲門，她以為是老三，心裡緊張地思索該怎麼對媽媽撒謊。但等她開了門，卻看見是學校鐘書記的小兒子，叫鐘誠，手裡提著個燒水的壺，看樣子是到外面水管來打水的。鐘誠對她說：「我姐姐叫你去一下。」

鐘誠的姐姐叫鐘萍，靜秋平時跟她也有些接觸，但不算走得很密的朋友。她不知道鐘萍現在叫她去幹什麼，就問：「你姐找我幹什麼？」

「我不知道，她就叫我來叫你。快去吧。」

靜秋跟在鐘誠後面往外走，走到水管那裡，她正想往右拐，去鐘誠家去，但鐘誠指著左面說：「那邊有個人在找你。」

靜秋一下子意識到是老三在找她，一定是他看見鐘誠來水管打水，就叫鐘誠去叫她出來的。她對鐘誠說：「謝謝你了，你去打水吧，別對人講。」

「知道。」

靜秋走到老三跟前，問：「你……你……找我？」

他小聲說：「想跟你說幾句話，方便不方便？不方便就算了。」

她正想說話，就看見有人從廁所那邊過來了，她怕人看見她在跟一個男的說話，會傳得滿城風雨，拔腳就往學校後門方向走。她走了一段，弓下腰，裝作繫鞋帶，往後望了一下，看見老三遠遠地跟著。她站起身，又往前走，他仍然遠遠地跟著。她走出了校門，他也跟出了校門。他倆沿著學校院牆根走了一會兒，來到早上她撿球的地方，他跟了上來，想說話，她截斷他，說：「這裡人都認識我，我們到遠點的地方再說吧。」說完，就又走起來。

他遠遠地跟著她，她一直沿著學校院牆走，從學校後面繞到學校前門，來到那條小河前。他又想跟上來說話，又被她打斷了。她就一直走，一直走，走到渡口了，才想起自己沒帶錢。她等了他一下，他很乖地跟上來，買了兩張船票，給了她一張。兩人一前一後地上了船。

一直到了對岸下了船，又沿著河岸走了一段，靜秋才站下等他。他快步追了上來，笑著說：「像是在演電影《跟蹤追擊》。」

靜秋解釋說：「河那邊的人都認識我，過了這道河，就沒人認識我了。」

他會心地一笑，跟著她繼續往前走，問：「我們要走哪裡去？別走太遠了，當心你媽媽找你。」

靜秋說：「我知道前面江邊有個亭子，亭子裡有板凳可以坐一下。你不是說有話說嗎？我們去那裡說話。」

兩個人到了那個亭子，裡面空無一人，大概是天太冷了，沒有誰會跑出來喝東南西北風。亭子就是幾根柱子扛著個頂子，四面穿風，靜秋找個柱子邊的座位坐了，希望柱子多少可以擋一點風。老三在柱子另一邊的凳子上坐下，他問：「你吃飯了沒有？我還沒吃晚飯。」

靜秋急了，勸他：「那你去那邊餐館吃點東西吧，我坐這裡等你。」

他不去。她怕他餓，又勸他，他說：「我們一起去吧，你說了這裡沒人認識你，就當陪我去吃吧。你不去，我也不去。」

靜秋只好跟他一起去。他們找了一家僻靜的餐館，是家「小麵館子」，就是不賣飯，只賣麵食的那種。老三問她想吃什麼，她堅持說她什麼也不吃，說你再問我就跑掉了。老三嚇得不敢問了，叫她在桌子邊坐著等，他自己去排隊。

靜秋已經不記得自己有多久沒上過餐館了。還是很小的時候，她跟爸爸媽媽一起上過餐館，多半是吃早餐，無非是包子、油條、豆漿、油餅之類的。但這些在「文革」當中也被拿出來批鬥過了，說她們家是資產階級生活方式。

爸爸在「文革」初期就被揪出來了，減了工資，後來又被趕回鄉下去了，所以她應該有七八年沒上過餐館了。平時早飯就是在家炒剩飯吃，或者在學校食堂買饅頭。後來因為差糧，就總是買那種尾麵饅頭吃。尾麵是麵粉廠打麵粉的時候剩下的邊角廢料，黑糊糊的，很粗很難吃，但因為不要糧票，靜秋家早飯多半吃那個。

老三買了不少東西，分幾次端到桌子邊來。他遞給她一雙筷子，說：「你無論如何隨便吃點吧，不然我也不吃了。」

他勸了幾遍，她不動筷子，他也不動，她只好拿起筷子吃點。剛好老三買的東西是她小時候最喜歡吃的，就像他鑽到她心裡去看過了一樣。他買了「大油餅」，外面像油餅一樣是炸得黃黃的，但裡面有糯米的芯子，加了蔥，香氣撲鼻。他買了幾個肉包子，蒸得白白的，還在冒熱氣，讓人很有食慾。他還買了兩碗麵，湯上面有蔥花和香油星子，聞著就很好吃。她一樣吃了一點，不好意思吃太多。

不知道為什麼，靜秋每次吃老三買的東西的時候，心裡就很不安，好像自己是個自私自利的人，背著家人在外面大吃大喝一樣。她想如果她也有很多錢，能把一家人帶到餐館裡，大手大腳地用錢，想吃什麼就點什麼，那就好了。但她沒這些錢，現在家裡不僅缺錢，還缺糧。為了填飽肚子，她媽媽請人弄到一種票，可以買碎米，就是小得像沙粒的米，是打米廠打碎掉的米，以前都是賣給農民餵豬的，現在不知怎麼拿出來賣給人吃，一斤糧票可以買四斤，差糧的人就買碎米吃。

碎米很難吃，一嚼就滿嘴亂跑。最糟糕的是碎米很不乾淨，夾雜著很多碎石子和穀頭子，每次淘米就得花半小時、一小時的，因為要把碎米泡在一個臉盆裡，再用一個小碗，每次舀一點米，和著水，慢慢蕩，慢慢蕩，先把浮在水面的穀頭子蕩掉，再把米蕩進另一個臉盆裡，舀一碗水，蕩很多下，只能蕩一點米出來，然後再舀水，再蕩，直到碗裡只剩下石子了就倒掉。

靜秋總是親自淘米，因為媽媽很忙，妹妹又太小，淘不乾淨，如果把那些石子、穀頭子吃下去，掉到盲腸裡去了，會得盲腸炎的；而且大冬天的，手浸在刺骨的冷水裡一淘半小時一小時，妹妹的手也受不了。她很懷念在西村坪的那些日子，吃飯不用交糧票，不管有菜沒菜，飯總是可以敞開吃的。

吃得差不多了，老三躊躇片刻，小心翼翼地說：「我說個事，你不要生氣，行不行？」他見她點頭了，就從衣袋裡拿出一些糧票，「我有些糧票，多出來的，我用不著，你要不嫌棄，就拿去用吧。」

靜秋推託說：「你自己用不著，寄回去你家裡人用吧。」

「這是L省的糧票，我家在A省，寄回去也沒用。你拿著吧，如果你用不著，就隨便給誰吧。」

「你怎麼會剩下這麼多糧票？」

「我們隊直接從西村坪買糧，根本不用糧票的。」

她聽他這樣說，就收下了，說：「那——就謝謝你了。」她看見他滿臉是由衷的感激，好像是她剛給了他很多糧票一樣。吃完飯，靜秋跟老三一前一後往亭子那裡走。她想：拿了人家的手軟，吃了人家的嘴軟，今天又拿了他的，又吃了他的，不是到處都軟了？

21

兩個人又回到亭子那裡坐下，可能剛吃過東西，似乎不覺得冷了。老三問：「還記得不記得去年的今天？」

她心裡一動，他真的是為這個來的。但他不說她也記得，只淡淡地說：「你說有話跟我說的呢？有什麼話就快說吧，過一會兒渡口要封渡了。」

他好像已經把什麼情況都摸清楚了，說：「十點封渡，現在才八點。」他看了她一會兒，小聲問，

「你是不是聽別人說了，我以前那個女朋友的事？」

她更正說：「是你未婚妻。」這個詞實在是太正規了，但在當地口語裡，沒有一個跟「未婚妻」相應的土話。如果用「對象」或者「女朋友」來代替，又覺得沒到火候，不能體現出問題的嚴重性。

他笑了一下：「好，未婚妻，不過那都是以前的事了，我們早就……不在一起了。」

「瞎說，你自己對大嫂說的，你有未婚妻，你還給了照片給她。」

「我對她說我們在一起，是因為她要把長芬介紹給我。她們一家都對我那麼好，我怎麼好……直接說不行呢？」他聲明說，「但我們兩年前就分手了，她婚都結了。你要不信的話，我可以把她的信給你看。」

「我看她的信幹什麼？你不會編一封信出來？」她嘴裡說著，手卻伸出去了，問他要信。

他摸出一封信給她，她跑到路燈下去看。路燈很昏暗，不過她仍然可以看出是封分手的信，說老三故意回避她，在外面漂泊，她等了太久，心已經死了，不想再等了云云。信寫得不錯，比靜秋看到過的那些絕交信寫得好多了，不是靠毛主席詩詞或語錄撐臺子，看得出是有文化的，而且是文化大革命前的文化。

靜秋看了一下落款，叫「丹娘」，她脫口問道：「丹娘不是個蘇聯女英雄嗎？」

「那時的人都興起這些名字，」他解釋說，「她比我大幾歲，是在蘇聯出生的。」

靜秋聽說丹娘是在蘇聯出生的，敬佩得無以言表，而且一下就把她跟那個拿不定主意愛誰、跑去問山楂樹的女孩聯想起來了。她自卑地問：「她是不是……好漂亮？長芳和大嫂都說她很漂亮。」

他笑了一下：「漂亮不漂亮，要看是在誰的眼睛裡了。在我眼睛裡，她——沒有你漂亮。」

靜秋覺得雞皮疙瘩一冒，這種話也說得出口？一下就把他的形象搞壞了，又從「濕褲」公子變回「紈絝」公子了。試想：一個正派人會當著別人面說人家漂亮嗎？而且他這是不是算得上自由主義了？當面不說，背後亂說，開會不說，會後亂說，這不是毛主席批評過的自由主義傾向嗎？

靜秋知道自己不漂亮，所以知道他在撒謊，肯定是在哄她。問題是他這樣哄她的目的是什麼？可能轉來轉去，又回到那個「佔有」的問題上來了。她四面一望，方圓幾百米之內一個人都沒有。剛才還在為這個地方僻靜心喜，現在有點害怕自己把自己丟到陷阱裡來了。她決心要提高警惕，拿了他的也不能手軟，吃了他的也不能嘴軟。

她把信還給他，倒打一耙：「你把她的信給我看，說明你不能替人保守秘密，誰還敢給你寫信？」

他苦笑了一下：「我這也是沒辦法了，一般來講，我還是很能替人保守秘密的，但是……我不給你看，你就不會相信我，你叫我有什麼辦法？」

不知道為什麼他這樣說，令她很舒服，好像他在讚頌她的威力一樣。她進一步敲打他：「我早就說了，你這樣的人，能對她出爾反爾，就能對……別的人出爾反爾。」

他急了：「怎麼能這樣看問題呢？毛主席還說不能一棍子把人打死呢，我跟她是家長的意思，不是我自己的意思。」

「現在是新社會，哪裡還有什麼父母包辦的婚姻？」

「我不是說父母包辦，我們也沒有婚姻，只是兩邊家長要促成這個事。說了你可能不相信，所謂幹部子弟當中，恰好有很多都是父母的意思，即使不是父母一句話說了算的，也是父母從小注意讓他們的子女多跟某些人接觸，只跟某些人接觸，所以到頭來，多少都有點父母的因素在其中。」

「你喜歡這樣被包辦？」

「我當然不喜歡。」

「那你為什麼要答應呢？」

他沉默了一陣：「當時的情況比較特殊，關係到我父親的政治前途——甚至生命。這事三言兩語也講不清，不過請你相信，這事早就過去了，我跟她真的只是——可以說是政治聯姻吧。所以我一直待在勘探隊，很少回去。」

靜秋搖搖頭：「你這個人好狠的心哪，你要麼就跟她好說好散，要麼就跟她結婚，你怎麼可以這樣……拖著人家呢？」

「我是要好說好散，但是她不肯，兩邊家長也不同意，」他低著頭，囁嚅地說，「反正這事已經做了，你要怎麼說就怎麼說吧，但是你要相信我，我……對你是真心的，我不會對你出爾反爾的。」

她覺得他說這些話，完全不像他借給她的那些小說裡的人物的語言，反而像長林這樣的人會說的話，她有點失望，怎麼不是像書裡那樣的呢？雖然那些書都是毒草，應該批判，但讀起來的感覺還是很好的。她想她肯定是中了那些書的毒了，總覺得愛情就應該是那樣的。

她問：「這就是你今天要跟我說的話？好了，你說了，我可以回去了吧？」

他抬頭看著她，好像被她這種冷冷的神情驚呆了一樣，半天才說：「你……你還是不相信我？」

「我相信你什麼？我就知道出爾反爾的人不值得信任。」

他嘆口氣：「現在才知道為什麼書裡總是寫『只想把心掏出來給你看』。以前覺得這樣寫很庸俗，浮誇，現在才知道這是真實的感覺。不知道怎麼才能讓你相信，真的想把心掏出來。」

「心掏出來都沒人相信。毛主席說不要一棍子把人打死，好，我不打死，但是毛主席好像還說過：從一個人的過去，就可以看到他的現在；從一個人的現在，就可以看到他的未來。」

他好像被她的話打啞了，她看著他，有點得意。

他看著她，說不出話，很久才低聲叫道：「靜秋、靜秋，你可能還沒有愛過，所以你不相信這世界上有永遠的愛情。等你愛上誰了，你就知道世界上有那麼一個人，你寧可死，也不會對她出爾反爾的。」

她被他兩聲「靜秋」叫得一顫，渾身發起抖來。她不知道他為什麼叫她「靜秋」，而不叫她「小秋」或者別的什麼，她也不知道他為什麼要連叫兩聲，但他的語調和他的表情使她覺得心頭發顫，覺得他好像是一個被冤枉判了死刑的人，在等候青天大老爺救他一命一樣。不知道為什麼，她就覺得自己相信他了，相信他不是個出爾反爾的人了。她說不出話，但越抖越厲害，深呼吸了幾次都不能止住抖。

他脫下軍大衣，給她披上，說：「你冷吧？那我們往回走吧，不要把你凍壞了。」

她不肯走，躲在他的軍大衣下繼續發抖，好一會兒，她才抖抖地說：「你……也冷吧？你……你把大……衣穿了吧……」

「我不冷。」他就穿著個襯衣和毛背心，坐在離她兩三尺遠的地方，看她穿著棉衣，還在軍大衣下面發抖。

她又抖了一陣，小聲說：「你如果冷的話，也……躲到大衣下面來吧。」

他遲疑著，好像在揣摩她是不是在考驗他一樣，他定定地看了她好一會兒，才移到她身邊，掀起大衣的一邊，蓋住自己半邊身子。兩個人像同披一件雨衣一樣披著那件軍大衣，等於是什麼也沒披。

「你還是冷？」他問。

「嗯……嗯……也……不是冷……，還是你……穿大……衣吧，我……我穿了也沒用……」

他試探著握住她的手，她沒反對，他就加了力，繼續握著，好像要把她的抖給捏掉一樣。握了一會兒，他見她還在抖，就說：「讓我來想個辦法。我只是試試，你不喜歡就馬上告訴我。」說著，他站起身，把軍大衣穿上，站在她面前，兩手拉開兩邊的衣襟，把她嚴嚴實實地裹在裡面。

她坐在那裡，頭只有他肚子那麼高，她想現在他看上去一定是像有了毛毛一樣，肚子變大了。她不由得笑了一下，人也不那麼抖了。他垂下頭，從大衣縫裡看她：「是不是笑我像個孕婦？」

她被他猜中，而且他又用了「孕婦」這麼一個「文妥妥」的詞，她笑得更厲害了。他把她拉站起來，兩手拉著大衣兩邊的前襟使勁裹著她，說：「這下就不像孕婦了。」但他自己很快抖了起來，說：「你……你把……抖傳給我了……」

她靠在他胸前，又聞到那種讓她頭暈的氣息了。不知道為什麼，她好像很希望他使勁摟她一樣，好像她的身體裡有些氣體，把她的人脹得泡泡的，需要他狠狠擠她一下才能把那些氣擠出去，不然就很難受。她不好意思告訴他這些，也不敢用自己的手摟著他的腰，只把兩手放在身體兩邊，像立正一樣站著，往他胸前擠了一點。

他問：「還……還冷？」於是再抱緊一些，她感覺舒服多了，就閉上眼睛，躲在他胸前的大衣裡，好想就這樣睡過去，永遠也不要醒來。

他抖了一會兒，小聲叫道：「靜秋，靜秋，我以為……再也不能這樣了，我以為那次把你嚇怕了。我現在兩手不空，你擰我一下，讓我看看是不是在做夢……」

她揚起臉，問：「擰哪裡？」

他笑：「隨便擰哪裡，不過現在不用擰了，肯定不是做夢，因為在我夢裡，你不是這樣說話的。」

「在你夢裡我是怎樣說話的？」她好奇地問。

「我做的夢裡，你總是躲我，叫我不要跟著你，叫我把手拿開，說你不喜歡我碰你。你夢見過我沒有？」

靜秋想了想，說：「也夢見過。」她把那個他揭發她的夢講給他聽。

他好像很受傷：「你怎麼會做這樣的夢？我肯定不會那樣對你的，我不是那樣的人。我知道你很擔心，很害怕，但我不會給你帶來麻煩的。我只想保護你，照顧你，讓你幸福，我只做你願意我做的事。但是你讓我摸不透，所以你要告訴我，你願意我做什麼。不然我可能做了什麼你不喜歡的事，而我還不知道。只要你告訴我了，我什麼都願意做到，我什麼都可以做到。」

她好喜歡聽他這樣說，但她又警告自己：這種話你也相信？他騙你的啦，這種話誰不會說？她刁難他：「我要你在我畢業之前都不來找我，你也做得到？」

「做得到。」

提到畢業，靜秋不可避免地想到畢業後的前景，擔心地說：「我高中讀完了，就要下農村了，我下去了就招不回來了。」

「我相信你一定會招回來的，」他剛說完這句，就解釋說，「我不是說如果你招不回來我就不愛你了，我只是有信心你一定會招回來的。萬一招不回來的話，也沒有關係，我可以到你下鄉的地方去。」

其實這個對靜秋來說還真不是個問題，因為在她看來，兩個人相愛，並不需要在一起的。關鍵是兩個人相愛，離得遠近都沒什麼區別，可能離得越遠，越能證明兩人是真心相愛。

「我不要你到我下鄉的地方去，我就要你等我。」

「好，我等你。」

她又得寸進尺：「我不到二十五歲不會談朋友的，你等得來？」

「等得來，只要你讓我等，只要我等你不會讓你不高興，我等一輩子都行。」

她噗哧一笑：「等一輩子？等到了，人也進棺材了，那你為什麼要這麼等呢？」

「就為了讓你相信我會等你一輩子的，讓你相信世界上是有永恆的愛情的，」他又低聲叫道，「靜秋、靜秋，其實你也能一生一世愛一個人的，你只是不相信別人會那樣愛你，你以為自己一無是處，其實你……你很聰明、很漂亮、很善良、很可愛……很……我肯定不是第一個愛上你的人，也不是最後一個，不過我相信我是最愛你的那一個。」

22

靜秋就像一個滴酒不沾的人突然學喝酒一樣，喝第一口的時候，很不習慣，嗆得流淚，覺得那味道又辣又熱，燒喉嚨，不明白那些酒鬼怎麼會喝得那麼津津有味。但多喝幾次，就習慣於那股辣味了。慢慢地，就品出點味道來了。可能再往下，就要上癮了。

老三剛才那些讓她冒雞皮疙瘩的話現在變得柔和動聽了。她仰起臉，癡迷地望著他，聽他講他第一次見到她時的感覺，講他見不到她時的失魂落魄，講他怎樣坐在學校附近的一個腳手架上看她練球，講他步行幾十里去大嫂娘家拿核桃，講他用五毛錢「賄賂」那個來水管打水的小男孩去叫她出來。她好像聽上了癮，越聽越想聽。他講完一段，她就問：「還有呢？再講一個。」

他就笑一笑，像他那次在山上講故事一樣，說：「好，再講一個。」於是他就再講一段。講了一會兒，他突然問：「那你呢？你也講一個我聽聽。」

她馬上避而不談了。不知道為什麼，她仍然覺得不能讓他知道她喜歡他，好像一告訴他，她就「失足」了一樣。如果他喜歡她，是因為她也喜歡他，那就不稀奇了。只有在不知道她喜歡不喜歡他的情況下，他還是喜歡她，那樣的喜歡就是真喜歡了。

她矜持地說：「我哪像你有那麼多閒工夫？我又要上課又要打球。」

他垂下頭，專注地看著她，她心裡一慌，心想他肯定看出來她在撒謊了。她把臉扭到一邊，避免跟他視線相對。她聽他低聲說：「想一個人，愛一個人，並不是件醜事。不用因為愛一個人而感到羞愧，每個人或遲或早都會愛上一個人的，都會得相思病的……」

他的聲音有種令人信服的力量，她覺得自己差不多要向他承認什麼了。但她突然想起《西遊記》裡的一個情節，孫悟空跟一個妖怪比武，那個妖怪有個小瓶子，如果妖怪叫你名字你答應了，你就會被那個小瓶子吸進去，化成水。她不知怎麼的，就覺得老三手裡就拿著那樣一個小瓶子，只要她說出她喜歡他了，就會被吸進他那個小瓶子裡去，再也出不來了。

她硬著嘴說：「我沒覺得……是醜事，但是我現在還小，還在讀書，我不會考慮這些事的……」

「有時候不是自己要考慮，而是心裡頭不可避免地會想到。我也不想打攪你學習，我也不想天天睡不好覺，但是好像控制不住一樣……」他看了她一會兒，痛下決心，「你安心讀書吧！我等你畢業了再來找你，好不好？」

她突然覺得畢業是個多麼漫長的事呀！還有好幾個月，他這樣說是不是意味著她這幾個月都見不到他了？她想聲明說她不是這個意思，想告訴他「只要不會被人發現，你還是可以來看我的」。但她覺得他看她的眼神好像是早已揣摩出了她的心思，故意這樣說了讓她發急，讓她自己暴露自己一樣。

她裝作不在乎的樣子說：「畢業之後的事，還是等到畢業之後再說吧，現在這麼早說了也沒用，誰知道我們那時是什麼情況？」

「不管那時是什麼情況，反正你畢業之後我會來找你。不過，在你畢業之前，如果你有什麼需要我做的，一定告訴我，好不好？」

她見他下了這麼堅定的決心，而且下得這麼快，她心裡很失落，看來他見不見她都可以，並不像他剛才說的那樣對她朝思暮想。她生氣地說：「我有什麼需要你做的？我需要你做的就是不要來找我。」

他很尷尬地笑了一下，沒說話。過了好一會兒，才低聲說：「靜秋、靜秋，你這樣折磨我的時候，心裡是不是很高興？如果是，那我就沒什麼話說了，只要你高興就好。但是如果你……你自己心裡也很難受，那你為什麼要這樣折磨我呢？」

她心裡一驚，他真是偵察兵啊，連她心裡想什麼他都可以偵察出來，不知道他那小瓶子有多厲害，會不會把偵察出來的也吸進去了？她克制不住地又抖起來，堅持說：「我不知道你在瞎說些什麼。」

他摟緊她，小聲安慰說：「別生氣，別生氣，我沒說什麼，都是亂說的。你不喜歡我——就不喜歡我吧，我喜歡你就行了。」說著，就用他的臉在她頭頂上輕輕蹭來蹭去。他那樣蹭她，使她覺得頭頂發熱，而且一直從頭頂向她的臉和脖子放射過去，搞得她臉上很發燒。她不知道自己究竟怎麼啦，就遷怒於他：「你幹什麼呀？在別人頭上蹭來蹭去的，你把別人頭髮都弄亂了，別人待會兒怎麼回去？」

他笑了一下，學她的口氣說：「我來幫別人把頭髮弄好吧。」

她嗔他：「你會弄什麼頭髮？別把我頭髮弄得像雞窩一樣。」她掙脫他一些，打散辮子，五爪金龍地梳理起來。

他歪著個頭看她，說：「你……披著頭髮……真好看。」

她齜牙咧嘴：「你說話太噁心了！」

「我只是實事求是，以前沒人說過你很美嗎？肯定有很多人說過吧？」

「你亂說，我不聽了，你再說我就跑掉了。」

他馬上說：「好，我不說了。不過長得漂亮不是什麼壞事，別人告訴你這一點，也沒有什麼不好的用心，你不用害羞，更不用發別人脾氣。」他見她準備編辮子了，就說，「先別紮辮子，就這樣披著，讓我看一看。」

他的眼神充滿了懇求，她有點被打動了，不自覺地停下了手，讓他看。

他看著看著，突然呼吸急促地說：「我……可不可以……吻一下你的臉，我保證不碰別的地方。」

她覺得他的表情好像很痛苦一樣，有點像他周圍的空氣不夠他呼吸似的，她突然有點害怕，怕如果她不同意，他會死掉。她小心地送過一邊的臉，說：「你保證了的啊！」

他不答話，只摟緊了她，把他的嘴唇放在她臉上，一點一點地吻，但他沒敢超出臉的範圍。他的鬍子有點錐人，呼吸也熱熱的，使她覺得又激動又害怕。他的嘴唇幾次走到她嘴唇邊了，她以為他要像上次那樣了，她一陣慌亂，不知道待會兒要不要像上次那樣緊咬牙關，但他把嘴唇移走了，一場虛驚。

他就那樣在她臉上親了又親，她有點擔心，怕待會兒半邊臉都被他的鬍子錐紅了，到時候一邊唱紅臉，一邊唱白臉，怎麼回家去？她小心地掙脫了，邊梳辮子邊嬌嗔他：「你……怎麼沒完沒了的？」

「會有很長時間見不到你嘛！」

她笑起來：「那你就多親一些，存哪裡慢慢用？」

「能存著就好了。」他好像有點心神不定、手腳無措一樣，胸部起伏著，盯著她看。

她好奇地問：「怎麼啦？我辮子紮歪了？」

「喔，沒有，」他說，「挺好的，不早了，我送你回去吧，說不定你媽媽到處找你。」

一聽這話，靜秋才想起剛才出來時沒跟媽媽打招呼，她慌了，忙問：「幾點了？」

「快九點半了。」

她急了：「那快點走吧，河裡封渡了我就回不去了。」兩個人急匆匆地往渡口趕，她擔心地問，「你待會兒到哪裡去睡覺？」

「隨便找個地方就行，旅館啊、招待會兒啊都行。」

她想到河對岸是郊區，沒什麼旅館、招待所之類的，就勸他：「那你別送我過河了，免得待會兒封渡了，你就回不到這邊來了，那邊沒旅館的。」

「沒事。」

「那你待會兒不要跟我太緊了，我怕河那邊的人看見了。」

「我知道，我只遠遠地跟著，看你進了校門就走，」他從掛包裡拿出一本書，遞給她，「當心，裡面夾著一封信，我怕沒機會跟你說話，就寫下來了。」

她接過書，拿出夾著的信，塞進衣袋放好。

一回到家，妹妹就埋怨說：「姐，你跑哪裡去了？媽媽到處找你，從魏紅她們家回來的時候，踩到陰溝裡去了……」

靜秋見媽媽的腿擦破了一大塊，塗了些紅藥水，紅紅的一大片，很嚇人。媽媽小聲問：「這麼晚，你跑哪裡去了？」

「去……鐘萍那裡。」

妹妹說：「媽叫我到鐘萍那裡找過了，鐘萍說你根本沒去她那裡。」

靜秋有點生氣：「你們這麼到處找幹什麼？我一個朋友從西村坪來看我，我出去一下，你們搞得這麼興師動眾，別人還以為我——」

媽媽說：「我沒有興師動眾，鐘誠跑來叫你的時候，我聽見了。後來看你這麼晚還沒回來，就叫你妹妹去他家看一下。在魏紅家我只說是找她們借東西的——媽媽沒有這麼傻，不會對人說自己的女兒這麼晚還沒回來的。」媽媽嘆口氣說，「但你也太大膽了，出去也不跟我說一聲，也不告訴我你幾點回來。現在外面亂得很，你一個女孩子，如果遇到壞人了，這輩子就完了。」

靜秋低著頭不吭聲，知道今天犯大錯誤了，幸好媽媽只是擦傷了腿，如果出了大事，她真的要後悔死了。

媽媽問：「你那個——西村坪的朋友是——男的還是女的？」

「女的。」

「你們兩個女孩子這麼晚跑哪裡去了？」

「就在河邊站了會兒。」

妹妹說：「我跟媽媽去過河邊了，你不在那裡。」

靜秋不敢說話了。

媽媽嘆口氣說：「我一直覺得你是個很聰明很懂事的孩子，你怎麼會做這麼愚蠢的事呢？有些男的，最愛打你們這種小丫頭的主意了，幾句好聽的話，一兩件花衣服就能哄到手。你要是被這樣的人騙了，你一生就完了。你現在還在讀書，如果跟什麼壞人混在一起，學校開除你，你這輩子怎麼做人！」媽媽見靜秋低著頭不說話，就問她，「是那個長林嗎？」

「不是。」

「那是誰？」

「是個勘探隊的人，我跟他沒什麼，他今天到這裡出差，他說他有些糧票用不了，就叫我拿來用。」

靜秋說著，就把糧票拿出來，想將功贖罪。

媽媽一看那些糧票，更生氣了：「這是男人慣用的伎倆，用小恩小惠拉攏你，讓你吃了他的嘴軟，拿了他的手軟——」

「他不是這樣的人，他只是想……幫我。」

「他不是這樣的人？那他明知你還是個學生，為什麼還要把你叫出去，玩到半夜才回來？他要是真的是想幫你，不會光明正大地上我們家來？搞得這麼鬼鬼祟祟的，哪個好人會這樣做？」媽媽傷心地嘆氣，「成天就是怕你上當，怕你一失足成千古恨，跟你說了多少回，你怎麼就聽不進去呢？」

媽媽對妹妹說：「你到前面去一下，我跟你姐姐說幾句話。」妹妹到前面去了，媽媽小聲問：

「他，對你做過什麼沒有？」

「做什麼？」

媽媽遲疑了一會兒：「他，抱過你沒有？親過你沒有？他——」

靜秋很心慌，完了，抱過親過肯定是很壞的事，不然媽媽怎麼擔心這個？她的心怦怦亂跳，硬著頭皮撒謊說：「沒有。」

媽媽如釋重負，交代說：「沒有就好，以後再不要跟他來往了，他肯定不是個好人，從那麼遠的地方跑來勾引還在讀書的女孩。如果他再來糾纏你，你告訴我，我寫信告到他們勘探隊去。」

23

那天晚上，靜秋很久都睡不著，她不知道老三回去的時候，渡口封渡了沒有。如果封渡了，他就過不了河了。

她住的這個地方叫江心島，四面都是水，一條大江從上游流來，到了江心島西端就分成兩股，一股很寬很大的，從島的南面流過，當地人叫做「大河」。另一股小點的，從島的北面流過，當地人叫它「小河」，就是學校門前那條河。這兩股水在江心島東端會合，又還原為一條大江，向東流去。一到夏天，四面的水都漲上來，可以漲得跟地面平齊，但從來沒有淹過江心島。聽老人們說江心島是馱在一隻大烏龜背上的，所以永遠不會被淹沒。

大河的對岸是江南，但卻不是詩裡面讚美的那個江南，而是比較貧窮的農村。小河的對岸是K市市區，江心島屬於K市，算是市郊，隔河渡水的，不大方便。島上有幾個工廠，有一個農業社的蔬菜隊，有幾個中小學，有些餐館、菜場什麼的，但沒有旅館。

靜秋擔心老三今晚過不了小河，只能待在江心島上，就會露宿街頭。這麼冷的天，他會不會凍死？就算他過了河，也不見得能住上旅館，聽說住旅館要有出差證明才行，不知道他有沒有證明。

她滿腦子都是老三緊裹大衣、縮著脖子、在街上流浪的畫面。後來還變成老三坐在那個亭子裡過夜，凍成了冰棍，第二天早上才被幾個掃馬路的人發現的畫面。如果不是怕把媽媽急病了，她現在就要跑出去看看老三到底過了河沒有，到底找到旅館沒有。她想如果他今晚凍死了，那他就是為她死的了，她一定要跟隨他去。想到死，她並不害怕，因為那樣一來，他們倆就永遠在一起了，她再也不用擔心他出爾反爾了，再也不用擔心他愛上別人了，他就永遠都是愛她的了。

如果真是那樣，她要叫人把他倆埋在那棵山楂樹下。不過埋在那樹下好像不太可能，因為他倆不是抗日英雄，不是為人民利益而死的，只是一男一女為了相會，一個凍死、一個自殺。按毛主席的說法，他們的死是輕於鴻毛，而不是重於泰山的，怎麼夠資格埋在那棵樹下呢？那些埋在樹下的抗日英雄肯定要有意見了。問題是她還有媽媽和妹妹要照顧，如果她死了，她們怎麼辦？那只好先把妹妹養大了，把媽媽安頓好了，再去死。但她肯定會跟他去的，因為他是為她死的。

靜秋在外間床上輾轉反側，她聽見媽媽在裡間床上輾轉反側。她知道媽媽一定在為今天的事著急。她相信媽媽不會擅自跑到老三隊上去告他，媽媽沒有這麼傻，這麼黑心，因為這完全是損人而不利己的事，這樣一來，不光害苦了老三，也把她貼進去了。但她可以想像得到，從今以後，媽媽就要更加為她操心了，幾分鐘不見她就會以為她又跑去會那個「壞男人」了。她想告訴媽媽，其實你不用為我擔心，他這半年不會來了的，他已經說了，他要等到我畢業了才會來找我。說不定到了那一天，他早就把我忘記了。他有的是女孩喜歡，他嘴巴又這麼甜，我都被他哄成這樣，如果他要哄別的女孩，那還不是易如反掌？

她忍不住又把今晚的情景回想了很多遍，而且老是圍繞著他抱她親她這兩個中心，不知道是怎麼回事。到底是她這個人思想很不健康，還是因為她媽媽對這兩件事談虎色變？這兩件事把媽媽都嚇成那樣，一定是罪大惡極了，而她剛好都做了，怎麼辦呢？到底被他抱了親了會有什麼害處？她有點想不明白。上次他也抱了她，親了她，好像沒怎麼樣呀。但如果沒害處，那媽媽為什麼又那麼怕呢？媽媽是過來人，難道還不知道什麼可怕什麼不可怕嗎？

老三今晚好像有點激動，他那算不算「獸性大發」？「獸性」到底是個什麼性？獸跟人不同的地方不就是野獸是會吃人的嗎？他又沒吃她，只溫情脈脈地吻吻她而已，沒覺得有什麼跟野獸相同的呀。

一直到了第二天，她才有機會把老三的信拿出來讀。那星期該她鎖教室門，她就等到別人都走了，才坐在教室的一個角落裡，摸出那封信拆開了看。老三的信寫得很好，可以說是溫情、熱情加深情。他寫到他自己的那些思念的時候，她看得很感動，很舒服。但他把她也寫進去了，而且他寫她的那個筆調有點不合她的胃口。

如果他只寫他怎麼愛她，怎麼想她，不把她寫得像個同謀，她會很欣賞他的信。但他還寫了「我們」怎麼怎麼樣，這就犯了她的忌諱了。她也收到過一些情信，大多數是她同學寫的。不管寫信人文字水準高低，她最反感的就是寫信人自作多情地猜測她是對他有意思的。

記得有一個男生，也算作文寫得不錯的，但那人真叫厚顏無恥，每次寫信都好像她已經把她的心交給他了一樣。她不理他，他說那是她喜歡他的表現，因為她對他的態度與眾不同；如果她跟他說了一句話，那更不得了，他馬上就要誇大其詞地寫到信裡去，當作她喜歡他的證據。估計你就是對他吐口唾沫，他都會認為那是你喜歡他的證據：為什麼她只對我吐，不對別人吐呢？這不是說明她跟我關係不一般嗎？

通常情況下，她還是很尊重很感激那些給她寫情信的人的，一般不會讓人家下不來台。但對這個厚顏無恥的同學她真的是煩透了。他不僅寫信給她，還對人講，說他在跟靜秋「玩朋友」，搞得別人拿他們兩個起鬨，連她媽媽都有一半相信了，說：「如果你從來沒答應過他什麼，他怎麼會那樣說、那樣寫呢？」

後來靜秋忍無可忍，拿著那個傢伙的信跑到他家去告了一狀，他才收斂了一些。

她不明白老三這麼聰明的人，為什麼看不出她不願意他把她熱情的一面寫在信裡呢？她願意他把她寫成一個冷冰冰的人，而他則苦苦地愛她，最後——注意，是一直到了最後，儘管她不知道這個最後是什麼時候——她才給他一個愛的表示。她覺得真正的愛情就是這樣的，就是從第一章就開始追，一直追到最後一章女孩才鬆口。她本來當時就要把老三的信撕掉扔到廁所裡去的，但她想到這封信有可能是老三留給她的最後一封信了，她又不忍毀掉了。她趁媽媽出去家訪的機會，把那封信也縫在棉衣裡了。

她能感覺到媽媽對她管得比以前緊了，連她去魏紅家都要問幾遍，好像怕她又跟上次一樣，說是去鐘萍家，結果卻跟一個勘探隊的人跑出去了。她想想就覺得不公平，她哥哥也是很早就有了女朋友，但媽媽從來沒有像這樣防賊一樣防著她哥哥，反而很熱心地幫忙招待哥哥的女朋友。每次哥哥的女朋友要來，媽媽都想方設法買點肉，做點好菜招待她，還要提前一天把床上的墊單、被單搜羅一空，大洗特洗，結果有好幾次都累得尿血了。

媽媽總是說：「我們這種人家，要錢沒錢，要權沒權，成分又不好，除了一份熱情，我們還拿得出什麼？」

靜秋知道媽媽對哥哥的女朋友是充滿了感激的，差不多可以說到了感激涕零的地步，因為哥哥能找到這樣一個女朋友，真是不容易。靜秋的哥哥叫靜新，比靜秋大三歲。女朋友叫王亞民，是靜新初中時的同班同學，也是整個年級長得最漂亮的：眼睛大大的，鼻子高高的，頭髮又黑又長，還帶點卷，像個洋娃娃，小時候照片經常掛在照相館做招牌的。

亞民家裡條件也不錯，媽媽是護士，爸爸是輪胎廠的廠長。高中畢業後，她爸爸就幫她弄了個「腿部骨結核」的證明，沒下農村，進了K市的一家服裝廠當工人。亞民可能是佩服靜秋的哥哥小提琴拉得好，很早就跟他好上了。不過剛開始都是背著家長的，所以家裡人都不知道。

但有一天，亞民眼睛紅紅地找到靜秋家來了，很緊張地問了聲「張老師，靜新在不在？」就不敢說話了。

媽媽知道靜新在哪裡，但他關照過，說如果是亞民來找他，就說他出去了。於是媽媽說：「靜新到一個朋友家去了，你找他有什麼事嗎？」

亞民說：「我知道他在家，他現在躲著不見我。因為我告訴他我父母不同意我們的事，怕他招不回來。他聽了就說：『我們散了吧，免得你為難，你父母他們也是為你好，我真的不知道我這輩子招不招得回來，別把你耽誤了。』後來他就躲著不見我了。但那些話是我父母說的，又不是我說的，我從來沒有嫌他在農村——」

媽媽的眼圈也紅了，說：「他也是為你好。」

亞民當著她們的面就哭起來，說：「我家裡人這樣對我，他也這樣對我，我活著還有什麼意思？」

媽媽嚇壞了，連忙叫靜秋去哥哥住的那間房子把他叫來。亞民說：「我跟你去找他。」

那時正好是寒假期間，媽媽問一個回老家過春節的老師借了間單身教師住房，讓回家過春節的哥哥在那裡住幾天。她哥哥就躲在那間小屋裡，不出來見亞民。靜秋把哥哥的門敲開了，看見哥哥跟亞民兩個人四目相對，好像眼裡都噙著淚花，她趕緊離開了，知道哥哥不會再躲著亞民了。她看得出，哥哥其實是很喜歡亞民的，這段時間躲著不見亞民，哥哥瘦得很厲害。

那天晚上，亞民跟哥哥一起過來吃晚飯。亞民說：「我不管我爹媽說什麼，我就是要跟靜新在一起，如果他們再罵我，我就搬到你們家來住，跟靜秋睡一張床。」

春節期間，亞民差不多每天都過來找靜新，兩個人在靜新住的那個房間玩，亞民常常待到十一點多了才回去，不知道她在爹媽面前是怎麼交代的。

有一天晚上，快十一點了，突然有幾個護校值班的老師來叫媽媽，說你兒子出事了。靜秋和媽媽立刻跟著那幾個老師跑到辦公室一看，發現哥哥被關在一間小辦公室裡，亞民被關在另一間。

那幾個值班的老師把靜秋趕到外面去，說他們只跟她媽媽談。靜秋心急如焚地等在外面，過了很久，一個值班的老師才把亞民帶出來了，說你可以走了。但亞民不肯離開，大聲跟那個人辯論：「你們為什麼不放他？我們什麼也沒做，你們不放他，我就不走！」

值班的人說：「你還在這裡大聲叫？你知不知道世界上還有『羞恥』二字？我們可以現在就送你到醫院去檢查，看你嘴巴還硬不硬。」

亞民也不示弱：「去就去，不去的不是人。如果檢查出來我什麼也沒做，你小心你的狗頭。我哥哥和弟弟不會放過你，我爸爸也不會放過你的。你們真是多管閒事，欺人太甚。」

靜秋從來沒見過亞民這樣強悍，她平時說話都是細聲細氣的。

值班的人好像被鎮住了，對剛走出來的媽媽說：「張老師，你把她送回她家去吧，我們是看在你的份上，這次不把她怎麼樣，不然的話，要送聯防隊去的。」

媽媽怕把事鬧大了，對靜秋說：「你把亞民送回去，我在這裡跟他們交涉你哥哥的事。」

靜秋要送亞民回去，亞民焦急地說：「你哥還在裡面，我回家幹什麼？我怕他們把你哥交到聯防隊去了，聯防的人會打他的，我願意跟他們上醫院去，只要他們放你哥哥。」

靜秋就陪亞民等在外面，她焦急地問：「到底是怎麼回事？」

「這些值班的多管閒事。今晚很冷，我就跟你哥哥兩人坐在床上，用被子捂著腳，他們來敲門，我們馬上就開了，結果他們把我們帶到辦公室來審問，還說要把我們交到聯防隊去。」

靜秋不知道這事嚴重到什麼地步，她急忙問：「那怎麼辦呢？」

「應該不會把我們怎麼樣，我們什麼都沒幹，經得起檢查。不過幸好我們沒關燈，連棉衣都沒脫，不然的話，他們把我們送到聯防隊去就麻煩了。那些人都是不講理的人，打了你再問話。」

「他們說送到醫院去檢查，是什麼意思？」

亞民猶豫了一下，說：「就是請醫生看看我……還是不是……姑娘家。不過我不怕，我跟你哥什麼也沒做。」

靜秋有點不明白，亞民自己承認是跟哥哥坐在床上，那不是又「同房」又「上床」了？怎麼又說什麼也沒做呢？是不是因為沒關燈沒脫棉衣？

後來哥哥也被放回來了，說他們見亞民自己要求去醫院檢查，知道他們沒做什麼，就放了他，還給他賠禮道歉，怕亞民家裡人來找他們算帳。那件事發生後，亞民照常天天晚上來玩，值班的似乎沒再去敲他們的門。

媽媽更喜歡亞民了，說從來沒想到這麼文靜的女孩為了救你哥哥出來，會像隻母老虎一樣發威。靜秋為哥哥高興，有這麼好一個女朋友。但她也忍不住想：如果是她跟老三待在那間小屋裡，估計媽媽早就把老三交到聯防隊去了。

24

因為不知道老三那天晚上究竟找到住的地方沒有，靜秋一直都在擔心老三的死活，生怕突然有一天長芳跑來告訴她，說老三凍死了，請你去開追悼會。

她每天都找機會跑到媽媽辦公室去翻翻那些報紙，看有沒有關於K市凍死了一個人的報導。不過她覺得報紙多半不會報導這事，因為老三是自己凍死的，又不是救人犧牲的，誰來報導他？她想跑到西村坪去一趟，看看老三還在不在。但她不敢問媽媽要路費，而且又找不到出去一整天的藉口，只好坐在家裡乾著急。

她想起自己認識一個醫生，姓成，在市裡最大的一家醫院工作，她就跑去找成醫生。她問成醫生那家醫院最近幾天有沒有收治凍死凍傷的人，成醫生說沒有。她又問這種天氣待在室外會不會凍死，成醫生說如果穿得太少恐怕有可能凍死。靜秋想：老三穿著軍大衣，應該不會凍死吧？成醫生安慰她說，現在一般不會凍死人的，如果外面太冷，可以到候車室、候船室去，就算被公安局當盲流收審，也不會在外面凍死。靜秋聽他這樣說，放心了一些。

靜秋認識這位成醫生，是因為成醫生的岳母跟靜秋的媽媽以前是同事，都在K市八中附小教書，而且兩個人都姓張，江心島上很多家庭一家幾代人都是「張老師」的學生。

成醫生的岳母已經退休了，但他們就住在學校旁邊。成醫生的妻子在K大教書，很會拉手風琴，他們夫妻倆經常在家裡一拉一唱，引得過路人駐足。

靜秋也會拉手風琴，但她完全是自己摸索的，沒人教過。她最先是學彈風琴，因為她媽媽學校有風琴，她經常去音樂辦公室彈。後來因為學生經常出去宣傳毛澤東思想，到很多地方去唱歌跳舞，沒人伴奏不行，又不能把那麼重的風琴抬到那些地方去，她就開始學拉手風琴。

學校有個很舊的手風琴，但老師當中沒有一個會拉。靜秋就叫媽媽把學校的手風琴借回來，她學著拉。風琴、手風琴都是鍵盤樂器，有很多相通的地方，靜秋拉了一段時間，就可以為同學們伴奏了，只是左手的和弦部分還不太熟悉。

那時會搞樂器的人不多，女的會拉琴的就更少。靜秋經常背著手風琴，跟學校宣傳隊的人到江心島各個地方去宣傳毛澤東思想。江心島上的人差不多都認識她，不一定知道她名字，但只要說「八中那個拉手風琴伴奏的女孩」，別人都知道是她。

後來她從江老師家路過的時候，經常聽到江老師拉手風琴，佩服得不得了，就叫媽媽帶她去拜江老師為師。靜秋跟著江老師學琴，很快就跟江老師一家搞熟了。

江老師的愛人成醫生長相特殊，高鼻凹眼，人稱「外國人」，在江心島頗有名氣，走到哪裡都有人跟著看。有的小孩膽子大，常跟在他身後大聲喊「外國人」，他脾氣好，只回頭笑一笑，揮揮手走路。

成醫生的身世是江心島人的熱門話題，有很多版本。有的說他是美蔣特務，有的說他是蘇聯特務；有的說他父親是美軍上將，跟一個中國女人生下了他，解放前夕，那個美軍上將就丟下他們母子倆跑回美國去了；還有的人說他母親是黨的幹部，在蘇聯學習時跟一個蘇聯人好上了，生下了他，怕影響自己的前途，就把他送人了。

成醫生對自己那副「外國人」面相的解釋是他家有哈薩克血統，但誰也沒見過他的哈薩克父親或者母親，所以大家寧可相信他是特務或者是混血私生子。這幾個版本傳來傳去，傳得有鼻子有眼的，每種說法都令人信服。

靜秋比較喜歡「黨的幹部」這個版本，因為在她心目中美國人沒有蘇聯人好看，美國人鼻子太尖，是鷹鉤鼻，而鷹鉤鼻是狡猾的象徵。蘇聯人的鼻子沒有那麼尖，所以英俊、勇敢而又誠實。她其實也沒看見過美國人，連電影好像都沒看過，都是外面大字報、宣傳畫上看來的。但她看到過蘇聯人的插圖，蘇聯男的都愛穿那種套頭的、衣領下開個小口、扣兩、三粒扣子的衣服，腰裡繫個皮帶，很風度翩翩。

不知道為什麼，靜秋總是覺得成醫生跟老三長得很像，雖然老三的鼻子沒有那麼高，眼睛沒有那麼凹，走在外面也不會有那麼多人跟蹤圍觀當稀奇看，但她就覺得像。她不知道自己是因為喜歡成醫生的外貌才會對老三一見鍾情的，還是因為喜歡老三才覺得成醫生英俊的，反正她時常把他們兩人混為一談。

靜秋問了成醫生之後，心想老三大概不會凍死了，但她一直到看見了老三的親筆信才徹底放心。那天，靜秋的媽媽給她拿來一封信，說是西村坪的人寫來的。她一聽，差點暈了，心想老三大概是凍瘋了，居然把信寫到K市八中附小來了。她跟他見面的第一天就對他說過，叫他不要往這裡寫信，因為那時學生是沒有什麼信件的，如果有，那肯定是什麼見不得人的秘密。傳達室見到是她家的信，不管收信人是誰，總是給她媽媽的。

媽媽沒拆她的信，叫她自己拆，那可能是她一生當中收到的第一封從郵局寄來的信。她一眼看見了信封上的寄件人是「張長芳」，筆跡也像是長芳的，她就當著媽媽的面拆開看了。信寫得很簡單，只是談談最近的學習情況，說家裡人都好，請她有空去西村坪玩，然後代問靜秋家裡人好，云云。

靜秋看出信是老三的筆跡，不由得在心裡笑罵他：真會裝神弄鬼，連我媽媽都敢騙。她見他沒事，就把縫在棉衣裡的那封信拿出來燒掉，免得放那裡鼓鼓囊囊的，媽媽一眼就可以看出來那裡藏了東西。不過她把老三的第一封信留下了，因為那封裡面沒有說「我們」怎麼怎麼樣。

離畢業的日子越來越近，靜秋的心情也越來越矛盾。她盼望日子過快點，她就可以快點見到老三。但她又害怕畢業，因為畢業了她就要下鄉了。下鄉之後，她的戶口就遷到農村去了，她就不是K市人，也就不能打零工了。到時候，她跟她哥哥兩人都欠隊裡口糧錢，難道叫她十二三歲的妹妹去打零工？

那時K市的知青已經不再是下到某個生產隊了，而是按家長單位下到集體知青點去。K市文教系統的知青點在Y縣的一個老山裡面，人們在那裡辦了個林場，是個很苦的地方，根本不指望有收入，知青下到那裡只是為了在廣闊天地裡煉一顆紅心，都是父母幫他們出口糧錢。說實話，父母也不在乎自己的子女在林場能不能賺到錢，只求他們平平安安在林場熬幾年，然後招工回城就行了。

文教系統每年都是七月份送新知青下鄉，但半年前就開始對即將下鄉的知青進行上山下鄉的教育。天天都聽說「一顆紅心，兩種準備」，但靜秋一直搞不懂到底是哪兩種準備，好像就一種：下鄉。教育局組織了幾次大會，請已經下鄉了的、特別是在農村扎了根的知青給那些即將下鄉的人作報告，講他們是怎麼跟當地貧下中農打成一片的。有些榜樣和典型都已經跟當地農民結婚了，說要「扎根農村幹革命」。

靜秋聽他們講他們的光榮事蹟，不知道他們究竟愛不愛他們的農民丈夫或媳婦。但有一點她知道，一旦跟當地農民結婚了，你就不要想招回城裡來了。

魏玲比靜秋大幾歲，那時已經下鄉了。魏玲回來休息的時候，總是對靜秋講農村多麼苦，說幹活累得恨不得倒地死去，生活很無聊，只盼望著哪天招工回城就熬出頭了。魏玲還唱那些知青的歌給她聽：「做了半天工，褲腰帶往下鬆，人家的白米飯煮得個香噴噴，回到我屋裡還是一片漆黑，哎呀我的大哥呀……」

靜秋跟魏玲的妹妹魏紅一個年級，兩個人約好了，下鄉之後她們倆就住一個屋，兩個人還一起準備下鄉的用品。魏紅家經濟條件比較好一些，她爸爸媽媽都是K市八中的老師，雙職工，養活三個小孩還是沒什麼大問題的。所以她跟靜秋一起準備東西，能成雙成對買的東西並不多，大多數東西都是魏紅買得起，但靜秋買不起。她們兩個唯一相同的東西就是一個枕套。她們買了一點布，自己在上面寫了「廣闊天地，大有作為」的字樣，就自己照著繡了這幾個字，準備下鄉用。

正在熱火朝天地準備下鄉的時候，突然有一天，長芳跑到K市來看靜秋。等到靜秋送她坐車回家的時候，兩個人才有單獨在一起的機會。長芳拿出一封信給靜秋，說是老三叫她送來的。靜秋等長芳的車開走了，就坐在車站把那封信打開來看。可能是為了表示對送信人的禮貌，信沒有封口，但老三旁若無人地訴說他的思念，把靜秋看得臉紅心跳，難道他不怕長芳拆開看？

老三在信裡告訴她，說現在上面下了一個文件，職工退休的時候，可以由他們的一名子女頂替他們的職位，叫「頂職」。據說這個文件不公開傳達，由有關部門自行掌握。老三叫她讓她媽媽去學校或者教育局打聽一下，看她能不能頂她媽媽的職，這樣她就不用下農村了。老三說你很適合教書，如果你頂你媽媽的職，一定會成為一個出色的老師。

靜秋看了幾遍，不相信真有這樣的事。她倒不想頂職，但她非常希望她哥哥能夠頂職回城，因為哥哥太可憐了，他初中畢業那會兒，正是父母挨整的時候，就沒能上高中，一畢業就下農村去了，在那裡一待這麼多年，到那個隊插隊的知青去了幾撥又走了幾撥了，她哥哥還沒招回來。

哥哥在鄉下的時候，亞民有時會到靜秋家來拿信，因為哥哥不敢把信寫到亞民家去，就寫到自己家裡。每次來，亞民都會跟靜秋講她和靜新的故事，講他們以前在一個班讀書的事，講靜新怎麼樣請人去她家把她叫出來，講班上還有一個很漂亮的女孩也喜歡靜新，但是靜新只喜歡她一個人。但講得最多的，就是怎麼樣才能讓靜新招回城裡來，只要他招回來了，她父母就不會橫加阻攔了。靜秋每天都在希望哥哥快點招回來，怕他老待在鄉下會毀了他和亞民的愛情。

現在她看到這個頂職的消息，欣喜萬分，連忙跑回家去告訴了媽媽。她沒敢說是從老三那裡聽來的，她只說聽同學講的。媽媽聽說是同學講的，就不太相信，但她覺得去問問也不是什麼壞事，不做這個指望就行了。媽媽找學校的鐘書記打聽了，鐘書記說他還沒聽說這事呢，不過他下次去教育局開會的時候會打聽一下。鐘書記的女兒鐘萍已經高中畢業了，但賴在城裡沒下去，搞得群眾很有意見。現在鐘書記聽說了頂職的事，也很感興趣，很快就把消息打聽到了。

大概是為了感謝靜秋媽媽告訴了他這個消息，鐘書記從教育局一回來就來告訴她，說的確是有這樣一個文件，但具體怎麼執行要由各個單位自行掌握，比如文教單位怎麼個頂職法？你不能說父母能當老師的，他們的小孩也就能當老師吧？

鐘書記說：「張老師呀，感謝你告訴我這個好消息，我現在還不到退休年齡，不過我愛人快到退休年齡了，她身體不大好，可以辦病退，我想讓她病退了，讓我家鐘萍頂職。我看你也辦個病退，讓你家靜秋留城裡吧。女孩子下鄉去，總讓人不大放心。」

媽媽沒想到自己平時只敢仰視的鐘書記居然也擔心女兒下農村的事，可憐天下父母心。聽鐘書記的口氣，如果媽媽申請病退，學校是會同意讓靜秋頂職的。媽媽感激萬分，千恩萬謝了一番才告辭。

媽媽把這個好消息告訴了靜秋，說媽媽這些年擔著的心今天總算可以放下一半了。我這就去申請病退，讓你頂職，你就不用下農村了。等到你頂職的事辦成了，我的另一半心就放下了。

靜秋說：「應該讓哥哥來頂職，他下去這麼多年了，受了太多的苦，而且亞民家裡也是因為哥哥在農村才反對他們倆的事的。如果能讓哥哥回城裡來，那就什麼事都沒有了。」

靜秋把這事告訴了亞民，亞民高興死了，說這下好了，我跟你哥終於可以在一起了，我家裡也不會再阻攔我們了。亞民連忙給靜新寫了一封信，告訴他這個好消息。但哥哥不同意，說他已經下去這麼久了，就乾脆等著招工吧，下鄉這麼多年，又占掉頂職的名額，太不合算了，不如把這個機會給靜秋，這樣靜秋就不用下鄉了。

靜秋的媽媽是堅決不讓靜秋下鄉的，媽媽經常做噩夢，總是夢見靜秋出了事，媽媽到鄉下去看她，只見她躺在一堆稻草裡，頭髮蓬亂、眼神呆滯。

媽媽問她：「你怎麼啦？靜秋，你告訴媽媽，到底是怎麼啦？」

她不說話，只是嚶嚶地哭，媽媽什麼都明白了。

媽媽把這個夢講給靜秋聽，靜秋雖然不知道夢中的自己究竟發生了什麼事，但她猜得出一定是像那些女知青一樣，被人「糟蹋」了。

媽媽說：「我絕對不會讓你下農村的，你還年輕，不知道女孩子在鄉下會面臨什麼樣的危險。自古紅顏多薄命，你在學校裡就有這麼些人打你主意，找你麻煩，你下了鄉還有好的？」

25

在靜秋的一再堅持下，媽媽向學校提了讓靜新頂職的事，但學校說靜新只念過初中，不適合教書，我們同意靜秋頂職，因為她是高中生，德智體全面發展，適合做老師。如果你退休是靜新頂職，那我們就不一定批准了。

媽媽把學校的意思告訴了靜秋，靜秋沒辦法了，只好頂職了，總不能把這麼個機會白白浪費吧？但她很為哥哥難過，一心想為哥哥想個別的辦法。

她在心裡感謝老三及時告訴她這個消息，不然的話，她媽媽肯定不知道這事，說不定就錯過了。她很想告訴老三她頂職的事，但不知道怎麼才能告訴他，沒有電話，她也不敢寫信，更不敢親自去，只有被動地等他來找她。而他竟然像是向黨表了決心一樣，說等她畢業，就等她畢業，除了讓長芳送了那封有關頂職的信以外，就真的沒來打攪她。

而她現在卻像他說的那樣，得了相思病了，很想很想見到他。凡是跟他有一丁點關係的東西，都使她感到親切。聽人說個「三」、「勘探隊」、「A省」、「B市」、「軍區」等等，都使她心跳，好像那就是在說老三一樣。

她從來不敢叫他名字，在心裡都不敢，但她見到姓「孫」的或者叫「建新」的，就覺得特別親切。班上有一個叫張建新的，長得又醜，人又調皮，但就因為他的名字裡也有個「建新」，她就無緣無故地對他有了好感，有幾次還把自己的作業借給他抄。

現在她幾乎每天都到江老師家去，去學拉琴，去抱抱江老師不滿一歲的小兒子，去借江老師家的縫紉機用。但在這些目的下面，似乎還有一個目的，她自己也不敢細想那個目的是什麼。她只知道如果她去的時候成醫生不在家，她就會坐立不安，一直等到他回來了，聽見他的說話聲了，她才彷彿完成了當天的任務一樣，安安心心地回家去。

她並不要求能跟成醫生說上話、見上面，她只要聽見他回來了，聽見他的說話聲了，她的心就安逸了。她不知道這是為什麼，她就是想聽成醫生說話，因為成醫生是說普通話的。K市人在日常生活當中是不說普通話的，江老師在外面待了那麼久，說得一口標準的普通話，但一調回K市，就只在課堂上說普通話了，平時都是說K市話。

K市人很挑剔，如果聽到你一個本地人說普通話，馬上跟你有了隔閡，覺得你裝腔作勢，有的就不客氣地指出來：「你K市土生土長的，還彆彆扭扭地說個什麼普通話呢？」但對外地人，他們還是很寬容的。所以成醫生雖然也學了不少K市話，但大多數時間還是講普通話。

靜秋聽到成醫生說話就覺得親切。有時他在隔壁房間說話，她會停下手中的活，靜靜地聽他的聲音。那時她常常有種錯覺，覺得隔壁房間裡說話的人就是老三，這就是老三的家，而她就是老三家的人。她不知道自己是老三家的什麼人，她覺得是什麼都行，只要能天天聽到他說話就行。

好在她有許多機會到成醫生家去，因為江老師經常請她去做衣服。剛開始江老師是請靜秋幫兒子織毛衣，織完了就堅持要給工錢，說織件毛衣不容易，得花很多時間。但靜秋不肯收錢，說我幫人織毛衣從來不收錢的。江老師就要送靜秋一段布料，說是自己買了，但花色太年輕了，自己穿不合適，你拿去做衣服穿吧，靜秋還是不收。

後來江老師就想了個別的辦法來報答靜秋。江老師家有縫紉機，但她只會縫縫短褲什麼的，而靜秋會做衣服，可家裡沒縫紉機，都是手工做。江老師就叫靜秋上她家學踩縫紉機，說：「我那機器空在那裡，灰塵都堆了好厚了，我沒時間用，也不會用，你來用吧，不然該生鏽了。」

靜秋一直想學踩縫紉機，也在同學家踩過幾次，但沒機會多學，現在江老師叫她去用縫紉機，真是天上掉餡餅了，就經常跑去學，很快就把縫紉機踩得滴溜溜轉了。江老師買了幾段布，讓靜秋幫她和奶奶做罩衣，幫兩個兒子做衣服。靜秋就裁好了，做出來了，每件都很合身。

那時靜秋只敢做女裝和童裝，而且只敢做上衣，覺得男裝的幾個衣袋很難做，褲子的腰和口袋也很難做，怕做不好。江老師就買了布，叫靜秋拿她兩口子做試驗品，幫她做棉衣，做呢子衣服，幫成醫生做中山裝和長褲。江老師說：「做吧，我布料都買了，不做浪費了。別怕，裁壞了就裁壞了，大不了拿來給哥哥做衣服，如果給哥哥做不行，就給弟弟做，總不會浪費的。」靜秋就大起膽子裁了，做了，結果每次都做得不錯。

不知道為什麼，靜秋給成醫生做衣服的時候，常常會弄得臉紅心跳。有次要為成醫生做長褲，需要量褲長和腰圍，還要量直襠橫襠。她拿著軟尺，來為成醫生量腰圍，成醫生把毛衣拉上去，好讓她量褲腰。雖然成醫生褲子裡還紮著襯衣，絕對看不見皮肉，她還是嚇得跳一邊去了，說：「不用量了，不用量了，找條舊褲子量量就行了。」

還有一次是做呢子的上裝，因為料子太好了，靜秋不敢光照著舊衣服做，只好叫成醫生站在那裡，她來量他的肩寬、胸圍什麼的。她拿著軟尺，兩手從成醫生身後圍到胸面，盡力不碰著他的身體。當她把軟尺兩邊合攏，想來看看胸圍是多少的時候，卻突然覺得呼吸不上來了，她的眼睛正對著成醫生的胸部，她覺得又聞到了老三身上那種男人的氣息。她頭暈眼花，無力地說了聲：「我還是照你的舊衣服做吧。」就匆匆跑開了。後來她就儘量避免給成醫生量尺碼，找件舊衣褲量量算了。衣服做好了，也不敢讓成醫生穿上試給她看。

那時興穿「的確良」和一些別的化纖布，K市人叫「料子布」。料子布做出來的東西，用熨斗一燙，就很挺括，不容易打褶，穿在身上很筆挺，而且不用布票，所以K市人以穿料子衣褲為時髦。

做料子布的衣褲需要鎖邊，江老師見靜秋每次得跑到外面去請人鎖邊，就託熟人幫忙買了一台舊鎖邊機回來，那在當時簡直就是驚人之舉了。那時的江心島，有縫紉機的家庭都不多，縫紉機大多是女孩出嫁時對男方提出的要求，屬於「三轉一響」裡的一「轉」，其他兩「轉」是自行車和手錶，那一「響」當然是收音機。現在江老師家不僅有縫紉機，還有鎖邊機，簡直叫人羨慕死了。靜秋有了這些「現代化武器」，做衣服就如猛虎添翼，不僅做得好，而且做得快。

江老師就把自己的同事和朋友介紹來請靜秋做衣服。那些同事朋友星期天上午到江老師家來，靜秋為她們度身訂做，現量現裁現縫，幾個小時就把衣服做好了，燙好了，扣眼鎖好了，扣子也釘好了，江老師的同事就可以穿上回家了，真正的立等可取。

那時縫紉店還很不普及，做衣服的工錢常常比買布料的錢還要得多，而且要等很久才能拿到衣服，拿到了很可能還不合身，所以請靜秋做衣服的人越來越多。

江老師叫靜秋收一點加工費，少收點，比外面正規裁縫的價格低點就行了。但靜秋不肯收，說這是用你家的縫紉機幫你的朋友做衣服，怎麼好收別人的錢？再說，收了錢，就成了「地下黑工廠」了，讓人知道了不得了。

江老師想想也是，別讓人知道給靜秋惹下麻煩，她就讓那些請靜秋做衣服的人隨便送點什麼實物聊表心意。那些人就拿出五花八門的東西送給靜秋，幾個本子、幾枝筆、幾個雞蛋、幾斤米、幾斤水果等等，送什麼的都有。江老師不管三七二十一，都替靜秋收了，說「伸手不打送禮人」，別人感謝你的，又不是白拿，就收下吧。靜秋就收一些，太送多了的，就退還人家。

那個學期，可能因為是畢業前的最後一學期了，學校也沒安排靜秋他們去外面學工學農，一直待在學校裡。靜秋就每個星期天都到江老師家接活，有空了就去江老師家做衣服，家裡經常有別人送的食物和用品，媽媽總是開玩笑，說：「我們家現在是富得流油啊。」

靜秋對江老師感激不盡，江老師說：「我這還不是為了賺你的便宜？你看你幫我做了多少衣服，織了多少毛衣，這些工錢我不都省下了嗎？」

五月份的時候，長芳又到K市來了一次，這次帶來了一些山楂花，紅紅的，用一張很大的玻璃紙包著。靜秋一看就知道是老三叫長芳送來的，長芳也對她擠眉弄眼，但兩個人當著靜秋媽媽和妹妹的面不敢說什麼。等到靜秋送長芳到長途車站去的時候，長芳才說：「是老三叫我給你送來的。」

「他好嗎？」

長芳繃著臉說：「不好。」

靜秋急了：「他生病了？」

「嗯，生病了——」長芳見靜秋很著急的樣子，就笑起來，「是生了相思病了。好啊，你們兩個早就好上了，還不告訴我。」

「你別瞎說，」靜秋趕緊聲明，「誰跟他好上了？我還在讀書，怎麼會做這種事？」

長芳不在乎：「你怕什麼？我又不是你們學校的人，你瞞著我幹什麼？老三什麼都不瞞我。他是真喜歡你呀，為了你，把他那未婚妻都甩了。」

靜秋正色道：「他不是為了我甩的，他們早就吹了。」

「他為你把未婚妻吹了不好嗎？那說明你把他迷住了呀。」

「那有什麼好？他為了我可以把未婚妻吹了，那他為了別的人，也可以把我吹了。」

「他不會吹你的，」長芳從包裡摸出一封信，嘻嘻笑著說，「你答應讓我也看一看，我就給你，不然我就帶回去還給他，說你不要他了，不想看他的信，讓他急得去跳河。」

靜秋裝作不在意的樣子說：「他沒封口，你自己不知道打開看？」

長芳委屈極了：「你把我當什麼人呀？人家不封口，就說明人家信任我，我怎麼會偷偷拆開看？」

她把信扔給靜秋，「算了，不給看就不看吧，還說這些小氣話！」

「那等我先看一下，如果能給你看……」

長芳笑起來：「算了，跟你開玩笑，我看他的信幹什麼？總不過就是那一套『親愛的小秋，我想你，日夜想你……』」

靜秋急不可耐地展開信，匆匆看了一遍，收了起來，微笑著對長芳說：「你說錯了，他沒寫你說的那幾個字。」

那天靜秋回到家，正在為老三的花和信興奮，卻聽到一個壞消息，媽媽剛從鐘書記那裡聽來的，說教育局經過討論，對頂職的事情做了一些修改。這次教育系統能退的幾乎全退了，總共有二十多個，都是為了孩子頂職。這些教工子女參差不齊，不是每個人都能上講臺的。所以教育局決定，這次頂職的教工子女，一律在食堂做炊事員。

26

靜秋媽媽退休的手續已經快辦好了，結果卻被告知靜秋要做炊事員，而不是做老師，媽媽氣得差點尿血。靜秋聽了這消息，反而比媽媽平靜，可能是她一貫做最壞的思想準備吧，她遇到這些事情並不怎麼驚慌失措，她安慰媽媽說：「做炊事員就做炊事員吧，革命工作，沒有高低貴賤之分，做炊事員總比下農村好吧？」

媽媽嘆口氣說：「事到如今，也只好這樣想了。不過一想到我女兒這麼聰明能幹，卻只能一輩子窩在食堂的鍋灶邊，就覺得氣難平。」

靜秋把老三的話搬出來寬慰媽媽：「別想那麼多，別想那麼遠，這世界每天都在變化，說不定我幹幾年炊事員，又換到別的工作去了呢！」

媽媽說：「還是我女兒豁達，什麼事比媽媽還想得開。」

靜秋想，命運就是如此，不豁達又能怎麼樣呢？

放暑假的時候，靜秋媽媽的退休已經辦好了，但她的頂職卻老是沒辦好，不知道學校在拖什麼。那些從她這裡聽到消息後才辦頂職的同學，一個個都辦好了手續，而她這個最先得知消息的人卻還沒辦好。她媽媽急得沒辦法，生怕一等兩等的把這事等黃了，就不斷跑到鐘書記那裡去催學校快辦。

鐘書記說：「不是學校沒抓緊，我們早就把材料報上去了，是教育局那邊沒批下來。我猜主要是學校在放暑假，老師都不在學校裡了，還要炊事員幹什麼？難道讓他們一參加工作就白白拿幾個月工資？」

媽媽沮喪極了，估計不到九月份學校開學，教育局是不會讓頂職的人上班的了。

靜秋家一下子陷進極度貧困的境地了，因為媽媽已經退休了，工資減到了二十八塊一個月，而靜秋的頂職又沒辦下來，不能領工資。以前媽媽一個月有將近四十五塊錢的工資，尚且不夠養活一家人，現在一下減少了近百分之四十，就更拮据了。

於是，靜秋又去打零工。

她頂職的事雖然八字還沒一撇，但在外人眼裡，好像她已經做了老師、賺了大錢一樣。很多以前跟她關係很好的人現在卻跟她疏遠了。也許人人都能同情不幸的人，但如果這個不幸的人突然走了一點運，有些原先同情她的人就會變得非常不高興，比看到那些本來就走運的人走更大的運還不高興。

鐘書記跟靜秋的媽媽說了好幾次：「這段時間很關鍵，叫你靜秋千萬不要犯什麼錯誤。我們讓她頂職，很多人眼紅，經常來提意見，你們要特別謹慎，不然我們不好做工作啊。」

連居委會李主任都知道了靜秋頂職的事。媽媽帶靜秋去李主任家找工的那天，李主任說：「張老師呀，不是我說你，這個錢呢，也是賺不盡的，賺了一頭就行了，不可能頭頭都顧上。」

媽媽尷尬地笑著，不知道李主任這是什麼意思。

李主任又說：「不是說靜秋頂了你的職，當老師了嗎？怎麼還跑來打零工呢？我們這裡是人多工少，我得先照顧那些沒工作沒錢賺的人。」

靜秋趕快聲明說：「我媽媽是退休了，但我頂職的事還沒辦好，所以家裡還是很困難，比以前更困難了，因為媽媽工資打折了。」

李主任「喔」了一聲，說：「那你也應該先下農村去鍛鍊，等你頂職的事辦好了再回來上班。你這樣賴在城裡不下去，如果我還給你工作做，那不等於是在支持你這種不正之風了嗎？」

媽媽說：「靜秋，我們回去吧，不麻煩李主任了。」

靜秋不肯走：「媽，你先回去，我再等一下。」她對李主任說，「我不是逃避下農村，只是我家太困難了，如果我不做點工，家裡就過不下去了。」

李主任緩和了一下口氣，說：「你願意等就在這裡等吧，我不能保證你有工做。」

靜秋讓媽媽回去了，自己在那裡等。一連等了兩天，李主任都沒有給她安排工作。有兩次，來要工的「甲方」都看上靜秋了，但李主任硬生生地把另外的人塞到「甲方」手裡去了。對此，李主任解釋說：「你的困難是暫時的，你可以先借點錢用了再說，等你當了老師了，還愁還不起？」

靜秋解釋說自己頂職不是做老師，而是做炊事員，李主任不贊成地搖搖頭：「你這是何必呢？寧可做炊事員都不下農村？你下去幾年，招回來當工人多好。」

第三天早上，靜秋又早早地去了李主任家，坐在客廳裡等工。正在思考今天如果又等不到工怎麼辦時，就聽有人叫她：「靜秋，等工呀？」

靜秋抬頭一看，驚訝得差點叫出聲來，是「弟媳婦」，穿了一身草綠色的軍裝，上衣還湊合，那條軍褲肯定是太大了，名副其實的「向左轉」的褲子，估計得左轉到背後去了，才能用褲帶勒在他細細的腰間。她不知道他這麼熱的天，穿得這麼畢恭畢敬幹什麼，但她仔細一看，發現他衣服上有紅領章，頭上的軍帽也有帽徽，知道他不是穿著玩的。

「弟媳婦」眉飛色舞地說：「我參軍了。」

靜秋簡直不敢相信，他這麼小的個子，看上去身體也不怎的，怎麼說參軍就參軍了？難道是到部隊上給首長當警衛員？

「弟媳婦」在學校從來不敢跟靜秋講話，也不大跟別的人講話，真正的默默無聞，班裡人差不多感覺不到他的存在，想不到他居然參軍了，大概也是為了不下農村。

「弟媳婦」又問一遍：「你在等工？」見靜秋點頭，「弟媳婦」就跑到裡屋，問他媽媽，「媽，你怎麼還不給靜秋找工？」

靜秋聽李主任說：「哪裡是我不給她找工？這段時間要工的少，找工的多——」

「弟媳婦」說：「你快給她找一個吧，她等在那裡呢。」

李主任說：「等在那裡也要我手裡有工才行呀。」

靜秋聽見「弟媳婦」在跟他媽媽小聲說什麼，但她聽不清。她很感激「弟媳婦」，但又覺得很難堪，好像在求他什麼事一樣。

過了片刻，李主任出來了，說：「紙廠的萬昌盛昨天來要了工的，比較辛苦，我就沒介紹你去。你看你願意不願意幹，如果願意的話，你現在就去吧。」

靜秋喜出望外，連忙說：「我願意，我不怕辛苦。需不需要您幫我寫個條子？」

「不用寫條子，你說我叫你去的，他還不相信？」李主任說完，就忙自己的去了。

靜秋只知道紙廠在哪裡，但萬昌盛是誰、在哪兒去找都不知道。她看李主任忙自己的，沒有再跟她說話的意思，只好先去紙廠看看。

她謝了李主任，就往紙廠方向走。正走著，聽見有人騎著車過來了，在她身邊按鈴。她扭頭一看，是「弟媳婦」，臉兒笑得像一朵燦爛的花，對她說：「上車來吧，我帶你去紙廠，你走過去要好一會兒呢。」

靜秋鬧了個大紅臉，連聲說：「不用不用，我一下就走到了，你忙去吧。」

「弟媳婦」騎著車跟在旁邊勸：「上來吧，現在都畢業了，怕什麼？」靜秋還是不肯上，「弟媳婦」只好跳下車來，陪著她走。靜秋見路上碰見的人都以好奇的眼光看著他倆，覺得渾身不自在，說：「你——去忙吧，我自己去就行了。」

「弟媳婦」堅持陪她走：「你不知道在哪裡找萬昌盛，我帶你去。我馬上就到部隊上去了，同學一場，說幾句話都不行嗎？」

靜秋發現自己以前一點都不瞭解「弟媳婦」，可能她對班上的男生一個都不瞭解，在她眼裡，班上的男生除了貪玩，跟老師調皮，什麼也不懂。特別是像「弟媳婦」這樣的男生，簡直就是小毛孩。但這個小毛孩居然參了軍，而且要用自行車帶她，又而且要跟她聊聊，看來真的要刮一下眼睛才行了。

她瞟了他一眼，發現他臉上居然有鬍子，她驚訝萬分，好像以前沒看見過他有鬍子啊。難道一參軍，鬍子就都由基層提拔到上面來了？

到了紙廠，「弟媳婦」幫她找到「甲方」萬昌盛。靜秋一看，所謂萬昌盛，是一個身高不足一米六五的中年男人，又瘦又小，背有點駝，臉上彌漫著一股死氣，就像大菸鬼一樣，眼角似乎還掛著眼屎，這名字起得真是諷刺與幽默。

「弟媳婦」對萬昌盛說：「萬師傅，這是靜秋，是我同學，我媽叫她到你這裡上工的，你多關照啊。」

靜秋正在驚異於「弟媳婦」的社交辭令，就聽萬昌盛對「弟媳婦」說：「什麼靜秋？這不是張老師的大丫頭嗎？」然後轉過臉，對靜秋說，「我認識你，你媽教過我。她那時候總是叫我好好讀書，說你不好好讀書以後沒出息。怎麼張老師說人前，落人後，自己的姑娘也不好好讀書，搞得現在要打零工？」

「弟媳婦」說：「你別亂說，人家靜秋書讀得好得很，她這是在等著頂職當老師呢，待家裡沒事幹，出來打打工。」

萬昌盛說：「喔，一家子都當老師呀？那好啊，不過我這個書讀得不好的人，也還混得不錯嘛。」

靜秋笑笑說：「就是呀，讀書有什麼用？還是你出息，以後就請你多關照了。」

「弟媳婦」又對萬昌盛囑咐了幾句，然後對靜秋說：「我走了，你自己小心，如果這活太累，就叫我媽再給你換一個。」

靜秋說個「謝謝」，就不知道說什麼好了。

等「弟媳婦」走遠了，萬昌盛問：「他是你對象？」

「不是。」

「我也說不像嘛，如果他是你對象，他媽還捨得讓你來打零工？」萬昌盛打量了靜秋一會兒，說，「你放心，你媽教過我，我不會虧待你的。你今天就跟著我去辦貨，我要到河那邊去買些東西。」

那天靜秋就拖著一輛板車，跟著萬昌盛到河那邊去辦貨。萬昌盛一路誇自己愛看書，叫靜秋借些書給他看，還說要給靜秋派輕鬆的活路幹。靜秋哼哼哈哈地答應著，不知道這個萬昌盛葫蘆裡賣的什麼藥。

下午四點兩人就把事辦完了，萬昌盛把靜秋誇了一通，說以後要辦貨就叫上靜秋，然後說：「我們這裡星期天是不上工的，因為我星期天休息，我不在這裡，零工都會偷懶的，乾脆叫他們星期天不幹，就不用支錢給他們。不過我看你不偷懶，給點活你幹，你幹不幹？」

靜秋以前打工從來不休息星期天的，馬上說：「當然幹。」

萬昌盛說：「那好，明天你就拖著這輛車，到八碼頭那裡的市酒廠去把我訂的幾袋酒糟拖回來，廠裡用來餵豬的。我這是照顧你，你不要讓別的零工知道了，免得他們說我對你偏心。」

靜秋立即作感激涕零狀，萬昌盛的自尊心似乎得到了極大滿足，讚許地說：「一看就知道你是個明白人，誰對你好，誰對你壞，你心裡有桿秤。」說著，就從口袋裡摸出兩個條子，「這張是取貨的條子，你明天就憑這個去取貨。這張是食堂的餐票，你明天可以在那裡領兩個大饅頭，算你的午餐。下午五點之前把貨拖回來交給食堂就行了。」

第二天早晨，靜秋一早就起來了，到紙廠拿了板車和饅頭，就向著八碼頭出發。八碼頭在河那邊，大約有十幾里地。河的上游有個貨運渡口，可以過板車，現在是夏天，河裡的水漲得快齊岸了，就不用拖上拖下河坡，只是上船的時候要小心點，免得連人帶車掉河裡去了。

她像每次出去打工一樣，一出門就把鞋脫了，怕費鞋，穿著鞋出門只是給她媽媽看的。今天她從上到下都是哥哥的舊衣褲，上面是件「海魂衫」，下面是條打了補丁的長褲，被她截短了，只到膝蓋下，半長不短的，當地人叫這種褲子「二馬駒」。那時女的不興穿前面開口的褲子，她就把前面的口封了，自己在旁邊開了個口。夏天太陽大，她戴了頂舊草帽，壓得低低的，免得被人認出，心裡一直轉悠著魯迅那句話：「破帽遮顏過鬧市」，下面一句她就懶得念了，因為她沒「小樓」，沒法躲到那裡

「成一統」。

她剛上了對面的河岸，就覺得要上廁所了。她找到一個公共廁所，但沒法去上，因為她怕別人把她的板車拖跑了，那就賠不起了。

正在焦急，就聽有人在身後說：「你去吧，我幫你看著車。」

27

靜秋不用回頭，就知道說話的是誰。她「騰」的一下紅了臉，他怎麼早不來，晚不來，剛好在她最狼狽的時候跑來了。

老三走到靜秋跟前，握住車把，又說了一遍：「你去吧，我看著板車。」

靜秋紅著臉說：「我去哪裡？」

「你不是要去上廁所嗎？快去吧，有我看著車，沒問題的。」

她難堪得要命，這個人怎麼說話直統統的？就是看出來別人要上廁所，也不要直接說出來嘛。她說：「誰說我要上廁所？」就呆站在那裡看他。

他穿了件短袖的白襯衣，沒扣扣子，露出裡面一件鑲藍邊的白背心，紮在軍褲裡。這好像還是她第一次見他穿短袖，覺得很新奇，突然發現他身上的皮膚好白，小臂上的肌肉鼓鼓的，好像小臂反而比大臂粗壯，使她感到男人的手臂真奇怪啊。

他笑嘻嘻地說：「從昨天起就跟著你，看見你有軍哥哥護駕，沒敢上來打招呼。破壞軍婚，一律從重從嚴處理，鬧不好，可以判死刑的。」
她連忙聲明：「哪裡有什麼軍哥哥？是個同學，就是我跟你講過的『弟媳婦』。」
「喔，那就是大名鼎鼎的『弟媳婦』？穿了軍裝，很颯爽英姿的呢。」他問，「你不上廁所了？不上我們就走吧。」
「到哪裡去？」她說，「我現在沒時間，我在打工。」
「我跟你一起打工。」
她笑起來：「你想跟我一起打工？你打扮得像個公子哥兒，還跟我一起拖板車，不怕人笑話？」
「誰笑話？笑話誰？」他馬上把白襯衣脫了，只穿著背心，再把褲腳也捲起來，「這樣行不行？」他見她還在搖頭，就懇求說，「你現在畢業了，河這邊又沒人認識你，就讓我跟你去吧，你一個人拖得動嗎？」
靜秋一下就被他說動了，想見到他想了這麼久，真的不捨得就這樣讓他走，今天就豁出去了吧。她飛紅了臉，說聲「那你等我一下」，就跑去上個廁所，然後跑回來，說：「走吧，待會兒累了別哭就是。」
他吹噓說：「笑話，拖個車就把我累哭了？若干年都沒哭過了。」他見她沒穿鞋，也把自己腳上的鞋脫了，放到板車上，「你坐在車上，我拖你。」
她推辭了一陣，他一定要她坐著，她就坐車上了。他把她的舊草帽拿過來自己戴上，再把他的白襯衣披在她頭上，說這不僅可以遮住頭臉，還可以遮住肩膀手臂。然後他就拖上車出發了。她坐在車上指揮他往哪走，他拖一陣，就回過頭來看看她，說：「可惜我這衣服不是紅色的，不然的話，我這就像是接新娘的車了，頭上是紅蓋頭。」

「好啊，你占我便宜。」她像趕牛車一樣，吆喝道：「駕！駕！」

他呵呵一笑：「做新娘，當然要『嫁』嘛。」說著，腳下跑得更快了。

到了酒廠，靜秋才知道今天幸虧老三來幫忙，不然她一個人根本沒法把酒糟弄回去。酒糟還在一個很深的大池子裡，既熱且濕，要自己撈上來，用大麻袋裝上，每袋少說有一百多斤。而且酒廠在一個小山上，坡還挺陡的，空車上坡都很吃力，滿載下坡更難把握，搞不好真的可以車翻人亡。老三把車把揚得老高，車還一個勁往山下衝，把兩個人累出一身汗。

不過下了山，路就比較好走了，一路都是沿著江邊走。老三掌把，靜秋拉邊繩，兩個人邊走邊聊，不知不覺就走到了上次他們約會過的那個亭子了。老三建議說：「歇會兒，你不是說只要下午五點之前拖到就行了嗎？現在才十點多鐘，我們坐會兒吧。」

兩個人就把車停在亭子旁邊，跑到亭子裡休息。天氣很熱，靜秋拿著草帽呼呼地扇，老三就跑去買了幾根冰棍。兩個人吃著冰棍，老三問：「昨天那個跟你逛街的男人是誰？」

靜秋說：「哪裡是逛街，你沒看見我拖著板車？那是我的『甲方』，就是工頭，叫萬昌盛。」

老三警告說：「我看那個人很不地道，你最好別在他手下幹活了。」

「不在他手下幹在哪兒幹？這個工還是千辛萬苦才弄來的。」她好奇地問，「為什麼你說他不地道？你又不認識他。」

老三笑笑：「不地道的人一眼就可以看出來。你要當心他，別跟他單獨在一起，也別到他家去。」

她安慰他：「我不會到他家去的，打工都是大白天的，他能——把我怎麼樣？」

他搖搖頭：「大白天的，他就不能把你怎麼樣了？你真是太天真了。你找個機會告訴他，說你男朋友是部隊的，軍婚，動不動就玩刀子的。如果他對你有什麼不檢點的地方，你告訴我。」

「我告訴你了，你就怎麼樣？」

「我好好收拾收拾他。」說著，他從掛包裡摸出一把軍用匕首，拿在手裡玩。

她開玩笑說：「看不出來你這麼兇。」

他連忙說：「你別怕，我不會對你兇的。我是看不來你那個『甲方』，眼神就不對頭。我昨天跟了你們一天，好幾次都恨不得上去警告他一下，但又怕你不願意我這樣做。」

「最好不要讓人看見我們在一起，我雖然畢業了，但我頂職的事還沒辦好，學校已經有不少人眼紅，在鐘書記面前說我壞話，如果讓他們知道我們的事，肯定會去打小報告，把我頂職的事搞黃。」

他點點頭：「我知道，所以我只在你一個人的時候才會上來跟你說話。」坐了一會兒，老三說，「我們找個地方吃午飯吧。」

靜秋不肯：「我帶了一個饅頭，你去餐館吃吧，我就在這裡看著車。這酒糟味道太大，逗蚊子，拖到別人餐館門前去停著不好。」

他想了想，說：「好，那我去買些東西過來吃，你在這等我，別偷偷跑了啊。你一個人拖車，過河的時候很危險的。」他見她點頭答應了，就跑去買東西。

過了一會兒，他抱了一堆吃的東西回來，還買了一件紅色的游泳衣：「我們吃了飯，休息一會兒，到江裡去游泳吧。天氣太熱了，渾身都是汗，這江裡的水也太誘人了。」

靜秋問：「你怎麼知道我會游泳？」

「江心島四面都是水，你還能不會游泳？島上可能個個都會游吧？」

「那倒也是。」靜秋顧不上吃東西，打開那件游泳衣，是那種連體的，上面像小背心，下面像三角褲的那種。那是最古老、最保守的樣式，但靜秋從來沒穿過，她認識的人也沒誰穿過，大家都是穿件短袖運動衣和平腳短褲游泳。她紅著臉問：「這怎麼穿呀？」

他放下手裡的食物，把游泳衣拿起來，教她怎麼穿，說你這樣套進去，然後拉上來。

靜秋說：「我知道怎麼套進去，可是這多醜啊！」她平時穿的內褲都是平腳褲，胸罩都是背心式的，從來不穿三角內褲或者「武裝帶」一樣的胸罩。現在要她穿這種袒胸露背的游泳衣，真是要她的命，她覺得她的大腿很粗，胸太大，總是能藏就藏、能遮就遮。

她說：「你問都不問我一下，就買了這樣的游泳衣，能退嗎？」

他問：「退了幹嘛？以前女孩游泳都是穿這個的，現在大城市的女孩也是穿這個，K市的女孩應該也是穿這個的，不然怎麼會有賣的呢？」

吃過飯，休息了一下，老三就不斷鼓動靜秋到附近廁所去把游泳衣換上。靜秋不敢穿游泳衣，但又很想游泳，被老三鼓動了半天，終於決定換上游泳衣試試。她想，待會兒把襯衣長褲罩在外面，到了江邊叫老三轉過臉去，自己很快地脫了外衣，躲到水裡去。江水很渾，他應該看不見她穿游泳衣的樣子。她想好了，就跑到廁所去換上了，罩上自己的衣服，從裡面走出來。

他們把車拖到離江水很近的河岸旁，這樣邊游泳就能邊盯著點，免得被人偷跑了。靜秋命令老三先下水去，老三笑著從命，脫掉了背心和長褲，只穿一條平腳短褲就走下河坡，到水裡去了。走了兩步，他轉過身叫她：「快下來吧，水裡好涼快。」

「你轉過身去。」

他老老實實地轉過身，靜秋連忙脫了外衣，使勁用手扯胸前和屁股那裡的游泳衣，覺得這些地方都遮不住一樣。她扯了一陣，發現沒效果，只好算了。她正要往河坡下走，卻發現他不知什麼時候已經轉過身來，正在看她。她一愣，呆立在那裡，指責他：「你——怎麼不講信用？」

她見他很快轉過身去，倏地一下蹲到水裡去了。她也飛快地走進水裡，向江心方向游去，游了一會兒，回頭望望，他並沒跟來，還蹲在水裡。她不知道他在搞什麼鬼，就游了回去，游到離他不遠的地方，站在齊胸的水裡，問他：「你怎麼不游？」

他支吾著：「你先游出去，我來追你。」

她返身向江心游了一陣，回頭看他，他還是沒游過來。她想他是不是不會游泳？只敢在江邊撲騰？她覺得他真好玩，不會游，還這麼積極地鼓動她游。她又游回去，大聲問他：「你是旱鴨子？」

他坐在水裡，不答話，光笑。她也不游了，站在深水裡跟他說話。好一會兒了，他才說：「我們比賽吧。」說罷，就帶頭向江心游去。她吃驚地發現他很會游，自由式兩臂打得漂亮極了，一點水花都不帶起來，刷刷地就游很遠了。她想追上去，但游得沒他快，只好跟在後面游。

她覺得游得太遠了，剛才又已經游了兩趟，很有點累了，就叫他：「游回去吧，我沒勁了。」

他很快就游回來了，到了她跟前，他問：「我是不是旱鴨子？」

「你不是旱鴨子，剛才怎麼老坐在水裡不游？」

他笑了笑：「想看看你水準如何。」

她想他好壞啊，等看到她游不過他了，他才開始游，害她丟人現眼。她跟在他後面，來個突然襲擊，兩手抓住他的肩，讓他背她回去。她藉著水的浮力，只輕輕搭在他肩上，自己彈動兩腳，覺得應該沒給他增加多少負擔。但他突然停止划動，身體直了起來，開始踩水。她覺得自己整個人都貼在他背上了，連忙鬆了手。

兩個人游回岸邊，他坐在水裡，有點發抖一樣。

「你累壞了？」她擔心地問。

「沒……沒有。你先上去換衣服，我馬上就上來。」

她見他好像神色不對，就問：「你腿抽筋？」

他點點頭，催促她：「你快上去吧，要不你再往江心游一次？」

她搖搖頭：「我不游了，留點力氣待會兒好拖車。你腿抽筋，也別游了吧。你哪條腿抽筋？要不要我幫你扳一下？」她給他做個示範動作，想上去幫他。

他叫道：「別管我，別管我！」

她覺得他態度很奇怪，就站在那裡問：「你到底怎麼啦？是胃抽筋？」

她看見他盯著她，才想起自己穿著游泳衣站在那裡，連忙蹲到水裡，心想他剛才一定看見她的大腿了，她怕他覺得她腿太粗，就自己先打自己五十大板：「我的腿很難看，是吧？」

他連忙說：「挺好的，挺好的，你別亂想。你先上去吧。」

她不肯先上去，因為她先上去就會讓他從後面看見她游泳衣沒遮住的屁股。她堅持說：「你先上去。」

他苦笑了一下：「那好吧，你轉過身去。」

她忍不住笑起來：「你又不是女的，你要我轉身幹什麼？你怕我看見你腿——長得難看？」

他邊笑邊搖頭：「真拿你沒辦法。」

28

那天僵持到最後，還是靜秋轉過身，老三先上了岸。等他叫聲「好了」，她才轉過身。她看見他已經把軍褲籠在濕淋淋的短褲上了，說反正天熱，一下就乾了。靜秋把他趕上岸去，見他走得看不見人影了，才從水裡跑出來，也把衣服直接穿在游泳衣上，再跑到廁所去脫游泳衣。結果外衣打濕了，貼在身上，搞得她很尷尬。

她叫老三把游泳衣帶上，下次來的時候再帶來，因為她不敢拿回家去。

老三幫忙把車拖過了河，靜秋就不敢讓他跟她一起走了，她自己拖車，他遠遠地跟在後面，一直跟到紙廠附近了，才按事先講好的，她去交貨還車，而他就到客運渡口去乘船過河，坐最後一班車回西村坪。

事過之後，靜秋才覺得有點害怕，怕有人看見了她跟老三在一起，告到學校去。擔了幾天心，好像沒惹出什麼事，她高興了，也許以後就可以這樣偷偷摸摸跟老三見面。她知道他要跟別人換休才能有兩天時間到K市來，最少要兩個星期才能來一次。來的時候如果她不是單獨一人的話，她也不敢讓他上來跟她說話。所以兩個人見不見得成面，完全是「望天收」。

不知道是不是因為老三說了萬昌盛不地道，靜秋越來越覺得萬昌盛是不地道。有時說著說著話，人就蹭到跟前來了，有時還幫她拍拍身上的灰塵，藉遞東西的時候捏一下她的手，搞得她非常難堪。想發個脾氣，又怕把他得罪了，沒工做了，而且這些好像也只是些拈不上筷子的事，唯一的辦法是盡力躲避。

不過萬昌盛確實很照顧她，總給她派輕鬆的活幹，而且每次都像怕靜秋不知道一樣，要點明了賣個人情，說：「我這是特別照顧你呀！如果是別的人，我才不會派她做這麼輕鬆的活呢。」

靜秋總是說：「謝謝你了，不過我願意跟別的零工一起幹，有人說說話，熱鬧些。」

說歸說，派工的是萬昌盛，他派她幹什麼，她就不得不幹什麼。

有一天，萬昌盛叫靜秋打掃紙廠單身宿舍那幾棟樓，說過幾天有領導來檢查工作，你這幾天就負責把這幾棟樓打掃乾淨。寢室內不用你打掃，你只負責內走廊和外面的牆壁。內走廊主要是那些住在裡面的青工掃出來的垃圾，你把垃圾收集起來，運到垃圾堆去。室外主要是牆上那些舊標語，你泡上水，把標語撕乾淨，撕不掉的用刀刮。

靜秋就到那幾棟樓去打掃，女工樓還沒什麼，很快就掃完了內走廊。但到了男青工們住的那棟樓，就搞得她很不自在了。正是大夏天的，男工人都穿得很隨便。比較注意的人，就在門上掛了簾子，遮住門的中間那部分，上下都空著，好讓風吹進房間。不在乎的，就大開著門，個個打著赤膊，只穿短褲。

靜秋低著頭，一個門前一個門前去收垃圾，不敢抬頭，怕看到光膀子。那些男青工看見她，有的就「呼」的把門關上了。但有的不光不關門，還穿著短褲出來跟她說話，問她是那個學校的，多大了等等。她紅著臉支吾兩句，就不再搭腔了。

有幾個青工叫她進他們寢室去打掃一下，她不肯進去，說「甲方」說了，我只打掃內走廊。那幾個人就嘻嘻哈哈地把室內的垃圾掃到走廊上。靜秋剛把他們掃出來的垃圾收到畚箕裡，他們又掃出一些到走廊上，讓她不能從他們門前離開。她就先到別處去收拾，等他們瘋夠了再回來收拾他們門前。

有一個寢室門上掛著簾子，靜秋正在把門口的垃圾往畚箕裡掃，裡面有個人從門簾子下面潑出一杯喝剩下的茶，連水帶茶葉全潑在她腳上了。茶水還挺燙的，她的腳背一下就紅了。她想那人可能沒看見她，就不跟他計較，想自己去水管沖一下冷水。

但這一幕剛好被一個過路的青工看見了，那人對著寢室裡大聲嚷嚷：「嘿，潑水的看著點，外面有清潔工在幹活——」那人喊了一半就停下了，轉而對靜秋說，「是你？你怎麼在幹——這個？」

靜秋抬頭一看，是她以前的同學張一，班上乃至全校最調皮的一個。小學時班主任老是讓靜秋跟他同桌，上課就把張一交給靜秋，說你們兩個是「一幫一」，他上課調皮，你要管著他，不然你們就當不上「一對紅」了。所以靜秋上課時總在拘束張一，怕他調皮。班上出去看電影，老師總叫靜秋牽著張一，怕他亂跑。而張一就像一匹野馬，總是到處跑，害得靜秋跟著他追。

進了初中，張一仍然是靜秋的「責任田」。那時興辦「學習班」，因為毛主席說了「辦學習班是個好辦法，很多問題可以在學習班得到解決」。所以班上只要有人調皮，老師就叫班幹部把那個同學帶到外面去辦學習班。張一的調皮到了初中就變本加厲，幾乎每節課靜秋都在外面為他辦學習班，其實就是跟在他後面到處跑，抓住他了就辦一下學習班，過一會兒他又跑掉了。

那時靜秋對張一真是又恨又怕，天天盼望他請病假。張一初中畢業就沒再讀了，她總算擺脫了這個包袱，想不到今天在這裡狼狽地見了面。

她結結巴巴地問：「你在……這裡幹什麼？」

「我在這裡上班，」他好奇地打量她，「你怎麼在這裡？你也進紙廠了？」

「沒有，我在……打零工。」

張一豪爽地說：「我來幫你。」說著，就要來搶她手中的工具，「你的腳不要緊吧？」

靜秋看了看，似乎沒起泡，就說：「沒事，你去忙吧，我自己來。」

張一見她不願把工具給他，就挨家挨戶去叫：「嗨，你們把地掃掃，把垃圾一次掃到外面，別一下掃一點出來，一下又掃一點出來，茶水不要亂往外潑啊！我同學在外面打掃衛生，別把人家腳燙了。」

他這一「廣而告知」，每個寢室的人都跑到門邊來看「張一的同學」，有的問：「張一，這是你的馬子？」有的說：「我見過她，那次八中宣傳隊到我們廠來宣傳，不是她在拉手風琴嗎？」還有的說：「這是張老師的女兒，我認識的，怎麼在幹這個？」

靜秋恨不得把這些人全趕到寢室去，把他們的門關了，鎖上，免得他們站在門前盯著她幹活，還評頭品足。她想：這個張一幹嘛這麼多事？喊個什麼呢？這是什麼值得吹噓的事嗎？

她低著頭掃地，聽見有人在叫她把這裡再掃一下，把那裡的垃圾掃走，還有的在叫她「進來聊聊」、「進來喝杯水」、「進來教我們拉手風琴」。她一概不答理，匆匆掃完就逃掉了。

等到她搭著梯子，用小刀刮外面牆上的標語時，張一又跟了過來要幫忙，她客氣地叫他去忙自己的，但心裡一直求他：你別管我吧，你快走開吧，在一個沒人認識的地方，受什麼樣的氣，吃什麼樣的苦，我都不怕。但在自己認識的人面前，真的是太難堪了。

第二天，萬昌盛又派她去打掃那幾棟樓，說一直要搞到領導檢查完。她請求萬昌盛派別的活給她幹，她寧願幹重活。萬昌盛想了想，說：「那好吧，你今天跟屈師傅打小工吧。」

萬昌盛把她帶到上工的地方，是在紙廠南邊的院牆附近，院牆外就是河坡，不遠處是大河，傍著院牆的只有一棟孤零零的房子，是紙廠的，住著個姓張的工人一家，那房子有扇牆破了一個洞，需要補起來。萬昌盛叫靜秋待會兒去拖一些磚來，再拖一些水泥、石灰和沙來，用桶子挑了水，在院牆內把砌牆用的泥灰和好，再用小木桶一桶一桶地提到院牆外面去，院牆兩面都靠著一個梯子，方便上下。

砌牆的師傅姓屈，是個五十多歲的男人，腿有點瘸。他見萬昌盛派了工準備離去，就說：「你再派一個小工吧，她一個人怎麼把那些磚從牆裡弄到牆外來？又不是一塊兩塊。你多派一個小工，一個站在牆上，一個在裡面把磚扔上牆，我在牆外接。」

萬昌盛尋思了一會兒，說：「你叫我到哪裡去再找一個人？再說也就是扔磚需要兩個人，把磚扔完了有一個就沒事幹了，站這裡看你砌牆？不如我來幫她把磚扔了吧。」

靜秋就去拖了一車磚來，然後站在牆上，屈師傅和萬昌盛一人站在牆的一邊，三個人把磚扔完了，萬昌盛拍拍手上的灰，說：「我說了吧？這不節約了一個工？」然後他對靜秋說，「剩下的就很輕鬆了，你慢慢幹吧。」說罷，就離開了。

這活的確不累，靜秋挑來水，和好了砌牆用的泥灰，就用小木桶裝著，爬梯子運到牆外去，然後幫屈師傅遞磚，打下手。泥灰用得差不多了，就爬到院牆內再提一桶過來。屈師傅沒什麼話說，只埋頭幹活，靜秋也就站在旁邊，邊打下手邊胡思亂想老三的事。

到吃午飯的時候，活已經幹完了，屈師傅去吃午飯了，靜秋還不能走，要收拾工具，打掃工地。剩下一些磚沒用完，屈師傅說就丟這裡吧，但靜秋不敢，怕萬昌盛這個小氣鬼知道了罵人，只好又把磚運回到院牆內去。現在沒人幫了，靜秋就用個籮筐一筐筐提。

正提著，萬昌盛來了，見靜秋正在往院牆內提磚，就說：「還是你站牆上，我扔給你，你把磚一塊塊丟到牆那邊，分散了丟，只要不砸在磚上，不會破掉的。地上丟滿了，你就下去把磚撿到車上，再上來接磚。」靜秋想這倒是個辦法，總比自己一個人用筐子提來得快，心裡對萬昌盛生出幾分感激，連忙爬到院牆上去。扔了一會兒磚，大概差不多了，靜秋正低著頭，想找個空地方把手裡的一塊磚扔到院牆內去，就覺得牆上有人。她抬頭一看，是萬昌盛，離她只有兩三尺遠，她有點吃驚，退後幾步，把手裡的磚扔了，問：「外面的磚都扔完了？」

「扔完了。」

「扔完了，我們還站這裡幹什麼？快下去吃午飯吧，我餓死了。」

萬昌盛站在院牆上，把牆外的梯子抽上來，扔到牆內去了，拍拍手，也不下去，站在那裡看著靜秋。

靜秋不解地問：「你怎麼還不下去？你不餓？」

萬昌盛說：「慌什麼？站這裡說說話。」

「說什麼？快下去吧，你下去了我好下去，我早就餓了。」

「你要下去你下去，我想站這裡說話。」

靜秋有點生氣，心想：大概他早上吃得多，現在不餓。她有點不耐煩了：「你站在梯子那頭，擋住了路，你不下去我怎麼下去？」

「你走過來，我抱著你一轉，你就可以下梯子了。」

「別開玩笑了，你快下去吧，你下去了我好下去。」

萬昌盛嬉皮笑臉地說：「那不是脫了褲子放屁，多一道手續？我一抱就可以把你抱到梯子那邊去。」說著，就伸出雙手，「來吧，這有什麼不好意思的？」

靜秋四下張望，看有沒有什麼地方可以跳下去。院牆跟學校的院牆差不多高，這麼高的牆也不是沒跳過，但院牆外除了房子就是河坡，院牆內的地上要麼是磚頭、瓦礫、玻璃碴子，要麼就是帶刺的灌木叢，跳下去不會摔死，但可能會弄傷什麼地方。她轉過身，在院牆上走，想看看有沒有什麼地方可以跳下去。

萬昌盛跟了過來，嘴裡叫道：「你到哪裡去？跳不得的，跳了會摔傷的。」

靜秋站住，轉過身，沒好氣地說：「你知道跳不得，你還擋著我幹什麼，你快把梯子讓出來，我要下去！」

「我把梯子讓出來，你是不是就讓我抱抱呢？不讓我抱也行，就摸摸吧。天天見你兩個大奶在面前晃，真是要人的命。你今天是讓我摸我也要摸，不讓我摸我還是要摸。」

靜秋氣昏了：「你怎麼這麼下流？我要去你領導那裡告你！」

萬昌盛涎著臉說：「你告我什麼？我把你怎麼樣了嗎？這裡有人看見我把你怎麼樣了嗎？」他一邊說，一邊向靜秋走過來。

29

靜秋嚇得轉身就走，在院牆上趔趔趄趄地走了一段，看看萬昌盛快追上她了，她也顧不得地上是什麼了，縱身一跳，落到院牆內，然後爬起身，飛快地向廠內有人的地方跑去。她跑了一陣，回頭看看，見萬昌盛沒追來，她才敢放慢腳步，有心思看看自己摔傷沒有。她到處檢查了一下，似乎只讓地上的玻璃碴子把左手的手心割破了，其他還好。

她跑到廠裡一個水管邊去洗手，剛好在男青工的宿舍外面。等她把手沖乾淨了，才看見掌心還插著一塊碎玻璃片，她把玻璃拔出來，但傷口還在出血，她用右手大拇指去按傷口，想止住血，但一按就很痛，她想可能是裡面殘留著玻璃碴，這只有回家去，找個針挑出來了。

她掏出手絹，正在嘴手並用地包傷口，就見張一跑到水管邊，問：「我聽別人說你手在流血，怎麼回事？」

「摔了一跤。」

張一抓起她的手來看了一下，大驚失色地叫道：「還在流血，到我們廠醫務室去包一下吧。」

靜秋想推託，但張一不由分說上來拉起她的右胳膊就往廠醫務室走，靜秋沒辦法，只好說：「好，我去，我去，你別拉著我——」

張一不放：「這怕什麼？小時候你不知道拉了我多少次了。」

廠醫務室的人幫靜秋把手裡的玻璃弄出來，止了血，包紮了，聽說是在廠南面的院牆那裡摔傷的，還給她打了防破傷風的針，說那裡髒得很，怎麼跑那個地方去摔一跤？

出了醫務室，張一問：「你現在還去打工？回家休息算了吧，我幫你跟萬駝子說一聲。你等我一下，我用自行車帶你回去。」

靜秋也不知道現在該怎麼辦，她不想再見到萬昌盛，手這個樣子也沒法打工，就說：「我現在回去吧，你不用送了，你上班去吧。」

張一說：「我上中班，現在還早呢。你在這裡等我一下，我去騎車來。」

靜秋等他去拿車了，就偷偷跑回去了。

回到家，只有妹妹一個人在家，媽媽最近託人幫忙找了一份工，在河那邊一個居委會糊信封，計件的，糊多得多。靜秋叫媽媽不要去，當心累病了，但媽媽執意要去，說：「我多做一點，你就可以少做一點。我只不過是坐那裡糊信封，只要自己不貪心，別把自己弄得太累，應該沒什麼問題。」

但媽媽每天早上七點就走了，糊到晚上八點多才收工，等回到家，就九點多了。估計這樣糊，一個月可以糊到十五塊錢左右。媽媽說自己手太慢，糊不過那些長年累月糊信封的老婆婆們，有的老婆婆一個月可以糊四十多塊錢。媽媽說那裡也是人多事少，不然可以讓靜秋去做，靜秋幹什麼都是快手，肯定糊得多。

靜秋回到家，吃了點東西，就躺在床上想心思。不知道萬昌盛會不會惡人先告狀，跑到李主任那裡說她怕苦怕累，不服從分配，自己跑掉不做工了。那樣的話，李主任就不會再給她派工了。而且她這些天打的工還沒領工錢，零工都是一個月領一次工錢，要由「甲方」跟居委會之間結帳，把零工的工時報到居委會去，然後居委會才在每個月月底把錢發給零工們。

如果萬昌盛使個陰壞，不報她的工，那她連錢都領不到了。她越想越氣，他姓萬的憑什麼那麼猖狂？不就是因為他是「甲方」嗎？他自己也是打零工出身，廠裡看他肯當狗腿子，肯欺壓零工，就叫他來管零工。那麼猥瑣不堪的人，還動不動就占她便宜，今天更可惡，完全是耍流氓手段。如果她跳下來摔死了，恐怕連撫恤金都沒有。她真想去告他一狀，問題是她沒證人，說了誰信？

她想把這事告訴老三，讓老三來收拾姓萬的。但是她又怕老三打死打傷了姓萬的要坐牢，為了那麼一個噁心死了的人讓老三去坐牢真是不值得。別看老三平時文質彬彬，他那天玩匕首的樣子，還真像是敢白刀子進、紅刀子出一樣。她決定還是別把這事告訴老三。

一想到明天又要去求李主任派工，靜秋就很煩悶，她不怕苦，不怕累，最怕求人，最怕別人瞧不起她、冷落她。如果「弟媳婦」在家就好了，肯定會幫她忙，但她知道「弟媳婦」已經跟接新兵的人走了。

她叫妹妹不要跟媽媽說她今天下午就回來了，免得媽媽刨根問底，問出來了又著急。

晚上六點多鐘的時候，「銅婆婆」上靜秋家來了。「銅婆婆」說：「『甲方』叫我來告訴你，說今天是跟你開玩笑的，哪知道你這麼愛當真。他聽說你手摔傷了，叫你不用慌著去上工，今天給你記全工，明天也給你記全工。你還可以休息兩天，沒工錢，但位置給你留著。」

靜秋本來是不想把這事告訴別人的，但聽「銅婆婆」的口氣，姓萬的已經給「銅婆婆」洗過腦了。她也就不客氣了，說：「他哪裡是開玩笑，根本就是當真的。」說完，就把今天發生的事講給「銅婆婆」聽了，萬昌盛那些髒話，她講不出口，但「銅婆婆」似乎都明白。

「銅婆婆」說：「哎呀，這是好大個事呢？站在院牆上，他能幹個什麼？就算他真的摸你一下，又不會摸掉一塊肉；抱你一下，又不會抱斷一根骨頭，你何必認那個真呢？在這種人手下混飯吃，你把自己看得那麼金貴，搞不成的。」

靜秋沒想到「銅婆婆」會把這事說得這麼無關緊要，好像是她小題大做了一樣，她很生氣，就說：「你怎麼能這麼說呢？如果他要這樣對你，你也不當一回事？」

「銅婆婆」說：「我一把老骨頭了，給他摸他都懶得摸。我是怕你吃虧，如果你跳下去的時候摔斷了腿，哪個給你勞保？聽我一句勸，明天休息一天，後天還是去上工吧。你扭著不去上工，他知道你在恨他，他會報復你的，搞得你在哪裡都做不成工。」

「我真的不想再見到姓萬的了。」

「你打你的工，管他幹什麼？工又不是他的。他欺負你，你反倒把自己的工停了，那不是兩頭倒楣？」

第二天，靜秋在家休息了一天。到第三天，她還是回到紙廠上工去了。她覺得「銅婆婆」說得有道理，工又不是他萬昌盛的，憑什麼我要停自己的工？下次再碰到他那樣，先拿磚頭砸死他。

萬昌盛見到靜秋，有點心虛，不怎麼敢望她，只說：「你手不方便，今天就幫廠政宣科的人辦黑板報吧。」然後小聲說，「那天真的是跟你開玩笑的，你不要當真，更不要對其他人亂說。我要是知道你在外面亂講，我這個人也是吃軟不吃硬的。」

靜秋不理他這些，只說：「我到政宣科去了。」

那幾天，靜秋就幫政宣科的人辦黑板報，還幫他們出廠刊。政宣科的劉科長對靜秋非常賞識，說她黑板字寫得好，刻鋼板也刻得漂亮，還會畫插圖，給了她幾篇稿子叫她幫忙看看，她也能提出很中肯很管用的建議來，劉科長就乾脆叫她幫忙寫了幾篇。

劉科長說：「唉，可惜最近我們廠沒招工，不然一定把你招到我們廠裡來搞宣傳。」

靜秋連忙說：「我已經快頂我媽媽的職了，不過我哥哥還在鄉下，他的字比我寫得好，還會拉提琴，你們廠要是招工的話，你能不能把他招回來？他什麼都會幹，你一定不會後悔招了他的。」

劉科長拿出個小本子，把靜秋哥哥的名字和下鄉地點都記下來了，說如果廠裡下去招工，他一定跟招工的人打招呼，推薦靜秋的哥哥。

那天下班的時候，劉科長還在跟靜秋談招工的事，兩個人住的地方是同一個方向的，就一起往廠外走。剛走出廠門，萬昌盛就從後面趕上來，陰陽怪氣地打個招呼：「呵，講得好親熱啊，你們這是要到哪裡去？」

劉科長說：「我們回家去，順路，一起走一段。」

萬昌盛沒再說什麼，向另一個方向走了。靜秋有點不自在，怕別的人也像萬昌盛這樣陰陽怪氣，就跟劉科長告辭，說突然想起要去找一個同學，不能跟他一起走了。

跟劉科長分了手，她就走了另一條路，從學校後門那邊回去。剛走到學校院牆附近，就聽後面有人叫她。她聽出是老三，趕快轉過身，警覺地四下張望，看有沒有別人。

老三走上前來，笑著說：「不用看，肯定沒別人，不然我不會叫你。」

靜秋臉紅紅地問：「你，什麼時候來的？」

「上午就過來了，不敢進廠去找你。」

「今天不是週末，你怎麼來了？」

他開玩笑說：「怎麼，不歡迎？不歡迎我只好回去了，反正有的是人陪你。」

靜秋知道他剛才看見劉科長了，就解釋說：「那是廠裡的劉科長，我在請他幫忙把我哥哥招回來，跟他一起走了幾步——」她警惕地看看周圍，總怕有人看見，匆匆忙忙地說，「你在那個亭子等我吧，我吃了飯就來。」

他擔心地問：「你不怕你媽媽找你？」

「我媽要到晚上九點左右才回來。」

「那我們現在就走，到外面吃吧！」

「我妹妹還在家，我要回去跟她說一聲。」

他說：「好，那你快去吧，我在亭子那裡等你。」

靜秋就一路樂顛顛地飄了回去。進了門，也顧不得吃飯，第一件事就是洗澡。那天剛好她老朋友來了，她怕待會兒出醜，特意穿了一條深色的裙子，是她用一種很便宜的減票布做的，有點墜性，做裙子很合適。那布本來是白色的，她自己用染料把布染成紅色，做成裙子。穿了一段時間，洗掉了色，她又把它染成了深藍色，又成了一條新裙子。她穿了裙子，又找了一件短袖襯衫穿上，是亞民送她的，雖然是穿過的，但還有八成新。她帶了個包，裝了些衛生紙。

她打扮好了，心不在焉地吃了一點飯，就對妹妹說：「我到同學那裡去問一下頂職的事，你一個人在家怕不怕？」

「不怕，鐘琴一會兒過來玩的。」妹妹好奇地問，「你要到哪個同學家去呀？」

靜秋心想可能今天穿得太不一般了，連妹妹都看出苗頭來了。她說：「說了你也不認識。我走了，馬上就回來。」她把妹妹一個人丟在家，有點內疚，但她聽說鐘琴會過來，就安慰自己說：我就去一下，天不黑我就回來了。

她一路往渡口走，覺得好激動，這次可以算是她第一次去赴約會，以前幾次都是突如其來地碰上的，根本沒時間打扮一下。今天穿的這一套，不知道他喜歡不喜歡。她想他是見過大世面的人，肯定看見過很多長得好穿得好的人，像她這樣長得又不好穿得又不好的人，不知道怎麼才能抓住他的心。

她覺得路上的人都在看她，好像知道她是去見一個男的一樣，她緊張萬分，只想一步就跨過河去，過了河就沒人知道她是誰了。

她剛在對岸下了船，就看見老三站在河岸上，兩個人對上了眼光，但不說話，又像上次那樣，走了好遠了，靜秋才站住等他。老三追了上來，說：「今天穿這麼漂亮，真不敢認了。又要叫你擰我一下了，看我是不是在做夢，這麼漂亮的女孩是站在這裡等我？」

她笑著說：「現在聽你這些肉麻的話聽慣了，不起雞皮疙瘩了。入鮑魚之肆，久而不聞其臭。」她建議說，「我們靠江邊走吧，免得我媽媽提前收工碰見我們了，她回家要走這條路的。」

兩個人沿著江邊慢慢走，她問：「吃飯了沒有？」他說他沒吃，等她來了一起吃的。她吸取了上次的教訓，不再客套，知道他總有辦法逼她吃的，套來套去，把時間都浪費了。她也不知道她節約了時間是要幹什麼的，她就覺得在餐館吃飯有點浪費時間。

吃了飯，兩個人也不到那亭子裡去了，因為現在是夏天，又還比較早，亭子裡有一些人。他們就躲到一個沒什麼人的江邊，在河坡上坐下。

她問：「今天不是星期天，你怎麼有空過來？」

「我到這邊聯繫工作，想調到K市來。」

她又驚又喜，故意問：「你在勘探隊幹得好好的，調K市來幹什麼？」

他笑著看她：「你不知道我調K市來幹什麼？那我辛辛苦苦地搞調動，豈不是白搞了？」

30

靜秋問：「你想調到哪個單位？」

「還在聯繫，進文工團也可以，進其他單位也行，哪裡要我就到哪裡去，只要是在K市，掃大街都行，最好是在江心島上掃大街，最好是掃你門前那條街。」

「我門前哪裡有街？一米多寬的走道，你連掃帚都舞不開。」她建議說，「就進文工團吧，你在那裡拉手風琴，肯定行。不過你進了文工團，就不記得以前的朋友了。」

「為什麼？」

「因為文工團的女孩漂亮呀。」

「我以前是部隊文工團的，但我沒覺得文工團的女孩有多麼漂亮。」

她崇拜地看著他：「你以前是部隊文工團的？那你走路怎麼一點也不外八字？」

他呵呵笑了：「文工團的走路就要外八字？我又不是跳舞的，我是拉手風琴的。我看你走路倒是有點外八字，是不是跳過樣板戲《白毛女》？」

她點點頭：「還是讀小學的時候跳過的，剛開始我跳《窗花舞》裡面的那個領舞，後來就跳喜兒。

再後來我就不喜歡跳舞了，只拉手風琴，給別人伴奏。等你調到K市文工團來了，你教我拉手風琴，好不好？」

「等我調到K市來了，我還把時間用來教你拉手風琴？」

她不解：「不把時間用來教我拉手風琴，你要把時間用來幹什麼？」

他不回答，只熱切地說：「如果我能調到K市來，我就可以經常見到你了。等你頂職的事搞好了，我們就可以天天見面，光明正大地見面，兩個人在街上大搖大擺地走，你喜歡不喜歡那樣？」

她覺得他描繪的前景像共產主義一樣誘人而又遙遠，她看到的是更現實的東西：「等我頂職了，我成了炊事員，你成了文工團員，你——還會想跟我天天見面？」

「不要說你是當了炊事員，你就是當了你們食堂餵的豬，我還是想天天跟你見面。」

她笑罵他：「狗東西，你罵我是豬？」說著，就在他手臂上擰了一把。他一愣，她自己也一愣，心想我怎麼會這樣？這好像有點像書裡寫的那些壞女人一樣，在賣弄風騷。她怕他覺得她不正經，連忙解釋說：「我不是故意的，我——」

他笑她：「你道什麼歉？我喜歡你擰，來，再擰一下。」他拉住她的手，放到他手臂上，叫她擰他。

她掙脫了：「你要擰你自己擰吧。」

他見她很窘的樣子，不再逗她，轉而問起她哥哥的事：「你哥哥下在哪裡？」

靜秋把哥哥下鄉的地方告訴了他，開玩笑問：「怎麼，你要把我哥哥招回來？」

「我哪有那麼大本事？不過多一個朋友多一條路，說不定我認識的人當中有幫得上忙的呢？可惜這不是A省，不然我認識的人可能多一點。」

她把哥哥和亞民的故事講給他聽，但她沒講坐在床上那段，好像有點講不出口一樣。他聽了，讚賞說：「你哥哥很幸運，遇到這麼好的女孩。不過我比你哥哥更幸運，因為我遇到了你。」

雖然她說她已經習慣於他的肉麻了，但她還是有點不好意思：「我……有什麼好的？又沒有像亞民那樣保護你……」

「你會的，如果需要，你會的，只不過現在還沒遇到需要那樣做的場合罷了。我也會那樣保護你的，我為了你，什麼都敢做，什麼都肯做，你相信不相信？」他突然問，「你手上的傷是怎麼回事？」

她下意識地把左手放到身後：「什麼傷？」

「我早看見了，你告訴我，是怎麼回事，是不是那個姓萬的欺負你？」

「沒有，他能怎麼欺負我？拿刀砍我的手？是我……用小刀刮牆上的舊標語的時候劃傷的。」

「真的跟他沒關？」

「真的沒關。」

「你右手拿著小刀刮牆上的標語，怎麼會把左手的手心割了？」

她張口結舌，答不上來。

他沒再追問，嘆了口氣說：「總想叫你不要去打工了，讓我來照顧你，但我總是不敢說，怕說了你會生氣。」他盯著她，「我這樣怕你生氣，你怕不怕我生氣？」

她老實說：「我也怕你生氣，怕你一生氣就不理我了。」

「傻瓜，我怎麼會不理你？不管你做什麼說什麼，不管你怎麼冷落我，我都不會生你的氣、不理你的，因為我相信不管你做什麼，都是有你的苦衷，有你的道理的。你說的話，我是理解的要執行，不理解的也要執行。所以你千萬不要說言不由衷的話，因為我都當真的。」

他拿起她受傷的那只手，輕輕摸摸傷口：「還疼不疼？」

她搖搖頭。

他問：「如果我把我的手搞傷了，把我的人累瘦了，你心疼不心疼？」

她說不出「心疼」兩個字，只點點頭。他好像得到了真理一樣，理直氣壯地說：「那你為什麼老要去打工，要把自己搞傷、搞瘦呢？你不知道我會……心疼的嗎？我是說心裡真的會痛的，像有人用刀扎我的心一樣。你痛過沒有？」

他的表情很嚴肅，她不知道怎麼回答。他說：「你肯定是沒有痛過，所以你不知道那是什麼滋味。算了，我也不想讓你知道那滋味。」

她不知道他今天為什麼老沒來抱她，只在那裡講講講，而她今天好像特別希望他來抱抱她，她自己也不知道是為什麼。她看見不遠處總有一些人，有的在游泳，有的從那裡過。她想肯定是這地方不夠隱蔽，所以他不敢抱她，就說：「這地方好多的人，我們換個地方吧。」

兩個人站起來，沿江邊走著找地方。靜秋邊走邊瞄他，看他是不是看出了她的心思，在暗中笑她，但他看上去很嚴肅，可能還在想剛才的話題。走了很長一段路，才看到一個沒人的地方，可能是哪個化工廠傾倒廢水的地方，一股褐色的水從一個地下水管向河裡流，有一股濃濃的酸味，可能就是因為這個，那段江邊才沒人。

他們兩個人不怕酸，只怕人，就選中了這個地方，找塊乾淨點的石頭坐了下來。他仍然跟她並肩而坐。她問：「幾點了？」

他看了一下錶：「七點多了。」

她想，再坐一會兒就要回去了，他好像還沒有抱她的意思，是不是因為天氣太熱？好像他抱她的幾次都是在很冷的天氣裡。

她問：「你是不是很怕熱？」

「不怕呀，」他看著她，好像在揣摩她這話的意思，她的臉一下子紅了起來，覺得他看穿了她的心思，她越想掩蓋，就越覺得臉發燒。他看了她一會兒，把她拉站起來，摟住她，小聲說，「我不怕熱，但是我……不敢這樣。」

「為什麼？我上次沒有怪你呀。」

他笑了一下：「我知道你上次沒怪我，我是怕——」他不把話說完，反而附在她耳邊問，「你……想我……這樣嗎？」

她不敢回答，只覺得她的老朋友鬧騰得歡，好像體內的血液循環加快了一樣，有什麼東西奔湧而出。她想：糟了，要到廁所去換紙了。

他仍然緊摟著她，堅持不懈地問：「喜歡不喜歡我這樣？說給我聽，不怕，喜歡就說喜歡……」他在她耳邊說話，呼吸好像發燙一樣，她把頭向後仰，躲避他的嘴。他把頭低下去，讓他的頭在她胸前擦來擦去，她覺得她的老朋友鬧騰得更歡了，好像她的胸上有一根筋連在下面什麼地方一樣，他的頭擦一擦，她下面就奔湧一陣。她覺得實在不能再等了，低聲說：「我要去廁所一下。」

他牽著她的手，跟她一起去找廁所，只找到一個很舊的廁所，看樣子很骯髒，但她沒辦法了，就硬著頭皮走了進去。果然很髒，而且沒燈，幸好外面天還不太黑。她趕緊換了厚厚一疊衛生紙，儘快跑了出來。

這次不等她提示他就摟住她，沒再鬆開。她覺得很奇怪，她以前來老朋友的時候，剛開始的那一兩天量很少，但總是有點不舒服，腰酸背脹，小腹那裡像裝著一個鉛球一樣，往下墜得難受。到了後面幾天，才開始奔湧而出，等到血流得差不多了，人就輕鬆了。她知道她這還不算什麼，因為魏紅每次來老朋友都會疼得臉色發青、痛哭流涕，常常要請假不能上課。最糟糕的是有時大家約好了出去玩，結果魏紅痛起來了，大家只好送她回家或者上醫院，搞得掃興而歸。

靜秋從來沒有這麼嚴重過，但不適的感覺總是有的。今天不知道是怎麼了，他抱著她，她那種酸脹的感覺就沒有了，鉛球也不見了，好像身體裡面該流出來的東西一下就流出來了。

她想起以前魏紅肚子痛的時候，有人安慰魏紅，說等到結了婚，跟丈夫睡過覺就會好的。那時她們幾個人都不相信，說難道男的是一味藥，能治痛經？現在她有點相信了，可能男的真的是一味藥，他抱她一下就可以減輕她的不適之感，那睡在一起當然可以治痛經了。

她從家裡出來的時候沒想到老朋友會這麼呼之欲出，帶的紙不夠，很快就全用光了，她支支吾吾地說：「我……要去買點東西。」

他什麼也不問，跟她一起到街上去買東西。她找到一家買日用品的小店子，看見貨架上有衛生紙賣，但賣東西的是個年輕的男的，她就不好意思去買了。她在店子門前折進折出了幾次，想不買了，又怕等會兒弄到衣服上去了，想進去買，又有點說不出口。

老三說：「你等在這裡，我去買。」

她還沒來得及問他「你去買什麼」，他已經走進店子裡去了。她趕快躲到一邊去，免得看見他丟人現眼。過了一會兒，他提著兩包衛生紙大搖大擺地出來了。她搶上去，抓過來，塞進她的包裡，包不夠大，有一包塞不進去，她就一下塞到他襯衣下面，讓他用衣襟遮住。等到離店子遠一點了，她責怪他：「你不知道把紙藏在衣服下面？怎麼這麼不怕醜？」

「這有什麼醜的？自然現象，又不是誰不知道的幾件事。」

她想起以前在一個地方學醫的時候，醫院給全班講過一次生理衛生課，講到女性的生理週期的時候，女生都不好意思聽了，但男生聽得很帶勁。有個男生還用線索繫了個圓圈，上面有一個結，那個男生把線圈轉一圈，讓那個結跑到上頭來，嘴裡念叨著：「一個週期。」再轉一圈，說：「又一個週期。」她不知道老三是不是也是這麼學來的。

既然他都知道了，她也不怕了。她附在他耳邊告訴他，說因為他「這樣」，她那個「鉛球」一下就不見了，所以她覺得沒平時那麼難受。

他驚喜地說：「是嗎？我總算對你有點用處了。那以後你每次『這樣』的時候，我都幫你『扔鉛球』，好不好？」

31

第二天，靜秋到紙廠去上工，雖然知道劉科長那邊的活還沒幹完，但按照打零工的規矩，她得先去見萬昌盛，等他派工。她去了萬昌盛那間工具室兼辦公室，但萬昌盛只當沒看見她的，忙碌著跟別的零工派工。等他全派完了，才對靜秋說：「今天沒活給你幹了，你回去休息吧，以後也不用來了。」

靜秋一聽就愣了，問：「你這是什麼意思？停了我的工？人家政宣科劉科長還說今天要繼續辦刊呢！」

萬昌盛說：「劉科長說繼續辦刊，你怎麼不去找劉科長派工？找我幹什麼？」

靜秋覺得他胡攪蠻纏，就生氣地說：「你是『甲方』，是管我們零工的，我才來找你派工。我幫劉科長辦刊，不也是你自己派我去的嗎？」

「我派你去辦黑板報，我叫你去跟他逛街去了？」

「我什麼時候跟他逛街了？」

萬昌盛好像比她還生氣：「我以為你是什麼正經女人呢，弄半天也就是在我面前裝正經。你想跟誰幹跟誰幹吧，我這裡是不要你幹了。」他見靜秋站在那裡，對他怒目相向，就說，「你不走？你不走我走了，我還餓著肚子，我要吃早飯去了。」說完，就往食堂方向走了。

靜秋被撂在那裡，覺得這簡直是奇恥大辱，只恨那天走了又跑回來上工，太沒骨氣了。如果那天走了就走了，不被「銅婆婆」勸回來上工，就不會有今天這番被人中途辭掉的羞辱。她知道萬昌盛肯定要到李主任那裡去七說八說，誣衊她跟劉科長什麼什麼，搞得她名譽掃地。

她氣得渾身發抖，只想找個什麼人告姓萬的一狀，但事情過去好些天了，現在去告，更沒證據了，萬昌盛只要一句話就可以洗刷他自己：「如果我那天對她做了什麼，她怎麼還會回來上工？」

她想：站在這裡也不是個事，讓姓萬的看見，以為我沒他這份工打就活不下去一樣。她賭氣往廠外走，想先回去，慢慢想辦法。走到廠裡的黑板報前，她看見劉科長已經在那裡忙上了，她也不打招呼，偷偷地就從旁邊溜過去了。

剛出廠門，就看見張一手裡拿著根油條，邊吃邊往廠裡走。看見她，就好奇地問：「靜秋？你今天不上工？」

靜秋委屈地說：「被『甲方』辭掉了。」

張一站住了，問：「為什麼辭你？」

靜秋說：「算了，不關你的事，你去忙吧。」

「我不忙，剛下了夜班，不想吃食堂那些東西，出去吃個早點，回寢室睡覺。你說說是怎麼回事，怎麼說辭就把你辭掉了呢？」

靜秋有點忍無可忍，就把萬昌盛的事說了一下，不過那些她認為很醜的話，都含含糊糊地帶過去了。

張一聽了，火冒三丈，把手裡沒吃完的油條隨手一扔，從牆上撕張標語紙擦擦嘴和手，就拉起靜秋的手往廠裡走：「走，老子找萬駝子算帳去，他這兩天肯定是筋骨疼，要老子給他活動活動。」

靜秋見他罵罵咧咧的，好像要打架一樣，嚇壞了，又像小時候一樣，拽著他的手，不讓他去打架。張一掙脫了她的手，說：「你怕他？我不怕他，這種人，是吃硬不吃軟的，你越怕他，他越兇。」說罷，就怒氣衝衝地往廠裡走去。

靜秋不知道怎麼辦，小時候就拉不住他，現在還是拉不住他，只好跟著他跑進廠去，心想：要是今天打出什麼事來，那就害了張一了。她見張一在跟碰見的人說話，大概是在問看沒看見萬昌盛，然後張一就徑直向食堂走去了。靜秋嚇得跟著跑過去，跑到食堂門口，聽見裡面已經吵起來了。

她跟進食堂，看見張一正在氣勢洶洶地推搡萬昌盛，嘴裡大聲嚷嚷著：「萬駝子，你憑什麼把老子的同學辭了？你找死呀？是不是這兩天豬皮發癢？」

萬昌盛一副可憐相，只反反覆覆說著一句話：「有話好說，有話好說……」

張一一把薅住萬昌盛的前胸衣服，把他往食堂外拉扯：「走，到你犯罪的地方慢慢說。」他把萬昌盛薅到廠南面的院牆那裡，一路上引來無數驚訝的目光，但大家好像都懶得管閒事，有幾個人咋咋呼呼地叫「打架了，打架了，快叫保衛科」，但都是只喊不動，沒人去叫保衛科，也沒人出來勸架，只有靜秋驚驚慌慌地跟在後頭叫張一住手。

到了院牆那裡，張一鬆開手，指著萬昌盛罵：「你個王八蛋的流氓，你欺負老子的同學，你還想不想活了？」

萬昌盛還在抵賴：「我……我哪敢欺負你的同學，你莫聽她亂說，她自己不正經——」

張一上去就是一腳，踢在萬昌盛的小腿上，萬昌盛「哎喲」一下，就蹲地上去了，順手撈起一塊磚，就要往張一頭上砸，靜秋急得大叫：「小心，他手裡有磚！」

張一上去扭住了萬昌盛的兩手，用腳和膝蓋一陣亂蹬亂踢，嘴裡罵個不停，嚇得靜秋大叫：「別打了，當心打出人命來。」

張一停了手，威脅說：「老子要去告你，你個流氓，欺負老子的同學，你知道不知道老子是誰？」

萬昌盛硬著嘴說：「我真的沒欺負你的同學，你不信，你問她自己，看我碰她一指頭沒有。」

「老子還用問？老子親眼看見的，你他媽的豬頭煮熟了，嘴巴還是硬的，真的是討打！」說著就掄圓了拳頭要打。

萬昌盛用手護住頭，叫道：「你到底要把我怎麼樣？你不就是不讓我辭掉她嗎？我讓她回來上工就是了，你打了我，你脫得了身？」

「老子打人只圖痛快，從來不管什麼脫得了身脫不了身。」張一鬆開萬昌盛，「你他媽的知道轉彎，算你命大，不然今天打死了你，老子再去投案。快說，今天派什麼工，說了老子好回去睡覺。」

萬昌盛低聲對靜秋說：「那你今天還是幫劉科長辦刊吧。」

等萬昌盛走了，靜秋對張一說：「謝謝你，不過我真怕你為這事惹出麻煩來。」

張一說：「你放心，他不敢怎麼樣的，他這種人，都是賤種，你不打，他不知道你的厲害。你去跟劉科長幫忙去吧，如果萬駝子以後找你麻煩，你告訴我就行了。」

後來那幾天，靜秋一直提心吊膽，怕萬駝子到廠裡去告張一。但過了幾天，好像一直都沒事，她想可能萬駝子真的是個賤種。她覺得好像欠了張一人情一樣，不知道怎麼報答，怕張一要她做女朋友。但張一似乎沒什麼異樣，不過就是碰見了打個招呼，有時端著午飯來找她聊兩句，或者看看她辦黑板報什麼的，聽見別人說靜秋字寫得好，畫畫得好，就出來介紹一下說靜秋是他同學，小時候坐一排的，兩個人是「一幫一，一對紅」。但張一並沒有來要她做他女朋友，她才放了心。

萬昌盛老實多了，除了派工，不敢跟她多說一句話。派給她的活是累一些了，但她寧願這樣。

後來她跟老三在江邊約會的時候，他第一次見她把衣服紮在裙子裡，就在她耳邊說：「你這樣穿真好看，腰好細、胸好大。」

她一向是以胸大為恥的，好像她認識的女孩都是這樣，每個人都穿背心式的胸罩，把胸前勒得平平的，誰跑步的時候胸前亂顫，就要被人笑話。所以她聽他這樣說，有點不高興，辯解說：「我哪裡算大？你怎麼跟萬駝子一樣，也這樣說我？」

他立即追問：「萬駝子怎樣說你了？」

靜秋只好把那件事告訴了他，也把張一打萬駝子的事告訴了他。她見他臉色鐵青，牙關咬得緊緊的，眼睛裡也是張一那種好鬥的神色，就擔心地問：「你怎麼為這事生這麼大氣？」

他悶悶地說：「你是個女孩，你不能體會一個男人聽說他愛的女孩被別的男人欺負時的感覺……」

「但是他沒欺負到我呀。」

「他逼得你跳牆，你還說他沒欺負到你？要是你摔傷了，摔──死了，怎麼辦？」

他的樣子讓她很害怕，她寬解說：「你放心，下次他再這樣，我不跳牆，我把他推下去。」

他咬牙切齒地說：「還有下次？那他是不想活了。」

她怕他去找萬昌盛的麻煩，就一再叮囑：「這事已經過去了，你千萬別去找萬駝子麻煩，免得把自己貼進去了，為姓萬的這種人受處分坐牢划不來。」

他聲音有點沙啞地說：「你放心，我不會惹麻煩的，但是我真的很擔心，怕他或者別的人又來欺負你。我又不在你身邊，不能保護你，我覺得自己好沒用……」

「這怎麼是你沒用呢？你離得遠。」

「我只想快快調到K市來，天天守著你。現在離這麼遠，每天都在擔心別人欺負你，擔心你累病了，受傷了，沒有哪一夜是睡安心了的，上班的時候總是想睡覺，睡覺的時候又總是想你……」

她很感動，第一次主動抱住他。他坐著，而她站在他面前，他把頭靠在她胸前，說：「好想就這樣睡一覺──」

她想他一定是晚上睡不好，白天又慌著趕過來，太累了。她就在他旁邊坐下，讓他把頭放在她腿上睡一會兒。他乖乖地躺下，枕著她的腿，居然一下就睡著了。她看他累成這樣，好心疼，就一動不動地坐在那裡，看他睡覺，怕把他驚醒了。

快八點半的時候，她不得不叫醒他，說要回去了，不然她媽媽回家見她不在，又要著急了。他看看錶，問：「我剛才睡著了？你怎麼不叫醒我呢？這——你馬上又要回去了，對不起。」

她笑他：「有什麼對不起？兩個人在一起就行了，難道你有什麼任務沒完成嗎？」

他不好意思地笑笑：「不是什麼任務，但是好不容易見次面，都讓我睡過去了。」說完，連打幾個噴嚏，好像鼻子也堵了，嗓子也啞了。

靜秋嚇壞了，連聲抱歉：「剛才應該用什麼東西幫你蓋一下的，一定是你睡著了，受了涼，這江邊有風，青石板涼性大。」

他摟著她：「我睡著了，還要你來道歉？你該打我才對。」說完又打起噴嚏來，他連忙把頭扭到一邊，自嘲說：「現在沒怎麼鍛鍊，把體質搞差了，簡直成了『布得兒』，吹吹就破。」

靜秋知道「布得兒」是一種用薄得像紙一樣的玻璃做成的玩具，看上去像個大荸薺，但中間是空的，用兩手或者嘴輕輕向裡面灌風，「布得兒」就會發出清脆的響聲。因為玻璃很薄很薄，一不小心就會弄破，所以如果說一個人像「布得兒」，就是說這個人體質很弱，碰碰就碎，動不動就生病。

她說：「可能剛才受涼了。回去記得吃點藥。」

他說：「沒事，我很少生病，生病也不用吃藥。」

他送她回家，她叫他不要跟過河，因為她媽媽有可能也正在趕回家，怕碰上了。他不放心，說：

「天已經黑了，我怎麼放心你一個人走河那邊一段呢？」

她告訴他：「你要是不放心，可以隔著河送我。」

於是他們倆就分走在河的兩岸，她盡可能靠河邊走，這樣就能讓對岸的他看見她。他穿著件白色的背心，手裡提著白色短袖襯衣。走一段，她就站下，望望河的對岸，看見他也站下了，正在跟她平齊的地方。他把手裡的白襯衫舉起來，一圈一圈地搖晃。

她笑笑，想說：你投降啊？怎麼搖白旗？但她知道他離得太遠，聽不見。她又往前走一段，再站下望他，看見他又站下了，又舉起他的白襯衫搖晃。他們就這樣走走停停，一直走到了她學校門口。她最後一次站下望他，想等他走了再進學校去，但他一直站在那裡。她對他揮手，意思是叫他去找旅館住下。他也在對她揮手，可能是叫她先進學校去。

然後她看見他向她伸出雙手，這次不是在揮手，而是伸著雙手，好像要擁抱她一樣。她看看周圍沒人，也向他伸出雙手。兩個人就這樣伸著雙手站在河的兩岸，中間是渾濁的河水，隔開了他跟她。她突然覺得很想哭一場，連忙轉過身，飛快地跑進校內，躲在校門後面看他。

她看見他還站在那裡，伸著兩手，他身後是長長的河岸線，頭上是昏黃的路燈，穿著白衣服的他，顯得那麼小，那麼孤寂，那麼蒼涼……

32

那一夜，靜秋睡得很不安穩，做了很多夢，都是跟老三相關的，一會兒夢見他不停咳嗽，最後還咳出血來了；一會兒又夢見他跟萬駝子打架，一刀把萬駝子捅死了。她在夢裡不停地想，這要是個夢就好了，這要是個夢就好了。

後來她醒了，發現真的是夢，舒了口氣。天還沒亮，但她再也睡不著了。她不知道老三昨晚有沒有找個地方住下，他說他有時因為沒有出差證明，找不到住的地方，就在那個亭子裡待一晚上。上半夜，那個亭子裡還有幾個人乘涼下棋；到了下半夜，就剩下他一個人坐在那裡，想她。

她不知道什麼時候才能見到他，他們沒法事先約定時間，但她相信只要他能找到機會，他一定會來看她的。以前她總是怕他知道她也想見他之後就會賣關子不來見她，但現在她知道他不是這樣的人。當他知道她也想見他的時候，他就更加勇敢，就會克服種種困難，跑來見她。

早上她去紙廠上工，照例先到萬昌盛的辦公室去等他派工，但他的門關著。她坐在門外地上等了一會兒，好幾個零工都來了，都跟她一樣坐在門外地上等。

有的開玩笑：「『甲方』肯定是昨晚跟他家屬挑燈夜戰，累癱了，起不來了。只要他算我們的工，他什麼時候來派工無所謂，越晚越好。」

還有的說：「萬駝子是不是死在屋裡了？聽說他家沒別人，就他一個人。他死在屋裡，也沒人知道。他怎麼不找個女人？」

有個諢名叫「小眼睛」的中年女人說：「我想幫他在大河那邊找個對象，萬駝子還不要，說大河那邊的是農村戶口。真是不知道自己幾斤幾兩，別人不是農村戶口會嫁給他？長得死眉死眼的，一看就活不長。」

一直等到八點半了，還沒見萬駝子來。大家有點慌了神了，怕再耽擱下去，今天的工打不成了。幾個人就商量著去找廠裡的人，看看有沒有人知道是怎麼回事。

過了一陣，廠裡派了一個什麼科長之類的人來了，說：「小萬昨天晚上被人打傷了，今天來不成了。我不知道他準備派什麼工給你們做的，沒法安排你們今天的工作，你們回家休息吧，明天再來。」零工們都罵罵咧咧地往廠外走，說今天不上工就早點通知嘛，拖這麼半天才想起說一聲，把我們的時間都耽擱了。

靜秋一聽到萬駝子昨晚被人打了，心就懸了起來，她想一定是老三幹的。但昨晚他把她送到校門之後，還在那裡站了半天，那時應該封渡了吧？難道他游水到江心島來，把萬駝子打了一頓？

她想他如果要游過來，也完全游得過來，因為她都能游過那條小河，他游起來不是更容易？那他昨晚在對岸向她伸出雙手，又站那麼半天，是不是在跟她訣別？也許他知道自己幹了這事會去坐牢，所以戀戀不捨地在河對岸站著，看她最後一眼？她覺得自己的心都急腫了，只想找個知道情況的人問清楚，到底萬駝子被打成什麼樣了，打他的人抓住沒有，公安局知道不知道是誰打的。她不知道去找誰打聽，病急亂投醫，就跑去問劉科長知道不知道這事。

劉科長說：「我也是剛知道，只聽說他被人打了，其他的不知道。」劉科長見靜秋很擔心很緊張的樣子，好奇地問，「小萬這個人很招人恨的，沒想到你還這麼擔心他——」

靜秋沒心思跟劉科長解釋，支吾了幾句，就跑去找張一。

張一還在睡覺，被同寢室的人叫醒了，揉著眼睛跑到走廊上來。她問能不能找個地方說幾句話。張一馬上跟她出來了，兩個人找了個僻靜地方站下。靜秋問：「你聽說沒有，萬駝子昨晚被人打了一頓，今天沒辦法上班了。」

張一很興奮：「真的？活該，是誰呀？下手比我還狠。」

靜秋有點失望地說：「我還以為是你呢。」

「你怎麼會想到是我？我昨晚上夜班。」

靜秋徹底失望了，說：「我怕你是為了上次那事在教訓他，我擔心你會為這事……惹麻煩。」

張一很感動：「你別為我擔心，真不是我幹的。我進廠之後從來沒打過架，那次是因為他欺負你，我太氣了，才動手的。你──對我真好，從小學起你就總是幫我。」

靜秋想起以前恨不得他生病，感到慚愧萬分：「哪裡談得上幫你，還不都是老師交代的任務。」

「你看不看得出來，我那時只聽你一個人的話，所以老師總把我交給你管。」

靜秋哭笑不得，心想：那時候我拉都拉不住你，你還說只聽我一個人的話。聽話就是那樣，不聽話就可想而知了。

張一問：「你今天不上工？那我們去外面看電影？」

靜秋趕快推辭：「你剛下夜班，去睡會兒吧，免得今晚上班沒精神。」

張一說：「我現在就回去睡覺。你看，我到現在還是很聽你的話。」說完，就回寢室睡覺去了，靜秋也回家去了。

待在家裡，靜秋也是坐立不安，眼前不斷浮現老三被公安局抓住、綁赴刑場的畫面。她急得要命，在心裡怪他：你怎麼這麼頭腦發熱？你用你這一條命去換萬駝子的那一條命，值得嗎？你連這個帳都算不過來？但她馬上加倍責怪自己：為什麼你要多嘴多舌地把這事告訴他呢？你要是不說，他不就什麼都不知道了？現在好了，惹出了這麼大的麻煩，如果老三被抓去了，也是你害的。

她想跑去公安局投案，就說是自己幹的，因為萬駝子想欺負她，她不得已才打他的。但她想公安局肯定不會相信她，只要問問昨天在哪裡打的，她就答不上來了，再說萬駝子肯定知道打他的是男是女。

她在心裡希望是張一幹的，但張一昨晚上夜班，而且今天那神色也不像是他幹的，那就只能是老三了。但事情都過去了，張一也打過萬駝子了，不就行了嗎？老三為什麼又去打呢？

然後她想起他說過：「還有下次？那他是不想活了。」他說那話的時候那種咬牙切齒的樣子，給她的感覺是如果萬駝子就在旁邊，老三肯定要拳頭上前了。也許他怕有「下次」，所以昨晚特意游水過來，把萬駝子教訓一通，防患於未然？

想到這些，她再也沒法在家待著了，就又跑回廠裡去，看看有沒有什麼消息。廠裡知道這事的人似乎越來越多了，萬駝子也似乎真的很招人恨，大家聽說他被打了，沒什麼表示同情的，也沒什麼打抱不平的，即使沒幸災樂禍，也是在津津有味地當故事講。

有的說：「肯定是哪個恨他的人幹的，聽說那人專門揀要害部位下手，小萬的腰被踢了好多腳，腿空裡怕也遭了殃。我看他這次夠戧，卵子肯定被打破了，要斷子絕孫了。」

還有的說：「萬駝子哪是那個人的對手？別人最少有一米八，萬駝子才多少？一米六五看有沒有，別人不用出手，倒下來就可以壓死他。」

靜秋聽到這些議論，知道萬駝子沒死，只要他沒死就好辦，老三就不會判死刑。但她又想如果他沒死，他就能說出打他的人長什麼樣，那還不如死了的好。不過老三這麼聰明的人，難道會讓萬駝子看見他什麼樣子？但如果沒人看見，別人怎麼會知道打人的人有多高呢？

她聽到「一米八」幾個字，就知道絕不可能是張一了。潛意識裡，她一直希望打人的是張一。雖然張一自己說不是他，而且他昨晚上夜班，但夜班是半夜十二點才上班的，張一完全可以打萬駝子一頓再去上班。

她知道自己這樣想很卑鄙、很無恥，但她心裡真的這麼希望，可能知道這樣一來，就把老三洗刷了，老三就不會坐牢了，就不會被判刑了。但她想：如果真是張一幹的，那他也是為她幹的呀，難道她就能眼睜睜地看張一去坐牢判刑而不難過？

她知道她也會很難過的，她甚至會為了報答張一而放棄老三，永遠等著張一。她覺得她的神經似乎能禁得起張一坐牢的打擊，但她的神經肯定禁不起老三坐牢的打擊。她一邊痛罵自己卑劣，一邊又那樣希望著，甚至異想天開地想勸說張一去頂罪。她可以把自己許給張一，只要張一肯把責任一肩挑了。問題是她到現在都不知道到底是怎麼回事，連頂罪都不知道該怎麼去頂。

第二天，她很早就跑到廠裡去了，坐在萬駝子的辦公室外等，也不知道是在等什麼。打不打工對她來說已經無關緊要了，重要的是打聽到這事的最新進展情況，一句話：老三被抓住了沒有，公安局知道不知道打人的是誰。

過了一會兒，零工們陸陸續續地來了，熱門話題自然是萬駝子被打的事。

「小眼睛」一向是以消息靈通人士面目出現的，這回也不例外，言之鑿鑿地說：「就在萬駝子門前打的，萬駝子從外面乘涼回來，那人就從黑地裡跳出來，用個什麼袋子蒙了萬駝子的頭，拳打腳踢一頓。聽說那人一句話都沒說，肯定是個熟人，不然怎麼要蒙住萬駝子的頭呢，而且不敢讓萬駝子聽見他聲音呢？」

另一個人稱「秦瘋子」的中年女人說：「人家是軍哥哥呢，不曉得多好的身手。」「秦瘋子」對軍哥哥情有獨鐘，因為她曾經把一個軍宣隊隊長「拉下了水」，弄出了一個私生子。

有人逗她：「是不是你那個軍宣隊長幹的呀？肯定是『甲方』占了你的便宜，你那個軍哥哥回來報復他了。」

「秦瘋子」也不辯解，只吃吃地笑，好像怕別人不懷疑到她的軍哥哥頭上一樣：「男人打死打活，都是為了女人的×。『甲方』挨打，肯定是為了我們當中哪個×。」說著，就把在場的女人瞟了個遍。「秦瘋子」的眼睛永遠都是斜著瞟的，即使要看的人就在正面，她也要轉過身，再斜著瞟過來，大家私下裡都說她是「淫瘋」、「花癡」。

靜秋聽「秦瘋子」這樣說，心裡害怕極了，怕「銅婆婆」說出上次那件事，如果別人知道萬駝子曾經想欺負她，就有可能懷疑到她的男朋友或者哥哥身上去。雖然別人不一定知道她有男朋友，但如果公安局要查，還能查不出來嗎？

她一直是相信「要想人不知，除非己莫為」的，犯了法的人，是逃不出我公安人員的手心的。從來沒聽說誰打傷了人，一輩子沒人發現、一輩子沒受懲罰的。平時聽到的都是誰誰作案手段多麼狡猾，最後還是被公安人員抓住了。

那天一直等到快九點了，廠裡才派了個人來，說這幾天就由屈師傅幫忙派工，等小萬傷好了再來派。屈師傅給大家派了工，叫靜秋還是給他打小工，修整一個已經很久沒有用過了的、很破爛的車間。

幹活的時候，靜秋問屈師傅「甲方」什麼時候回來上班，屈師傅說：「我也不知道，不過廠裡叫我先代一個星期再說。」

靜秋想：那就是說萬駝子至少一個星期來不了了。她又問：「您今天到萬師傅家去了，萬師傅的傷怎麼樣？重不重？」

「總有個十天半月上不了班吧。」

「您聽沒聽說是誰打的？為什麼打萬師傅？」

「現在反正都是亂傳，有的說是他克扣了別人的工錢，有的說是他欺負了別人家屬，誰知道？也可能是打錯了。」

「那個打人的抓住了沒有？」

「好像還沒有吧，不過你不用著急，肯定會抓住的，只不過是遲早的事。」

她愣愣地站在那裡，屈師傅這麼有把握會抓住打人的人，說明公安局已經有了線索了，那老三是難逃法網了。她心如刀割，呆呆地站在那裡，不敢哭，也不敢再問什麼。她想如果老三被抓去了，判了刑，她就永遠等著他，天天去看他，只求他們不要判他死刑，那他就總有出來的一天，她會等他一輩子，等他出來了，她照顧他一輩子。她安慰自己說：他們不會判他死刑的，因為萬駝子沒死，為什麼要他償命呢？但她又想，如果撞在什麼「從重從嚴」的風頭上，還是有可能的。她有個同學的哥哥，搶了別人一百五十塊錢，但因為正是「嚴打」的時候，就被判了死刑。

33

靜秋鼓足勇氣問屈師傅：「是不是——公安局有了什麼線索？不然您怎麼知道遲早會抓住？」

「我又不是公安局的，我哪裡知道抓得住還是抓不住？我是看你擔心『甲方』，說了讓你安心的。抓不到的多得很，我的腳是被人打殘的，我還知道兇手是誰，報告公安局了，抓住沒有？到現在都沒抓住，早就不知道跑哪裡去了。你一個平頭百姓，誰給你淘神費力去抓兇手？」

這個消息真是令人歡欣鼓舞，雖然這對屈師傅來說很不公平，但靜秋現在很想聽到這類逃脫法網的故事，好像聽到的越多，老三逃脫的可能性就越大一樣。

那些天，她成天是魂不守舍，時刻擔心老三會被抓去。後來聽人說萬駝子沒報案，可能是他自己做了虧心事，怕報了案，被公安局七追八追，追出他的那些醜事來了，只好吃了這個啞巴虧。聽到這個消息，靜秋放心多了。但她怕這是萬駝子放的煙幕彈，所以還是百倍警惕，心想只有等萬駝子死了，老三才真正安全了。

屈師傅代理的那段時間，靜秋覺得日子比較好過，因為屈師傅不會像萬駝子那樣，把派工當作給你的恩惠，動不動就拿出來表功，而且還巴不得你給他報答。屈師傅都是公事公辦，重活輕活大家都輪流幹。這樣幹，靜秋心裡舒暢，人累不要緊，只要心不累就好辦。

不過這種共產主義美好生活沒過多久，萬駝子就回來上班了。萬駝子臉上沒留下傷疤，看不出他挨過打。但仔細觀察，還是可以看出那一頓打得不輕，他的背似乎更駝了，臉上的死氣更重了，不知道的人肯定以為他有五十歲了。

萬駝子的話好像也被打飛了，沒像以前那樣動不動就聲色俱厲地把大家訓一頓，只簡單地說：「今天每個人都去籃球場那裡挑地坪料，挑完了開始做地坪。你們不愁沒活幹了，廠裡好幾個籃球場等著你們做，做得好，還可以幫別的廠做。」

他這話一說，下面的零工就開始怨聲載道，說做地坪最累了，你叫我們做紙廠的籃球場不說，還想叫我們做別人廠裡的？你把我們當苦力啊？

萬駝子不耐煩地喝道：「吵什麼吵？不願意做的現在就可以走。」

這一句話，似乎把所有的人都鎮住了。大家默默地到籃球場那裡去幹活。那天每個人都是挑地坪料，就是將水泥、石灰還有一種煤渣，按比例混合在一起。挑了幾天地坪料，就開始做地坪。早上，靜秋到工具房去拿工具的時候，「銅婆婆」提醒她：「丫頭，沒人告訴你要穿高統膠鞋？」

靜秋看了一下其他人的腳，大多數穿著高統膠鞋，有一兩個大概是沒高統膠鞋，就用破布包著腳。靜秋沒做過地坪，不知道要穿高統膠鞋，而且她也沒有高統膠鞋，一時又找不到破布，就赤腳上陣了。

到了籃球場一看，才知道什麼是做地坪，就是把這兩天挑來鋪在球場的地坪料加上水，攪拌均勻以後鋪在籃球場上，等乾了再用水泥糊一層，就成了簡易的水泥籃球場了。聽說這是省錢的辦法，所以請的都是零工。

萬駝子親自拎著個橡皮水管在澆水，零工的工作就是站在他兩邊，用鐵鍬翻動地上鋪著的煤渣、石灰和水泥，攪拌均勻，鋪在地上。萬駝子的水管澆到哪裡，零工們就要攪拌到哪裡，不然的話，過一會兒水泥凝固了就翻不動了，那一塊就作廢了，就要搬走重新下料。所以萬駝子聲嘶力竭地叫喊著，讓大家幹快一點。

大家都不願跟「銅婆婆」站一起，因為她愛偷懶。「銅婆婆」就擠在靜秋旁邊。靜秋幹了一會兒，就佩服「銅婆婆」會偷懶，看上去鐵鍬動得飛快，但鏟下去卻是淺淺的，沒有翻深翻透。

靜秋怕待會兒被萬駝子發現要返工，又想到「銅婆婆」偷懶也是不得已，這麼大一把年紀了，哪裡幹得動？又被生活所迫，不得不出來賣苦力，只好在那裡「磨命」，也是一個苦人，她只好自己多幹一點。

萬駝子把人分成兩組，輪換著幹。每組幹到萬駝子喊「換人」的時候，就可以走到一邊休息一下，另一組就上來接著幹。靜秋覺得萬駝子有點在暗中整她，故意讓她這組幹長一點。結果「秦瘋子」還覺得萬駝子對靜秋太照顧了，讓她那組幹得太短了。

「秦瘋子」眼睛一斜，浪聲浪氣地說：「『甲方』，你不能看那組有人年輕，×嫩，就偏心。你雇的是她的力氣，不是她的×。你要是雇她的×，而不如現在就把她領到你家去。」

靜秋那組就她一個人是年輕的，她氣得火冒三丈，但不敢還嘴，知道這樣的人惹不起，「秦瘋子」什麼都敢說，你什麼都不敢說。你說一句，她可以說一百句。而且她沒提名道姓，你自己「認惶」（承認），說明你做賊心虛，唯一的辦法就是不理她。

靜秋曾經跟「秦瘋子」在一起打過一段時間工，知道沒人敢惹「秦瘋子」。聽說「秦瘋子」年輕時長得很不錯，丈夫是船廠的廠長。但不知道為什麼，「秦瘋子」卻跟她丈夫離了婚。有的說是她要離的，有的說是她丈夫要離的。她四個小孩一個沒要，全給了她丈夫。她沒有正式工作，靠打零工為生，家裡一貧如洗，就在地上鋪幾張報紙，上面放幾塊撿來的爛棉絮當床。

後來她跟K市八中軍宣隊的負責人李同志鬧出風流韻事來了。李同志是有家室的，只不過不在K市。德高望重的李同志怎麼會看上「秦瘋子」，就沒人搞得懂了，反正「秦瘋子」說她懷了李同志的小孩，李同志不承認，說：「沒那回事，秦鳳英本來就是個不正派的女人，現在想往革命幹部臉上抹黑。」

最後也沒人確切知道那孩子是不是李同志的，但「秦瘋子」生下了那個孩子，逢人就說：「我兒子的爸爸是軍宣隊的李同志，你們看長得像不像？」

有些人覺得那孩子很像李同志，有些人覺得「秦瘋子」是在撒謊。後來李同志就調離了，不知道調哪裡去了。這一下，大家終於徹底相信「秦瘋子」的兒子是李同志的種了，不然怎麼要把李同志調走？

不知道為什麼，「秦瘋子」從一開始就不喜歡靜秋，老是拿她當眼中釘，不時地用髒話敲打她。有「秦瘋子」在場，靜秋覺得打工真是度日如年。靜秋幹活不怕苦，最怕一起幹活的人不團結，互相攻擊，互相折磨，那樣幹的話，心情不愉快，時間就特別難熬。她寧願跟男的一起幹活，因為男的都不怎麼欺負她，即使剛開始有點看她不順眼的，過幾天也就好了。但女的不同，你根本不知道是怎麼回事，就可能已經把她得罪下了，她就會處處跟你為難。

好不容易熬到休息時間了，靜秋到水管洗了一下腳，發現腳底的皮都被石灰水燒掉一層了，剛才只顧幹活不覺得，現在走路都鑽心地痛。下午收工回到家，她趕快用清水把腳洗乾淨了，塗了一點冬天潤膚用的「蚌殼油」，似乎疼得好了一些。夜晚睡覺的時候，她也不敢睡太死，怕睡夢裡哼哼起來讓媽媽發現了。

做了幾天地坪，她基本上能適應那種勞動強度了，但有兩件事使她很煩惱，一個就是那個「秦瘋子」老是跟她過不去。再就是腳底爛了一些小洞，不大，但很深，而且曲裡拐彎的，每天回家都要花很長時間用針把掉進去的煤渣掏出來，腳也腫得很厲害，什麼鞋都穿不進去。幸好媽媽早去晚歸，而且白天太累了，夜晚睡得沉，沒有發現她腳上的問題。

有天早上，靜秋正準備去上工，就聽到一種奇怪的敲門聲。她打開門一看，差點叫出聲來，是老三，兩手拿著幾個紙袋，大概剛才是用腳在輕輕敲門。他不等她邀請就閃了進來，把手裡的幾個紙袋放下，說：「別怕，沒人看見我，我看到你媽媽走了才進學校來。」

她呆呆地看著他，好一會兒才相信這不是夢，她小聲問：「你，沒被抓去？」

老三不解地問：「我被抓哪裡去？」

她不好意思地說：「抓公安局去。」她把萬駝子挨打的事講了一下，問他，「你沒打萬駝子？」

「沒有啊，」他臉上的表情很無辜，「你不是叫我不要惹麻煩嗎？」

她想想也是，他這麼聰明的人，就算要打，也肯定不會選那麼個時間去打。她詫異地說：「那還會是誰？張一也說他沒打。」

「可能萬駝子得罪的人太多，想打他的人肯定不止一個兩個。別管萬駝子了吧。」他打開一個紙袋，問，「吃早飯沒有？我買了一些早點。」

「我吃過了。」

「再吃點，我買了你跟妹妹兩個人的。」

靜秋拿了一根油條送到裡間給妹妹吃，囑咐妹妹說：「這是我一個朋友，別告訴媽媽他來過。」

「我知道。」

靜秋回到外間，也吃了一根油條。老三見她不肯再吃了，就把一個紙包遞給她，低聲說：「不要生氣，算我求你了。」

靜秋打開紙包一看，是一雙高統的膠鞋，而且是她最喜歡的米黃色。她為了給妹妹買半高統的膠鞋，曾經到市裡各個百貨公司去看過，只有紅星百貨有這種顏色的膠鞋賣，其他的地方只有黑色的和紅色的。她不解地看著他：「這是——」

「穿著打工吧。我昨天看見你了，在籃球場……那樣的地方，不穿鞋怎麼行？」他看著她的腳，腫得像個包子，腳趾頭又腫又紅，像些小紅蘿蔔。他眼圈紅了，不再說話，好像再說就要流下淚來一樣。

靜秋問：「你昨天跑廠裡頭去了？」

「你放心，我不會讓別人看見的。」他有點沙啞地說，「你把這鞋穿上吧。」

靜秋撫摸著手裡的新膠鞋，上面的光澤像是照得見人一樣。她很捨不得穿，擔心地說：「穿雙新膠鞋去打工？別人不說我『燒包』？」她本來想說「秦瘋子」肯定會罵她，但她吞了回去，怕老三去找「秦瘋子」麻煩。

她沒聽到他答話，抬頭一看，見他站在那裡，盯著她的腳，滿臉都是淚。她慌忙說：「你這是幹什麼呀，男的哪興流淚的？」

他抹一把淚，說：「男人不為自己流淚，男人也不興為別人流淚？我知道我勸你不打工，你不會聽；我給你錢，你也不會要。但是如果你還有一點同情心，如果還——有一點——心疼我的話，就把這鞋穿上吧！」

「要我穿，我穿就是了，你何必這樣？」她連忙脫了腳上的拖鞋，很快把腳放進膠鞋，怕他看見她腳底的那些小洞。他只看見她的腳背就已經在流淚了，要是看見腳底，還不把眼睛哭瞎了？

可能鞋買得有點大，連她腫脹的腳也能放進去。她把兩隻都穿上了，討好地走給他看，說：「你看，正好——」

但他仍然在流淚，她不知道怎麼安慰他，想走上去抱住他，又怕妹妹出來看見。她指指裡間，小聲地說：「別這樣，我妹妹看見了會告訴我媽的……」

他擦擦淚，叮囑說：「一定記得穿上，我會躲在附近監督你的，你要是把鞋脫了……」

「你就怎麼樣呢？打我一頓？」

「我不打你，我也赤腳跑到石灰水裡去踩，一直到把我的腳也燒壞為止。」

她怕自己也流起淚來，連忙說：「我要上工去了，你今天晚上在那個亭子等我。」

「你別過來了吧，在家好好休息，你的腳不能走那麼遠的路。」

她不聽他的，說聲「你記得等我」就跑掉了。

那天她被一起打工的人罵為「燒包」，說她「顯擺」，穿雙新膠鞋來打工，腳已經燒壞了，還穿個什麼鞋？腳上的皮燒掉了還可以長起來，新鞋穿壞了，就沒用了。還說是高中生，這麼簡單的帳都算不過來？

「秦瘋子」含沙射影地說：「人家年輕哪，×能賣到錢哪，人家想穿什麼穿什麼。你眼紅？你眼紅也去賣×！」

靜秋不管別人說什麼，也不管「秦瘋子」怎麼罵，她堅持穿著，擔心老三在什麼地方監督她，如果她不穿，讓他看見了，他真的去把他的腳用石灰水燒壞，那就糟了。已經燒壞一雙腳了，何必無緣無故地又燒壞一雙呢？

34

下午下了班回到家，妹妹已經把飯做好了，靜秋吃了飯，洗個澡，又穿上她的裙子和短袖襯衣，然後對妹妹說：「我到同學家去一下。」

妹妹見她又打扮過了，問她：「又是去問頂職的事？」

她「嗯」了一聲，心想這個小丫頭好精啊，可別在媽媽面前打小報告。她對妹妹說：「姐姐有事，很重要的事，等你長大了就知道了。別在媽媽面前亂說。」

「我知道。是早上那個人嗎？他好喜歡你喔。」

靜秋臉一紅，問：「你個小丫頭，知道什麼喜歡不喜歡？」

「我怎麼不知道？」妹妹用兩個食指在臉上比劃流淚的樣子，來了一段快板書，「好哭佬，賣燈草，一賣賣到王家堡，王家堡的狗來咬，嚇得好哭佬飛飛跑……」

「你看見他哭了？別告訴媽媽。」

「我知道。姐，男的為你哭了，就是真喜歡你了。」

靜秋嚇一跳，看來妹妹不僅什麼都看見了，而且看懂了。她又叮囑了幾遍，逼著妹妹發誓不告訴媽媽，才出門去見老三。

她穿不進別的鞋，就穿了雙哥哥的舊拖鞋，所謂「人字拖」，夾在趾間的那種，她平時最不喜歡穿了，覺得夾在那裡不舒服，但今天沒辦法了，總不能打赤腳去見老三吧？穿高統膠鞋也不像樣。

腳腫了，就像個平腳板一樣，趾頭夾著拖鞋很辛苦，她仍然儘快走著，想早點見到老三。她剛坐渡船過了小河，就看見老三推著個自行車等在那裡。這次他不跟她搞遠距離跟蹤了，直接走上前來，叫她上車。她很快坐上他自行車的後架，他腳一蹬，就上了江邊那條路。他邊騎邊說：「你不是說你媽媽在這附近上班嗎？我們今天有車，可以走遠點。」

她好奇地問：「你怎麼有自行車？」

「租的。」

「現在還有租車的？」

「嗯，渡口旁邊就有個修車行，也租車。」

她很久沒聽說過租自行車的事了，還是很小的時候，她跟爸爸一起上街，爸爸也是在渡口旁邊的車行租了一輛自行車，把她放在橫杆上坐著，爸爸騎車，她搖鈴鐺，兩個人春風得意去逛街。結果不知道怎麼的，車鈴鐺掉到地上去了，等爸爸發現，車已經騎出一段了。爸爸就把車停在街邊，把站架支起來，讓她坐在車上，他自己去撿鈴鐺。她嚇得大哭起來，害怕車會倒下去。

她哭得驚天動地，不一會兒就吸引了大批觀眾。後來她爸爸講給她媽媽聽，以為媽媽會笑話靜秋「好哭佬，賣燈草」，結果媽媽把爸爸批評一通，說你把秋兒一個人放在車上，如果車被別人騎走了呢？你不是連人帶車都丟了？爸爸尷尬之極，反被靜秋笑了一通。

她想到這裡，就笑了起來。老三問：「笑什麼？不講給我聽聽，讓我也笑一笑嗎？」

她就把那件事講給他聽了，他問：「你想不想你爸爸？」

她不回答，只講她爸爸的故事給他聽，不過都是她小時候發生的，很多是聽她媽媽講的。聽說有一次，不知道為什麼，爸爸批評她幾句，她就一頓嗚嗚，把她爸爸哭怕了，反過來安慰她。後來她在裡間睡著了，她爸爸就在外間壓低嗓子發牢騷，把她批評一通。媽媽聽見了，就笑爸爸，說秋兒在另一間屋子裡，又睡著了，你在這裡這麼小聲說她，她能聽見嗎？爸爸嘟囔說：「就是因為她聽不見才說的嘛——」

老三聽她一件件講，感嘆說：「你爸爸很愛你們呀。我們什麼時候去看他吧，他一個人在鄉下，一定很孤獨，很想念你們。」

她覺得他的想法太大膽了，擔心地說：「我爸爸是地主，現在是戴著帽子在受管制，我們到那裡去，讓學校知道，肯定要說我們劃不清界線……」

他嘆了口氣：「現在這樣搞，搞得人倫親情都不敢講了。你把他地址告訴我，我去看他，別人問我，我說是來搞外調的，不會有問題。」

靜秋猶豫了一會兒，交代說：「你要是真的去看我爸爸，一定叫他不要在給我媽媽的信裡寫出來，不然我媽就知道我們的事了。你去的時候告訴我，我買點花生糖帶給他，他最喜歡吃甜食了，尤其是那種花生糖。」然後她把爸爸在鄉下的地址告訴了他。

他聽了一遍，就說記住了，她不信，他就把地址背出來給她聽。

她很驚訝：「你記性真好。」

「也不是對所有的事都記性好，但只要是跟你有關的，不知怎麼的，我一下就記住了。」

他們差不多騎到十三碼頭附近了，市裡的公共汽車也只走這麼遠了，靜秋說：「別再往前騎了，再騎就騎出K市了。」

他們在江邊找了個沒什麼人的地方坐下。她的腳到了傍晚特別腫，腳趾有點夾不住拖鞋，坐下的時候一伸腿，一隻拖鞋就掉了，順著河坡向江裡滑。他緊趕幾步，把拖鞋抓住了，走回她身邊，要給她穿上。她連聲說：「不用，不用，坐在這裡穿鞋幹什麼？」說著就把腳縮到裙子下面。

他狐疑地看著她，問：「為什麼你不讓我碰你的腳？」

她用裙子把腳罩著，跟他講東講西。他蹲在她面前，出其不意地掀起裙子，抓住她一隻腳踝。她掙扎了兩下，但沒掙脫。他用手輕輕按她的腳背，一按就有個小窩。然後他看見了她腳底的那些洞，他捧著她的腳，低聲叫：「靜秋，靜秋，你不做這個工了吧，你讓我幫你吧，你再這樣我怕我真的要——瘋了——」

「不要緊的，我現在有膠鞋了，就不會有事了。」

他把拖鞋套到她腳上，拉她起來，說：「走，我們到醫院去。」

她不肯去：「到醫院去幹什麼？現在別人還沒下班？」

「總可以看急診吧？你腳這麼腫，肯定是中毒了，搞不好會把腿爛掉的。」

「不會的，又不是我一個，好幾個人都是這樣的。」

他固執地拉她：「別人是不是這樣我不管，我只管你一個。你跟我到醫院去吧。」

「到了醫院就要問名字、單位什麼的，我又沒帶看病用的三聯單，我不去！」

他突然放了她，從掛包裡拿出那把匕首，她一驚，不知道他要幹什麼。還沒等她弄明白，他已經在自己的左手背上劃了一刀，血一下流了出來。靜秋嚇得跳起來，慌忙拿出手絹來幫他包紮，結結巴巴地說：「你……你……瘋了？」

她把手絹紮得緊緊的，但血還是在往外滲。她嚇得手腳發軟，叫道：「我們快去醫院吧！你還在流血。」

他一直沒吭聲，聽到她說去醫院才說：「肯去醫院了？我們走吧。」

她說：「我騎車帶你吧，你手不方便。」

「你不能騎車，你腳不方便，你坐前面掌龍頭，我來騎。」他讓她坐在自行車橫桿上扶著車頭，自己一隻手握著車把，帶著她很快來到一家醫院裡。

他對值班的醫生提了一個什麼人的名字，就有一個醫生來給靜秋看腳，而另一個白大褂把老三帶到另一間診室去了。靜秋看見醫生的白大褂衣領那裡露出紅領章，心想這可能是個軍醫院，她從來沒來過這裡。

醫生口口聲聲叫她小劉，大概是老三見她不願別人問她姓名、單位，幫忙編出來的假名。醫生檢查了一下她的兩隻腳，開了一些外用藥和酒精藥棉之類的東西，說：「小孫說你們急著趕回家，我們就不在這裡給你處理了，你回家後把腳洗乾淨，把小洞裡的煤渣挑出來，搽那些藥膏，這段時間不要讓腳沾生水，更不要再讓煤渣鑽進腳上的小洞裡去了。」

醫生見她穿著拖鞋，腳底也搞髒了，就又開了個條子，叫她到對面去，讓那裡的護士幫她把腳洗乾淨，先包一下，免得走回家不方便。護士幫靜秋包好了腳，還幫她把拖鞋綁在腳底。包完了，護士就叫她坐在走廊的長椅子上等小孫。

等了一會兒，老三也出來了，左手用繃帶吊在胸前，靜秋擔心地問：「嚴重不嚴重？」

「不嚴重，你怎麼樣？」

「我沒事。醫生開了些藥。」

他拿過醫生處方，叫她坐那裡等，過了一會兒，他走回來，拍拍掛包：「藥拿了，都弄好了，我們趕快回去，好洗了腳把藥抹上。」

一出醫院門，老三就把繃帶取了，塞進掛包裡，說：「吊著個手臂，不知道的人還以為我在演《沙家濱》呢。」

靜秋說：「你手上的傷沒事吧？醫生怎麼說？」

「醫生說我凝血機制不好，縫了我兩針。我怎麼會凝血機制不好呢？我身體好得很，以前還驗上過空軍的，我爸怕打起仗來把我打死了，才沒去成。」

靜秋聽說「空軍」二字，羨慕之極，問他：「那你不是遺憾得要命？」

「遺憾什麼？」他看她一眼，「當了空軍我還能認識你？」

那天老三怎麼也不肯再在河邊坐著玩了，一定要儘快把靜秋送回去洗腳抹藥。靜秋拗不過他，只好讓他用車帶著往家裡趕。到了渡口，他也不肯在那裡分手，說現在才八點過一點，你媽媽還沒回來，讓我用車把你帶到校門那裡吧，你腳這麼腫，怎麼走路？他把短袖襯衣脫了，讓她把頭蒙著，說這樣就沒人認得出你了。

過了河，她真的把他的襯衣頂在頭上，遮住自己的臉，只留一對眼睛在外面。他把她抱上車前面的橫桿上，還是叫她用兩手扶著車頭，他只用一隻手輕輕帶一下。到了學校門口，他說：「讓我把你推進去吧，別把你的腳搞髒了。」

靜秋拿下披在頭上的襯衣，向校門那邊望望，發現校門那裡沒人，正在想是不是就滿足他的要求，讓他推進去，一回頭，卻看見她媽媽正從渡口方向向他們走過來，可能剛才他們在路上超了她媽媽還不知道。靜秋大失其悔，早知道這樣，就在外面多待一會兒，反而不會碰見媽媽了。

她低聲說：「糟了，我媽來了，你快騎車跑吧。」

他沒動，她想起自己還坐在他車上，急忙往車下跳，好讓他逃跑。他堵住她，小聲說：「現在跑也來不及了。」

靜秋的媽媽走到跟前，問：「你們到哪裡去了？」

靜秋說：「我……我們去醫院看腳了，這是……這就是我說過的那個……勘探隊的……」

老三自我介紹說：「我叫孫建新，您——剛回來？」

媽媽說：「靜秋，你先回去，我跟小孫說幾句話。」

老三連忙說：「那您先讓我把她推回去一下，她腳都腫了爛了，走路不方便。」

靜秋要跳下地自己走，但老三不讓。

媽媽看見靜秋腳上的綳帶，對靜秋說：「你讓他推你進去吧，我好跟他說幾句話。我先進去了，你們別老在這裡站著了，讓人看見影響不好。」媽媽說完，就先進學校裡去了。

35

靜秋對老三說：「你讓我下來，我自己走回去，你快跑吧，我媽會把你送聯防隊去的。」

「別怕，我推你進去，媽媽叫我進去說話的。」

靜秋急了：「你怎麼這麼傻？她早就叫我不跟你來往的，說你是壞人，騙小女孩的。現在她親自抓住我們了，還不把你交到聯防隊去？你讓我下來，你快跑吧。」

他推著她往學校走：「你把我放跑了，媽媽不罵你？還是讓我去吧，像亞民說的一樣，我們什麼都沒做，誰能把我們怎麼樣？」

靜秋只好讓老三把她推進學校去，到了家門前，老三把車的站架支起來，扶著她下了車，她先走進家門，他鎖了車，也跟進來。媽媽叫靜秋把門關上，叫老三進裡屋去，讓他在一把椅子上坐下。屋子裡又熱又悶，老三不知什麼時候已經把襯衫穿上了，還扣上了扣子，結果捂得渾身是汗。媽媽遞了把扇子給他，他也不敢使勁扇，只在胸口輕輕搖動，做扇風狀，根本止不住滿頭大汗。

妹妹很乖覺地跑出去，打了一盆冷水回來，見老三左手上包著紗布，便絞了一條毛巾讓他洗把臉。

老三不敢接，望著媽媽，好像在等聖旨一樣。

媽媽說：「太熱了，你洗把臉，可能會涼快一點。」

老三感激不盡，奉旨洗臉，用一隻手澆著水洗了一下，接過妹妹遞來的毛巾擦了一把，似乎稍稍涼快了一點。他坐回那把欽定的椅子，無比虔誠地看著媽媽，等她開審。

靜秋緊張得只知道站在那裡，看其他三位表演。她只有一個念頭，她沒跟老三上過床，沒跟老三同過房，肯定禁得起驗身。她準備像亞民一樣，一看勢頭不對，就請媽媽帶自己上醫院去驗身，好洗刷老三，把他拯救出來。她不知道媽媽剛才有沒有在傳達室給聯防隊打電話，應該是沒有的，因為他們緊跟著媽媽進校門的，沒有看見媽媽在那裡打電話。但她還是張著耳朵聽著門外，如果一有響動，就馬上叫老三騎車逃跑。

老三見靜秋站在那裡，連忙把自己的椅子讓出來：「你坐吧，你腳疼，站了不好。我站站不要緊。」媽媽說：「靜秋，你到你屋裡去，讓我跟小孫談談。」

靜秋回到自己住的那半間，不知道媽媽把她支走是什麼意思，兩間房其實就是一間，總共才十四多平米，中間有個一人多高的牆，又不隔音，如果有什麼她聽不得的，應該把她趕到屋外去才行。她坐在自己床上靠門的那一邊，可以看見老三，但看不見坐在老三對面的媽媽。

妹妹也被趕了出來，對著靜秋做鬼臉，靜秋顧不上理她，只尖起耳朵聽隔壁的「庭審」。妹妹站在靠門的牆邊，像看大戲一樣望著裡間。

靜秋聽媽媽說：「小孫哪，我看得出來，你是個很過細的人，對我們家靜秋也很耐心。你今天帶她去看醫生，我很感謝，聽說你還給過她很多幫助，我都很感謝。」

靜秋聽老三小聲說：「應該的，應該的。」她覺得他那樣子好像有點卑躬屈膝一樣。

媽媽又說：「可以這麼說，你我在靜秋的事情上，目標是一致的，心情是一樣的，至少我是這樣認為的，因為我從今天的事情看出你對靜秋還是很——真心的。」

靜秋見老三朝她這邊瞟了一眼，似乎在看她聽見這句沒有，她對他笑了一下。媽媽的開場白似乎不是向聯防隊那個方向發展的，就怕媽媽這是虛晃一槍，這段開場白一完，馬上來個「但是」。

她聽老三表白說：「我對靜秋是真心的，這個請媽媽相信！」

媽媽說：「別人都叫我張老師，你也叫我張老師吧。」

老三趕快更正：「這個請張老師相信。」

妹妹看見老三膽戰心驚、唯唯諾諾的樣子，想笑又不敢笑，臉都憋紅了，終於忍不住跑出門去，不知道跑哪裡笑去了。

靜秋不敢笑，只緊張地聽媽媽的下文。媽媽說：「我是相信這一點的，所以我才覺得有必要跟你談談，不然的話，我們根本沒什麼可談的。」

老三連連點頭，說：「那是，那是。」似乎很感激媽媽把他當作同一個戰壕的戰友。

媽媽說：「我們關心靜秋，愛護靜秋，就要從長遠的觀點著想，不能只顧眼前。人無遠慮，必有近憂。靜秋頂職，很多人都眼紅，在背後戳是搗非。現在她頂職的事還沒搞好，如果這些人看見你們兩個人在一起，對靜秋頂職的事是非常不利的——」

老三又連連點頭：「那是，那是。」

沉默了一陣，老三大概覺出媽媽是在等他主動表態，於是清清喉嚨，說：「張老師，您放心，我這次回去了，就不再來找她了，一直等到她頂職的事搞好了再來找她。」

靜秋見老三躊躇滿志的樣子，望著媽媽那邊，大概在等媽媽誇獎他幾句。但她聽媽媽說：「頂職的事搞好了，事情也沒完，在轉正之前，學校隨時可以不要靜秋。」

老三沉默了一陣，豪邁地說：「那我就等到她轉正之後再來找她。試用期是一年吧？那我就一年之後再來找她……」然後他做了一下算數，訂正說，「一年零一個月左右吧，因為她現在還沒頂職。」

不知道媽媽是被他的主動配合還是被他的計算精確感動了，很溫和地說：「你知道這麼一句話吧？『兩情若是久長時，又豈在朝朝暮暮』。如果你對靜秋真是有這份情的話，也不會在乎這一年多不見面，對不對？」

老三滿臉是悲壯的神色，連聲說：「對，對，您說得對。」然後還加以自我發揮，不知道是在說服誰，「也就一年多嘛，我們還年輕，還有很多……一年……多。」

媽媽嘉許說：「我看得出來，你是個懂道理的人，響鼓不用重槌敲，別的我也就不用多說了。我並不是那種死封建的母親，對你們年輕人的心情還是很理解的，但是現實就是這樣，人言可畏，我們不得不謹慎一些。」

老三說：「我懂，我懂，您這也是為了我們好。」

大概媽媽已經站起身，下了無聲的逐客令了，靜秋見老三也站了起來，央求說：「我去打點水，幫靜秋把腳洗一下，她腳底爛了好些小洞，裡面都是煤渣，她自己看不見腳底，不方便，我幫她把煤渣掏乾淨了，上了藥，就馬上走，以後這一年零一個月，就拜託您照顧她了。」

媽媽說：「你在這附近晃來晃去不好，我去打盆水來吧。」

妹妹不知什麼時候又折回來了，聽了這話，一跳而起，說：「我去，我去。」妹妹一會兒就打回一盆水來，放在姐姐床邊，靜秋覺得自己像那些坐月子的人一樣，躺在床上讓人伺候。她想下床，三個人都不讓她下。

老三把靜秋腳上的紗布打開，媽媽捧著靜秋的腳看了一會兒，快要流淚了，走到一邊，對老三說：

「那就麻煩你了，我跟靜思出去乘涼去了。」

媽媽把妹妹帶走了，屋子裡只剩下靜秋和老三。她不讓他幫她洗腳，怕把他左手的繃帶打濕了。她自己洗了腳，他幫她擦乾，把燈繩打開，把燈泡放低了，問她要了根針，用針屁股那頭掏那些小洞裡的煤渣：「疼不疼？我掏得太深了就告訴我。」

靜秋想起剛才那一幕，笑他：「你剛才怎麼像叛徒甫志高一樣？卑躬屈膝的，一路點頭，說『那是，那是』。」

他也跟著她笑：「嚇糊塗了，只知道說那幾個字。」

「你怕我媽把你交給聯防隊了？」

「那個我倒不怕，我是怕她不讓我等你了，又怕她罵你。」他開玩笑說，「幸好沒生在甫志高那個年代，不然我肯定是個叛徒。如果敵人拿你做人質來威脅我，我肯定一下就叛變了。甫志高那時還不是因為害怕跟他妻子分離才叛變的嗎？其實也很可憐的。」

靜秋問：「你——恨不恨我媽媽？」

他驚訝地說：「我恨你媽媽幹什麼？」然後吹噓說，「她都說了，我跟她的目標是一致的。你覺得不覺得，她其實很喜歡我的，她答應一年零一個月之後我來找你，還說了我跟你是『兩情若是久長時』。」

「你還蠻革命樂觀主義的呢。」

「毛主席說了嘛，『我們的同志在困難的時候，要看到成績，要看到光明，要提高我們的勇氣』。」

他聚精會神地掏那些小洞，她就一眼不眨地看他，想到要一年零一個月之後才能見到他，覺得很沮喪，不知道這一年多怎麼熬得過。她問：「你真的要等到一年零一個月之後才來看我？」

他點點頭：「我向你媽媽保證過了，如果說了話不算數，她以後就不相信我了。」

他見她沒吭聲，就停下手中的活，看她一眼，只見她正眼巴巴地望著他。他看了她一會兒，猜測說：「你……要我來看你？你不想等那麼久？」

她點點頭。

「那我就不等那麼久，我偷偷來看你，好不好？反正我是個當叛徒的料，向黨表的決心，敵不過你一句話。」

她高興了，說：「叛徒就叛徒，我們只要不被人發現就行。」

他把那些洞都掏乾淨了，給她的腳搽了藥，把臉盆的水端到外面倒掉，走回來坐在她床邊，說：「把你的照片給一張給我吧，我想你的時候，就拿出來看看。」

她覺得她的照片都照得不好，她也很少照相，找了好一會兒，才找出一張六歲時的照片。照片上的她，剪著個妹妹頭，額前是一排整齊的瀏海，穿著一條水綠色的連衣裙。照片本來是黑白的，她爸爸自己用顏色染成彩色，有些地方塗得不好，綠色都塗到裙子外面去了。她把那張照片送給他，許諾說以後照了相再送他一張。

他曾經送過她兩張他的頭像，是夾在書裡、信裡給她的。現在他又從包裡拿出一張，是張風景照，他穿著白襯衣和一條顏色很淺的褲子，手裡拿著一個紙卷一樣的東西，站在一棵樹下。她認出就是那棵山楂樹。照片上的他顯得很年輕，很英俊、笑微微的。她很喜歡那張照片，現在她媽媽已經知道他們的事了，她也不怕把照片放家裡了。

他問：「喜歡不喜歡這張？」他見她點頭，表功說：「專門跑到那樹下照的。」然後又許諾，「等你頂職了，轉正了，我帶你去那裡看山楂花，我們在那棵樹下照相。我有照相機，我還會自己洗相，我給你照很多像，各種姿勢的，各個角度的，洗很多張，放大，把我寢室掛滿——」

他掏出一些錢，放到她床邊的桌上，說：「我把這點錢留這裡，你如果不想我再割我的手，你就收下。再不要到萬駝子手下去打工了，如果瓦楞廠有工打，打打可以。如果你不聽我的話，又跑回萬駝子那裡打工，或者打那些危險的工，我知道了會生氣的，我不會不理你，但是我會一刀一刀割我的手。你相信不相信？」

她點點頭，保證說：「我不會再回萬駝子那裡打工的。」

「那就好，現在你媽媽已經知道我們的事了，基本上也算是同意了，只是個暫時不見面的問題，所以你告訴她這些錢是我留下的，她肯定不會罵你。」

他看看錶，說：「不早了，我要走了，免得把你媽媽和妹妹趕在外面不能回來。」他在她床邊蹲下來，摟住坐在床上的她，交代說，「你自己記得每天搽藥，如果藥搽完了還沒好，自己記得去醫院看醫生。」

兩個人纏綿了一會兒，他毅然決然地站起身，說：「我走了，你就坐那裡，別起來，你的腳剛搽了藥，別搞髒了。」

她就呆呆地坐在那裡，聽他走出去，開車鎖，推車，上車，然後一切復歸寂靜。

36

老三剛走了一會兒，媽媽和妹妹就回家來了。媽媽說她們就在外面乘涼，看見小孫走了，就回來了。媽媽看了一下鐘，已經快十一點了，有點擔心地說：「小孫說沒說他今天住哪裡？」

靜秋怏怏地說：「他每次沒地方住就在江邊一個亭子裡坐一晚上，今天肯定已經封渡了，可能就在河坡上坐一晚上吧——」她覺得喉頭哽咽，不願再說什麼。

媽媽在她床邊坐下，說：「我知道你捨不得他，他看上去也還不是個壞人，但是有什麼辦法呢？你年紀還這麼小，人家二十多歲的人談朋友還有人議論來議論去，你這麼早，工作的事又還沒搞好，我叫你們暫時不見面，也可以考驗一下他這個人，他要是真有這個心，不會因為一年不見面就跑掉，如果是個禁不起考驗的——」

靜秋說：「媽，你不用解釋了，我知道你是為我好，你早點休息吧，明天還要上班。」

媽媽說：「你明天還去上班？你的腳爛成這樣，也不告訴我一聲。」

「我告訴你，你又著急，有什麼用呢？你放心，我答應他了，我明天不去上工了的。」

妹妹說：「你明天不上工了，那你的膠鞋不就沒用了？」

靜秋知道妹妹喜歡很高統的膠鞋，上次給她買的那雙只是半高統的，沒這雙高，她馬上說：「怎麼沒用？你下雨的時候可以穿呀。」

還沒等妹妹歡欣鼓舞一下，媽媽就問：「什麼膠鞋？」

妹妹搶著說：「是那個小孫給姐姐買的膠鞋，他早上送鞋來的時候，看到姐姐腳腫了，他還哭了呢。」

媽媽嘆口氣：「跟你爸爸一樣，也是個好哭的人。男人流淚，有的是因為富於同情心，有的是因為軟弱無能。小孫大概還是個很有同情心的人，他家還有些什麼人？」

靜秋說：「我也不太清楚，只知道有弟弟和爸爸，他媽媽自殺了。」

媽媽問了一下老三媽媽的情況，同情的同時又很擔心：「聽說自殺這種事是可以遺傳的，心胸不開朗的人生下來的孩子也容易心胸不開朗。不知道這個小孫性格怎麼樣？平時有沒有容易迂在什麼事上的表現？」

「沒覺得。」

「我倒覺得他有點迂，你看他算你頂職和轉正的時間的時候，就有點像個迂夫子，」媽媽笑了一下，「可能多等一天對他來說都是很難受的，所以要算得清清楚楚。也可能是個說話算數的人，所以先算清楚了，做得到才發誓。只要迂得不狠，還是很可愛的。就怕迂在一件事上出不來，那就危險了。」

靜秋想起老三算時間的樣子，也覺得他迂得很可愛。

媽媽又問了一些有關老三的情況：多大了，抽不抽菸，喝不喝酒，罵不罵人，打不打架，哪裡畢業的，有些什麼愛好，老家在哪裡……等等。靜秋好奇地問：「他剛才在這裡，你怎麼不問他？」

媽媽說：「我問他這些，他還以為我在相女婿呢，我不能輕易給他這樣一個印象。我今天跟他談話的目的只是叫他不要來找你。」

靜秋想起老三還沾沾自喜地說媽媽已經同意他們的事了，心裡有點替老三難過。

「他爸爸是幹什麼的？」媽媽問。

「聽說他爸爸是軍區司令。」

媽媽沉默了一會兒，說：「我就覺得他不像一般人家的孩子。像他這種家庭出身的人，很難理解我們這種家庭出身的人。解放軍是解放什麼的？就是解放被地主、資本家欺壓的工人、農民的，他的爸爸跟你的爸爸，是勢不兩立的兩個階級。他家裡大概還不知道你們的事。」

靜秋還沒想那麼遠，但經媽媽一提，也覺得很嚴重，她滿懷希望地說：「可是他媽媽就是個資本家的小姐呢，他爸爸也沒嫌棄她嘛。」

「說實話，共產黨對資本家和對地主的態度又有很大不同，資本家在當時的情況下，還是代表著新興的、進步的生產力的，而地主是沒落勢力的代表。共產黨革命，第一要革的就是地主階級的命。反正你們這個事，你別做太大指望就是了，他家裡這關就過不了。可能也用不著操那麼多心，因為他這一年等下來，早等得沒興趣了。」

靜秋不服，辯解說：「他說他等一輩子都行的……」

「這種話誰不會說？誰又沒說過？像他這麼不假思索地開口就是『一輩子』，本身就是不切實際的表現。『一輩子』這種話是不能輕易說的，誰能這麼早就把自己的一輩子預料到了？」媽媽看靜秋滿臉不服氣的樣子，又說：「你還小，沒接觸過什麼人，聽他這樣一說就信了。等你長大了，接觸的人多了，你就會發現，每個男的在追求你的時候都是這麼說的，都是說可以等你一輩子。但如果你一年不理他，你看他還等不等你？早就跑了。」

靜秋想：媽媽既然知道男的等不到一年，為什麼又叫老三等呢？肯定是要藉這個機會考驗一下老三。她很想把媽媽的意圖告訴老三，好讓他禁得起考驗，但她又想，告訴了還考驗個什麼？男的真的都是這麼誇誇其談、說話不算數的嗎？也許是應該考驗一下老三，看他到底能等多久。問題是「等」又不是畢業考試，不能說考過了，就發畢業證，後面就高枕無憂了。就算他等了一年，那也不能證明他就能等兩年；他等了兩年，也不能證明他就能等一輩子。這樣說來，恐怕只有讓他等一輩子才能證明他能等一輩子。

她不知道這個「等」究竟是什麼意思，她叫他「等」她，意思是叫他「愛」她。她想問他：「你能等我一輩子嗎？」她的意思是「你能愛我一輩子嗎？」只不過她不習慣於說出這個「愛」字，她就用了當地人經常用的「等」字。但是好像「等」跟「愛」又還是有點不同的，用了這個「等」，就有點兩人不在一起的感覺。所以「等」應該是「見不到面還愛」的意思。老三見不到她的面了，他還會不會愛她？

她想著自己的心思，不知道媽媽還說了什麼沒有，她只聽妹妹說：「姐，我在問你呢，他的手怎麼啦？早上來的時候還好好的。」

「他叫我去醫院，我不肯去，他就把他自己割了一刀，流了很多血，我才跟他去了醫院——」

媽媽皺起眉頭：「他這個人看上去還挺穩重的，怎麼會做這麼狂熱的事？狂熱是不成熟的表現，狂熱的人是很危險的，做事容易走極端。喜歡你的時候，可以喜歡到極點；恨你的時候，也可以恨到極點，什麼都做得出來。所以對這樣的人，最好是敬而遠之，這都是些只能順著毛摸的人，你反著他的毛摸了，就把他搞煩了，他恨之極的時候，可以無所不用其極。」

靜秋原以為媽媽會為這事感動的，哪知媽媽卻說得這麼危險。她聽媽媽講過，說她爸爸年輕時，也有一些極端的表現，有時媽媽不理他或者不相信他的時候，他就急得扯自己的頭髮，大把大把地扯。但靜秋覺得爸爸後來並沒有對誰恨之極，也沒有做過什麼傷害媽媽的事。

她知道爸爸跟媽媽的愛情道路也是很曲折的，爸爸以前在鄉下老家有父母包辦的婚姻，而且不止一個，因為他是「一子兼祧兩門」，既是爺爺的兒子，又過繼給爺爺的弟弟做兒子，因為爺爺的弟弟沒兒子。這樣兩邊都給爸爸包辦了一門婚姻。為了逃婚，爸爸逃到外面去讀書，但爺爺臨終的時候，他又被揪回去跟兩個媳婦成了親。

後來爸爸認識了媽媽，經過了千辛萬苦才把鄉下的兩個媳婦離掉了，跟媽媽結了婚。媽媽等了他很久，等到快三十了才結婚，這在那個年代，可以說已經快到做婆婆的年紀了。爸爸和媽媽一直在不同的城市工作，爸爸隔一兩個星期就回來一次，即便是經常回來，他跟媽媽還要寫信。「文革」當中媽媽在八中被批鬥的時候，寫信的事還被拿出來批判過，說她父母是資產階級生活方式。

父母經常寫信的事是她奶奶講出去的，奶奶一直跟媽媽和幾個小孩住在一起，只爸爸一人在外地。奶奶是那種老思想，總覺得是她媽媽把她爸爸的魂勾走了，才搞得爸爸跟兩個鄉下媳婦離婚的。在奶奶心目當中，只有原配才是合理合法的夫妻，離婚再娶的都是不正當的。所以奶奶最見不得兒子跟媳婦纏綿，總是對人說靜秋的爹媽浪費，幾個錢都餵了鐵路和郵局了，買車票、郵票的錢就有多厚一疊。

爸爸被趕回家鄉管制勞動之後，也曾提出過離婚，主要是怕影響了孩子。但媽媽想到爸爸現在窮愁潦倒，孤苦伶仃，如果離了婚，可能真的是活不下去了。就來徵求幾個孩子的意見，說離婚不離婚主要是對你們有沒有影響，如果你們怕有影響，我就跟你爸爸離婚，如果你們不怕，我就不離。」

幾個孩子都說不離吧，反正就是這個樣子了，離了婚，還是他的孩子，別人也未必就當你清白無辜了。媽媽就沒跟爸爸離婚，但平時不敢公開來往，怕別人說界線劃得不清，會影響幾個孩子的前途。

但父母的書信照舊是寫得很頻繁的，爸爸的信都是寄到靜秋一個叔伯姑姑那裡，那個姑姑在衛校工作，嫁的一個丈夫成分很好，所以在「文革」中沒受什麼衝擊。媽媽隔一段時間就到那個姑姑那裡去拿爸爸的信，不過媽媽不讓幾個孩子去拿信，怕別人知道了說他們劃不清界線。

她正在想七想八，就聽媽媽問：「小孫以前有沒有過女朋友？」

這一下就把靜秋砸啞了，她知道如果說了老三以前有個未婚妻，她媽媽肯定對老三印象更不好了，於是含糊地說：「沒聽說有。」

媽媽說：「男人對這些事都是能瞞就瞞的，你不問，他肯定不會自己說出來。但是以他這個年紀，又是幹部子弟，要說他這是第一次，我是不太相信的。你看我問他問題的時候，他對答如流，說明他以前也有過見女朋友父母的經驗。」

媽媽猶豫了片刻，問：「他有沒有叫你單獨到他寢室去？」

「沒有，他寢室住好幾個人。」

「他平時跟你在一起還——規矩吧？沒有到處——摸摸捏捏的吧？」

一個「摸摸捏捏」差點讓靜秋吐出來了，媽媽怎麼把這麼難聽的話用到老三頭上？不過她也認真回想了一下，看老三算不算得上媽媽說的「規矩」，她覺得他除了那次在山上膽子太大以外，其他時間還是很規矩的，也沒有什麼稱得上「摸摸捏捏」的舉動。他抱過她，用頭在她胸前蹭過，但他從來沒用手去摸她胸前或是別的什麼地方。

她很肯定地說：「沒有。」

媽媽鬆口氣，交代說：「一個女孩子，要有主心骨，有些事情，只有等到結婚後才能做，結婚前就堅決不要做，不管他對你有多好，也不管他許什麼諾，都不能做。男的就是這樣，他哄著你做那些的時候，他什麼好聽的話都說得出來，他什麼願都可以許，但等你做了，他就瞧不起你了，認為你賤。那時候，主動權就在他手裡了，他想要你就要你，不想要你就甩你，你要想再找一個男朋友，就很難了。」

靜秋很想讓媽媽講個明白，到底哪些事是結婚之後才能做的，但她問不出口，只有裝作一個不感興趣的樣子。

媽媽嘆口氣：「唉，總以為你是個很懂事的孩子，沒想到你這麼早就考慮這些問題。現在提倡晚婚晚戀，但你才十八歲，就算二十三歲結婚也還有四、五年。他纏得這麼緊，你們兩個人很容易——搞出事來的。如果出了事，那你就身敗名裂了。」

媽媽跟著就講了好幾個「身敗名裂」的例子，說八中校辦工廠的小王，原是市文工團的，談的一個女朋友也是一個團裡的，兩個人還沒結婚就弄得懷孕了，結果被團裡知道，男的被貶到八中校辦工廠來了，女的被貶到三中校辦工廠去了，現在大家都知道他們有作風問題，搞得在人前抬不起頭來。還有八中附小的趙老師，結婚七個月就生下一個小孩，雖說沒受處分，也是很被人瞧不起的。還有……

媽媽講的這些個「身敗名裂」的例子都是靜秋認識的人，全都因為未婚先孕或者其他生活作風問題受了不同的處分。人們講起這些人，都是把嘴一撇，很瞧不起。

媽媽說：「幸好我發現得早，不然還不知道會出什麼事，你以後不要跟他來往了。他這種公子哥兒，都是玩弄女孩子感情的高手，他現在是還沒得手，所以他拚命追，真的等他得手了，過一陣就厭倦了。就算他不厭倦，他家裡也不會同意。就算他家同意了，你還這麼小，而他已經——這麼成熟了，我看他很難熬過這四五年，遲早會搞出事來。」

37

靜秋第二天到紙廠去了一下，把工辭了。萬駝子很客氣，說：「我馬上就把你的工時開出來，你自己送到李主任那裡去，免得你不放心。」

這也正是靜秋關心的東西，如果不是怕萬駝子不給她報工時，她就懶得親自跑來辭工了。她拿著萬駝子為她開的工時表，說聲「謝謝」，就離開了他的辦公室。靜秋本來還想跟張一說聲謝謝的，但他那天上白班，正在車間裡，她就跟他同寢室的人講了一下。路上碰到劉科長，靜秋也謝謝了他，又特別提了一下哥哥招工的事，劉科長許諾說不會忘記的。

回到家，靜秋就接手做飯的活，讓妹妹去跟鐘琴她們玩一玩。她把綠豆稀飯煮上了，就躺在床上想心思。她很擔心老三手上的傷，肯定是割得很深，不然怎麼要縫兩針？至於那個凝血機制不好的問題，她倒不是特別擔心，因為醫生一直說她媽媽凝血機制不好，說是什麼「血小板減少」，隨便碰碰就會皮下出血，所以媽媽身上經常是青一塊紫一塊的，她自已也有這種現象，但好像也不是什麼大事。

她回想起老三割他手的情景，還心有餘悸，不知道老三哪來那麼快的手腳，只看到他拿出了刀，還沒來得及問怎麼回事，他就手起刀落，把自己割了一刀。她覺得他這個舉動是有點狂熱，但她願意把那理解為他一時情急，想不出別的辦法來說服她去醫院，才會出此下策。

她昨晚沒敢把老三留錢的事告訴媽媽，因為她已經感覺到了，媽媽知道老三的事越多，分析出來的壞東西就越多。如果媽媽知道老三留錢的事，肯定要說他在搞「糖衣炮彈」，小恩小惠。

靜秋只在家待了一天，從第二天開始就跟媽媽到河那邊去糊信封。媽媽開始不同意她去，說她的腳應該多休息。但不知怎麼的，媽媽一下又想通了，帶她去了糊信封的地方。媽媽教了她一下，她很快就學會了，糊得很快。但居委會發貨是有規定的，像她媽媽這樣有退休金的只能拿補差，就是你的工資打多少折，你就只能做那麼多，所以她媽媽每個月只能做十七塊錢左右。

靜秋知道怎麼糊信封、到哪裡領貨交貨了，就叫媽媽在家裡歇著，不用跟去居委會了。她暗中打著一個如意算盤，如果她媽媽不跟去，那她就自由了。等老三來了，她就可以跟老三跑到江裡去游泳，到時候就說在居委會糊信封。

但媽媽好像摸透了她的心思一樣，一定要跟去，還把妹妹也帶上。每天，母女三個人都是早早就起來了，趁著太陽還不太大就過河那邊去糊信封，當天領的料糊完了，三個人又一起回家。

媽媽沒再跟靜秋講什麼大道理，但看得很嚴，完全是人盯人戰術。就連靜秋跟妹妹去河裡游泳，媽媽都要跟著去，坐在河岸上看兩姐妹游泳。晚上乘涼更是亦步亦趨，三個人坐在河坡上，媽媽坐中間，手拿一把扇子，給兩個女兒扇風趕蚊子。靜秋有時候會有一種奇怪的感覺，好像老三像孫悟空一樣，變成了一個蚊子，想飛到她耳邊來說幾句話，但被她媽媽這樣一扇一扇的，就給扇跑了。

靜秋走在路上仍愛東張西望，想看看老三來了沒有。她知道現在是沒有機會偷跑出去會老三了，但她仍然希望他到K市來，一來說明他沒忘記她，二來也可以讓她看他一眼，至少知道他沒事。

有兩次在路上，她覺得看到老三了，他好像是跟在她們後面。但等她找了個機會，轉過身去仔細看的時候，又找不到他了，不知道是剛才看花了眼，還是他怕媽媽看見，躲了起來。

後來，學校王主任來叫靜秋去瓦楞廠做工，說他兒子一提到招零工的事，他就馬上推薦了靜秋。靜秋聽到這個消息，激動不已，以為機會來了，可以擺脫媽媽的監督了。哪知媽媽是不再如影隨形地跟了，但靜秋還是不能獨來獨往，因為一起去打工的還有八中李老師的女兒李紅，比靜秋小一歲，這是第一次出去做工，李老師就叫靜秋天天帶著她上下班，靜秋的媽媽如獲至寶，一口就替靜秋答應下來了。

靜秋受李老師之託，天天帶李紅一起上下班，兩人走路有個伴，說說講講也挺熱鬧。但她心裡總在擔心，怕老三到K市來了，看見她跟李紅在一起，就不敢上來叫她。她幾次都想擺脫李紅，但又找不到理由。而且媽媽現在糊信封糊出經驗來了，每天都是在靜秋下班之前就糊完了，常常會站在渡口或者校門那裡等她。

慢慢地，靜秋也絕望了，知道暑假當中是不用指望天馬行空了，就一心盼望開學，也許頂了職了，就有機會單獨出去了。九月份，學校開學了，教育局又拖了大半個月才把靜秋頂職的事批下來。靜秋就走馬上任，當上了K市八中的炊事員，就在她家對面的食堂裡上班，抬腳就到。

靜秋白天在食堂上班，哪裡也去不成。晚上她下班，媽媽也下班了。現在媽媽星期天也不去上班了，因為信封定額連平時都不夠糊，用不著星期天上班。靜秋的同學朋友大多下了農村，想溜出去連藉口都找不著一個。

除了不能跟老三見面，靜秋的生活可以說是芝麻開花：節節高。第一件開心的事就是她開始領工資了。那天，總務處的趙主任親自來叫她去領工資，笑眯眯地說：「靜秋啊，你是十五號以後上的班，九月份只能領半個月的工資。」

靜秋聽趙主任的口氣，好像很抱歉一樣，但她已經喜出望外了，差不多月底才上班，學校還給她半個月工資，這不是白賺了好些天的錢嗎？

以前靜秋幫媽媽領過工資，每次去都跟趙主任開玩笑，問：「趙主任，還沒把我的工資關係轉過來？」趙主任脾氣很好，總是笑著說：「就去轉，就去轉。」

這次趙主任說：「你總在問你的工資關係轉過來沒有，現在終於轉過來了。」說著就給了她一個信封，裡面放著她的工資，有將近十五塊錢，還有一張半寸寬、七八寸長的小紙條，是她的工資單。她拿出來看了又看，上面真的寫著她的名字。她想到自己從此以後每個月都可以領到這樣一個小紙條了，興奮得覺都睡不著了。

她把工資都交給了媽媽，讓媽媽做家用，也幫哥哥存點錢結婚，至少讓他逢年過節有錢買禮物送給亞民家。現在每次都是亞民把禮物買好了，讓哥哥提著到她家去，但亞民的爸爸每次都把禮物扔到門外去了。亞民安慰哥哥說不要緊，很多女孩家都是這樣的，剛開始都是不同意自己的女兒找的物件，但水滴石穿，最終都還是同意了。

亞民的預言很快就實現了，因為哥哥被招工回到K市了。靜秋的媽媽說哥哥招工的事多虧了八中附小陳老師的女兒易鋼幫忙。易鋼比靜秋的哥哥大幾歲，算是「新三屆」的，下鄉時下在D縣下面的一個生產隊裡，後來被招到D縣一個廠裡當工人。

當時K市的知青都不願被招到D縣去工作，一旦招去，就回不了K市了。D縣只是個小縣城，怎麼能跟K市相比呢？但易鋼那個生產隊的隊長對她說：「你這次不去，下次就輪不到你了。」易鋼只好去了D縣那個廠。幹了一段時間，不知道她怎麼七調八調的，調到了D縣物質局工作，然後從D縣物質局臨時抽調到D縣招工辦工作。

易鋼的媽媽陳老師跟靜秋的媽媽是好朋友，這次易鋼到了D縣招辦，自然要幫靜秋的哥哥一個忙。但縣招辦只能發招工表到他的大隊去，能不能被推薦上，還要看他所在的生產隊。招工表到了縣招辦，易鋼可以幫忙把他推薦給來招工的廠家，但也不能勉強別人。所以招工這個事，至少關係著三頭：生產隊、縣招辦、招工的廠家。

不知道這次怎麼一下就把這三頭都搞順了，哥哥被招回了K市，進了一家中央直屬企業。這下亞民高興死了，哥哥還沒去上班，又不是逢年過節，但亞民買了禮物，讓哥哥提著上門拜見未來的丈人丈母。

亞民的父母見靜新不但招回來了，而且進了這麼大的廠，也沒什麼反對意見了，那次不光沒把禮物扔出家門，還留他吃了頓飯。哥哥終於通過了審女婿的初試，榮幸地成了亞民家的「苦力」，買煤、買米、買柴之類的重活就包給哥哥了。

哥哥是好不容易才得到這個苦差事的，所以幹得很歡。有時吃著飯，亞民就叫來了：「新兒，我媽叫你去買煤。」

哥哥聽了，二話不說，擱下筷子就走。媽媽總是開哥哥玩笑：「我叫你做個事，你拖拖拉拉的；亞民的爹媽一叫你做什麼，你跑得飛快。」

哥哥就笑著說：「那有什麼辦法？現在就是這個風氣。小秋，你趕快找個人幫我們家拖煤吧。」

媽媽就趕快說：「莫亂開玩笑，靜秋現在還沒轉正，莫為了找個拖煤的人把她工作的事搞垮了。」

哥哥在亞民家成功過關，搞得靜秋心裡癢癢的，也開始繪製老三成功的藍圖。也許等她轉正了，她媽媽就不會再擔什麼心了。到那時，她跟老三就可以像亞民跟哥哥一樣公開來往了，那時就該老三來給她家拖煤了。她一想到那個情景就覺得很好玩，她哥哥去幫亞民家拖煤，而老三又來給她家拖煤，那誰給老三家拖煤呢？

那段時間真是運氣來了門板都擋不住，王主任給靜秋的媽媽透露了一點內部消息，說他給學校提過了，請學校在適當的時候讓靜秋出來教書。八中這種地方，隔河渡水的，很少有人願意從市內調來，一向是文教局用來發放那些犯了錯誤的老師的地方，有時從師範學校分幾個不懂行情的新人來，也是剛一搞熟就想法調走了，所以八中很缺老師。學校可以用這個理由，向教育局申請讓靜秋出來教書。

王主任說：「叫你家靜秋好好幹，你也找學校其他領導活動活動。」

靜秋雖然頂了職，但學校還是拿她當小孩，有什麼事都是跟她媽媽商量通氣。她媽媽也說這樣更好，有些向黨要名譽、要地位、要照顧的事，就讓媽媽去做，免得靜秋在學校領導那裡留下一個不好的印象。媽媽反正退休了，為自己的女兒謀點利益，別人也不能把她怎麼樣。媽媽就找這個領導那個領導去談，懇請他們在適當的時候讓靜秋出來教書。

幾個領導都打了保票，說我們都知道靜秋成績好，是個教書的料子，我們遲早會讓她出來教書的，你不用擔心。不過現在她剛工作，文教單位頂職的又不止她一人，我們現在就讓她出來教書，怕別的人有意見，總要等到不會惹出麻煩了，才能讓她教書。靜秋聽到這個消息，高興得要命，恨不得馬上讓老三知道，分享一下。但他從那次走後，就一直沒消息。她一天比一天著急，不知道他為什麼不來看她。

她能想到的原因主要是三種：一種就是他得了破傷風。可她不敢沿著這個路子往下想，就安慰自己說，如果老三真的得了破傷風死了，長芳一定會來告訴我一聲，既然長芳沒來告訴我這個壞消息，說明老三沒得破傷風。

另一種可能就是他在死守他許給媽媽的諾言，要等到她轉正後再來看她。但她那時已經厚著臉皮央求過他，叫他不要等那麼久了，他自己當時也答應會來看她的，還說他「反正是個當叛徒的料」。難道他後來又決定不當叛徒了？

還有一種可能，就是老三那次被媽媽審問一通，生媽媽的氣了，所以他不再來了。她知道好些這樣的故事，都是女孩的父母對未來的女婿太挑剔，結果把女婿氣跑了，搞到最後還得這個女兒或者女兒的父母出面去講和，講不講得成就很難說了。

靜秋不知道老三是不是生氣逃跑了。當她想到老三是生氣逃跑了的時候，她就開始生老三的氣：我媽媽說了你什麼呢？都是很溫和很有道理的話，你為這幾句話就逃跑，那也只能說你太禁不起考驗了。但當她想到老三還在苦苦地等她，經常到K市來，只是沒機會跟她見面的時候，她又生媽媽的氣：哥哥也是這麼個年紀開始談朋友的，為什麼你只把我盯這麼緊呢？

38

靜秋在食堂幹了一段時間，學校通知她到校辦農場去鍛鍊半年，說你沒下過農村，以後讓你出來教書怕別人有意見，你去農場鍛鍊半年，別人就沒話說了。

學校剛在嚴家河下面一個叫付家衝的山村裡辦了個農場，準備讓學生輪流到那裡去鍛鍊。選在付家衝辦農場，是因為學校鄭主任的家在付家衝，憑這點關係，付家衝才撥給學校一點土地，並且出人出力幫校辦農場蓋了幾間房子。

從K市到嚴家河大概有四十里地，有長途班車，從K市直達嚴家河的每天只有兩班，如果從K縣坐車到嚴家河，每天就有四班。從嚴家河到付家衝還有八里多地，都是山溝溝路，有很多地段連自行車都騎不成，只能是靠腳走。

學校選派了幾個老師到農場，女的負責管學生的伙食，男的負責帶學生勞動。第一批到農場的還負有打前站的任務，要做好準備工作，迎接學生到來。

靜秋是第一批被派到農場去的，她聽到這個消息，興奮莫名，因為這就意味著她可以擺脫媽媽的監控了，而且西村坪離嚴家河只有幾里地，去了農場，就意味著隔老三近了。媽媽雖然有些擔心，但沒像下農村那樣擔心，現在靜秋是有工作的人了，下去半年就能回來教書，同去的都是學校的老師，媽媽還比較信得過。最重要的是，媽媽不知道嚴家河跟西村坪之間在地理位置上是個什麼關係，如果媽媽知道，恐怕還是要擔心的。

這次去農場的幾個人由鄭主任帶隊，同去的還有一位二十多歲的女老師，就是那個結婚七個月就生了兒子的趙老師。另一個是個四十多歲的男老師，姓簡，教過靜秋物理，以前還經常跟靜秋她們一起練球。簡老師人不高，但以前是搞體操的，胳膊頭子有勁，經常藉救球的機會來一個前滾翻，博得一片喝彩聲。

學校把農場場址選在一座山上，因為山後不遠處就有一條路，可以走手扶拖拉機，一直通到一個叫黃花場的小鎮，從那裡有汽車路通到嚴家河。學校有台手扶拖拉機，就是人稱「小拖」的那種，可以為農場購物運貨。

開小拖的是個二十出頭的年輕人，叫周建新，爸爸是K市十二中的校長。小周高中畢業後，因為心臟病沒下農村，不知道跟誰學了開小拖，可能也借了他爸爸一點面子，就到八中來做臨時工，還沒轉正。

靜秋以前就見過小周，因為她讀書的時候在校辦工廠勞動時經常見他在那裡拖貨。後來做炊事員的時候，也時常見他滿臉機油地在食堂前面鼓搗那台手扶拖拉機，旁邊圍一群小孩，看他用個搖柄狠命地發動小拖。發不起來的時候，就全體失望，唉聲嘆氣；發動起來了，則群情沸騰，山歡海笑，一個個像小猴子一樣爬上他的車，跟他到學校操場去試車。

小周不光名字裡有個「建新」，長得也有點像老三，跟老三的個子差不多高，比老三單薄一些，皮膚也比老三黑一些，背沒有老三那麼直。但他們兩個有個共同特點，就是笑起來的時候，整張面孔都積極投入進去。眼睛一眯縫，就顯得眼睫毛特別濃特別黑。鼻翼旁有兩道笑紋，使笑容格外有感染力。

靜秋他們四個老師先坐汽車經過K縣縣城到嚴家河下車，然後就走路進付家衝。小周開著小拖進山，從K市八中到K縣縣城，再到嚴家河，然後到黃花場，最後到農場，大約有六、七十里地。當兩隊在山後會合時，幾個人還唱起了《長征組歌》裡的曲子，反正山上沒人，平時敢唱不敢唱的現在都可以放開嗓子大喊幾聲。因為還有段路沒修通，小拖只能停在隊上的窯場那裡，幾個人來來回回跑了好幾趟，才把車上的東西運到農場。

農場的幾間房子還才粗具規模，屋子裡是泥土地，還沒整平，都是土疙瘩。窗子上沒玻璃，也沒遮擋的東西，只好用個斗笠遮住。床就是一個土堆，上面放了幾塊木板。門閂也沒有，靜秋和趙老師住一間，兩人晚上就用一根大樹棍斜頂住門。

幾個人做的第一件事就是造個廁所，也就是挖個坑，上面搭兩塊板子，然後用一些高粱桿子紮成排擋在四周。傳說這一帶山上有一種動物，當地人稱「巴郎子」，專愛夜間出來襲擊出恭的人，上來就用長滿了刺的舌頭舔人的屁股，然後就把腸子挖出來吃掉。因為害怕「巴郎子」，大家上廁所的時候都提把斧頭。到了晚上，大家都儘量不上廁所，實在要上，男的就跑到屋後解決一下。靜秋晚上總要上一兩趟廁所，又不大好意思在屋後上，只好提著斧頭到一兩百米外的廁所去。

小周就住在房子同一邊靠前門的地方，如果不關門的話，靜秋出去他就能看見。靜秋很快就發現她每次從廁所出來往回走的時候，總能看見小周站在路邊抽菸，站的位置恰好在一個既不會使她尷尬、遇到情況又能及時跑上來救命的地方。她從他身邊走過，兩人打個招呼，一前一後回各自的房間去。

剛去的那些天，山上也沒什麼菜吃，大家就把自己帶去的私菜拿出來一起吃。天晴的時候，大家出去挖野蔥、野蒜回來吃。下了雨，就到山上去撿「地間皮」，洗乾淨了炒著吃，有點像黑木耳。每次出去挖蔥撿「地間皮」，走著走著，趙老師跟簡老師就走到一起去了，靜秋就掉了單，但過一會兒，小周就會找來了，跟她一起撿「地間皮」。

鄭主任雖然家就在山下，但也堅持跟大家一樣住在山上，每星期才回去一次，有時就從家裡帶些蔬菜來給大家吃。靜秋管伙食，想付他錢，就問他多少錢一斤，鄭主任說是「兩角一分八一斤的菜」，說著就把兩腳分開，做個拔菜的姿勢。

農場的生活很苦，但是幾個老師都很風趣活躍，所以靜秋覺得日子一點也不難過。白天幹一天活了，晚上睡覺前就聚在一起講故事。靜秋發現簡老師特別會講歷史故事，鄭主任和趙老師會講民間故事，而小周則特別會講福爾摩斯探案的故事。

準備得差不多了，農場就迎來了第一批學生。學生來後的第一件事就是把山後的路修通了，這樣小拖就可以一直開到農場那棟L形的房子前面。於是小周和他的小拖就成了農場一大景觀。

小周愛穿一件舊軍衣，好像每晚都記得塞進了醃菜罎子一樣，皺得跟醃菜有一比。戴的那頂舊軍帽也是帽舌軟皮皮的那種，像國民黨的殘兵敗將。但他開起小拖來則很有拚命三郎的架勢，風馳電掣、上下騰躍、勢不可擋，每次都要衝到廚房跟前才戛然而止。

學生們聽到小拖的「篤篤」聲，就像夾皮溝的鄉親們聽到小火車聲一樣，都要從寢室裡湧出來，看看這個農場跟外部世界唯一的活動橋樑。

小周的臉上照例是有一些機油的，幾乎成了他的職業道德和技術指標。有時靜秋告訴他，說他臉上哪裡哪裡有機油，他就扯起袖子擦一擦，大多數時候是越擦越多。靜秋笑彎了腰，他就伸過臉來，讓靜秋幫他擦擦，嚇得靜秋轉身就跑，而他也就一臉「你不擦該你負責」的神情，怡然自得地忙他的去了。

靜秋跟趙老師兩個人負責挑水洗菜做飯，簡老師和鄭主任就負責帶學生勞動，小周跑運輸，五個人是既分工又合作。隔三差五地，靜秋或趙老師就跟隨小周的小拖出去買菜買米。趙老師去了兩次就不大願意去了，說聞不來那個柴油味，而且坐在小拖上「篤篤篤」地跑幾十里，屁股都「篤」起泡來了。

靜秋不怕柴油味，她從小就很喜歡聞汽油味，所以總是她跟小周一起出去採買。每次都是先把早飯開了才出去，爭取下午就趕回來，好做學生的晚飯，怕趙老師一個人忙不過來。

跟小周混得比較熟了，靜秋就想請他幫個忙，載她去趟西村坪。她想看看老三到底在幹什麼，為什麼老沒來看她。

於是下次出去採買的時候，靜秋就問小周可不可以從嚴家河彎到西村坪去一下，她說她有個朋友在那裡，她去還本書。

小周問：「男朋友女朋友？」

靜秋反問：「男朋友怎麼樣，女朋友又怎麼樣？」

小周說話一向是嬉皮笑臉，油嘴滑舌的：「是女朋友就載你去，是男朋友就不載你去。」

靜秋說：「你要是覺得不方便就算了吧。」

小周沒說方便還是不方便，但買完了米往回開的時候，靜秋見他停了好幾次車，去跟路上碰見的人說話，她不知道他在幹什麼。開了一陣，他對她說：「到了西村坪了，你要到哪裡去？」

靜秋沒從這條路到西村坪來過，一下子有點摸頭不是腦了，站了好半天，才理清了方向，指著勘探隊工棚的方向說：「應該是在那邊。」

小周把小拖一直開到工棚跟前，停了機，說：「我在這裡等你，不過要是時間太長了不出來，我就要衝進去救你了。」

靜秋說聲「不會的，我馬上就回來」，就向那排工棚走去，覺得自己的心快要跳出喉嚨來了，平時從來感覺不到自己的心在跳動，但現在是真真切切地感到心在猛跳，而且在離喉嚨很近的地方跳。她現在有點相信書上那些說法了：激動的時候心就會跑上來，在喉嚨附近跳；安心的時候，心就會跑下去，所謂「把心放回肚子裡去了」。

她拿著一本書做幌子，準備如果待會兒老三不在，或者老三態度不熱情，她就說是來還書的。她深深吸了一口氣，才去敲老三的門，但敲了好一會兒都沒人應。她想起這是下午，也許老三在上班。她很失望，但又不甘心，就順著那些房間一間一間地走，看看能不能逮住一個人問問老三的情況。走了一圈，也沒看見一個人，可能都在上班。

她又轉回老三那間房前，幾乎是不存任何指望地敲了幾下，沒想到卻把門敲開了。開門的是個男人，靜秋認出就是上次她來叫老三去大媽家吃飯時見過的那個中年半截的人。她瞄了一眼房間裡面，看見有個女的，正在梳理頭髮，好像才從床上爬起來的一樣。

那個中年半截的人也認出了她，說：「嗨，這不是『綠豆湯』嗎？」

那個女的跟到門前，問：「是你的『綠豆湯』？」

中年半截的人笑著說：「我哪裡會有『綠豆湯』？是人家小孫的。想起來了，『綠豆湯』這個詞兒，還是她創造發明的呢。我們說吃了鹿肉火大，她就說喝點『綠豆湯』清火。」說完就意味深長地笑。

靜秋一心想問老三的消息，也不管他們在說什麼，只問：「您知道不知道他什麼時候下班？」

「他？誰呀？」中年半截的人開玩笑問。

那個女的指著中年半截的男人，問靜秋：「你認不認識老蔡？是我愛人。我過來探親，今天剛到，你肯定在這裡很久了，你知道不知道我們老蔡在這村裡有沒有『綠豆湯』？他們搞野外的，沒有一個好東西，哪個村都有『綠豆湯』。」

老蔡不理他媳婦，對靜秋說：「小孫調走了，你不知道？」

靜秋一驚，問：「他調哪裡去了？」

「他調二隊去了。」

靜秋愣在那裡，不知道老三調到那裡去幹什麼，而且又不告訴她。她手足無措地站了一會兒，鼓足勇氣問：「您——知道不知道，二隊在哪裡？」

老蔡正要告訴她，被他媳婦扯扯衣袖，說：「你別在裡面惹麻煩，別人小孫如果想讓她知道，還會不告訴她？你當心搞得別人打起來。」

靜秋不知道這個「綠豆湯」究竟是什麼意思，但那個女的說的話她還是能悟出幾分的，她尷尬地說了聲「你們誤會了，我只是來還他一本書的，打攪你們了。」就轉身跑掉了。

小周看她神色不對，擔心地問了幾次，她也不答話。回到農場的時候，正在開晚飯，她連忙跑去幫忙。但開完了學生的飯，幾個老師坐下來吃飯的時候，她覺得頭很疼，一點胃口也沒有，就推說頭疼，跑回房間睡下了。

幾個老師都關心地跑來問她今天是怎麼回事，她說沒事，就是頭疼，想睡會。睡了一陣，小周端了一碗煮得很稀的菜飯來給她吃，還用一個小碟子裝了一點他自己帶的榨菜。她一看見這兩樣東西就覺得餓了，說聲「謝謝」，就一口氣吃了。

第二天，她到堰塘去挑水的時候，小周跟來了，說要幫她挑。她不肯：「算了吧，你有心臟病，哪能挑水？」

小周說：「我的心臟病是怕下農村怕出來的，我幫你挑吧，我看每次都是你在挑水，怎麼趙老師不挑水呢？」

靜秋從來沒想過這事，反正沒水用了就來挑。她怕別人看見小周幫她挑水不好，就推託說：「還是我挑吧。」

小周笑笑說：「你怕別人說閒話？你要真的怕，昨天就不該晚飯都不吃就躺床上了。現在再說什麼閒話也抵不過昨天那閒話——」

靜秋不解地問：「昨天什麼閒話？」

「還不是說我昨天在路上把你怎麼樣了。」

39

靜秋不解地問：「到底別人在說什麼？」

小周嬉皮笑臉地說：「當然是說我把你害了。」

靜秋氣暈了，她知道這個「害」字，就是當地土話裡「強姦」的意思。她沒想到大天白日的，別人還會往這上面想。她抖抖地問：「誰！誰說的？我要去找他問個清楚。」

小周趕快說：「別去別去，告訴你一點事，你就要去問別人，那我以後有話不敢跟你說了。」

「為什麼他們要這樣亂說？」

「我們昨天回來得晚，你一回來又神色不對，而且飯也不吃就躺床上去了，再加上我又是個土匪名聲，誰都會往這上面亂猜。不過我已經解釋過了，你不用去問這個問那個了。這種事，你越鬧，別人說得越歡。」

靜秋擔心地問：「那你……有沒有說……我們昨天是到……什麼地方去了？」

小周說：「我肯定不會說的啦，你放心好了，我土匪是土匪，但我是個正直的土匪，很講江湖義氣的。」然後又嬉皮笑臉地說，「再說——你這麼漂亮，我背個黑鍋也值得。」

靜秋有點懷疑就是小周自己在議論，因為他一直有點愛把兩個人往一起扯，總說別人在議論他們兩個，但靜秋自己並沒聽見誰議論他們兩個。她不再問他什麼了，想挑上水走路，但他扯著扁擔不讓她挑，問她：「昨天到底是怎麼回事？你是去找你的男朋友嗎？他不在，還是躲著不見你？」

她趕快聲明：「你別瞎猜啊，不是什麼男朋友。」她想了想，問，「你知道不知道『綠豆湯』是什麼意思？」然後她把上次說起「綠豆湯」的前因後果，以及這次她跟老蔡夫婦的對話揀能說的說了一下。

小周嘿嘿笑：「這你還不懂？說你是哪個的『綠豆湯』，意思就是說你是哪個的馬子。馬子懂不懂？就是——女朋友，相好的。」

靜秋說：「但他們為什麼說『綠豆湯』是我發明創造的呢？」

「你怎麼什麼都不懂？」小周看她一眼，像老子教兒子一樣地說，「他們說男的上火，意思就是說男的想害女的。結果你又不懂，叫別人喝綠豆湯清火。男人那個火，是喝綠豆湯清得了的嗎？他們看你傻，拿你當笑話呢。」

靜秋本來還想問男的為什麼會想「害」他的女朋友，但小周一開口就是「你怎麼什麼都不懂」，她不敢再問了，免得又搞成個笑話。她淡淡地說：「算了，跟你說不清楚，你說的這些我都懂，但我問的問題你不懂。」

本來她那天從西村坪嘔回來的一包氣就一直沒消，現在聽了小周對「綠豆湯」的解釋，那包氣更大了。原來老三是這樣一個兩面三刀的人，當著她的面，好像把他們倆的事看得很神聖，但背著她，卻在跟他那些隊友們這樣議論她，太無聊了。

難怪他突然調二隊去，肯定是那邊有一碗「綠豆湯」等著他，也許是上次到二隊去就找好了的，也許他前一段一直是兩邊扯著。現在她這邊扯不出什麼來了，就一心一意扯那邊去了。去了不說，又不想個辦法告訴她，害她白跑一趟，還惹出這麼大麻煩，搞得閒話滿天飛。如果她確切地知道老三是這樣一個跳梁小丑，她也就不為這事煩惱了，只當被瘋狗咬了一口的，上回當，學回乖。問題是她拿不準老三究竟是不是這樣的人，也許只是一個誤會。她最怕的就是懸而未決，讓她東猜西猜，擔驚受怕。不管是多可怕的事，只要是弄得水落石出、銅銅鐵鐵了，也就不可怕了。

她決定下次跟小周出去買東西的時候就到嚴家河中學去找長芳，問到老三的地址了，就叫小周開車帶她去那裡，要老三當她的面說個一清二楚。

但鄭主任不再派她跟小周出去了，要麼就叫趙老師去，要麼就叫小周一個人去，要麼就鄭主任自己跟去了。不僅如此，鄭主任回學校彙報工作的時候還把小周的事告訴了媽媽。

鄭老師說：「我真替你靜秋擔心哪，她年輕，不懂事，很容易上當。這個周建新，自己有女朋友，而且還為他女朋友跟人動刀子打過架，現在又來糾纏你家靜秋。這也怪我，以前沒想到周建新會這麼無聊，沒注意把他們兩個分開。」

媽媽聽了，又氣又急，恨不得馬上就飛到農場跟靜秋好好談一談，但又怕鄭主任不願暴露出他是資訊來源。

鄭主任覺得自己做得光明正大：「我不怕做這個惡人，因為我是看著靜秋長大的，現在我又是帶隊的，我不管誰管？」

媽媽對鄭主任感恩戴德一通，又保證說等靜秋回來一定好好教育她。但媽媽還是有點等不及了，馬上就寫了一封信，叫鄭主任帶到農場來。

靜秋一看媽媽的信，真是氣暈了，怎麼這些人這麼愛無事生非呢？不就是兩個人出去買米，回來晚了一點嗎？就要做成這麼大的文章？但她不好發火，這裡的人以前都是她的老師，她對他們都是很尊重的。

她想來想去，嚥不下這口氣，就跑去找鄭主任：「鄭主任，如果你覺得我有什麼做得不對的，你可以當面給我指出來，不要去告訴我媽媽。她是個愛著急的人，她聽了這些謠言，肯定又急得不行。」

鄭主任說：「我這也是為你好，小周這個人，脾氣很暴躁，又不學無術，到底有哪點好呢？」

靜秋委屈地說：「我又沒說他好，我跟他又沒——談朋友，只是因為工作關係有點接觸，怎麼就扯那上頭去了呢？」

鄭主任沒答她的話，反而說：「其實我們學校還是有很多好同志的，比如你們排球隊的小萬就很不錯，這幾年進步很快，入了黨、提了幹，為人誠實可靠……」

靜秋簡直不相信這是鄭主任說的話，總覺得每個人都在批評她年紀小，不該考慮這些問題，怎麼鄭主任的話聽上去不是那麼回事呢？好像是說只要是好同志，還是可以考慮的，我跑你媽媽那裡告狀，不是說你不該談朋友，而是說你不該談「那樣」一個朋友。

她沒敢多說，只把自己的清白強調了幾遍，就回到自己房間去了。

她覺得有點滑稽，以前她讀初中的時候，還曾經對那個萬老師很有一點好感，主要是那時候他剛到八中來工作，沒經驗，又年輕，學生都不怕他，經常鬧點事讓他下不來台。他顯得那麼孤獨無助，靜秋對他充滿了同情。

但後來他就慢慢開始「打起發」（走上坡路），可能主要是跟當時的黨支部雷書記關係比較好。雷書記是個女的，二十多歲就死了丈夫，自己帶一個小孩過，很可憐，工作又很努力，家裡成分又好，很快就被提拔到書記的位置上了。後來就經常見到萬老師跟雷書記兩人過河去上黨校，雖然雷書記比萬老師大不少，而且當時也再婚了，還是有很多人說他們兩個人的閒話。好在雷書記的丈夫沒說什麼，萬老師也沒女朋友，所以也就沒鬧成什麼大事。

不知道為什麼，自從萬老師開始「打起發」，靜秋就不喜歡他了，可能她只喜歡那些不走運的人。現在聽鄭主任這樣一說，越發對萬老師生出幾分厭惡，似乎是他在依仗權勢排擠小周、成全他自己一樣。

她本來是要對小周敬而遠之、避免閒話的，但見到鄭主任這樣貶低他來抬高萬老師，心裡就對小周生出幾分同情，因為他是個零時工，使她想起自己打零工的歲月，而且他寧可背個罵名也沒把那天晚回來的真實原因說出來，使她有點敬重他的這種「正直土匪」的德性。

後來下了場大雨，把農場的房子和山後的路沖壞了，鄭主任還藉機把萬老師從學校要到農場來幫了一個星期的忙。但靜秋對萬老師一點感覺都沒有了，連話都懶得跟他說，碰見了，打個招呼就算了。

一直到了十一月下旬，靜秋才又一次有了跟小周一起外出的機會，這次是因為學生們交的伙食費不夠，眼看就沒米吃了，又不能讓學生們都跑回去拿錢票來交，鄭主任只好派一個老師回去挨家挨戶收錢收糧票。趙老師知道這是個挨罵的活，吃力了還不討好，就推託不去，這事就落到靜秋頭上了。

鄭主任把靜秋單獨叫到一邊，叮囑了半天，才讓她跟小周的車回K市去「催租逼債」。拿到錢就在K市買米買麵，讓小周運到農場，她自己可以休息兩天。

小周也知道鄭主任是在有意分開他跟靜秋兩個人，所以一路上發了不少牢騷。靜秋聽他說著話，心裡卻在打一個小算盤。到了嚴家河，她就叫小周停一下，說她要去看一個朋友，幾分鐘就行。

小周又問：「男朋友女朋友？」

「女朋友。」她肯定地說。

小周開玩笑說：「這回要是又是個男的，我可要上去開打了。上次害我背個空名，這次我可不幹了。」

到了嚴家河，靜秋就打聽嚴家河中學在哪裡。還好，嚴家河鎮子不大，中學就在離公路不遠的地方。小周把小拖開到學校附近，就關了機，說這次車上沒東西，我不用在車跟前守著，我跟你一起進去。

靜秋不讓他一起進去，他奇怪地問：「你不是說是女朋友嗎？怎麼不讓我一起去？怕你女朋友看上我了？」

她知道小周一向就是這樣油嘴滑舌的，她說不過他，越說他越油嘴滑舌，反正待會兒還要讓他開車到二隊去的，瞞也瞞不了什麼，她就讓他一起進學校去了。

兩個人在學校的一棵樹下站了一會兒，就聽到下課鈴聲了。靜秋找一個學生問了一下，找到了長芳的教室，然後請一個人把長芳叫了出來。

長芳看看靜秋，又看看小周，黯然說：「我哥在縣醫院住院，你可不可以去看看他？雖然你不要他了，但是，看在朋友一場的份兒上，去看看他吧，聽說是——絕症。」

靜秋驚呆了，長林得了絕症？她想聲明說不是我不要他，只是我不愛他，但她被「絕症」兩個字嚇呆了，說不出這樣的話。她低聲說：「你知道不知道他的病房號碼？」

長芳把醫院位址和病房號碼都寫在一個紙條上給了她，然後站在那裡，不肯再說話，眼裡都是淚。

靜秋也默默地站了一會兒，小心地問：「知道不知道是什麼病？」

「白血病。」

靜秋覺得如果現在打聽老三的新地址，就顯得有點不合時宜，即使問到了，也沒時間去了，還是先去看了長林再說吧。

上課鈴響了，長芳低聲說：「我回教室去了。你一個人去看他吧，別帶你朋友去。」

靜秋說：「我知道。」長芳進教室去了，她還愣在那裡。

小周問：「誰病了？看你臉色白得像鬼一樣。」

「是她哥哥，我以前在他們家住過，我要去看看他，他幫了我很多忙。」她問小周，「你知道不知道白血病是怎麼得的？」

小周說：「聽別人說是被原子彈炸了才得的病，但是我們學校以前有個人也得了白血病，後來死了，聽說治不好的。」

「那我們快走吧。」

他們趕到K縣城，買了點水果，就按照長芳給的地址找到了縣醫院。靜秋想起長芳囑咐過叫她一個人進去的，就跟小周打商量：「你可不可以就在外面等我？」

「又不讓我進去？都得了絕症了，還怕什麼？」

靜秋也不太明白長芳的用意，因為她聽老三說過，長林已經說下了一房媳婦，今年春節就結婚。如果真的得了絕症，那婚是結不成了，但為什麼不讓她帶小周一起去看長林，就讓她丈二和尚摸不著頭腦了。她只知道應該儘量滿足絕症病人的要求，如果長芳說不要帶小周進去，肯定是有她的道理的。

她對小周說：「我也不知道他們怕什麼，但我朋友剛才就是這麼說的，你還是在外面等我吧。」

小周無奈，只好在外面等，叮囑說：「快點出來啊，我們還得趕回去，你今天要挨家挨戶去收錢的，回去晚了，收不齊錢，明天就買不成米。」

「我知道。」靜秋匆匆答了一句，就跑進醫院去了。

40

縣醫院不大，就那麼幾棟樓，靜秋很快就找到了長林的病房。病房裡有四張床，她看見了第一張床上的號碼，就以此類推，斷定靠牆角的那張床就是長林的病床。

她向那張床望去，驚異地看見老三坐在床邊，正在一個本子裡寫什麼。雖然他穿著一件她從未見他穿過的黑呢子衣服，但她一眼就認出他了。她想：他在這裡幹什麼？在照顧長林？他不上班？是不是二隊就在附近，所以他調到這裡來好照顧長林？

有個病人家屬模樣的人問：「你找誰？」

她目不轉睛地盯著老三，回答說：「找張長林。」

老三抬起頭，向她這邊望過來，神情似乎有些錯愕，好一會兒，才放下手中的本子和筆，向她走過來。他沒叫她進病房去，而是站在走廊上跟她說話：「真的是……你？」

她問：「長林呢？」

他一愣：「長林？不是在西村坪嗎？」

「長芳說她哥在住院。」

他笑了一下：「喔，我也是她哥嘛——」

靜秋急了，辯駁說：「你怎麼是她哥呢？她說的是她哥病了，她沒說是你病了，你是在這裡照顧長林的吧？是不是？你別跟我開玩笑了，長林在哪裡？」

他好像有點失望：「你……是來看長林的？不是長林……你就不來看了？」

「你知道我不是這個意思，」她不解地問，「長芳說的『我哥』就是你？但她為什麼說我不要你了？她那樣說我才以為是長林。」

「喔，我……寫過幾封信到你們農場，都被……退回來了。我用的是她的地址，信就退她那裡去了，所以她說你不要我了。」

她很詫異：「你寫信到我們農場了？我怎麼一封也沒收到？你用的什麼地址？」

「我就用的『K縣嚴家河公社付家衝大隊K市八中農場』，再加你的名字，不對嗎？」

「我沒往那裡寫過信，但我想只能是這樣子寫。」

「每封上都寫著『查無此人，原址退回』。」

靜秋想了想，覺得一定是鄭主任搞的，因為他想把她跟萬老師湊攏，所以就來這一手，太卑鄙了。但是信封上用的是長芳的名字和地址，鄭主任怎麼會懷疑呢？難道他看出那是男人的字？或者他拆開看過了？

她緊張地問：「你信裡寫了些什麼？沒寫要緊的東西吧？肯定是我們那裡的鄭主任搞的，我怕他……拆開看過了。」

他說：「應該沒拆開吧？拆開過我應該能看得出來。」

她很有點生鄭主任的氣：「他私自把別人的信退回，算不算犯法？我回去了要找他說說，看他還不敢這樣。」

他懷疑地問：「你們那個鄭主任怎麼會對你的信這麼感興趣？是不是——對你有那麼一點意思？」

她安慰他說：「不會的，他一把年紀了，又已經結了婚，他是在幫別人的忙。」

「幫那個開小拖的？」

她詫異地看看他：「你怎麼知道開小拖的？」

他笑了一下：「看見過你們，在嚴家河，下雨，他把雨衣讓給你。」

「不是他，鄭主任最討厭他了，是幫另一個老師，排球隊那個。不過你放心，我對他沒興趣。你在嚴家河幹什麼？」

「二隊就在嚴家河附近，中午休息時經常去那裡逛逛，想碰見你。」

「你到我們農場去過沒有？」

他點點頭：「有次看見你赤著腳，在廚房做飯。」

「那房子漏雨，一下雨，地上就有個把星期是泥漿子湯，只好打赤腳。」她怕他擔心，馬上補充一句，「不過天冷了，我就沒打赤腳了，穿著那雙膠鞋，你沒看見？」

他有點黯然：「我這一段沒去。」

她不敢看他：「你……生了什麼病？」她提心吊膽，怕他說出那幾個可怕的字。

「沒什麼，感冒了。」

她鬆了口氣，但不太相信：「感冒了要住院？」

「感冒重了，也要住院的。」他輕聲笑了一下，「我是個『布得兒』嘛，老在感冒。你回家還是回農場去？能在這兒待多久？」

「我回家去，現在就得走，我有個同事等在下面，我要回去收錢買米。」她看見他很失望的樣子，就許諾說，「我後天來看你，我有兩天假，我可以提前一天離開K市。」

他欣喜地睜大眼睛，然後又擔心地問：「你不怕你媽媽發現？如果不方便的話——」

「她不會發現的，」其實她自己也沒有把握，但她顧不了那麼多了，「你這幾天不會……出院吧？」

「我會在這裡等你的。」他很快跑到病房裡，拿了一個紙包出來，塞到她手裡，「好巧啊！昨天剛買的，看看喜歡不喜歡。」

她打開一看，是一段山楂紅的燈芯絨布料，上面有小小的黑色暗花。她告訴他：「我最喜歡這種顏色和這種布料，你好像鑽到我心裡去看過一樣。」

他很得意的樣子：「我就知道你喜歡這樣的，我昨天一看到就買下了，沒想到剛好你今天就來了，我先知先覺吧？你回去就做了，來的時候穿給我看，好不好？」

她把布料捲了起來，說：「好，我回去就做，後天來的時候穿給你看。不過我現在得走了，要趕回去收錢。」

他送她往醫院大門那裡走，遠遠地，就看見了小周和他的小拖，他說：「你同事在那邊等你，我不過去了，免得他看見。他叫什麼名字？」

她說：「他跟你同名，不過姓周。」

「同名不要緊，只要不同命。」

她一愣，問：「你這是——什麼意思？」

他解釋說：「沒什麼，有點……吃醋，怕他跟我一樣……也在……追求你。」

回家的路上，靜秋的耳邊一直響著老三那句話：「同名不要緊，只要不同命」，雖然他解釋過去了，但她覺得他那話不是吃醋的意思，而是別的意思。

長芳說老三得了絕症，老三的臉色也的確不大好，有點蒼白，但那也許是因為他穿著黑呢子上裝的關係。老三自己說他得的是感冒，好像也有可能，如果得了絕症，他還會這麼鎮定，像沒事人一樣？最最重要的一點，如果是絕症，醫生怎麼會告訴他呢？

只能是長芳搞錯了，或者故意這樣說了，好讓她來看老三的，因為長芳那時以為她不要老三了，於是編出「絕症」的故事誑她到醫院來看他。現在她就抓住這兩根救命稻草，一是醫生不會告訴病人得了絕症，二是老三自己說了他只是感冒。說老三得絕症的只有長芳一個人，一票對兩票，老三應該沒有得絕症。

但是他那句話怎麼解釋？

回到K市，小周把小拖開到一家餐館前，說先吃點東西，等別人下班了，好去學生家裡去收錢。她點點頭，茫然地看著小周去買東西，幾次都把小周當老三了，很想問他：先別慌著吃飯，你先告訴我，你到底是得的什麼病？

吃過飯，小周就把小拖開回江心島，帶著她到學生家去收錢。他叫她把寫著學生地址的條子給他，他一家一家找。她就像個夢遊的人一樣，糊裡糊塗地跟著小周這裡走、那裡走，小周叫她記帳就記帳，叫她找錢就找錢，見了學生家長都是小周在說話，她只站在一邊，像個傻子一樣。後來小周乾脆把她手裡的單子和錢袋都拿去了，自己收錢，自己找錢。

一直搞到九點多了，才大致收齊了，小周把她送到她家附近，說：「我明天早上來叫你去買米。你莫想太多了，一個縣醫院，懂什麼白血病黑血病？」

她一驚，小周看得出她在為老三的病擔心？她警告自己，不要哭喪著臉，當心媽媽看出來。

媽媽見她回來了，很驚訝也很高興，趕快來弄東西給她吃。她說不餓，在路上吃了的。然後她就忙忙碌碌地把那段布拿出來縮水，用冷水搓一遍，又用熱水搓一遍，使勁擰乾了，晾在通風的地方，讓布快快乾了好做衣服。

第二天一早，小周就來叫她去買米。媽媽很不放心地看著她坐上小拖去，可能恨不得自己也跳上車去監督他們兩個。靜秋特別跟小周熱火朝天地講幾句，因為她現在不怕媽媽懷疑她跟小周有什麼事，越懷疑越好，既然媽媽一心防著小周，那她明天去看老三的時候媽媽就不會起疑心了。

買了米，小周把她送回家，把發票交給她，叫她收好，就開車送米麵到農場去了。媽媽見這個禍害走了，總算放了心，又交代靜秋千萬不要跟小周來往。

下午靜秋到學校去彙報農場工作情況，又到簡老師、趙老師家裡去拿他們家屬給他們帶的私菜。都弄好了，就到江老師家去借縫紉機做衣服。做到吃晚飯的時候，她跑回家吃了晚飯，又跑回江老師家接著做。江老師過來問她農場的情況，她哼哼哈哈地應付了一下。

衣服做好了，她還捨不得走，總覺得有點什麼事沒辦，是她想辦又不敢辦的事。想了好久，才想起是要問成醫生有關白血病的事。她磨磨蹭蹭地走到他的臥室門口，門沒關，她看見江老師坐在被子裡看書，成醫生在床上跟他的小兒子玩耍。

江老師看見了她，便問：「小秋，衣服做好了？」

靜秋怔怔地點點頭，鼓足勇氣問：「成醫生，你聽說過白血病沒有？」

成醫生把兒子交給江老師，自己坐在床邊，一邊穿鞋一邊問：「誰得了白血病？」

「一個熟人。」

「在哪裡診斷出來的？」

「K縣醫院。」

「K縣醫院很小的，未必能檢查得對，」成醫生讓她在一把椅子上坐下，安慰說：「先別著急，說說看是怎麼回事。」

靜秋也講不出是怎麼回事，她只是聽長芳那樣說了一下，她說：「我也不知道具體是怎麼回事，我只想知道，一個很年輕的人會得——這種病嗎？」

「得這種病的人多半是很年輕的，青少年居多，可能男的更多一些。」

「那……是不是得了……就……一定會……死？」

成醫生字斟句酌地說：「死的可能性……比較大，但是……你不是說只在縣醫院檢查了一下嗎？縣醫院設備什麼的……很有限，應該儘快到市裡或者省裡去檢查。還沒確診的事，不要先就把自己急壞了。」

江老師也說：「我們學校不是有一個嗎？醫院說人家是癌症，把人家嚇得要死，結果根本不是癌症。這些事，沒有三四家醫院拿出同樣的診斷，是信不得的。」

靜秋默默地坐了一會兒，江老師和成醫生還在列舉誤診的例子，但她不知道那些例子跟她有什麼關係。她問：「如果真是得了這種病，還能活多久？」

她見成醫生緊閉著嘴，好像怕嘴邊的答案自己飛出去了一樣，她又問了一遍，成醫生說：「你不是說只在縣醫院——」

她急得要哭出來了，有點生氣地說：「我是問『如果是的話』，我說如果——是的話——」

「這個……依人而定，我……也說不準到底能活多久，有的半年，有的長一些……」

41

靜秋回到家，就忙著收拾東西，把要帶的東西收拾好了，才想起現在是晚上，沒有車到K縣去，只能等明天。

她躺在床上，開始使用自己的絕招：做最壞的思想準備。當她不知道是不是縣醫院誤診的時候，她就左想右想，忽而飛到希望的巔峰，忽而降到絕望的谷底，那樣飛上落下是最痛苦的了。

現在她不這樣想了，她就當縣醫院沒有誤診，那就怎樣呢？那就是說老三是得了白血病。既然他是得了白血病，那就意味著他活不長了。到底能活多長呢？再一次做最壞的思想準備，就當他只能活半年左右了。現在可能已經把這半年用掉一些了，那就算他還可以活三個月左右。

她想起她媽媽因子宮肌瘤住院動手術的時候，是她在醫院照顧媽媽，那時她才十四歲。同病房住著一個晚期卵巢癌病人，大家叫她曹婆婆，瘦得像個鬼，經常痛得半夜半夜地哼，搞得同病房的人都睡不好。結果有一天，曹婆婆家裡人來接她出院，曹婆婆喜笑顏開地跟家裡人回去了。靜秋好羡慕曹婆婆，以為她被治好了，成了全病房第一個出院的人。後來才聽同病房的人講，說曹婆婆是回家「等死」去了。

醫生對曹婆婆的女兒說：「你媽治不好了，你們沒有公費醫療，就別把家裡搞得傾家蕩產了吧。你把你媽領回家去，讓她想吃什麼吃什麼，想穿什麼穿什麼，想去哪裡玩就帶她去哪裡玩。」

後來有誰為自己的病發愁，大家就拿曹婆婆出來安慰她：「你的病哪裡嚴重？你不還住在醫院裡嗎？如果真的嚴重的話，醫院還不早就像對曹婆婆那樣，叫你回去等死嗎？」所以住在醫院就是幸福，就算是在「等活」，只有被醫院勸走的那種，才是黑天無路，「等死」去了。

現在老三還在醫院住著，說明他還在「等活」。如果哪天醫院叫老三出院，她就跟媽媽說了，把老三接到家裡來。媽媽還是喜歡老三的，只是怕別人說，怕他家裡不同意，怕兩個人搞出事來。但如果知道老三只能活三個月了，別人就不會說什麼了，他家同意不同意就無所謂了，也應該不會搞出事來了，媽媽肯定就不怕了。

她要陪著他，讓他想吃什麼就吃什麼，想穿什麼就穿什麼，他想到哪裡去玩，她就陪他到哪裡去玩。老三上次留給她的那些錢，有近四百塊，那就相當於她一年的工資，她一分都沒用，那些錢用來滿足老三想吃什麼穿什麼的願望應該夠了。

等到老三去了，她就跟著他去。她知道如果她死了，媽媽一定會很傷心，但是如果她不死，她一定活得比死了還難受，那她媽媽會更傷心。她想她到時候一定有辦法把這一點給她媽媽講明白，讓媽媽知道死對於她是更好的出路，那媽媽就不會太難過了。反正現在哥哥已經招工回城了，可以照顧媽媽和妹妹了。爸爸雖然還戴著地主分子的帽子，但也被抽到大隊小學教書去了。媽媽這段時間心情開朗，生活也過得比以前好，尿血的毛病已經不治而癒了。沒有她，家裡人也可以過得很好了。

這樣她就可以跟老三一起在這個世界上待三個月，然後她就跟他到另一個世界去，永遠待在一起。只要是跟他在一起，在哪個世界其實也無所謂，都一樣，在一起就行。

她想：不管事情怎麼發展，也只能壞到這個地步了，無非就是老三只能活三個月了。說不定最後還活了六個月，那就賺了三個月。說不定最後發現是縣醫院誤診了，那就賺了一條命。

她把這些都想明白了，就覺得心安下來了，就像一個運籌帷幄的將軍，把陣都布好了，進攻撤退的事宜也安排好了，就沒什麼要愁的了。

第二天，她很早就起來了，對媽媽說她要回農場去。媽媽有點吃驚，但她理直氣壯地說農場就是這樣安排的，只是叫她回來收錢的，第二天一定要趕回去的。她說：「你不信的話，可以去問鄭主任。」媽媽見她這樣說，當然相信，說：「我怎麼會不相信你呢？我只是想你在家多待幾天。」

靜秋到了汽車站，把票一買，就到廁所把新罩衣換上了。她估計老三會在車站等她，所以她要早點換上，讓他今天第一眼就看見她穿著他買的布做的衣服。她要儘量滿足他的要求，不要說他是叫她穿給他看，就是他叫她脫給他看，她也一定脫給他看。

老三果然在汽車站等她，穿著他那件黑呢子衣服，但外面披了件軍大衣。如果不是知道他病了，她一點也看不出他是個「等死」的人。她決定不提他的病，一個字也不提，裝作不知道的樣子，免得他心裡難過。

他看見了她，快步走過來，接過她手裡的包，連聲說：「穿上了？好漂亮，你好快的手啊，一下就做好了？你真應該去做服裝師。」

她本來不想讓他來替她背包的，怕他累了，但她意識到如果不讓他背包，就說明她在把他當病人，所以她就讓他背上。他沒敢牽她的手，但跟她走得很近，路過一個商店時，他讓她到櫥窗跟前去，指著櫥窗玻璃裡的她說：「是不是好漂亮？」

她看見的是他們兩個人，他微微側著身，笑吟吟的，很健康很年輕的感覺。她聽人說過，如果你照玻璃的時候，看見誰的頭上有個骷髏頭，就說明那個人快死了。她注意地看了，沒有看到老三頭上有骷髏頭。她又轉過頭去看他的人，的確是很健康很年輕的感覺。她想也許縣醫院真的搞錯了，一個小小的縣醫院，知道什麼白血病黑血病的？

他問：「你明天回農場？」他見她點了頭，欣喜地說，「那你可以在這裡待一天一夜？」

她又點點頭。他笑著說：「我又先知先覺了一回，找醫院的高護士借了她的寢室，你今晚可以在那裡睡。」他帶她到縣城最大的一家百貨商場去，買了一些毛巾、牙刷、臉盆什麼的，好像她要在那裡住一輩子一樣。然後又到水果店買水果，到副食店買點心。他買什麼她都不阻攔，讓他暢所欲買。大肆購買了一通之後，他說：「我們先把這些東西拿回去，然後你想到哪裡去玩，我就帶你去哪裡玩。想不想去看電影？」

她搖搖頭，她哪裡都不想去，就想跟他待在一起。她見他穿得比一般人多，心想他到底是病了，怕冷，於是說：「你不是說你借了別人的寢室嗎？我們去那裡玩吧，外面冷。」

「你——想不想去看看那棵山楂樹？」

她又搖搖頭：「算了吧，現在又沒開花，還要走那麼遠，以後再去吧！」她見他沒吭聲，突然想：他是不是知道自己不久於人世，想在有生之年實現他許下的諾言？她覺得不寒而慄，小心地看了他一眼，發現他也在看她。

他把臉轉到一邊，說：「你說得對，以後再去吧，開花了再去。」

他又提議了幾個地方，她都沒興趣，堅持說：「我們就到那個護士的寢室去坐坐吧，暖和一些。」

他們倆回到醫院，他帶她去了高護士的寢室。在二樓，是間很小的屋子，擺著一張單人床，鋪的是醫院用的那種白墊單，被子也像病房裡用的那種，白色的套子，套著床棉絮。

他解釋說：「高護士在縣城住，這只是她上中夜班的時候用用的，她很少在這裡睡。床上的東西她昨天都換過了，是乾淨的。」

她看見屋子裡只一把椅子，就在床上坐下。他忙忙碌碌地跑去洗水果，打開水，忙了一陣，才在椅子上坐下，削水果給她吃。她看見他左手背上那個傷疤有一寸來長，她問：「那就是上次留下的？」

他順著她的視線看了一下自己的左手背，說：「嗯，難看吧？」

「不難看。你那次好快的手腳，一下就——」

「就是因為割了那一刀，那邊醫院才通知我去檢查——」他好像發現自己說走了嘴，馬上打住了，改口說，「通知我去換藥。有了這個疤，就等於有了記號，不會走丟了。你有什麼記號？告訴我，我好找你。」

她想問，到那裡找我？但她沒敢問，只是在腦海裡冒出一個場面，是她經常夢到的，四處迷霧茫茫，他跟她兩個人摸索著，到處尋找對方。她不知道為什麼，想叫他的名字卻總是叫不出口，看東西也看不真切，都是模模糊糊的。而他總是在什麼地方叫「靜秋、靜秋」，每次她循著聲音找去，就只看見他的背影籠罩在迷霧之中。

她突然悟出那就是他們死後的情景，覺得鼻子發酸，趕快深吸一口氣，說：「我頭髮林子裡有一塊紅色的胎記，就在後腦勺上，頭髮遮住了看不見。」

他問：「可不可以讓我看看？」

她散開髮辮，把那塊胎記指給他看。他用手撥開她的頭髮，看了很長時間。她轉過身，看見他眼圈發紅，她慌忙問：「怎麼啦？」

他說：「沒什麼。做過很多夢，總是雲遮霧罩的，看不真切。看見一個背影像你的，就大聲叫『靜秋、靜秋』，但等別人回過頭，就發現不是你——」他笑了笑，「以後知道怎麼找到你了，就撥開頭髮看有沒有胎記。」

她問：「為什麼你總叫我『靜秋』？我們這裡都興叫小名，不興叫全名的。」

「可是我喜歡『靜秋』這個名字。聽到這個名字，即便我一隻腳踏進墳墓了，我也會拔回腳來看看你。」

她又覺得鼻子發酸，扭頭去望別的地方。

他沉默了一會兒，說：「講你小時候的故事給我聽，講你在農場的事給我聽，我什麼都想聽。」

她就講她小時候的故事給他聽，也講農場的事給他聽。她也要他講他小時候的故事給她聽，講他家鄉的事給她聽。那一天好像都用在講話上了，中午就在醫院食堂打飯來吃，晚上兩個人出去到一家餐館吃了飯。吃完後，因為天色晚了，外面沒什麼人，兩個人就牽著手在縣城裡逛了逛。回到高護士的寢室時，天已經全黑了。他提了幾瓶開水來，讓她洗臉洗腳。

他出去了一下，她趕快洗了，但不知道把水潑哪裡，就等著他回來了好問他。過了一會兒，他拿著一個醫院用的那種痰盂回來了，說這樓裡沒廁所，你晚上就用這個吧。她臉一下紅了，心想他一定是因為聽她講了在農場提斧頭上廁所的故事，知道她半夜會需要上廁所。

他端起她的洗腳水就往外面走，她急得叫他：「哎，哎，那是我——洗了腳的水。」

他站住了，問：「怎麼啦？你還要的？我潑了再去打乾淨的。」
她說：「不是，是——我們這裡的男的不興給女的倒洗腳水，沒出息的！」
他笑起來：「你還信這些？我不要什麼出息，只要能一輩子給你倒洗腳水就行。」說著，就走到外面去了，過了一會兒，拿著個空盆子轉來。
他進來了，關上門問：「你還不趕快坐被子裡去？赤腳站那裡，一會兒就凍冰涼了。」說著，他把被子打開，鋪上，掀開一角，叫她坐進去。她想了想，就和著衣服爬床上去，坐在床頭，用被子捂住腿和腳。
他把椅子挪到她床邊，坐下。她問：「你今天在哪裡睡？」
「我回病房去睡。」
她猶豫了一下，問：「你……今晚不回病房去行不行？」
「你叫我不回去，我就不回去。」
兩個人聊了一會兒，他說：「不早了，你睡吧，你今天坐車累了，明天又要坐車又要走路，早點休息吧。」
「那你呢？」
「我睡不睡無所謂，反正我白天可以睡的。」
她脫了外衣，只剩下毛衣毛褲，鑽到被子裡去躺下。
他給她蓋好被子，隔著被子拍拍她，說：「睡吧，我守著你。」他在椅子上坐下，把軍大衣蓋在身上。

這是她第一次跟一個男的待在一間屋子裡過夜，但她好像並不害怕一樣。看來毛主席說的那句話有道理：「中國人死都不怕，還怕困難嗎？」她現在連死的準備都有了，還有什麼好怕的呢？別人要說什麼，那都是別人的事。就算別人把嘴說歪了，她也不在乎。

但她害怕問他那個問題，她很想問他到底是不是得了白血病，如果是的話，她明天就到農場去跟鄭主任說一聲，再返回來照顧他。如果他真的只是感冒了，那她就還是回農場去上班，等休假的時候再來看他。

今天一整天，她都沒能問出這句話。

42

靜秋閉著眼睛，但一直沒睡著，腦子裡老在考慮什麼時候問老三那個問題。

她偷偷睜開眼睛，想看他睡著了沒有。剛一睜眼，就看見他正看著她，眼裡都是淚水。他見她突然睜開眼，馬上轉過臉去，找個毛巾擦了擦眼睛，解釋說：「剛才……想起《白毛女》裡面喜兒睡著了，楊白勞在唱『喜兒，喜兒，你睡著了，你不知道：你爹我欠帳——』」

他唱不下去了。她從被子裡跑出來，摟住他，低聲說：「你……告訴我，你是不是……得了……白血病？」

「白血病？誰……說的？」

「長芳說的。」

他似乎很驚異：「她……說的？她……」

「不管是誰說的了，你告訴我，我想知道，你瞞著我，我更不安心，走路都差點讓車撞了。你告訴我實話，我好知道……怎麼辦……」

他想了很久，終於點點頭，淚又流出來了。她幫他擦掉淚，他抱歉地說：「我不像個男人吧？你說過的，男人不興哭的。」

她解釋說：「我說的是——男人不興當著外人的面哭，我不是外人。」

「我其實不怕死，我只是不想死，想天天跟你在一起。」

她安慰他說：「我們會在一起的，我不會讓你一個人去的，我會跟你一起去的，不管在哪個世界裡，我都跟你在一起，你不要怕。」

他愣了：「你在說些什麼呀？你不要瞎說。我一直不敢告訴你實情，就是怕你這樣瞎搞，亂來。我不要你跟我去。你活著，我就不會死；但是如果你死了，我就……真正地……死了。你懂不懂？你聽見沒有？」

她說：「我懂，『你死了，我就真正的死了』，所以我要跟你去。」

他急了：「我要你好好活著，為我們兩個人活著，幫我活著，我會通過你的眼睛看這個世界，通過你的心感受這個世界。我要你……結婚，生孩子，我們兩個人就活在孩子身上，孩子又有孩子，我們就永遠都不會死。生命就是這樣一代一代延續下去的……」

她問：「我們會有……孩子？」

「我們不會有，但是你——會有的，你有就跟我有一樣：你會活很久很久的，你會結婚，做媽媽，然後做奶奶，你會有子子孫孫的。很多年之後，你對你的後代講起我，你不用說我的名字，只說是一個你愛過的人，就行。我，就是想到那一天，才有勇氣——面對現在。想著那一天，我就覺得我只是到另一個地方去，在那裡看你，幸福地生活。」

說著說著，他發現她只穿著毛衣、毛褲跑到被子外面來了，連忙說：「快回到被子裡去，當心感冒了。」

她鑽回到被子裡，對他說：「你，也到被子裡來吧！」

他想了想，脫去外衣，也只穿毛衣毛褲，鑽到被子裡，伸了一條胳膊給她，讓她枕著。兩個人都有點抖，他說：「你不要害怕，我什麼都不會做的。」

她躺在他懷裡，枕著他的胳膊，聽見他的心跳得很快、很響，她問：「你的心是不是又要從喉嚨那裡跳出去了？」

「嗯，我……沒想到……能跟你睡在一張床上，我以為……這一生都不會有這個機會了。」他側過身，抱緊她，「好想……每天都能這樣……」

「我也是。」

「我這樣抱著你……你睡不睡得著？」他見她點頭，就說，「那你就睡吧，安心地睡吧。」

她試著睡，但睡不著。她把頭埋在他脖子邊，用手「讀」他的臉。他突然問：「你……想不想看看……男人是什麼樣的？我是說……想不想看看我是什麼樣的？想看……我就給你看。」

她問：「你給別人看過嗎？」她見他搖搖頭，又問，「你……看過……女的嗎？」

他又搖搖頭，自嘲地說：「可能會死不瞑目吧。」說完，他開始在被子裡摸索著脫衣服，邊脫邊說，「我脫給你看，但是你不要怕，我不會做什麼的，我只是想……完成一個心願……」

他把衣服一件件扔出被子，然後拉著她的手，放在他胸前：「用你的手看——」他握住她的手，在他胸上移動，「我現在……還不是太瘦吧？」他把她的手放到他腹部，就鬆開了，「你自己慢慢看。」

她不敢動，知道往下就是男人的那個東西了。她看見過很小的小男孩的，他們拉尿的時候從來不避諱別人，她看見過他們挺著小肚子，使勁拉，拉出一個拋物線。她還在一張針灸穴位圖上看到過成年男人的那個東西，不過沒敢細看。

他見她不動了，就又握住她的手，向下移去，她觸到他的體毛，吃驚地問：「男的也……長毛？」

她記得針灸穴位圖上的那個男的是沒毛的，光溜溜的。

他笑了一下：「你以為就是女的才長？」

她更吃驚了：「你怎麼知道女的長？」

「這是常識，書上也有的嘛。」他讓她的手按在他那個又熱又硬的地方。

她驚慌地問：「你發燒？腫了？」

他搖搖頭，彷彿呻吟一樣地說：「你……別怕，我沒事，它能這樣，說明我……暫時還不會死。你……握住它，它……喜歡你握住它……」

她握住它，她的手很小，只能握住一部分，她輕輕捏它一下，它就退一下，而他則抖一下。她說：「它好像不喜歡我握它，總在往後退。」

「它喜歡，它不是在退，是在跳……記不記得那次在江裡游泳？我看見穿游泳衣的你——它就成這樣了，我怕你看見，只好躲在水裡。」

她好像一下明白了很多事情，追問他：「那——你那次背我過河的時候，它是不是也成這樣了？」她見他閉著眼點頭，又問，「但是我那天沒穿游泳衣呢，它怎麼也會……」

他笑了笑，突然摟緊她，在她臉上到處吻，彷彿狂亂地對她說：「我只要碰著你、看著你、想著你，它就會成這樣。抓住它，抓緊它，不要怕。」

她還沒弄明白他在說什麼，就感到手裡一熱，他好像在抽搐一樣。她想肯定是她捏得太緊了，她想鬆開手，但被他的手抓住，鬆不開。她只好用另一隻手去摟他，發現他背上像下雨一樣，全都是汗。她著急地問：「你沒事吧？你是不是很難受？要不要叫醫生？」

他搖搖頭，過了一會兒，才低聲說：「我沒事，我很好……剛飛到天上極樂世界去了一次，是你讓我飛的……跟你在一起……我就想飛。我好想帶你一起飛，但是……我的翅膀折斷了，不能陪你飛多久了……」他拿了條毛巾擦她的手，「是不是覺得好噁心？不要怕，那不髒，那是……做小娃娃的東西……」

她也找了一條枕巾，擦他的背和身子，覺得「它」就是他身上的水龍頭總開關，稍稍捏了一下就捏得他滿身汗水，連被子都打濕了。她把被子翻個面，然後像他剛才那樣，伸一條手臂給他做枕頭。他弓著身子，躺在她懷裡，筋疲力盡的樣子。她見他連頭髮都汗濕了，知道他的飛翔一定讓他很累，就心疼地摟著他，讓他睡覺。她聽著他均勻而輕微的鼻息，也沉入了夢鄉。

睡了一會兒，她熱醒了，懷裡的他像個火爐子一樣。她想，兩個人睡真好，平時一個人睡總是睡不暖和，連腳都不敢伸直。現在她覺得全身熱烘烘的，毛衣毛褲到處都像有針在錐她一樣，裡面穿的背心式乳罩也箍得她很不舒服。她媽媽教她的，睡覺要把乳罩扣子打開，說束縛太狠了會得乳癌的。她想脫掉毛衣毛褲，打開乳罩扣子，又怕驚醒了他，正在猶豫，他睜開眼，問：「你——沒睡？」

「我睡了，熱醒了，想把毛衣脫了。」她摸摸索索脫毛衣，問，「你想不想看我？你不是說，你沒看過女的嗎？你不是說你會死不瞑目嗎？我脫給你看。」

「你不用這樣，我只是那樣說說，人死了，瞑目不瞑目都一樣。」

「你不想看我？」

「怎麼會不想？天天想、時時想，想得心裡都長出手來了。但是我——」

她也像他一樣，一件一件在被子裡脫衣服，脫了扔到被子上面，然後抓住他的手放在她胸口：「你也用手看。」

他像被火燙了一樣，從她胸前把手拿開：「別，別這樣，我……我怕我會……忍不住——」

「忍不住什麼？」

「忍不住……要跟你……做夫妻才能做的事。」

「那就做吧。」

他搖搖頭：「你以後還要嫁人的，要跟人結婚的，我還是把你——完整地留給你的丈夫吧。」

她堅定地說：「我不會跟別人結婚的，我只跟你結婚。你走了，我會跟你去的，你想要做什麼，就做吧。不然，你會死不瞑目的，我也會。」

他想了一會兒，用一條手臂摟住她，用另一隻手慢慢「看」她。她覺得像被電擊了一樣，他的手撫摸到的地方，都有一種麻麻的感覺，連頭皮都發麻。他用一隻手把她兩個乳房向中間擠，想一下都握住，但擠來擠去都沒法把兩個握住。他擠得她身體發軟，下面好像有什麼東西流出來，她慌張地說：

「等等，好像——我的老朋友來了，別把床單搞髒了。」

他跳起來，衣服都沒穿就幫她找衛生紙，找到了，拿過來給她，說：「不夠的話，明天商店一開門我就去買。」

她看看床單，沒見到紅色，又抓張衛生紙擦了一下自己，也沒見到紅色，只是一些水一樣的東西。她抱歉說：「我搞錯了，上星期剛來過了的。」

她沒聽到他答話，一抬頭，見他赤裸著站在那裡，正緊盯著她赤裸的身體，她看見了他的全部，她想他一定也看見了她的全部，她飛快地鑽進被子，渾身發抖。

他跟了進來，摟住她，氣喘吁吁地說：「你……真美，發育得……真好，你這樣斜躺在那裡，像那些希臘神話裡的女神一樣。為什麼你不喜歡……這裡大？這樣高高的才美呀！」他緊摟著她，喃喃地說，「好想帶你飛。」

「那就帶我飛。」

他輕嘆一聲，小心翼翼地伏到她身上……

43

靜秋回到農場時，已經是第二天傍晚了。老三一直把她送上山，看得見農場那棟L形的房子了，兩人才戀戀不捨地分手。

老三說他還在等醫院確診，叫她先回農場上班，不然他要生氣的。她怕他生氣了割他的手，只好回農場上班。他們約好兩星期後她休息時在縣醫院見面，即使他那時已經出院了，他還是會到高護士寢室來等她。他答應她，如果真是白血病，他就馬上寫信告訴她，無信即平安。

靜秋回到農場的當天晚上，就去找鄭主任談，免得他又退她的信。她旁敲側擊地說：「我有個朋友在嚴家河中學，她說她寫了幾封信到農場，用的是『K縣嚴家河公社付家衝大隊K市八中農場』的地址，但都被按原址退回了。您看這是怎麼回事？是不是地址不對？」

「地址是對的呀，」鄭主任似乎很納悶，「誰會把信退回去呢？」

她想，裝得還挺像的，又追問道：「農場的信都是誰送來的？」

「信只送到大隊，一般都是我父親到大隊去的時候把信帶回來，我回家時就拿了帶上山來。我父親知道農場幾個人的名字，絕對不會把你的信退回去。」鄭主任問，「你是不是在懷疑我退了你的信？我可以用我的黨籍做保證，我絕對沒有退你的信。」

鄭主任說到這個地步，她就不好再說什麼了，相信鄭主任應該不敢再退她的信了。

靜秋白天忙著為學生們做飯，有時還下田勞動。到了晚上，當她躺在床上的時候，她總是閉上眼睛，回想跟老三一起度過的那一天一夜，尤其是那個夜晚，總是讓她心潮澎湃。有時她用手撫摸自己，但一點感覺都沒有，她覺得好奇怪，難道老三的手是帶電的？為什麼他觸到哪裡，哪裡就有麻酥酥的感覺？她好想天天陪他飛，至少是在他的有生之年，天天陪他飛。

她聽人說過，女孩跟男的做過那事了，身材就會變形，走路的樣子也會改變，連拉尿都不一樣了。她只聽別人說「大姑娘拉尿一條線，小媳婦拉尿濕一片」，但別人沒細說身材到底會變成什麼樣子，也沒說走路會變成什麼樣子。她自己覺得她走路的樣子沒變，但她有點膽戰心驚，怕別人看出她走路的樣子變了。

好不容易熬過了一星期，但到了星期天傍晚，前一天回家休假的趙老師沒回到農場來，過了兩天才請人帶信來說是做了人工流產，需要休息一個月。靜秋一聽這個消息就傻眼了，趙老師不回來就意味著她不能回K市休假，農場就她跟趙老師兩人管伙食做飯，總得有一個人頂在那裡。她心急如焚，跑去找鄭主任商量，說她講好了第二個週末回去的，現在不回去，她媽媽一定很著急。

鄭主任安慰她說：「趙老師在K市休息，你媽媽就知道你在農場，她不會擔心的。學校馬上會派人來頂替趙老師，你堅持一兩個星期，我多給你一兩天假。現在農場就你一個人管伙食，你一定要以工作為重，幫農場這個忙。」

靜秋有苦難言，不知道怎樣才能讓老三知道她走不開。好在老三沒寫信來，說明醫院還沒有斷定他是那病，她只好耐著性子等幾天，相信老三一定能理解。

過了幾天，學校派了一個姓李的女老師臨時頂替趙老師幾天，靜秋連忙央求鄭主任讓她這個週末回家休假。鄭主任本來還想叫她再推遲一個星期，把李老師教會了再休假，但靜秋堅決不肯了。鄭主任從來沒見過靜秋這麼不服從分配，很不高興，但也沒辦法，就讓她回家休假了。

現在比約定的時間已經遲了一個星期，但靜秋相信老三會等她的。星期六早上，她很早就上了路，一個人從付家衝走到嚴家河，坐第一班車趕到K縣醫院，她先去老三的病房。但老三不在那裡，同病房的人都好像換過了，說這病房沒有姓孫的。

靜秋又到高護士的寢室去找，但老三不在那裡。她跑去找高護士，別人告訴她高護士那天休息。她求爹爹告奶奶地問到了高護士在縣城的住址，一路找去，高護士家沒人，她只好守在高護士家門口等。一直等到下午了，高護士才從婆家回來。她走上去自我介紹說是小孫的朋友，想看她知道不知道小孫到哪裡去了。

高護士說：「喔，你就是靜秋啊？小孫那天借房子是招待你的吧？」

靜秋點點頭。高護士說：「小孫早就出院了，他給你留了一封信的，不過我放在醫院寢室裡，你現在跟我去拿吧。」

靜秋想，可能是老三給她留的二隊的地址，叫她到那裡去找她的。她跟著高護士又一次走進那個房間，思緒萬千，那天晚上發生的一切盡在眼前。

高護士把老三的信拿來給靜秋，沒信封，還是摺疊得像只鴿子。她突然有一種不祥的感覺，果然，老三說：

很抱歉我對你撒了謊，這是我第一次對你撒謊，也是我最後一次對你撒謊。我沒有得白血病，我那樣說，只是想在走之前見你一面。

這一向，我父親身體非常糟糕，他想讓我回到他身邊去，所以他私下為我搞好了調動。本來早就該回A省去上班的，但是我總想見你一面，就一直待在這裡，等待機會。這次承蒙上天開恩，總算讓我見了你一面，跟你一起度過了幸福的一天一夜，我可以走而無憾了。

我曾經對你媽媽許諾，說要等你一年零一個月，我也曾對你許諾，說會等到你二十五歲，看來我是不能守住這些諾言了。兒女情長，終究比不上那些更高層次的召喚。你想怎麼責備我就怎麼責備我吧，一切都是我的錯。

那個跟我同名的人，能為你遮風擋雨，能為你忍辱負重，我相信他是個好人。如果你讓他陪你到老，我會為你們祝福。

這封信如同一記悶棍，把靜秋打得發懵，不明白老三這到底是什麼意思。她想一定是醫院確診老三是得了白血病，他怕她難過，撒了這個謊，好讓她忘記他，幸福地生活。

她問高護士：「您知道不知道小孫是為什麼病住院？」

「你不知道？是重感冒。」

靜秋小心地問：「我怎麼聽說他得的是——白血病？」

「白血病？」高護士的驚訝分明不是裝出來的，「沒聽說呀，白血病不會在我們這裡住院吧？我們這裡條件不好，稍微嚴重點的就轉院了。」

「他什麼時候出院的？」

高護士想了一下：「應該是兩星期之前就出院了，那天我上白班，我是一個星期倒一次班，對，是兩星期前出院的。」

「那他上個週末回醫院來了嗎？」

「我不知道他上個週末回來沒有，不過他把我房間鑰匙借去了的。我還有一把鑰匙，他走的時候把鑰匙反鎖在房間裡就行，所以我不知道他週末在不在這裡。他借鑰匙是因為你要來吧？」

靜秋沒回答，看來老三上個週末在這裡等過她的。會不會是因為最終見她沒來，起了誤會，才寫了那封信，回A省去了？但是老三不像那種為一次失約就起誤會的人啊！她想不出是為什麼，坐在這裡也不能把老三坐出來。她想到二隊去找老三，但問了高護士時間，發現已經太晚了，沒有到嚴家河的車了，她只好謝了高護士，乘車回到K市。

在家待著，她的心也平靜不下來，她最恨的就是不知道事情真相。不知道事情真相，就像球場沒有個界線一樣，你不知道該站在什麼地方接球，可發球的可以把球發到任何地方，那種擔心防範，比一個球直接砸中你前額還恐怖。她無比煩悶，誰跟她說話她都煩，好像每個人都在故意跟她搓反繩子一樣。

她本來有三天假，但她星期一清晨就出發回農場，誑她媽媽說是因為新到農場的李老師不熟悉做飯的事，她早點回去幫忙的。她到了K縣城就下了車，又跑到縣醫院去，先去老三住過的病房看看。老三當然不在那裡，這她也預料到了，只不過是以防萬一而已。

然後她去住院部辦公室打聽老三住院的原因，別人叫她去找內科的謝醫生。她找到謝醫生的辦公室，見是一個中年女醫生，正在跟另一個女醫生談論織毛衣的事。聽說靜秋找她，就叫靜秋在門外等一會兒。

靜秋聽她們在為一個並不複雜的花式爭來爭去的，就毛遂自薦地走進去，說應該是這樣這樣的。兩個女醫生就把門關了，拿出毛衣來，當場叫靜秋證實她沒說錯。靜秋就快手快腳地織給她們看了，把她們兩個折服了，叫她把織法寫在一張處方紙上。

兩個女醫生又研究了一會兒，確信自己是搞懂了，謝醫生才問靜秋找她有什麼事。靜秋說：「就是想打聽一下孫建新是因為什麼病住院。」她把自己的擔心說了一遍，說怕老三是得了絕症，怕她難過才躲起來的，如果是那樣的話，她一定要找到A省去，陪他這幾個月。

兩個女醫生都嘖嘖讚嘆她心腸真好。謝醫生說：「我也不記得誰是因為什麼病住院的了，我幫你查查。」說著就在一個大櫃子裡翻來翻去，翻出一個本子，查看了一下，說：「是因為感冒住院的，這打的針、吃的藥、輸的液都是治感冒的。」

靜秋不相信，說：「那本子是幹什麼的？我可不可以看看？」

謝醫生說：「這是醫囑本，你要看就看吧，不過你也看不懂。」

靜秋學過幾天醫，也在住院部待過，雖然連皮毛也沒學到什麼，但「醫囑」還是聽說過的。她把本子拿來看了一下，的確是個醫囑本，都是醫生那種鬼畫符一樣的字，大多數都是拉丁字的「同上」、「同上」。她翻到前面，找到老三剛進院時的醫囑，認出有「盤尼西林」的拉丁藥名，還有靜脈注射的葡萄糖藥水等等，看來的確是感冒。

她從醫院出來，心情很複雜。老三得的是感冒，她為他高興，但他留那麼一封信，就消失不見了，又令她迷惑不解。

在嚴家河一下車，她想都沒想，就跑到中學去找長芳，也不管她正在上課，就在窗子那裡招手，招得上課老師跑出來問她幹什麼，她說找張長芳，老師氣呼呼地走回去把長芳叫了出來。

長芳似乎很驚訝：「你怎麼這個時候跑來了？」

靜秋有點責怪地說：「你那天怎麼說是你哥在住院？明明是……他在住院。」

「我是把他叫哥的嘛！」

「你那天說他是那個病，怎麼醫院說不是呢？是誰告訴你說他是那個病的？」

長芳猶豫了一下說：「是他自己說的呀，我沒撒謊，你信不信，那就是你的事了。」

「他調回A省去了，你知不知道？」

「聽說了。怎麼，你想到A省去找他？」

「我連他在A省的地址都不知道，我到哪裡去找他？你有沒有他的地址？」

長芳有點抱怨地說：「我怎麼會有他的地址？他連你都沒給，他會給我？我不曉得你們兩個人在搞什麼鬼。」

「我們沒搞什麼鬼，我只是擔心他是得了那個病，但他不想讓我跟著著急，就躲到A省去了。」

「我不相信，他躲到A省去，你就不著急了？你這不急得更厲害？」

靜秋想想也是。她不解地問：「那你說他會是為什麼跑回A省去了呢？」

長芳有點生氣地說：「你問我，我問誰？所以我說不知道你們兩個人在搞什麼鬼！」靜秋懇求說：「你知道不知道二隊在哪裡？你可不可以跟我去一下？我想去那裡看看，我怕他就在二隊，躲著不見我。」

長芳說：「我還在上課，我告訴你地方，你自己找去吧，很近，我指給你看。」

靜秋按長芳說的方向，直接找到二隊上班的地方去了，離嚴家河只一里多路，難怪老三說他中午休息時就可以逛到嚴家河來。她問那些上班的人孫建新在哪裡，別人告訴她說小孫調回A省B市去了，他爹是當官的，早就跟他把接收單位找好了，哪像我們這些沒後臺的，一輩子只有幹野外的命。

靜秋問：「你們有沒有聽說他……得了絕症？」

幾個人面面相覷：「小孫得了絕症？我們怎麼沒聽說？」

有一個說：「他得什麼絕症？我看他身體好得很，打得死老虎。」

另一個說：「哎，你莫說，他前一向是病了，在縣醫院住院了的。」

第三個說：「他有後門，不想上班了，就跑到醫院住幾天，誰不知道縣上的丫頭長得漂亮？」

44

這一次，靜秋不知道什麼才是最壞的思想準備了。可能老三為了怕她擔心他的病，就謊說自己沒病，一個人躲到一邊「等死」去了。但是所有的證據都在反駁這種推測，縣醫院的醫囑證明他的確是因感冒住院的，二隊的人證明他的確是早就把調回A省的手續辦好了。

要說老三把所有這些人全部買通了，都幫著他來騙她，應該是不可能的。特別是醫囑，那麼多天、那麼多人的醫囑都在那裡，不同的鬼畫符，肯定出自不同的醫生之手，不可能是老三叫那麼多醫生幫忙編造了那本醫囑。

說到底，只有長芳一個人說老三得了白血病，而且也是聽老三自己說的，誰也沒看到過什麼證據。靜秋想不出老三為什麼要對她撒這個謊，說自己得了白血病。他說是為了跟她見一面，但他是在跟她見面之後才說他有白血病的，這怎麼講得通呢？

她幾乎還沒有時間把這事想清楚，就被另一件事嚇暈了：她的老朋友過了時間沒來。她的老朋友一般是很準時的，只有在遇到重大事件的時候才會提前來，但從來沒推遲過。老朋友過期沒來就意味著懷了孕，這點常識她還是有的，因為聽到過好些女孩懷孕的故事，都是因為老朋友過期不來才意識到自己懷孕的。

那些故事毫無例外都是很悲慘很恐怖的，又因為都是她認識的人，就更悲慘更恐怖。八中有個小名叫「大蘭子」的女孩，初中畢業就下了農村，不知怎麼的，就跟一個很調皮的男孩談起了朋友，而且搞得懷孕了。聽說大蘭子想盡了千方百計要把小孩弄掉，故意挑很重的擔子，從高處往地上跳，人都摔傷了，小孩也沒弄掉。

後來小孩生了下來，可能是因為那樣跳過壓過，又用長布條子綁過肚子，所以小孩有點畸形，有兩根肋骨下陷。大蘭子到現在還在鄉下沒招出來，她的男朋友因為這件事再加上打架什麼的，被判了二十年。那孩子交給她男朋友的媽媽帶，兩家人都是苦不堪言。

大蘭子還不算最不幸的，因為她無非就是名聲不好，在農村招不回來，至少她男朋友還承認那是他的孩子，大蘭子也還保住了一條命。還有一個姓龔的女孩，就更不幸了。跟一個男孩談朋友，弄得懷孕了，那個男孩不知道在哪裡搞來的草藥，說吃了可以把小孩打下來。姓龔的女孩就拿回去偷偷在家熬了喝，結果小孩沒打下來，倒把自己打死掉了。這件事在K市八中鬧得沸沸揚揚，女孩家裡要男孩賠命，兩邊打來打去，最後男孩全家搬到別處去了。

靜秋聽說到醫院去打掉小孩是要出示單位證明的，好像男女雙方的單位證明都要。她當然是不可能弄到單位證明的，老三現在也不知去向，當然更弄不到他的單位證明。她想：老三什麼都懂，肯定也知道這一點，他這樣偷偷摸摸地跑掉，是不是就是因為害怕丟這個人？所以及早跑掉，讓她一個人去面對這一切？

她怎麼樣想，都覺得老三不是這樣的人，他以前對她的那種種的好，都說明他很體貼她，什麼事都是替她著想。怎麼會把她一個人扔到這樣一個尷尬的境地不管了呢？即便是他真的得了白血病，他也沒有理由讓她一個人去面對這事吧？他總可以等這事了結了再躲到一邊「等死」吧？

他這種不合邏輯的舉動，只有一個辦法可以解釋：他做那一切，都是為了把她弄到手。

她想起看過的那本英國小說《黛絲姑娘》，那本書不是老三借給她看的，而是她在K市醫院學醫的時候從一個放射科的醫生那裡借來看的，只借了三天就被那個醫生要回去了，她沒時間細看，但故事情節還是記住了的，是關於一個年輕的女孩被一個有錢人騙去貞操的故事。

她還想起好幾個類似的故事，都是有錢的男人欺騙貧窮女孩的故事。沒到手的時候，男人追得很緊，甜言蜜語，金錢物質，什麼都捨得、什麼都答應。但等到「得手」了，就變了臉，最後倒楣的都是那個貧窮的女孩。她突然發現老三從來沒借這種書給她看過，大概怕把她看出警惕性來了。

順著這個路子一想，老三的一舉一動都可以得到解釋了。他努力了這麼久，就是為了那天在醫院的那一幕。如果他真的不想讓她為他的病著急，他就不會說什麼「同名不要緊，只要不同命」。他也不會在她問到他是不是白血病的時候點那個頭，保密就從頭保到尾。他不時地透露一下他得了絕症，為了什麼呢？只能是為了把她弄到手。他知道她有多麼愛他，他也知道如果他得了絕症，她會願意為他做一切，包括讓他「得手」。

看來「得手」就是他這一年多來孜孜以求的原因。「得手」以前，他扮成一個溫文爾雅的紳士，關心體貼她；但「得手」之後，他就撕下了他的假面具，留下那麼一個條子，就消失得無影無蹤了。

她心急如焚，不知道該怎麼辦。如果她懷孕了，她只有兩條路。一條就是一死了之，但即便是死，也只能解脫她自己，她的家人還是會永遠被人笑話。最好是為了救人而死，那就沒人追究她死的原因了。另一條路就是到醫院去打胎，然後身敗名裂，恥辱地活一輩子。她不敢設想把孩子生下來，那對孩子是多大的不公！自己一生恥辱也就罷了，難道還要連累一個無辜的孩子？

那幾天，她簡直是活在地獄裡，惶惶不可終日。好在過了幾天，她的老朋友來了，她激動得熱淚盈眶，真的是像見到了多年不見的老朋友一樣，所有身體的不適都成了值得慶祝的東西。只要沒懷孕，其他一切都只是小事。

人們談起女孩子受騙失身，就驚恐萬狀，都是因為兩件事，一件就是懷了孕會身敗名裂，另一件就是失去了女兒身以後就嫁不出去了。現在懷孕的事已經不用為之發愁了，剩下就是一個嫁不出去的問題。她覺得自己根本沒有心思嫁人，如果連老三這樣的人都只是為了「得手」才來向她獻殷勤的，她想不出還有誰會是真心愛她的。

她倒並沒怎麼責怪老三，她想：如果我值得他愛，他自然會愛我；如果他不愛我，那就是因為我不值得他愛。問題是老三既然不愛她，為什麼還要花這麼些精力來把她弄到手呢？可能男人就是這樣，越弄不到手的，越要拚命弄。老三能跟她虛與委蛇這麼久，主要是他一直沒得手。像那個曹大秀，估計很早就得手了，所以老三很早就懶得理她了。他一定是在很多女的那裡得手過了，所以他知道女的那個地方長什麼樣，他也知道「飛」是怎麼回事。

還有「綠豆湯」的事，一定是他跟寢室裡的人吹過的，說她是他用來瀉火的「綠豆湯」，不然怎麼他寢室的老蔡會那樣說呢？同樣一件事，他想哄她做的時候，就說那是「飛」；但到了他跟他同寢室人談話時，就變成了「瀉火」。想想就噁心。

還有那幾封信，他說他寫了信到農場的，但鄭主任敢以黨籍作保證，說他沒退信。先前她懷疑是鄭主任在撒謊，現在看來應該是老三在撒謊。

還有……她不願多想了，幾乎每件事都可以歸納到這條線上來，從頭到尾就是一齣苦肉計。在江邊坐一晚上，流淚，用刀割自己的手，一齣比一齣更慘烈，當那一切都沒能得逞的時候，他就想出了白血病這一招。

很奇怪的是，當她把他看穿了、看白了的時候，她的心不再疼痛，她也不為自己做過的事情後悔。吃一塹，才長一智。人生的智慧不是白白就能長出來的，別人用自己的經驗教訓告誡你，你都不可能真正學會。只有你自己經過了的，你才算真正長了智慧。等你用你的智慧去告誡別人的時候，別人又會像你當初那樣，不相信你的智慧。所以每一代人都在犯錯誤，都在用自己的錯誤教育下一代，而下一代仍然在犯錯誤。

靜秋在農場還沒幹到半年，就被調回來教書了，可以說是因禍得福，不過是因別人的禍得了福。她接手的是八中附小的四年級一班，原來的班主任姓王，屬於那種脾氣比較好、工作很踏實，但教不好書帶不好班的老師，每天都是辛辛苦苦地工作，但班上就是搞不好。

前不久，輪到王老師的班勞動。每個學校都有交廢鐵的任務，學校就跟河那邊一個工廠聯繫了，讓學生去廠裡的垃圾堆裡撿那些廢釘子、廢螺絲，上交給國家煉鋼煉鐵。王老師帶著學生去撿廢鐵，回來的時候隊伍就走散了。王老師自己挑著一擔廢鐵，還要跑前跑後維持紀律，忙得不可開交，搞到最後，就有幾個調皮搗蛋的學生溜不見了。

那時學校門前的小河正退了水，只剩很窄的一道河溝。人們就用草袋裝了煤渣什麼的在河底鋪出一條路，讓過河的人從河坡走到河溝那裡去乘一種很小的渡船。大家把這條鋪出來的路叫「乾碼頭」。乾碼頭兩邊有的地方是很乾的河底，有的地方是淤泥，有的地方是乾得裂口的泥塊下藏著淤泥。王老師班上一個姓曾的調皮男孩離開班級，在河那邊玩到很晚才往家走，結果誤踩進淤泥了，剛好旁邊沒人，他就陷在淤泥裡，越陷越深。

王老師帶著大部分學生回到學校，又返回去找那幾個離開了班級的學生，找來找去都沒找到，只好忐忑不安地回了家，希望明天在班上能看見這幾個調皮搗蛋的傢伙。結果第二天剛進教室姓曾的學生家長就找來了，說他兒子昨晚一夜沒回家，叫王老師把他兒子交出來。

這下學校也著急了，派人到處去找，還向派出所報了案。過了一天，才在河裡的乾碼頭旁邊的淤泥裡挖出了那個姓曾的學生，早就死了。姓曾的家長看見自己的兒子滿嘴滿臉都是汙臭的淤泥，想到兒子垂死掙扎的情景，滿心是憤怒和痛苦，而且都轉嫁到王老師頭上，說如果是個得力的老師，自己的兒子就不會離開班級，遭此劫難。

曾姓家長每天都帶著一幫親戚朋友圍追堵截王老師，要她償命。學校沒辦法了，只好把王老師派到農場躲一躲。王老師那個班沒有誰敢去接，學校就把靜秋調回來接那個班。

靜秋一向是個服從分配的好學生，現在雖然參加工作了，對過去的老師仍然是畢恭畢敬、言聽計從。而且她知道如果她這次不肯接這個班，以後學校就不會讓她教書了。她二話沒說就回到K市，接替王老師，當上了四年級一班的班主任。

姓曾的家長見靜秋跟他無冤無仇，也沒來找她麻煩。其他學生家長見總算來了一個老師接這個班，對靜秋也有點感激。靜秋把整個身心都投入到工作當中去，備課、教書、走家訪、跟學生談話，每天都忙到很晚才休息。後來她又發揮自己的排球特長，組織了一個小學女子排球隊，每天早晚都帶著球隊練球。有時還帶學生到外面去郊遊，很得學生歡心，她的班很快就成了年級最好的班。

這樣忙碌著的時候，靜秋沒有多少時間去想老三。但是夜深人靜的時候，她會想起那些往事，會泛起一點懷疑，老三真的是個花花公子嗎？他會不會正躺在哪個醫院裡，奄奄一息？她想起老三提到過K市的那家軍醫院，說就是因為割了那一刀，他們才叫他去檢查。是不是那家軍醫院查出了老三有白血病呢？她越想越不放心，就請成醫生幫忙去打聽一下。

成醫生說那家醫院不屬於K市醫療系統，是直屬中央的，聽說是遵循毛主席「備戰，備荒，為人民」的教導，為防備第三次世界大戰爆發，特地為首長修建的。當時針對第三次世界大戰的特點，還修建了很深的防空洞，防止帝國主義、修正主義國家的原子彈襲擊。後來，第三次世界大戰的風聲似乎不那麼緊了，那家醫院才開放了一部分對外，但一般人是很難進去的。

成醫生費了很大勁才打聽到結果，說從就診紀錄來看，孫建新有輕微的血小板減少，但不是白血病。

靜秋死了心了，知道自己不過是重複了一個千百年來一直在發生的故事。她不是第一個受騙的女孩，她也不會是最後一個受騙的女孩。她越來越覺得自己一直以來愛著的並不是老三，而是成醫生。她之所以會對老三一見鍾情，也是因為他在某些地方像成醫生。當然只是某些地方像，到了一個關鍵的地方，他跟成醫生就分道揚鑣了。

江心島上有個豆芽社，專門生產豆芽賣的，所以江心島人吃得最多的菜就是豆芽。靜秋總覺得老三跟成醫生就像一根黃豆芽，下面是同一個莖，白白的，純純的，手指一掐就能掐出水來。但到了上面，就分成兩個大大的豆瓣，形狀是一樣的，只不過有一個豆瓣黴爛了，變黑了，而另一個豆瓣仍然是金黃的，保持著本色。

那個分岔點就是「得手」，成醫生結婚這麼多年了，仍然是忠心耿耿地愛著江老師，而老三一「得手」就馬上變了臉。

她越來越頻繁地到江老師家去，就為了聽聽成醫生的聲音，看他忠心耿耿地愛他的妻兒。成醫生可能是江心島唯一一個為女人倒洗腳水的男人，妻子的、岳母的，都是他倒。特別是夏天，大家都是用一個大木盆裝很多水，在家洗澡。那一大盆水，沒哪個女的端得動，都是用個小盆子一盆一盆舀了端到外面去倒。但成醫生家都是他端起那一大盆水，拿到外面去倒。

她一點也沒因為這點就覺得成醫生沒出息，相反，她覺得他是個偉大的男人。

特別令她感動的是成醫生對兩個小孩的愛。夏天的傍晚，總能看到成醫生帶著他的大兒子下河去游泳，而江老師就帶著小兒子坐在江邊看。很多個晚上，靜秋都看見成醫生在床上跟他的小兒子玩，趴在床上讓兒子當馬騎，真正的「俯首甘為孺子牛」。

成醫生兩口子是大家公認的恩愛夫妻，琴瑟和睦。他們兩個人一個拉琴，一個唱歌，配合默契，差不多是江心島的一大景觀。在靜秋看來，只有成醫生這樣表裡如一，始終如一，「得手」前「得手」後如一的人才值得人愛。

她看著成醫生疼愛他的妻兒，她的心裡就會盤旋著一些詩句，短短的，只是一個一個的片段，因某個情景觸發的，為某個心情感嘆的。那些詩句在她心裡盤旋著不肯離去，好像在呼籲她把它們記下來一樣。等她回到自己的寢室，她就把那些詩句寫下來，有時連題目都沒有，她也不用他的名字，只用一個字：「他」。

45

一個很偶然的機會，靜秋發現了退信的「罪魁禍首」。那天，靜秋被正在農場鍛鍊的高二兩個班邀請到付家衝為他們的演出伴奏。八中農場要跟一個知青農場聯歡，那個農場也在付家衝。因為是週末，靜秋就毫不猶豫地接受了邀請，八中農場那邊還專門派了一個男生來幫她背手風琴。

靜秋到了農場，跟學生們一起排練了一下，就跟著高二的學生去了那個知青點。她一到那裡，就成了一個引人注目的人物，因為她會拉手風琴，而且是女的。農場的知青也請她伴奏，都是幾個很熟悉的曲子，她就為兩邊的節目都伴奏了。

演出完了，還有不少人圍著她，有的叫她再拉一個，有的還拿過去扯兩把，都說好重好重，扯不開。

有個叫牛福生的男知青聽說了靜秋的名字，就跑到她跟前來，說：「你真的姓『靜』？真的有姓『靜』的人？」他見靜秋點頭，就說，「那前段時間我們這裡收到的應該是你的信了。」

原來當時八中農場才辦起來不久，送信的還不太熟悉，只看見了「K市八中農場」幾個字，就想當然地投遞到這個知青農場來了，因為這個農場是叫「K市第八工程隊農場」。第八工程隊以前是部隊編制，後來轉了地方，這個農場是專門為他們的子女辦的，子女中學畢業了，到這裡來鍛鍊，算是上山下鄉，然後就抽回K市，大多數進了第八工程隊。

農場管收發的人不知道這個「靜秋」是何許人也，問來問去都沒人知道，就把信退回去了。牛福生經常跑到收發處去拿信，見過這個很少見的姓，他看見信是從嚴家河寄來的，覺得很奇怪，才六里地，為什麼要寫信？他記住了「靜秋」這個名字，現在看到了名字的主人，一下就想起這件事來了。

靜秋謝了他，又拜託他如果以後看到寫給「靜秋」的信，就幫她收下，她有機會了自己來拿。牛福生問她要了她在K市的地址，許諾說如果以後看到靜秋的信，就幫她收了，等他回K市的時候幫她送過去。

這個發現與其說是洗刷了鄭主任，還不如說是洗刷了老三，至少在寫信這件事上洗刷了他，說明他的確是寫了信的。但他後來跟她見面的時候，怎麼沒把那些退回的信給她呢？她估計那都是些絕交信，所以他沒給她看，免得壞了他的計畫。

靜秋現在已經有了自己的寢室，是學校分的，一個十平米左右的單間，她跟一個姓劉的女老師合住。她們寢室裡放了一張兩個抽屜的辦公桌，一人一個抽屜，兩個人都在自己那個抽屜上加了鎖。靜秋有了自己的半邊天下，就把自己的小秘密都鎖在那裡。

劉老師的家在河那邊，一到週末就回去了，所以到了週末，這間屋子就是靜秋一個人的天下。那時，她會閂上門，把老三的信和照片拿出來看，想像那些信都是成醫生寫給她的。當她這樣想的時候，就覺得很幸福、很陶醉，因為那些話只有從成醫生那樣的人嘴裡說出來，才有意義，否則就是褻瀆。鬼使神差的，她把自己的幾首詩抄在紙上，想找個機會給成醫生看。她自己也不知道給他看是什麼意思，她就是想給他看。

有一天，她趁著成醫生來從她手裡抱兒子過去的時候，偷偷地把那幾張揣了好幾天的小詩塞在成醫生的衣袋裡。有兩三天，她不敢到成醫生家去。她倒沒有什麼對不起江老師的感覺，因為她從來沒想過要把成醫生奪過來歸自己所有，她只是崇拜他、愛他，那些詩句是為他寫的，所以想給他看。她不敢去他家，主要是怕他會笑話她的文筆，笑話她的感情。

那個週末的晚上，成醫生找到她寢室來了。他把那些詩歌還給了她，微笑著說：「小女孩，你很有文采，你會成為一個大詩人的，你也會遇到你詩裡面的『他』的，留著吧！留給他。」

靜秋很慌亂，一再聲明說：「對不起，我不知道我在寫些什麼，我也不知道為什麼把這些東西塞在你口袋裡，我一定是瘋了。」

成醫生說：「你有什麼心事，可以跟江老師談談，她是過來人，她能理解你，她也會為你保密。」

靜秋懇求他：「你不要把這事告訴江老師，她一定會罵我的。你也不要把這事告訴任何人。」

「我不會的。你別怕，你沒做什麼，只不過是寫了幾首詩，請一個不懂詩的人參謀了一下。對於詩，我提不出什麼意見，但是對於生活中有些難題，也許我能幫上忙。」

他的聲音很柔和，很誠懇，她不知道到底是因為信賴他，還是想要聲明自己除了崇拜沒有別的意思。她把她跟老三的故事告訴了他，只沒講那一夜的那些細節。

成醫生聽完了，推測說：「可能他還是得了白血病，不然沒法解釋他為什麼會躲避你。他在縣醫院住院，有可能只是因為感冒，因為白血病人抵抗力降低，很容易患各種疾病。現在沒有什麼辦法根治白血病，只能是感冒了治感冒，傷風了治傷風，儘量延長病人的生命。縣醫院有可能根本不知道他有白血病，他的白血病可能是那家軍醫院查出來的。」

「可是你不是說，那家醫院診斷他是血小板減少嗎？」

「如果他不想讓你知道，他當然會叫醫院保密，」成醫生說，「我只是這樣猜測，也不一定就猜得正確。不過如果是我的話，恐怕也只能這樣，因為你說了要跟他去，他還能有什麼別的選擇呢？總不能真的讓你跟去吧？而且讓你看著他一天一天消瘦下去、憔悴下去，一步一步走向死亡，他怎麼忍心呢？如果是你，你也不願意他看見你一步步走向——死亡吧？」

「那你的意思是……他現在一個人在A省那邊——等死？」

成醫生想了一會兒：「說不準，他有可能就在K市。如果是我的話，我想我會回到K市來，終究離得近一些。」

靜秋急切地說：「那你能不能幫我到各個醫院打聽一下？」

「我可以為你打聽，但你要保證你不會做傻事，我才會去打聽。」

靜秋連忙保證：「我不會的，我……我……再不會說那些話了。」

「不光是不說那些話，也不能做那些事。他為你擔心，無形當中就加重了他的思想負擔，也許他——已經作好了聽天由命的準備，可以寧靜地面對死亡，但是如果他想到他的離去也會把你帶去，他會很生他自己的氣的。」

成醫生把自己大兒子的身世講給靜秋聽，原來他的大兒子並不是他親生的，而是他一個病人的兒子。那個病人死去後，她的丈夫也隨著自殺了，留下一個孤兒，成醫生領養了他，又從J市調到K市，免得外人告訴孩子他親生父母的悲慘故事。

成醫生說：「我每天在醫院工作，經常看到病人死去，看到病人家屬悲痛欲絕。這些年，看了這許多的生離死別，最大的感受就是我們每個人的生命都不是我們一個人的，不能想怎麼處置就怎麼處置。如果你跟他去了，你媽媽該多難過？你哥哥妹妹該多難過？我們大家都會難過，而這對於他並沒有什麼好處。在他生前，只能是加重他的思想負擔；在他死後，你肯定知道並沒有什麼來生，也沒有另一個世界，即使兩個人同時赴死，也不能讓你們兩個人在一起。他說得很好啊，你活著，他就不會死。」

靜秋難過地說：「我就怕……他已經——你能儘快幫我去打聽嗎？」

成醫生到處為她打聽，但沒有哪家醫院有一個叫孫建新的人在那裡住院，包括那家軍醫院。成醫生說：「我已經黔驢技窮了，也許我猜錯了，可能他不在K市。」

靜秋也黔驢技窮了，唯一能安慰她的就是成醫生可能真的猜錯了。他說了「如果是我的話」，但是老三不是他，他們兩個人在一個關鍵地方分道揚鑣了，而她沒把那個關鍵地方說出來，成醫生就很可能猜錯了。

一九七六年四月間，正在地區師範讀書的魏玲跑來找靜秋，說有很重要的事跟她商量。魏玲從農村招到位於K市的地區師範後，每個週末都回到K市八中她父母家來，經常跟靜秋在一起玩。這次魏玲一見靜秋就說：「我闖了大禍了，只有你可以救我一命了。」

靜秋嚇一跳，趕快問是怎麼回事。

魏玲支支吾吾地說：「我……可能是……懷小毛毛了，但我男朋友沒把東西弄到那去，怎麼會懷孕的呢？」

靜秋不解：「什麼東西沒弄到那裡去？」

「當然是生娃娃的那個東西，男人的精子。」

靜秋本來是不願意打聽這些細節的，幫忙就幫忙，她不想因為幫了魏玲的忙就逼她交代「作案經過」，但這個細節對於她來說實在是太重要了，她忍不住就問了：「把生娃娃的東西弄到哪裡去？」

魏玲說：「哎，你沒談過男朋友，沒做過這些事，說了你也不懂，就是把生娃娃的東西弄到你來老朋友的那裡去。」魏玲憤憤地說，「他最後是沒弄到那裡去，但是他前面——肯定還是弄了一些到那裡去了，不然我怎麼會懷小毛毛？天上掉下來的？我自己心裡最清楚，我沒跟任何別的男人同過房。」

靜秋聽得目瞪口呆，把那些滑膩膩的東西弄到「那裡」去？好噁心。她一下子想起以前聽到過的一個很恐怖的故事，說有個女孩把短褲反面朝外晾在靠牆的地方曬，結果被蜘蛛爬了，那個女孩穿了那條短褲就懷孕了，生出一窩蜘蛛。所以她從來不把短褲反面朝外晾，也從來不把短褲晾在靠牆的地方，或者任何蜘蛛能爬到的地方。但她以前不明白怎麼蜘蛛爬了短褲，女孩就會懷孕。現在她才明白了，一定是蜘蛛把它生娃娃的東西糊在短褲上，女孩穿了，那些東西就跑到女孩「那裡」去了，所以就懷了孕。

她突然明白老三真的像他說的那樣，什麼也沒做，因為他沒有把生娃娃的東西糊到她「那裡」去，那說明他沒「得手」。既然他沒「得手」，她以前的那些猜測就都是錯誤的。他一定是得了白血病，他怕死了之後她要跟他一起去，所以他撒謊說他沒得白血病。但他如果留在K縣，她很快就會發現他是得了白血病，所以他只好躲回A省去了。他這樣做，也許她會恨他，但可以保住她一條命。

想到這一點，她心如刀割，不知道怎樣才能找到他，也不知道他現在還在不在。

46

靜秋沒想到自己這麼無知，連什麼是同房都不知道。如果不是這次碰巧聽魏玲說起，她可能還在錯怪老三，以為老三「得手」了。剛開始她以為在一個床上睡了就是同了房，但亞民那次說「幸好我們沒脫棉衣沒關燈」，她才認識到脫棉衣和關燈才是最重要的。

她跟老三在醫院裡相會那次，她是準備跟老三一起把死前能做的事都做了的，所以她很勇敢地脫了棉衣，最後還關了燈。那次他說他不敢碰她，怕會忍不住做夫妻才能做的事。而她叫他不要怕，叫他做，不做兩個人都會死不瞑目的。然後老三就伏到她身上，她以為接下去做的事就是夫妻的事了。

她想起她那晚因為無知和好奇說了一些很不好的話，一定是很令老三難受的，現在真的恨不得把自己的舌頭割掉。那天他們「飛過」之後，他用毛巾為她擦掉肚皮上那些滑膩膩的東西，她問：「你怎麼知道這不是尿？」

他似乎很尷尬，說：「這不是。」

「但是尿不也是從這裡拉出來的嗎？」她見他點頭承認，就追問，「那你怎麼知道什麼時候是尿，什麼時候不是呢？會不會搞錯了？」

他好像有點講不清楚，只含糊地說：「自己能感覺到的。你不要擔心，那絕對不是——尿。」他起床披了件衣服，倒了些熱水在臉盆裡，擰了個毛巾，幫她把手和肚皮擦了半天，說：「這下放心了吧？」

她聲明說：「我不是嫌你髒，我只是很怕滑膩膩的東西。」想了想，她又說，「真奇怪，為什麼男的要用一個東西——管兩件事呢？」

他答不上來，只摟著她，無聲地笑：「你的意思是男人應該備兩個管子，各司其職？你問的這個問題太複雜了，我答不上來。不是我自己要把自己造成這個樣子的，可能要問造物主吧！」

後來他講他的第一次給她聽。那時他才讀小學六年級，有一次考試，有個題目很難，他覺得自己做不出來，一緊張，就覺得像是拉出尿來一樣，但是卻有一種奇怪的舒服的感覺，後來才知道那就叫「遺精」。

她驚異極了：「你小學六年級就這麼——流氓？」

他解釋說：「這不是什麼『流氓』，只是正常的生理現象。男孩長到了青春期，開始發育了，就會有這種現象，有時做夢也會這樣。就像你們女孩一樣，到了一定的時候，就會有——『老朋友』。」

她恍然大悟，原來男孩也有「老朋友」的，但是為什麼女孩來老朋友的時候渾身不舒服，而男孩來老朋友的時候卻有一種「奇怪的舒服感」呢？好像不大公平一樣。

她也把自己的第一次講給他聽。那時正是她媽媽住院的時候，醫院離她家有十里地左右，她妹妹還小，走不動那麼遠的路，就在醫院過夜，跟媽媽睡在一張病床上。而她就白天到醫院照顧媽媽，晚上回到家，跟左紅一起睡。

有天半夜，她們兩個人跑到外面拉了尿回來，左紅說：「一定是你來老朋友了，床上有紅色，但我老朋友沒來。」

左紅幫她找了些衛生紙，用一根長長的口罩帶子拴好了，幫她帶在身上。她又怕又羞，不知道該怎麼辦。左紅告訴她：「每個女孩都會來老朋友的，你的同學可能有很多早就來了。你去醫院的時候，告訴你媽媽就行了，她會教你的。」

那天她去了醫院，卻一直說不出口，磨蹭了很久，才告訴了媽媽。媽媽欣喜地說：「這真是巧啊，我馬上就要做子宮全切手術，做了就不會來老朋友了，而你剛好在這個時候接上來了，生命真是代代相傳啊。」

老三聽了，說：「希望你以後結婚，生孩子，生女兒，女兒又生女兒，她們都長得像你，讓靜秋代代相傳。」

她覺得他說這話的意思是讓她跟別的人結婚生孩子，她不想聽他說這些，就用手捂住他的嘴，說：「我不會跟別人結婚的，我只跟你結婚，生你的孩子。」

他緊摟著她，喃喃地說：「為什麼你要對我這麼好？我也想跟你結婚，但是——」

她看他很難過，就把話扯到別處去。她說：「我全身都是右邊比左邊大。」她把兩個拇指並在一起給他看，把兩條胳膊並在一起給他看，都是右邊比左邊略微粗壯一些。

他看了一會兒，握住她的乳房，問：「那你的這個是不是也是一個大一個小呢？」

她點點頭：「有一點點不同，右邊那個大一些，所以我做胸罩的時候，右邊要多打一兩個摺。」

他鑽到被子裡去看了半天，冒出頭來，說：「躺著看不出來，你坐起來給我看看。」她坐起來給他看，他說有一點點，然後他問，「我把你畫下來好不好？我學過一點畫畫的。等天亮了，我回病房去拿筆和紙來。」

「畫下來幹什麼？」

「畫下來天天看呀！」他聲明說，「你要是覺得不好就算了。」

「我沒覺得不好，但是你不用畫的呀，我可以天天給你看。」

「我還是想畫下來。」

第二天，他回病房拿了筆和紙來，讓她披著被子斜躺在床上，他看幾眼，就讓她躺被子裡去，然後他就畫一陣，畫完再看再畫。他很快就畫了一張，她看了看，覺得雖然只是大致輪廓，看上去還挺像的。

她囑咐說：「你不要給別人看，讓人知道會把你當流氓抓起來的。」

他笑了一下：「我怎麼會捨得給別人看？」

那天他讓她別穿衣服，就待在被子裡。他跑出去倒痰盂，又跑回來拿臉盆、漱口杯打水，讓她洗臉漱口，後來又到醫院食堂打飯回來吃。她就披件衣服坐在被子裡吃，吃完又鑽到被子裡去。後來他也脫了衣服上床來，兩個人溫存了很久，一直到只剩半小時就沒車到嚴家河了，才匆匆穿了衣服，跑到車站去坐車。

現在她回想那一幕，知道他那時就做好了離開她、好讓她活下去的準備，而她卻錯怪了他，他真的是什麼也沒做。

她太遺憾太後悔了，如果她早知道這一點，她一定早就跑去找他了。現在離那次相會已經差不多快半年了，如果他在那次割手之後就查出了白血病，那就已經八、九個月了，也許去年年底他就已經去世了。但是他曾經說過「它能這樣，就說明我一時還不會死」，她想起那一天，「它」好像經常就那樣了，那是不是說明他還能活很久呢？她又充滿了希望，也許他比一般人身體好，也許他還活著？

她一定要找到他，哪怕他已經去世了，她也要知道他埋在哪裡。如果他沒得病，只是回去照顧他父親，即便他已經跟別的人結婚了，她也要去看他一眼。不管他究竟是為什麼離開她的，她一定要弄個水落石出，不然她永遠不得安心。

靜秋能想到的第一個線索就是長芳，因為長芳那時是知道老三的真實病情的，也許她也知道他在A省的地址。長芳那次說不知道，可能是老三囑咐過了，現在如果她向長芳保證不會自殺，長芳一定會告訴她老三的地址。

那個星期天，靜秋就跑到西村坪去了一趟，直接到長芳家去找她。大媽他們見到她，都很驚訝，也很熱情。長林已經結了婚，媳婦是從很遠的一個老山區裡找來的，長得挺秀氣，兩口子現在住在大媽這邊，聽說正在籌備蓋新房子。

靜秋跟大家打過招呼，就跟長芳到她房間說話。

長芳聽靜秋問起老三，很傷感，說：「我是真的不知道他在A省的地址，我要是知道，我還等到今天？早就跟過去照顧他了。」

靜秋不相信，懇求說：「他那時對誰都沒說他的病情，只對你說了，他肯定也把地址告訴你了。」

長芳說：「他那時並沒有告訴我他得了白血病，是他在嚴家河郵局打電話的時候，我大哥聽見的。他已經是他們勘探隊第二個得白血病的人了，所以他要求總隊派人來調查，看看跟他們的工作環境有沒有關係。」

「那他走了之後，我到中學去找你的時候，你怎麼不告訴我呢？」

「你告訴他是從我這裡聽說他得白血病的，他就來問我怎麼知道的。我告訴了他，他就叫我不要把這些告訴你，叫我說是他自己告訴我的。他說幸好他寫給你的那些信你沒收到，因為他在信裡告訴了你的，他開始怕是這一帶的水土有什麼問題，想提醒你——」

靜秋無力地說：「難怪他後來不把信給我。那到底是不是這一帶水土有問題呢？」

「應該不是吧，兩個得病的都是他們勘探隊的人，後來他們勘探隊撤走了，不知道是把活幹完了撤走的，還是因為什麼別的原因——」

「那老三是跟他們隊一起走的，還是——」

「他年底走的，說回A省去了，後來就沒消息了。」

靜秋決定趁五一勞動節放假的時候，到A省去找老三，希望還能見上一面。即使見不到面了，她也希望能到他墳墓上去看看他。她知道她媽媽不會讓她一個人到A省這麼遠的地方去，人生地不熟的，她又從來沒出過遠門。她想約魏玲一起去，但魏玲說五一的時候小肖會回來休假，肯定不會放她去A省旅遊。再說，到A省的路費也很貴，兩個女孩出遠門也很不安全。

靜秋沒辦法了，決定不管三七二十一，就自己一個人去了。

她只知道老三的家在A省的省會B市，但她不知道究竟在哪裡。她想：既然他父親是軍區司令，只要找到A省軍區了，總有辦法找到司令。找到司令了，司令的兒子當然是可以找到的了。她想好了，就去找江老師幫忙買張五一勞動節期間到A省B市的火車票，她知道江老師有個學生家長是火車站的，能買到票。五一期間鐵路很繁忙，自己去車站排隊買票一是沒時間，二是可能買不到。

江老師答應為她買票，但又很擔心，說：「你準備一個人到B市去旅遊？那多不安全啊。」

靜秋把去A省找老三的事告訴了江老師，請江老師無論如何幫她買到票，如果她這個五一期間不去，就要等到暑假了，去晚了，就更沒希望見到老三了。

過了幾天，江老師幫她把票買回來了，一共買了兩張，江老師說她自己跟靜秋跑一趟，免得她一個人去不安全。江老師去跟靜秋的媽媽講，說她要帶小兒子去B市一個朋友家玩，路上一個人照顧孩子不方便，想請靜秋一起去，幫忙照顧一下孩子。媽媽見是跟江老師一起去，沒有什麼意見，很爽快地答應了。

江老師的小兒子小名叫「弟弟」，那時還不到兩歲。靜秋和江老師帶著弟弟乘火車去了B市，住在江老師的朋友胡老師家。

第二天，靜秋和江老師帶著弟弟轉了幾趟車，才找到省軍區，是在一個叫桃花嶺的地方，外面有很高的院牆，從院牆外就能看到裡面山坡上的樹，都開著花，真像是人間仙境一樣。靜秋看到老三住在這麼美的地方，覺得他還是回來的好，總比住在她那間小屋子裡要舒適，只希望他現在還在這裡。

門口有帶槍的衛兵站崗，她們說了是來找軍區孫司令的，衛兵不讓她們進去，說軍區司令不姓孫，你們是不是搞錯了？江老師問：「那有沒有姓孫的副司令或者什麼類似級別的首長呢？」

衛兵查了一陣，說沒有。靜秋問：「司令姓什麼？」

衛兵不肯回答。江老師說：「不管司令姓什麼，我們就找司令。」

衛兵說要打電話進去請示，過了一會兒，出來告訴她們說，司令不在家。

靜秋就問司令家有沒有別人在家？我只想問問他兒子的情況。

衛兵又打電話進去，每次都花不少時間。江老師好奇地問：「怎麼你打個電話要這麼長時間？」

衛兵解釋說，電話不能直接打到司令家，是打到一個什麼辦公室的，由那裡再轉，所以有點費時間。這樣折騰了一通，什麼消息也沒打聽到，只知道首長一家都出去了，可能是旅遊去了。問首長到哪裡旅遊去了，衛兵打死也不肯說，好像怕她們兩個埋伏在首長經過的路上，把首長一家炸死了一樣。

下午她們又去了一次，希望碰到一個人情味比較濃一點的衛兵，結果下午的那個比上午的那個還糟糕，問了半天連上午那點情況都沒問出來。

靜秋垂頭喪氣了，千不該、萬不該，她那時不該說她要跟他去死。要跟去，跟去就是了，為什麼要早八百年就向他發個宣言呢？還怕不把他嚇跑？

47

靜秋垂頭喪氣地坐上了回K市的火車。來的時候，充滿著希望，以為即使見不到老三，至少可以從他家人口中打聽到他在哪裡住院，就算他已經走了，他的家人也會告訴她墳墓在哪裡，哪知道連軍區的大門都沒進成。

江老師安慰她說：「可能是因為我們沒帶單位證明，別人才不讓我們進去，下次我們記得讓單位開個證明，就肯定能進去了。」

「可是衛兵說軍區司令根本不姓孫，難道——」

「也許小孫是跟媽媽姓的呢？他以前說過他父親挨鬥的時候，他全家被趕出軍區大院，那說明他那時是住在軍區大院的。後來他父親官復原職，那他家就肯定又搬回去了。」

靜秋覺得江老師分析得有道理，問題是這次沒找到，她最近就沒假期了，要等到暑假才有時間再去找，不知老三那時還在不在。

江老師說：「他全家都不在家，是壞事也是好事。說是壞事，就是我們沒碰見他們；說是好事，是因為全家出去旅遊，說明家裡沒發生什麼大事。」

靜秋聽江老師這樣說，也覺得有那種可能。如果老三在住院，或者去世了，他家裡人怎麼會有心思去旅遊？一定是他病好了，或者K市那個軍醫院誤診了，老三回到A省，找了幾個醫院複查，結果發現不是白血病，於是皆大歡喜。反正他們勘探隊已經撤走了，說不定解散了，老三就留在了A省。

她想像老三正跟他父親和弟弟在一個什麼風景區旅遊，幾個人你給我照相，我給你照相，還請過路的幫忙照合影。她想像得那麼栩栩如生，彷彿連他的笑聲都可以聽見了。

但她馬上就開始懷疑這種可能，她問江老師：「如果他病好了，他怎麼不來找我呢？」

江老師說：「你怎麼知道他這次出去不是去找你呢？說不定他去了K市，我們來了B市，在路上錯過了。這種事可多了。也許你回到家，他正坐在你家等你，被你媽媽左拷問右拷問，已經『烤糊』了。」

靜秋想起老三那次被媽媽「拷問」的樣子，不由得笑了起來。她一下子變得歸心似箭，只盼望列車快快開到K市。回到K市的時候，已經是深夜了。老三不在她家，她問媽媽這幾天有沒有人來找過她，媽媽說那個周建新來過，問他有什麼事，他又不肯說，坐了一會兒就走了。

靜秋萬分失望，為什麼是周建新，而不是孫建新呢？

當天夜晚，她顧不得睡覺，就給A省軍區司令員寫了一封信。她把老三的病情什麼的都寫上，還忍痛割愛，放了一張老三的照片在裡面，請求司令幫忙查找孫建新這個人。她相信老三的爸爸即便不是軍區司令，也一定是軍區的什麼頭頭，司令一定能找到他。

第二天，她用掛號把信寄了出去，知道掛號雖然慢一些，但一定能寄到。她現在已經不敢盼望奇跡出現了，只能做最壞的思想準備，那就是司令也找不到老三。那她就等放暑假了，再到A省去，住在那裡找老三。如果這個暑假找不到老三，她就每個暑假都跑去找，一直到把老三找到為止。

五四青年節那天上午，八中開慶祝會。本來青年節不關小學生的事，但附小跟八中在一個校園裡，中學部在那裡載歌載舞，小學部也沒辦法上課，所以每次都是一起慶祝。不過下午中學生放半天假的時候，小學生就不放假。

靜秋照例給各班的節目伴奏，她剛給一個班級的合唱伴奏完，就有個老師告訴她說有個解放軍同志找你，有急事，叫你到門口傳達室去一下。靜秋聽說是「解放軍同志」，心想可能是老三的父親派人來了。信剛寄出去，不可能是收到信了，只能是司令從外面回來，聽說她去找了他，於是派人來了。但她又覺得不可能，她沒告訴衛兵她的地址，司令怎麼會找到她？

她帶著滿腔疑惑跑到傳達室，一眼就看見一個像極老三的軍人等在那裡，見到她，那個軍人走上前來，急匆匆地說：「靜秋同志吧？我是孫建民，孫建新的弟弟，我哥哥現在情況很不好，想請你到醫院去一趟。」

靜秋一聽，就覺得腿發軟，顫聲問：「他……怎麼啦？」

「先到車上去，我們在車上再談，我已經來了一會兒了。本來想直接進去找你，但是今天你們開慶祝會，門衛把校門鎖了。」

靜秋也顧不上請假了，對門衛說：「您幫我叫我媽媽用風琴幫那些班級伴奏一下，叫她下午幫我到我班上頂一下，我現在要去醫院，我的一個朋友情況很不好。」

門衛答應了，靜秋就跟孫建民急急地往校外走。

校門外停著一輛軍用吉普，靜秋跟著孫建民往吉普走去的時候，聽見幾個溜號的學生在喊：「靜老師被軍管的抓去了！」

她只好跑回門衛，讓門衛對她媽媽解釋一下，免得以訛傳訛，把她媽媽嚇壞了。

軍用吉普裡只有司機和孫建民兩人。在路上，孫建民告訴她，老三從縣醫院出來後，並沒回A省，而是待在黃花場那邊的三隊，一方面可以協助查清勘探隊的工作環境是否會誘發白血病，另一方面黃花場離八中農場只有幾里地，那條路可以開車，也可以騎自行車，方便老三到農場去看她。

後來她回到K市八中附小教書，老三也轉到K市，住在那家軍醫院裡。他只在春節的時候回A省去了一下，春節後又回到了K市。他父親勸他留在A省，但他不肯。他父親只好讓他家保姆跟著過來，在醫院照顧他。再後來孫建民也過來了，在醫院陪他。他父親不能一直守在K市，只能經常過來看他，因為開車從A省過來只要十小時左右。現在他父親、小姨、姨父、姑姑，幾個表兄妹、堂兄妹，還有幾個朋友都守在醫院。

孫建民說：「哥哥走得動的時候，我們到八中來看過你，看見你帶著一些小女孩在操場打排球。我們也從校外的路上看過你給學生上課。後來哥哥躺倒了，他就讓我一個人來看你，回去再講給他聽。

他一直不讓我們告訴你他在K市，也不讓我們告訴你他得的是白血病。他說：『別讓她知道，就讓她這麼無憂無慮地生活。』

「有他的交代，我們本來是不會來打攪你的，但是他走得太——痛苦，太久。他進入彌留之際已經幾天了，醫院已經停止用藥、停止搶救了，但他一直嚥不下最後那口氣，閉不上眼睛。我們想他肯定是想見你一面，所以就不顧他立下的規矩，擅自找你來了。相信你會理解我們，也相信你會想見他一面。但是你千萬不要做什麼偏激的事，不然他在天有靈，一定會責怪我們。」

靜秋說不出話來，她不知道是不是因為自己這段時間想老三想得太多，想得神經失常了。她一邊為能見到老三欣喜，一面又為他已經進入「彌留之際」心如刀絞。她希望這只是一個夢，一個噩夢。她希望趕快從夢中醒來，看見老三俯身看著她，問她是不是做了噩夢，告訴她夢都是反的。

孫建民問：「靜秋同志，你是不是黨員？」

靜秋搖搖頭。

「你是團員嗎？」

靜秋點點頭。

「那請你以團員的名義保證絕對不會做出傷害你自己的事來。」

靜秋又點點頭。

到了醫院，吉普車一直開到病房外面的空地上，孫建民招呼靜秋下了車，帶著她上二樓去。病房裡有好些人，一個個都紅腫著眼睛。看見她，一位首長模樣的人就迎上前來，問了聲：「是靜秋同志吧？」

靜秋點點頭，首長握住她的手，老淚縱橫，指指病床說：「他一定是在等你，你去——跟他告個別吧。」說完，就走到外面走廊上去了。

靜秋走到病床跟前，看見了躺在床上的人，但她不敢相信那就是老三，他很瘦很瘦，真的是皮包骨頭，顯得他的眉毛特別長特別濃。他深陷的眼睛半睜著，眼白好像佈滿了血絲。頭髮掉了很多，顯得很稀疏。他的顴骨突了出來，兩面的腮幫陷了下去，臉像醫院的床單一樣白。

靜秋不敢上前去，覺得這不可能是老三。幾個月前她看見的老三，仍是那個英俊瀟灑、風度翩翩的青年，而眼前這個病人真叫人慘不忍睹。

幾個人在輕輕推她到病床前去，她鼓足勇氣走到病床前，從被單下找到他的左手，看見了他手背上的那個傷疤。他的手現在瘦骨嶙峋，那道傷疤顯得更長了。她腿一軟，跪倒在床前。

她覺得有幾個人在拉她起來，她不肯起來。她聽見幾個人在催促她：「快叫！快叫啊！」

她回過頭，茫然地問：「叫什麼？」

「叫他名字啊！你平時怎麼叫的，現在就怎麼叫！你不叫，他就走了！」

靜秋叫不出聲，她平時就叫不出他的名字，現在她更叫不出。她只知道握著他的手，呆呆地看著他。他的手還不是完全冰涼的，還有點暖氣，說明他還活著，但他的胸膛沒有起伏了。

幾個人又在催她「快叫，快叫」，她握著他的手，對他說：「我是靜秋，我是靜秋……」他說過的，即使他的一隻腳踏進墳墓了，聽到她的名字，他也會拔回腳來看看她。

她就一直握著他的手，滿懷希望地對他說：「我是靜秋，我是靜秋……」

她不記得自己這樣說了多少遍，她的腿跪麻了，嗓子也啞了，旁邊的人都看不下去了，說：「別叫了吧，他聽不見了。」

但她不信，因為他的眼睛還半睜著，她知道他聽得見，他只是不能說話，不能回答她，但他一定聽得見。她彷彿能看見他一隻腳已經踩在了墳墓裡，但她相信只要她一直叫著，他就捨不得把另一隻腳也踏進墳墓。

她不停地對他說：「我是靜秋！我是靜秋……」

她怕他聽不見，就移到他頭跟前，在他耳邊對他說：「我是靜秋！我是靜秋！」她覺得他能聽見她，只不過被一片白霧籠罩，他需要一點時間，憑她的那個胎記來驗證是不是她。

她聽見一片壓抑著的哭聲，但她沒有哭，仍然堅持對他說：「我是靜秋！我是靜秋！」

過了一會兒，她看見他閉上了眼睛，兩滴淚從眼角滾了下來。

兩滴紅色的、晶瑩的淚……

尾聲

老三走了，按他的遺願，他的遺體火化後，埋在了那棵山楂樹下。他不是抗日烈士，但西村坪大隊按因公殉職處理，讓他埋在那裡。「文革」初期，那些抗日烈士的墓碑都被當作「四舊」挖掉了，所以老三也沒立墓碑。

老三的爸爸對靜秋說：「他堅持要埋在這裡，我們都離得遠，我就把他託付給你了。」

老三生前把他的日記、寫給靜秋的信件、照片等都裝在一個軍用掛包裡，委託他弟弟保存，說如果靜秋過得很幸福，就不要把這些東西給她；如果她愛情不順利，或者婚姻不幸福，就把這些東西給她。讓她知道世界上曾經有一個人，傾其身心愛過她，讓她相信世界上是有永遠的愛的。

他在一個日記本的扉頁上寫著：「我不能等你一年零一個月了，我也不能等你到二十五歲了，但是我會等你一輩子。」

他身邊只有一張靜秋六歲時的照片和那封十六個字的信。他一直保存著，也放在那個軍用掛包裡。孫建民把這些東西都交給了靜秋。

每年的五月，靜秋都會到那棵山楂樹下，跟老三一起看山楂花。不知道是不是她的心理作用，她覺得那樹上的花比老三送去的那些花更紅了。

十年後，靜秋考上L大英文系的碩士研究生。

二十年後，靜秋遠渡重洋，來到美國攻讀博士學位。

三十年後，靜秋已經任教於美國的一所大學。今年，她會帶著女兒飛回那棵山楂樹下，看望老三。

她會對女兒說：「這裡長眠著我愛的人。」

靜秋的代後記

套黃顏的話，《山楂樹之戀》不是我寫的，我越俎代庖寫後記，是為代。

艾米很早就「威脅」我說：「網友想看你的故事，我要把你的故事碼出來。」但我是個沒故事的人，因為我一貫活得謹小慎微，勤勤懇懇地「平凡－LIZE」自己的生活。災難還沒到來，已預先在心中做了最壞的準備，那份恐懼和痛苦已經分散到災難來臨之前的那些日子裡去了。當災難真正到來的時候，內心已經不能感受那份衝擊和震動。同樣，當幸福來臨的時候，我總是警告自己：福兮禍之所伏，不要太高興，歡喜必有愁來到。於是對幸福的感受又被對災難的餘悸沖淡了。

這樣活著，不至於被突如其來的災難擊倒，但同時也剝奪了自己大喜大悲的權利，終於將生活兌成了一杯溫開水，蜷縮在二十七度的恆溫之中，昏昏欲睡。

最終想到讓艾米把老三的故事寫出來，是因為今年恰逢老三逝世三十周年，我準備回國看望老三，於是想當然地認為把他的故事寫出來貼在網上也是一種紀念。艾米看了老三的故事，欣然答應，於是有了《山楂樹之戀》。

我首先要感謝艾米的生花妙筆，那是我無法企及的。我給她的，僅僅是一個二十歲的女孩，在一個非常粗糙的本子上寫下的非常粗糙的東西。我那時所有的文學知識都來自於我看過的那幾本書。故事發生在「文革」後期，我生活在那個年代，所以寫的時候沒有交代當時的背景。我那時的思想也受很多條條框框束縛，寫出來的東西擺脫不了當時獨霸文壇的那種「黨八股」風格。

艾米就以這樣一個幼稚、粗糙而且僵化的東西為藍本，寫出了一個引眾多網友競相淚下的故事，這應該歸功於艾米獨特的文筆、文眼與文心。艾米的文筆之好，有目共睹。有人曾批評她寫的《致命的溫柔》，說她「這麼好的文筆，為什麼不寫點有意義的題材」。一個題材有沒有意義，要看是對誰而言，在此我無意探討《致命的溫柔》究竟有沒有意義，我只想以這個例子來證明，即便那些批評她的人，對她的文筆也是讚不絕口的。在我看來，艾米的文筆好就好在樸實無華，生動活潑，亦莊亦諧。她不追求辭藻的華麗或者結構的複雜。她寫的東西，辭彙很通俗，讀過幾年中學的人就能理解。她寫的句子都不長，很少有長得轉行的句子。但她刻畫的人物卻不僅生動，而且深刻，使人過目不忘。

聽艾米說曾有人給她發悄悄話，說她寫的男性都是一類人，女性也是一類人。也許說這話的人對「一類」有其獨到的見解，但我們知道艾米刻畫出了「多類」男性和女性，每個人物（包括次要人物）都是那麼鮮明生動，幾乎都成為某類人物的代名詞。我們在生活中或別的小說中看到某個人，會情不自禁地想：「這個人跟小昆一樣」，或者「這個人不如黃顏」，或者「這句話怎麼像是唐小琳說的」，這說明艾米筆下的人物已經「活起來」了，不再是「人物」，而是一個個活生生的人，走進了我們的生活，彷彿就在我們身邊。她寫的每個故事，都有一眾男性與女性，但我們絕對不會張冠李戴，不會把小白當成何塞，也不會把周建新當成孫建新。

當我們情不自禁地把老三拿來跟黃顏比較的時候，就證明艾米刻畫人物非常成功，因為黃顏已經成了某類男性的代名詞。稱不稱得上偉大的情人，先跟黃顏比試比試，比不過的，就乾脆一邊歇著。老三在跟黃顏的不屈不撓的鬥爭中贏得了一批粉絲，以他的「酸」戰勝了黃顏，但又以他的過早離去輸給了黃顏。

我在這裡開這個不合時宜的玩笑，是想說明即便是兩個非常類似的人物，艾米寫出來也能讓大家清楚地感到誰是誰。寫兩類不同的人寫得讓人看出誰是張三誰是李四，是很簡單的。寫同一類人，能讓人感受到他們的不同，才需要一點功夫。

艾米能把人物寫得這樣活靈活現，是因為她有一雙敏銳的文眼。魯迅曾說過，要最節省地畫出一個人，最好是畫他的眼睛。艾米不管寫什麼人，都能最直接最簡要地畫出那對「眼睛」。《山楂樹之戀》裡面的一些配角，如「弟媳婦」、張一、「銅婆婆」之類，我曾花大量篇幅寫在我那篇回憶錄中，加了很多評語來區別這些人，但艾米抓住幾個側面，寥寥數句，就把這些人物活生生地擺到了我們面前。

很多時候，同一個人物，同一個事件，我們大家都看見了，聽見了，甚至經歷了，但如果我們每個人都寫出來，感動人的程度卻是不同的。像我們著名的「憨包子」弟弟，我是看著他長大的，知道他小時候很多趣事，但我無法用極短的篇幅，寫出一個讓眾多網友癡迷的弟弟。是經艾米的妙筆點撥，才讓我發現弟弟的可愛就可愛在他的憨。

我們生活在同一個世界裡，但每個人看到的東西卻是很不相同的。客觀的世界只有一個，但人們心目中的主觀世界，或者說這個客觀世界折射在每個人心目中的映象是非常不同的，所謂「仁者見仁，智者見智」也可以用在這裡。

有人說：「這個世界並不缺少美，缺少的是發現美的眼睛。」我非常贊同這句話。所以說，不是艾米幸運地跟這麼多可愛的人生活在一起，而是這些人幸運地被艾米發現了他們的可愛之處，並通過她的筆，使這些人走到網上，被更多的人所認識、所認同。老三被埋在我那個本子裡近三十年，也曾給人看過，也曾對人講過，但他們感動的程度，不能望及山楂迷們之項背。老三是藉著艾米的筆走上網路，才成了風靡「艾園」以至於風靡「原創網」的一個人物。

艾米敏銳的文眼來自於她玲瓏剔透的文心。她是一個愛美的人，善於發現美、挖掘美、表達美、深化美。艾米總能從一個人物身上看到他或她最可愛的地方，所以她才能用她的文筆寫出這些可愛的人物。

艾米說她寫《十年忽悠》的時候，並不曾灑落一滴淚，這我完全相信，因為那段回憶對她來說是珍貴的財富。不論黃顏是否跟她在一起，她對於黃顏這個人始終是肯定的，他的那些品質她始終是欣賞的，她不會因為自己不能得到就否定他的價值。但艾米在寫《山楂樹之戀》的時候，卻多次流淚，傷心到令黃顏膽戰心驚、不得不違背自己的諾言、親自操刀的地步。她的心為別人的故事而感動，她的淚為別人的故事而流淌，不禁使我想起老三的話：「男人不興為自己流淚，男人也不興為別人流淚？」問得好，問得理直氣壯。可惜沒有人驚異於女人的流淚，不然艾米也可以理直氣壯地問這句話。

艾米寫的幾個連載，都是像滾雪球一樣，一路滾來，吸引了越來越多的讀者，到最後幾天，真是人聲鼎沸，欲罷不能，很多潛水多年的讀者都冒出水面，訴說一下自己的感受。寫故事寫到讓人癡迷，讓人上癮的地步，不能不說是一種成功。

有關艾米的文筆、文眼和文心的描述，也適用於黃顏，只不過黃顏有「男子漢」的大帽子壓頂，比較羞於展現自己柔和溫情的一面。但黃顏不僅包攬了全部家務，每天接送艾米，辛勤管理艾園，而且撰寫了《山楂樹之戀》的很多章節。聽艾米講，有不少可能令她淚眼婆娑的章節，黃顏都預先替她寫好了初稿，免得她太過傷心，影響身體，她只需過個目，染上艾米腔，就可以貼了。

在此對艾、黃兩人一併致謝。

這段時間，我每天跟讀《山楂樹之戀》，但我讀得更多的是大家的跟帖。這段故事對我來說並不陌生，但大家的跟帖卻是全新的。看這段故事和看這段故事在別人心中激起的波浪是兩種完全不同的經歷。我非常驚異於每天跟帖數目之多，言辭之真誠，內容之感人。大家幫我體會出了很多我自己不曾體會、不敢體會的東西，讓我站在一個全新的高度再一次認識老三的動人之處。

能為別人的故事感動的人，心就仍然是年輕的。看書流眼淚，替古人擔憂，這是很多人——包括我自己——曾經非常不屑的事情，總覺得故事就是故事，或者是作者編出來的，或者是已經過去了的，為故事人物的命運一唱三嘆是很幼稚的舉動。但讀跟帖的經歷使我徹底改變了這種看法，一個人，只有當他或她還能為那些與自己沒有直接利害關係的人或事感動、擔心、焦慮的時候，他或她的心才真正活著，真正年輕。世界因為這種「替古人擔憂」式的關心而結成一個整體，個人因為這種看似幼稚的共鳴而不再孤獨。一切我們認為真善美的東西都值得我們去為之感動，不管這個真善美會不會影響到我們下一頓晚餐，也不管這個真善美在別人眼裡是多麼不屑。

如果我們只關心我們自己鼻尖下的那一點喜怒哀樂，我們的生活是平面的，我們的世界是狹窄的，我們的靈魂是孤獨的。如果我們只為別人的不幸而幸災樂禍，我們的精神是蒼白的，我們的形象是渺小的，我們的幸福是自私的。如果我們因為別人在喜怒哀樂而憤懣，而嘲笑，而譏諷，那我們的心靈是扭曲的，我們的靈魂是醜惡的，我們不僅在降低自己的生活情調，也在干涉別人的生活方式。

這幾十天當中，每天都有幾千人聚在「山楂樹」下，看帖、跟帖、討論、建議。到最後幾天，已經達到每天上萬人次。我想，老三如果在天有靈，一定會感到欣慰，因為他的活法和愛法得到了這麼多人的肯定，鼓勵了這麼多人珍惜身邊人、珍惜平凡的生活。

很多人提出了很好的建議，很多人留下了肺腑之言，很多人灑下了同情之淚，這些都令我感動到淚流滿面。我會把大家的問候、囑託、期待與敬慕帶到老三身邊，告訴他：三十年之後，仍然有這麼多人為你感動，為你灑下一掬熱淚，你活在很多人心裡。人生得一知己，便已足矣；人生得如此眾多知己，九泉之下定然無憾。

再一次感謝艾、黃兩位和所有跟讀《山楂樹之戀》的網友。很久沒用漢語寫東西，詞不達意，掛一漏萬，還請大家原諒。

（編按：本文寫於二〇〇七年）

文學森林 LF0001

山楂樹之戀

艾米

長期定居美國，二〇〇五年起在中國文學城網站連載長篇小說，作品大多改編網友故事，以愛情為主題，著有《十年忽悠》、《不懂說將來》、《三人行》、《同林鳥》等書，其中又以《山楂樹之戀》為其成名代表作。艾米筆法細膩生動，善於描繪人物心思；用字樸實、清晰易懂，廣受各個年齡層的喜愛。

封面設計　永真急制 Workshop　內頁版型　陳文德
初版一刷　二〇一〇年七月二十八日　定價　新台幣三二〇元
初版七刷　二〇一〇年十月二十七日

ThinKingDom 新経典文化

發行人　葉美瑤
出版　新經典圖文傳播有限公司
地址　臺北市中正區重慶南路一段五十七號十一樓之四
電話　02-2331-1830　傳真　02-2331-1831
讀者服務信箱　thinkingdomtw@gmail.com
部落格　http://blog.roodo.com/thinkingdom
總經銷　高寶書版集團
地址　臺北市內湖區洲子街八八號三樓
電話　02-2799-2788　傳真　02-2799-0909
海外總經銷　時報文化出版企業股份有限公司
地址　臺北縣中和市連城路一三四巷一六號
電話　02-2306-6842　傳真　02-2304-9301
《山楂樹之戀》全球繁體中文版，由北京人民文學出版社授權新經典圖文傳播有限公司獨家發行。

Hawthorn Tree Forever by Ai Mi
First published in Taiwan, July 2010
Publisher: Maudlin Yeh
Book design by Aaron Nieh

山楂樹之戀＝Hawthorn tree forever／艾米作.
--初版. –臺北市 新經典圖文傳播, 2010. 07
面；　公分—　（文學森林；1）
ISBN 978-986-86318-0-9（平裝）

857.7　　99010001